Ullstein

GEORGE ORWELL

1984

Roman

Übersetzt von Michael Walter

Herausgegeben
und mit einem Nachwort
von Herbert W. Franke

ULLSTEIN

Ullstein Buchverlage GmbH & Co. KG,
Berlin
Taschenbuchnummer: 24487
Titel der englischen Originalausgabe:
Nineteen Eighty-Four

Ungekürzte Ausgabe
Oktober 1998

Umschlaggestaltung:
Vera Bauer
Illustration:
Albert Rocarols

Printed in Germany 1998
Gesamtherstellung:
Ebner Ulm
ISBN 3 548 24487 4

Gedruckt auf alterungsbeständigem
Papier mit chlorfrei gebleichtem
Zellstoff

Die Deutsche Bibliothek –
CIP-Einheitsaufnahme

Orwell, George:
1984 : Roman / George Orwell.
Übers. von Michael Walter.
Hrsg. und mit einem Nachw. von
Herbert W. Franke. –
Ungekürzte Ausg. – Berlin : Ullstein, 1998
(Ullstein-Buch ; Nr. 24487)
Einheitssacht.: Nineteen eighty-four <dt.>
ISBN 3-548-24487-4
NE: Orwell, George:
Neunzehnhundertvierundachtzig; GT

Teil 1

I

Es war ein strahlend-kalter Apriltag, und die Uhren schlugen dreizehn. Winston Smith, das Kinn an die Brust gezogen, um dem scheußlichen Wind zu entgehen, schlüpfte rasch durch die Glastüren der Victory Mietskaserne, doch nicht rasch genug, um zu verhindern, daß mit ihm auch ein grießiger Staubwirbel hereinwehte.

Der Flur roch nach Kohlsuppe und Flickenteppichen. An einem Ende hatte man ein Farbplakat an die Wand gepinnt, das für drinnen eigentlich zu groß war. Es zeigte nichts weiter als ein riesiges, über einen Meter breites Gesicht: das Gesicht eines etwa fünfundvierzigjährigen Mannes mit wuchtigem schwarzem Schnurrbart und kernig-ansprechenden Zügen. Winston steuerte auf die Treppe zu. Es mit dem Lift zu probieren war zwecklos. Selbst zu günstigen Zeiten funktionierte er selten, und momentan wurde der Strom tagsüber abgestellt. Dies war Teil der Sparsamkeitskampagne zur Vorbereitung der Haßwoche. Die Wohnung lag im siebenten Stock, und Winston, der neununddreißig war und über dem rechten Fußknöchel ein Krampfadergeschwür hatte, ging langsam und verschnaufte unterwegs mehrmals. Auf jedem Treppenabsatz starrte dem Liftschacht gegenüber das Plakat mit dem riesigen Gesicht von der Wand. Es war eines jener Bilder, die einem mit dem Blick überallhin zu folgen scheinen. DER

GROSSE BRUDER SIEHT DICH, lautete die Textzeile darunter.

In der Wohnung verlas eine sonore Stimme eine Zahlenstatistik, bei der es irgendwie um die Roheisenproduktion ging. Die Stimme kam aus einer länglich-rechteckigen Metallplatte, die wie ein blinder Spiegel in die Wand zur Rechten eingelassen war. Winston drehte an einem Knopf, und die Stimme klang gedämpfter, blieb aber dennoch verständlich. Man konnte das Gerät (den sogenannten Teleschirm) zwar leiser stellen, aber ganz ausschalten ließ es sich nicht. Er trat ans Fenster: eine schmächtige Gestalt, deren Magerkeit durch den blauen Overall der Parteiuniform nur noch betont wurde. Sein Haar war hellblond, sein Gesicht von Natur aus rötlich, seine Haut rauh von scharfer Seife, stumpfen Rasierklingen und der Kälte des eben zu Ende gegangenen Winters.

Draußen sah die Welt sogar durch das geschlossene Fenster kalt aus. Unten auf der Straße wirbelten kleine Windstrudel Staub und Papierfetzen in Spiralen hoch, und obwohl die Sonne schien und der Himmel grellblau war, wirkte doch alles außer den überall angeklebten Plakaten farblos. Das schwarzschnurrbärtige Gesicht starrte von jeder dominierenden Ecke herab. Eines hing an der Hauswand unmittelbar gegenüber. DER GROSSE BRUDER SIEHT DICH, verkündete die Unterzeile, und die dunklen Augen blickten tief in Winstons. Auf der Straße unten flappte ein eingerissenes Plakat willkürlich im Wind und deckte das Wort ENGSOZ abwechselnd auf und zu. In der Ferne glitt ein Helikopter zwischen den Dächern herunter, schwebte für einen Moment lauernd wie eine Schmeißfliege und schwirrte dann in einem weiten Bogen wieder ab. Es war die Polizeistreife, die an den Fenstern der Leute schnüffeln kam. Die Streifen waren jedoch nicht weiter schlimm. Schlimm war bloß die Gedankenpolizei.

In Winstons Rücken plapperte die Stimme aus dem Teleschirm noch immer von Roheisen und der Übererfüllung des IX. Dreijahresplans. Der Teleschirm war Sende- und Empfangsgerät zugleich. Jedes von Winston verursachte Geräusch, das über ein gedämpftes Flüstern hinausging, würde registriert werden; außerdem konnte er, solange er in dem von der Metallplatte kontrollierten Sichtfeld blieb, ebenso gut gesehen wie gehört werden. Man konnte natürlich nie wissen, ob man im Augenblick gerade beobachtet wurde oder nicht. Wie oft oder nach welchem System sich die Gedankenpolizei in jede Privatleitung einschaltete, darüber ließ sich bloß spekulieren. Es war sogar denkbar, daß sie ständig alle beobachtete. Sie konnte sich jedenfalls jederzeit in jede Leitung einschalten. Man mußte folglich in der Annahme leben – und tat dies auch aus Gewohnheit, die einem zum Instinkt wurde –, daß jedes Geräusch, das man verursachte, gehört und, außer bei Dunkelheit, jede Bewegung beäugt wurde.

Winston kehrte dem Teleschirm weiter den Rücken zu. Es war sicherer so; obgleich, wie er sehr wohl wußte, selbst ein Rücken verräterisch sein konnte. Einen Kilometer entfernt türmte sich das Ministerium für Wahrheit, seine Arbeitsstätte, weiß und gewaltig über der rußigen Landschaft auf. Das also, dachte er mit vagem Abscheu, das war London, wichtigste Stadt von Landefeld Eins, der am drittstärksten bevölkerten Provinz Ozeaniens. Er versuchte, sich eine Kindheitserinnerung ins Gedächtnis zurückzurufen, die ihm hätte Auskunft geben können, ob London schon immer so ausgesehen hatte. Hatte es schon immer die Ausblicke auf verrottende Häuser aus dem neunzehnten Jahrhundert gegeben, deren Wände mit Bauholzbalken abgestützt, deren Fenster mit Pappkartons, deren Dächer mit Wellblech geflickt waren und deren baufällige Gartenmauern nach allen Seiten wegsackten? Und die zerbombten Stätten, wo der Mörtelstaub in der Luft wirbelte und das Blutkraut die Schutthalden überwucherte; und die

Stellen, an denen die Bomben eine größere Fläche planiert hatten, wo dann erbärmliche Siedlungen von Holzbehausungen aus dem Boden geschossen waren, die wie Hühnerställe aussahen? Doch es war zwecklos, er konnte sich nicht erinnern: von seiner Kindheit war ihm nur eine Reihe gleißend-heller Bilder geblieben, ohne Hintergrund und zumeist unverständlich.

Das Ministerium für Wahrheit – Miniwahr in Neusprech* – unterschied sich verblüffend von allem, was man sonst sah. Es war ein riesiges, pyramidales Gebilde aus schimmernd-weißem Beton, das, Terrasse auf Terrasse, dreihundert Meter hoch in die Luft stieg. Von Winstons Standort aus konnte man eben noch die von der weißen Front in eleganter Schrift farblich abgesetzten drei Parolen der Partei lesen:

KRIEG IST FRIEDEN
FREIHEIT IST SKLAVEREI
UNWISSENHEIT IST STAERKE

Das Ministerium für Wahrheit beherbergte, so erzählte man sich, dreitausend oberirdische Räume und eine entsprechende Anzahl unterirdischer Verästelungen. Über ganz London verstreut gab es nur noch drei andere Bauwerke von ähnlichem Aussehen und Ausmaß. Vor ihnen schrumpfte die Architektur ringsum so zwergenklein, daß man vom Dach der Victory Mietskaserne alle vier auf einmal sehen konnte. Sie bildeten den Sitz der vier Ministerien, unter die der gesamte Regierungsapparat aufgeteilt war: das Ministerium für Wahrheit, das sich mit dem Nachrichten-, Unterhaltungs- und Erziehungswesen sowie mit den schönen Künsten beschäftigte; das Ministerium für Frieden, das sich mit dem Krieg befaßte; das Ministerium

* Neusprech war die Amtssprache Ozeaniens. Eine Darstellung ihrer Struktur und Etymologie findet sich im Anhang.

für Liebe, das Gesetz und Ordnung aufrechterhielt. Und das Ministerium für Überfülle, das für Wirtschaftsbelange zuständig war. Ihre Namen in Neusprech: Miniwahr, Minipax, Minilieb und Minifülle.

Das Ministerium für Liebe war zweifellos das beängstigendste von allen. Es hatte überhaupt keine Fenster. Winston war weder jemals im Ministerium für Liebe gewesen, noch hatte er sich ihm jemals auch nur auf einen halben Kilometer genähert. Man konnte es lediglich in Dienstangelegenheiten betreten, und auch dann mußte man durch ein Gewirr von Stacheldrahtverhauen, Stahltüren und versteckten Maschinengewehrnestern hindurch. Und sogar in den Straßen, die zu seinen Außensperren führten, patrouillierten gorillagesichtige, schwarzuniformierte Wachen, die mit Gelenkschlagstöcken bewaffnet waren.

Winston drehte sich abrupt um. Er hatte die ruhig-optimistische Miene aufgesetzt, die man klugerweise vor dem Teleschirm präsentierte. Er ging quer durch das Zimmer in die winzige Küche hinüber. Als er das Ministerium um diese Tageszeit verließ, hatte er damit auch seinen Lunch in der Kantine geopfert, und es war ihm klar, daß es in der Küche nichts Eßbares gab außer dem Kanten dunkelfarbigen Brots, der für das morgige Frühstück aufgespart werden mußte. Er nahm eine Flasche mit einer farblosen Flüssigkeit vom Regal, deren schmucklos-weißes Etikett sie als VICTORY GIN auswies. Sie verströmte einen muffigen, öligen Geruch, wie chinesischer Reisschnaps. Winston goß sich fast eine Teetasse voll davon ein, rüstete sich für den Schock und würgte die Portion dann wie eine Arznei hinunter.

Sein Gesicht lief sofort puterrot an, und Tränen schossen ihm in die Augen. Das Zeug schmeckte wie Salpetersäure und wirkte, als würde man eins mit dem Gummiknüppel über den Hinterkopf kriegen. Doch schon im nächsten Moment ließ das Brennen in seinem Magen nach, und die Welt sah bereits freundlicher aus. Er fischte eine Zigarette aus einem zerknautschten Päckchen mit der Aufschrift VICTORY ZIGARETTEN und hielt sie unvorsichtigerweise senkrecht – worauf der Tabak prompt auf den Boden krümelte. Mit der nächsten hatte er mehr Glück. Er ging ins Wohnzimmer zurück und setzte sich an einen kleinen Tisch links vom Teleschirm. Er entnahm der Tischschublade einen Federhalter, ein Glas Tinte und ein dickes, unbeschriebenes Buch im Quartformat mit rotem Rücken und marmoriertem Einband.

Aus irgendeinem Grund war der Teleschirm in seinem Wohnzimmer an einer ungewöhnlichen Stelle installiert. Statt wie üblich in die Schmalseite eingelassen zu sein, von wo aus er den ganzen Raum kontrolliert hätte, befand er sich in der Längswand, dem Fenster gegenüber. Auf der einen Seite des Teleschirms gab es eine Nische, in der sich Winston jetzt befand und die damals beim Bau der Wohnung wahrscheinlich zur Aufnahme eines Bücherregals vorgesehen gewesen war. Wenn er dort saß und ganz hinten blieb, konnte Winston, zumindest visuell, dem Aufnahmebereich des Teleschirms entgehen. Hören konnte man ihn natürlich, doch solange er an seinem Platz ausharrte, war er nicht zu sehen. Es war nicht zuletzt auch die ungewöhnliche Anlage des Zimmers gewesen, die ihn auf jene Idee gebracht hatte, die er nun verwirklichen wollte.

Doch ebenso dazu beigetragen hatte das Buch, das er gerade aus der Schublade geholt hatte. Es war ein besonders schönes Buch. Sein glattes cremefarbenes Papier, bereits ein wenig vergilbt, war von einer Qualität, die schon seit mindestens vierzig Jahren nicht mehr hergestellt wurde. Er konnte sich jedoch vorstellen, daß das Buch noch weitaus älter war. Er hatte es im Fenster eines miefigen kleinen Ramschladens in einem der Elendsviertel der Stadt (in welchem Viertel genau, das wußte er jetzt nicht mehr) liegen sehen und war sofort von dem übermächtigen Verlangen gepackt worden, es zu besitzen. Parteimitglieder sollten eigentlich normale Läden nicht betreten (»Geschäfte auf dem freien Markt machen« lautete der Ausdruck dafür), doch die Vorschrift wurde nicht streng befolgt, denn es gab verschiedene Dinge, wie z. B. Schnürsenkel und Rasierklingen, die anders einfach nicht zu beschaffen waren. Er hatte einmal rasch die Straße hinauf- und hinuntergespäht, war dann hineingeschlüpft und hatte das Buch für zwei Dollar fünfzig gekauft. Damals hatte er es zu keinem bestimmten Zweck haben wollen. Er hatte es schuldbewußt in seiner Aktentasche nach Hause getragen. Sogar mit leeren Seiten war es ein kompromittierender Besitz.

Jetzt wollte er ein Tagebuch beginnen. Das war nicht illegal (nichts war illegal, denn es gab ja keine Gesetze mehr), aber wenn es herauskam, durfte man ziemlich sicher mit der Todesstrafe oder zumindest mit fünfundzwanzig Jahren Zwangsarbeitslager rechnen. Winston steckte eine Stahlfeder in den Halter und leckte sie an, um den Schmier zu entfernen. Der Federhalter war ein vorsintflutliches Instrument, das selbst zu Unterschriften kaum noch verwendet wurde, und er hatte sich heimlich und nicht ohne Schwierigkeiten einen beschafft, ganz einfach aus dem Gefühl heraus, daß das schöne cremefarbene Papier es verdiente, mit einer richtigen Stahlfeder beschrieben statt mit einem Tintenstift vollgekritzelt zu werden. Eigentlich war er es gar nicht mehr gewöhnt, mit der Hand zu schreiben. Abgesehen von ganz kurzen Notizen war es üblich, alles in den Sprechschreiber zu diktieren, der für sein gegenwärtiges Vorhaben natürlich nicht in Frage kam. Er tunkte die Feder in die Tinte und stockte eine Sekunde lang. Seine Eingeweide hatten sich zusammengekrampft. Das Papier zu markieren, das war das Ausschlaggebende. Er schrieb in kleiner, ungelenker Schrift:

4. April 1984.

Er lehnte sich zurück. Ein Gefühl totaler Hilflosigkeit übermannte ihn. Zunächst wußte er nicht einmal mit Gewißheit, ob es *wirklich* das Jahr 1984 war. Aber es mußte in etwa stimmen, denn er war recht sicher, daß er selbst neununddreißig Jahre alt war, und er glaubte, 1944 oder 1945 geboren zu sein; doch heutzutage ließ sich kein Datum mehr auf ein oder zwei Jahre genau festlegen.

Für wen, überlegte er plötzlich, für wen schrieb er dieses Tagebuch eigentlich? Für die Zukunft, für die Ungeborenen. Seine Gedanken umkreisten einen Moment das zweifelhafte Datum oben auf der Seite und strandeten dann mit einem Ruck an dem Neusprechwort *Doppeldenk*. Zum erstenmal wurde er sich der Bedeutung seines Vorhabens bewußt. Wie konnte man mit der Zukunft in Verbindung treten? Das war ihrer Natur nach unmöglich. Entweder die Zukunft ähnelte der Gegenwart, dann würde man ihm nicht zuhören, oder sie war anders beschaffen, und dann wäre seine fatale Situation nicht von Interesse.

Er hockte eine Weile da und starrte benommen auf das Papier. Der Teleschirm brachte jetzt schneidige Militärmusik. Es war schon seltsam, daß er nicht bloß sein Formulierungsvermögen verloren, sondern sogar vergessen zu haben schien, was er ursprünglich hatte sagen wollen. Seit Wochen hatte er sich auf diesen Moment vorbereitet, und es war ihm nie in den Sinn gekommen, daß es mit Mut allein nicht getan sein könnte. Die Niederschrift würde kein Problem sein. Er brauchte ja nur den endlosen inneren Monolog zu Papier zu bringen, der sich buchstäblich seit Jahren in seinem Hirn abspulte. In diesem Augenblick jedoch war selbst der innere Monolog versiegt. Außerdem hatte sein Krampfadergeschwür unerträglich zu jucken begonnen. Er traute sich nicht zu kratzen, denn dann entzündete es sich immer. Die Sekunden vertickten. Er nahm nichts wahr als die Leere der Seite vor ihm, den Juckreiz über seinem Knöchel, das Schmettern der Musik und ein leichtes Beduseltsein, das vom Gin herrührte.

Plötzlich begann er wie panisch zu schreiben, ohne recht

zu wissen, was er zu Papier brachte. Seine kleine, aber kindliche Schrift überwucherte die Seite, schüttelte zuerst die Großbuchstaben und zuletzt auch die Satzzeichen ab:

4. April 1984. Gestern abend im Kino. Lauter Kriegsfilme. Ein sehr guter dabei, über ein Schiff voller Flüchtlinge, das irgendwo im Mittelmeer bombardiert wird. Publikum fand Aufnahmen von einem großen dicken Mann besonders lustig, der versuchte, vor einem Helikopter davonzuschwimmen, man sah zuerst, wie er sich wie ein Tümmler durchs Wasser wälzte, dann sah man ihn im Maschinengewehrvisier des Helikopters, dann war er ganz voller Löcher und das Meer rings um ihn färbte sich rosa und er versank so plötzlich als hätten die Löcher das Wasser hereingelassen. publikum brüllte vor lachen als er versank. dann sah man ein rettungsboot voller kinder und darüber kreiste ein helikopter. eine frau mittleren alters vielleicht jüdin saß im bug mit einem etwa dreijährigen jungen im arm. kleiner junge schrie vor angst und versteckte seinen kopf zwischen ihren brüsten als wollte er sich ganz in ihr verkriechen und die frau legte die arme um ihn und tröstete ihn obwohl sie selbst vor angst schlotterte. schützte ihn die ganze zeit so gut wie möglich als glaubte sie ihre arme könnten die kugeln von ihm abhalten. dann pflanzte der helikopter eine 20-kilo-bombe zwischen sie wahnsinnsblitz und das boot war nur noch kleinholz. dann kam eine wunderbare aufnahme von einem kinderarm der höher und höher und immer höher in die luft fliegt ein helikopter mit einer kamera in der kanzel muß hinterhergeflogen sein und es gab eine menge applaus von den parteiplätzen aber eine frau unten in der prolesecke des kinos fing plötzlich an rabatz zu machen und blökte herum man hätt doch so was nich vor kindern zeigen sollen man hätts nich sollen es wär nich recht nich vor kindern nich man hätts nich sollen bis die polizei sie rauswarf sie rausschmiß ich glaube nicht daß ihr was passiert ist keiner kümmert sich drum was die proles sagen typische prolesreaktion die werden nie –

Winston schrieb nicht weiter, und das lag zum Teil auch an dem Krampf, den er in der Hand bekommen hatte. Er wußte nicht, was ihn dazu getrieben hatte, diesen ganzen Mist von sich zu geben. Das Merkwürdige dabei war nur, daß in ihm währenddessen eine völlig andere Erinnerung aufgestiegen war, und zwar so deutlich, daß er beinahe das Gefühl hatte, sie aufgeschrieben zu haben. Er wußte jetzt, daß er wegen dieser anderen Sache so plötzlich beschlossen hatte, nach Hause zu gehen und sein Tagebuch zu beginnen.

Es war heute morgen im Ministerium passiert, wenn sich von so etwas Nebulosem überhaupt sagen ließ, daß es passiert.

Es war kurz vor elf Uhr, und in der Dokumentations-Abteilung, wo Winston arbeitete, zerrten sie die Stühle aus den Arbeitsnischen und gruppierten sie in der Saalmitte dem großen Teleschirm gegenüber. Man traf diese Vorbereitungen für den Zwei-Minuten-Haß. Winston nahm gerade in einer der mittleren Reihen Platz, da betraten zwei Personen, die er zwar vom Sehen kannte, mit denen er aber noch nie ein Wort gewechselt hatte, unerwartet den Raum. Eine davon war ein Mädchen, dem er oft in den Korridoren begegnete. Ihren Namen kannte er nicht, wußte jedoch, daß sie in der Roman-Abteilung arbeitete. Sie hatte vermutlich einen Job als Technikerin an einer der Romanmaschinen, denn er hatte sie manchmal mit ölverschmierten Händen und einem Schraubenschlüssel gesehen. Es war ein forsch wirkendes Mädchen, etwa siebenundzwanzig, mit vollem schwarzem Haar, Sommersprossen und flinken, athletischen Bewegungen. Eine schmale scharlachfarbene Schärpe, das Emblem der Junioren Anti-Sex Liga, umschlang mehrmals die Taille ihres Overalls und war gerade so fest gebunden, daß ihre wohlgeformten Hüften zur Geltung kamen. Winston hatte sie vom ersten Augenblick an nicht gemocht. Er wußte auch warum. Es war wegen dieser Atmosphäre von Hockeyplätzen, kalten Bädern, Volkswanderungen und genereller Saubermann-Mentalität, die sie immer um sich zu verbreiten wußte. Er lehnte beinahe alle Frauen ab und besonders die jungen und hübschen. Es waren stets die Frauen, und allen voran die jungen, die die bigottesten Anhänger der Partei stellten, die willigen Parolenschlucker, die Amateurspitzel und Gesinnungsschnüffler. Doch speziell dieses Mädchen schien ihm gefährlicher zu sein als die meisten. Sie hatte ihm einmal auf dem Korridor im Vorübergehen einen versteckten Blick zugeworfen, der in sein Innerstes zu dringen schien und ihn einen Moment lang mit blankem Entsetzen erfüllt hatte. Er war sogar auf den Gedanken verfallen, sie könnte eine Agentin der Gedankenpolizei sein. Das war allerdings höchst unwahrscheinlich. Trotzdem empfand er in ihrer Nähe stets ein merkwürdiges Unbehagen, in das sich sowohl Furcht wie Feindseligkeit mischten.

Die zweite Person war ein Mann namens O'Brien, ein Mitglied der Inneren Partei und Inhaber eines so wichtigen und abgehobenen Postens, daß Winston nur eine undeutliche Vorstellung davon besaß. Ein kurzes Schweigen senkte sich auf die Menschengruppe bei den Stühlen, als sie den schwarzen Overall eines Mitglieds der Inneren Partei näher kommen sah. O'Brien war ein großer, stämmiger Mann mit Stiernacken und einem derben, launischen, brutalen Gesicht. Trotz seiner mächtigen Erscheinung besaß er einen gewissen Charme. Er hatte eine Art, sich die Brille auf der Nase zurechtzurücken, die eigentümlich entwaffnend wirkte – und auf eine unbestimmte Weise eigentümlich kultiviert. Es war eine Geste, die einen, sofern überhaupt noch irgend jemand in solchen Vorstellungen zu denken vermocht hätte, an einen Adligen des achtzehnten Jahrhunderts erinnert haben könnte, der seine Schnupftabakdose offerierte. Winston hatte O'Brien vielleicht ein dutzendmal in rund ebensoviel Jahren gesehen. Er fühlte sich stark zu ihm hingezogen, und das nicht nur, weil ihn der Kontrast zwischen O'Briens umgänglichen Manieren und seiner Preisboxerfigur faszinierte. Es war vielmehr die heimlich gehegte Vermutung – ja, vielleicht nicht einmal die Vermutung, sondern nur die Hoffnung –, daß O'Briens politische Strenggläubigkeit nicht absolut war. Etwas in seinem Gesicht legte diese Annahme unwiderstehlich nahe. Und doch stand darin vielleicht nicht einmal Abweichlertum, sondern einfach Intelligenz geschrieben. Auf jeden Fall aber wirkte er wie ein Mensch, mit dem sich reden ließ, wenn man es irgendwie schaffte, den Teleschirm auszutricksen und ihn allein zu erwischen. Winston hatte nie den geringsten Versuch unternommen, seine Vermutung bestätigt zu finden: es war praktisch auch unausführbar. In diesem Moment blickte O'Brien auf seine Armbanduhr, sah, daß es gleich elf Uhr war, und beschloß offensichtlich, in der Dokumentations-Abteilung zu bleiben, bis der Zwei-Minuten-Haß vorüber war. Er setzte sich auf einen Stuhl in derselben Reihe wie Winston, einige Plätze von ihm entfernt. Eine kleine rotblonde Frau, die in Winstons Nachbarnische arbeitete, saß zwischen ihnen, das Mädchen mit dem schwarzen Haar direkt hinter ihm.

Im nächsten Moment brach aus dem großen Teleschirm am Ende des Raums ein gräßlich knirschendes Kreischen, wie von einer monströsen, ungeschmiert laufenden Maschine. Das Geräusch war so markerschütternd, daß sich einem die Nackenhaare sträubten. Der Haß hatte begonnen.

Wie üblich war auf dem Schirm das Gesicht von Emmanuel Goldstein aufgeflammt, dem Feind des Volkes. Es gab vereinzelte Pfiffe im Publikum. Die kleine rotblonde Frau quiekte in einer Mischung aus Angst und Abscheu. Goldstein war der Renegat und Abtrünnige, der früher einmal, vor langer Zeit (wie lange das her war, wußte keiner mehr so genau), einer der führenden Männer der Partei gewesen war, fast auf einer Stufe mit dem Großen Bruder selbst, und der sich dann in konterrevolutionäre Machenschaften verstrickt hatte, zum Tode verurteilt worden und auf mysteriöse Weise entkommen und untergetaucht war. Das Programm des Zwei-Minuten-Haß sah jeden Tag anders aus, aber es gab keines, in dem Goldstein nicht Hauptfigur gewesen wäre. Er war der Urverräter, der erste, der die Reinheit der Partei besudelt hatte. Alle nachfolgenden gegen die Partei gerichteten Verbrechen, alte Verrätereien, Sabotageakte, Häresien und Abweichungen von der Parteilinie entsprangen unmittelbar seinen Lehren. Irgendwo lebte er noch und plante weitere Konspirationen, irgendwo jenseits des Meeres vielleicht, unter der Protektion seiner finanzkräftigen ausländischen Hintermänner, vielleicht sogar – wie zuweilen das Gerücht ging – in einem Unterschlupf in Ozeanien selbst.

Winstons Zwerchfell zog sich zusammen. Er konnte Goldsteins Gesicht nie ohne schmerzlich gemischte Gefühle sehen. Es war ein hageres Judengesicht mit einem mächtigen krausen weißen Haarkranz und einem Ziegenbärtchen – ein kluges Gesicht und doch der inneren Natur nach irgendwie verächtlich, dessen lange, dünne Nase, auf deren Spitze eine Brille thronte, den Eindruck von Senilität vermittelte. Es ähnelte einem Schafsgesicht, und auch die Stimme hatte etwas Schafsmäßiges. Goldstein ritt seine übliche giftige Attacke gegen die Parteidoktrinen – eine so übertriebene und widersinnige Attacke, daß ein Kind sie hätte durchschauen können, und doch eben plausibel genug, um in einem das alarmierende Gefühl zu wecken, daß andere, weniger nüchtern denkende Leute als man selbst darauf hereinfallen könnten. Er verunglimpfte den Großen Bruder, er brandmarkte die Parteidiktatur, er forderte den sofortigen Friedensschluß mit Eurasien, er verfocht die Rede-, Presse-, Versammlungs- und Gedankenfreiheit, er keifte hysterisch, die Revolution sei verraten worden – und das alles in einer rapid-vielsilbigen Sprechweise, die eine Parodie auf den üblichen Stil der Parteiredner war und sogar

Neusprechvokabeln beinhaltete: mehr Neusprechvokabeln, als irgendein Parteimitglied normalerweise im wirklichen Leben gebrauchen würde. Und für den Fall, daß man noch den mindesten Zweifel darüber hegte, welche Realität durch Goldsteins bestechende Phrasendrescherei bemäntelt wurde, marschierten die ganze Zeit über hinter seinem Kopf auf dem Teleschirm die endlosen Kolonnen der eurasischen Armee – Reihen kräftig gebauter Männer mit ausdruckslosen asiatischen Gesichtern, die an die Oberfläche des Schirms trieben und dann verschwammen, nur um durch andere, absolut identische ersetzt zu werden. Das dumpfe, rhythmische Stampfen der Soldatenstiefel bildete die Geräuschkulisse zu Goldsteins blökender Stimme.

Der Haß hatte noch keine dreißig Sekunden gedauert, da brach die Hälfte der Leute im Raum in unkontrolliertes Wutgeschrei aus. Das selbstzufriedene schafsmäßige Gesicht auf dem Schirm und die furchteinflößende Macht der eurasischen Armee dahinter waren nicht mehr zu ertragen: überdies weckte Goldsteins Anblick, oder auch nur der bloße Gedanke an ihn, automatisch Angst und Zorn. Er war ein dauerhafterer Gegenstand des Hasses als Eurasien oder Ostasien, denn wenn Ozeanien mit einer dieser Mächte Krieg führte, dann lebte es gewöhnlich mit der anderen im Frieden. Merkwürdig war nur, daß, obwohl Goldstein von jedermann gehaßt und verabscheut wurde, obwohl seine Theorien tagtäglich wohl an die tausendmal auf Rednertribünen, auf dem Teleschirm, in Zeitungen und Büchern widerlegt, zerpflückt, lächerlich gemacht und vor der Allgemeinheit als der erbärmliche Schwachsinn hingestellt wurden, der sie nun einmal waren – daß trotz alledem Goldsteins Einfluß nie zu schwinden schien. Stets gab es neue Opfer, die darauf warteten, von ihm verführt zu werden. Es verging kein Tag, an dem die Gedankenpolizei nicht irgendwelche Spione und Saboteure entlarvte, die nach seinen Direktiven handelten. Er war der Befehlshaber einer gewaltigen schattenhaften Armee, eines Untergrundverschwörernetzes, das den Sturz der Regierung betrieb. Dem Vernehmen nach sollte diese Organisation den Namen *›Die Bruderschaft‹* tragen. Man flüsterte sich auch hinter vorgehaltener Hand etwas von einem schrecklichen Buch zu, von einem Kompendium aller Irrlehren, dessen Verfasser Goldstein war und das hier und dort heimlich zirkulierte. Das Buch hatte keinen Titel. Wenn überhaupt, dann sprachen die Leute schlicht von *dem Buch.* Aber über solche Dinge kursierten nur vage Gerüchte. Die Bruderschaft und *das Buch* waren Themen, die von gewöhnlichen Parteimitgliedern tunlichst vermieden wurden.

In der zweiten Minute steigerte sich der Haß zur Raserei. Die Leute sprangen von ihren Plätzen auf und brüllten mit überkippenden Stimmen, um das wahnsinnigmachende Geblöke, das vom Schirm kam, zu übertönen. Die kleine rotblonde Frau war knallrot angelaufen und schnappte mit dem Mund wie ein Fisch auf dem Trockenen. Sogar O'Briens massiges Gesicht hatte sich verfärbt. Er saß kerzengerade auf seinem Stuhl, und sein mächtiger Brustkasten schwoll und bebte, als trotze er einer anbrandenden Welle. Das schwarzhaarige Mädchen hinter Winston schrie jetzt: »Schwein! Schwein! Schwein!«, und plötzlich hielt sie ein schweres Neusprechwörterbuch in der Hand und schleuderte es nach dem Schirm. Es traf Goldsteins Nase und prallte ab; die Stimme redete unerbittlich weiter. In einem lichten Moment merkte Winston, daß er mit den anderen schrie und mit dem Absatz auf der Querleiste seines Stuhls herumtrampelte. Das Scheußliche an dem Zwei-Minuten-Haß war nicht, daß man verpflichtet war mitzumachen, sondern im Gegenteil, daß man sich ihm nicht entziehen konnte. Nach dreißig Sekunden brauchte man sich einfach nicht mehr zu verstellen. Ein gräßlicher, aus Angst und Rachsucht gemischter Taumel, das Verlangen, zu töten, zu foltern, Gesichter mit einem Vorschlaghammer einzuschlagen, schien wie ein elektrischer Strom durch die ganze Menschengruppe zu fließen und verwandelte einen wider Willen in einen grimassierend-tobenden Irrsinnigen. Und doch war die Wut, die man empfand, ein abstraktes, ungelenktes Gefühl, das sich wie die Flamme einer Lötlampe von einem Gegenstand auf einen anderen richten ließ. So zielte zum Beispiel Winstons Haß für einen Augenblick durchaus nicht auf Goldstein, sondern im Gegenteil auf den Großen Bruder, die Partei und die Gedankenpolizei: und in solchen Momenten flog sein Herz dem einsamen, verhöhnten Ketzer auf dem Schirm zu, dem einzigen Hüter der Wahrheit und Vernunft in einer Welt der Lüge. Und doch fühlte er sich im nächsten Moment schon wieder eins mit den Menschen um ihn herum, und alle Behauptungen über Goldstein schienen ihm wahr. In solchen Momenten verwandelte sich sein heimlicher Abscheu gegen den Großen Bruder in Bewunderung für ihn, und der Große Bruder schien aufzuragen, ein unbezwingbarer, furchtloser Schutzherr, und sich wie ein Fels den Horden Asiens entgegenzustemmen, und Goldstein erschien ihm dann – trotz seiner Isolation, seiner Hilflosigkeit und der Zweifel, die seine bloße Existenz umgaben – als unheilvoller Hexenmeister, der allein durch die Gewalt seiner Stimme fähig war, das Gefüge der Zivilisation zu zerstören.

In manchen Momenten konnte man seinen Haß sogar vorsätzlich in diese oder jene Richtung lenken. Und plötzlich schaffte es Winston mit einer heftigen Anstrengung, so wie man in einem Alptraum den Kopf vom Kissen hochreißt, seinen Haß gegen das Gesicht auf dem Schirm auf das schwarzhaarige Mädchen hinter sich zu projizieren. Lebhafte, wundervolle Halluzinationen schossen ihm durch den Sinn. Er würde sie mit einem Gummiknüppel totprügeln. Er würde sie nackt an einen Pfahl fesseln und sie mit Pfeilen spicken wie den heiligen Sebastian. Er würde sie vergewaltigen und ihr beim Höhepunkt die Kehle durchschneiden. Er wußte jetzt auch deutlicher als zuvor, *warum* er sie haßte. Er haßte sie, weil sie jung und hübsch und geschlechtslos war, weil er mit ihr ins Bett gehen wollte, es aber nie dazu kommen würde, weil um ihre süße, schmiegsame Taille, die zur Umarmung einzuladen schien, nur die widerliche scharlachrote Schärpe lag, als aggressives Symbol der Keuschheit.

Der Haß erreichte den Höhepunkt. Goldsteins Stimme war jetzt zu einem wirklichen Blöken geworden, und einen Augenblick lang verwandelte sich sein Gesicht in eine Schafsmiene. Dann verschwamm das Schafsgesicht zur Gestalt eines eurasischen Soldaten, der riesig und furchterregend mit tackender Maschinenpistole heranzumarschieren und aus der Fläche des Teleschirms herauszuspringen schien, so daß einige Leute in der ersten Reihe tatsächlich auf ihren Stühlen zurückzuckten. Doch im gleichen Moment verschwamm das Feindbild unter einem allgemeinen Stoßseufzer der Erleichterung zum Gesicht des Großen Bruders, schwarzhaarig, schwarzschnurrbärtig, Macht und geheimnisvolle Ruhe ausstrahlend und so riesenhaft, daß es fast den ganzen Schirm einnahm. Keiner hörte, was der Große Bruder sagte. Es waren nur ein paar Worte der Ermutigung, Worte, wie sie im Schlachtgetöse hervorgebracht werden, nicht einzeln verständlich, doch Zuversicht spendend durch das bloße Ausgesprochenwerden. Dann verblaßte das Gesicht des Großen Bruders wieder, und dafür prangten in fetten Großbuchstaben die drei Parolen der Partei:

KRIEG IST FRIEDEN
FREIHEIT IST SKLAVEREI
UNWISSENHEIT IST STAERKE

Doch das Gesicht des Großen Bruders schien noch einige Sekunden auf dem Schirm nachzuglühen, als sei der Eindruck, den es auf der Netzhaut der Zuschauer hinterlassen hatte, zu lebhaft, um gleich wieder zu verblassen. Die kleine rotblonde Frau hatte sich über die Lehne des vor ihr stehenden Stuhls geworfen. Mit einem bebenden Flüstern, das wie »Mein Retter!« klang, reckte sie die Arme dem Schirm entgegen. Dann vergrub sie ihr Gesicht in den Händen. Ganz offensichtlich betete sie.

In diesem Moment stimmten alle Versammelten einen volltönenden, langsamen rhythmischen Sprechgesang an: »G-B! . . . G-B! . . . G-B!« – immer wieder, ganz langsam, mit einer großen Pause zwischen dem »G« und dem »B« – ein dröhnendes Gemurmel, eigentümlich primitiv, in dessen Hintergrund man das Stampfen nackter Füße und das dumpfe Trommeln von Tomtoms zu hören vermeinte. Das hielten sie etwa eine halbe Minute durch. Es war ein in überwältigenden Erregungszuständen oft gehörter Refrain. Zum Teil war es ein Hymnus auf die Weisheit und Majestät des Großen Bruders, aber mehr noch Selbsthypnose, eine absichtliche Bewußtseinseintrübung durch rhythmischen Lärm. Winston spürte einen Stich in den Eingeweiden. Während des Zwei-Minuten-Haß konnte er sich dem allgemeinen Delirium nicht entziehen, doch dieser menschenunwürdige Singsang »G-B! . . . G-B!« erfüllte ihn stets mit Entsetzen. Aber natürlich stimmte er mit ein; etwas anderes wäre auch undenkbar gewesen. Seine Gefühle zu verbergen, sein Mienenspiel zu kontrollieren, das zu tun, was alle taten, war eine Instinktreaktion. Doch es gab eine Spanne von wenigen Sekunden, da ihn sein Augenausdruck möglicherweise hätte verraten können. Und genau in diesem Moment passierte das Bemerkenswerte – falls es tatsächlich passierte.

Er fing ganz flüchtig O'Briens Blick auf. O'Brien war aufgestanden, hatte die Brille abgenommen und setzte sie sich mit seiner typischen Geste gerade wieder auf. Doch für einen Sekundenbruchteil begegneten sich ihre Blicke, und für diesen kurzen Zeitraum wußte Winston – ja, er *wußte* es –, daß O'Brien dasselbe dachte wie er. Sie hatten eine unmißverständliche Botschaft ausgetauscht. Es war, als hätten beide ihren Geist geöffnet und als strömten die Gedanken durch die Augen vom einen zum anderen hinüber. »Ich verstehe Sie«, schien O'Brien zu sagen. »Ich weiß genau, was Sie empfinden. Ich kenne Ihre Verachtung, Ihren Haß, Ihren Abscheu. Aber seien Sie unbesorgt, ich bin auf Ihrer Seite!« Und damit war das aufgeblitzte Einverständnis auch schon wieder fort, und O'Briens Gesicht war genauso unerforschlich wie das der übrigen.

Das war alles, und er war bereits nicht mehr sicher, ob es überhaupt passiert war. Solche Zwischenfälle blieben stets folgenlos. Sie bewirkten einzig, daß der Glaube, oder die Hoffnung, in ihm lebendig blieb, daß es außer ihm noch andere Feinde der Partei gab. Vielleicht stimmten die Gerüchte über riesige Untergrundverschwörungen ja – vielleicht existierte die Bruderschaft wirklich! Man konnte trotz der endlosen Verhaftungen und Geständnisse und Hinrichtungen nicht sicher sein, ob die Bruderschaft nicht doch bloß ein Mythos war. An manchen Tagen glaubte er an sie, an anderen wieder nicht. Es gab keinerlei Beweise, bloß flüchtige Andeutungen, die alles bedeuten konnten oder nichts: aufgeschnappte Gesprächsfetzen, undeutliche Graffiti an Klowänden – einmal sogar, als sich zwei Fremde begegneten, eine kleine Handbewegung, die wie ein mögliches Erkennungszeichen gewirkt hatte. Aber das war alles reine Spekulation und existierte höchstwahrscheinlich nur in seiner Einbildung. Er war in seine Arbeitsnische zurückgekehrt, ohne O'Brien noch einmal anzusehen. Die Idee, ihrem flüchtigen Kontakt nachzugehen, kam ihm so gut wie gar nicht in den Sinn. Es wäre auch unvorstellbar gefährlich gewesen, selbst wenn er gewußt hätte, wie er es hätte anstellen sollen. Für ein paar Sekunden hatten sie einen zweideutigen Blick getauscht, mehr nicht. Aber selbst dies war ein denkwürdiges Ereignis in der abgekapselten Einsamkeit, in der man leben mußte.

Winston raffte sich auf und setzte sich gerade hin. Er rülpste. Der Gin rumorte in seinem Bauch.

Sein Augenmerk richtete sich wieder auf das Blatt. Er entdeckte, daß er beim hilflosen Dasitzen und Grübeln geschrieben hatte, ganz mechanisch. Und das war nicht mehr die verkrampfte, unbeholfene Handschrift von vorhin. Seine Feder war wollüstig über das glatte Papier geglitten und hatte in großen, klaren Druckbuchstaben hingesetzt:

NIEDER MIT DEM GROSSEN BRUDER
NIEDER MIT DEM GROSSEN BRUDER
NIEDER MIT DEM GROSSEN BRUDER
NIEDER MIT DEM GROSSEN BRUDER
NIEDER MIT DEM GROSSEN BRUDER

immer und immer wieder, über eine halbe Seite.

Panik erfaßte ihn. Das war im Grunde absurd, denn daß er gerade *diese* Worte hingeschrieben hatte, gefährdete ihn nicht mehr als sein erster Schritt: das Tagebuch anzulegen; aber für einen Moment war er versucht, die unbrauchbar gewordenen Seiten herauszureißen und die Sache ganz aufzugeben.

Er tat es jedoch nicht, weil er wußte, daß das zwecklos war. Ob er nun NIEDER MIT DEM GROSSEN BRUDER hinschrieb oder nicht, blieb sich gleich. Ob er nun das Tagebuch fortsetzte oder nicht, blieb sich ebenfalls gleich. Die Gedankenpolizei würde ihn sowieso schnappen. Er hatte – und das auch, wenn er die Feder niemals angesetzt hätte – das Kardinalverbrechen begangen, das alle anderen in sich schloß. Gedankendelikt nannten sie es. Gedankendelikte ließen sich nicht auf ewig geheimhalten. Man konnte wohl eine Weile, oder sogar ein paar Jahre lang, erfolgreich durchrutschen, aber früher oder später schnappten sie einen doch.

Immer war es Nacht – die Verhaftungen erfolgten stets

bei Nacht. Das jähe Aufschrecken aus dem Schlaf, die rohe Hand, die einen an der Schulter rüttelte, die grellen Taschenlampen, die einen blendeten, der Kreis von harten Gesichtern um das Bett. In der überwiegenden Zahl der Fälle gab es keine Verhandlung, kein Protokoll der Verhaftung. Die Leute verschwanden ganz einfach, und immer bei Nacht. Der Name wurde aus den Registern gestrichen, alle Tätigkeitsspuren wurden gelöscht, die ehemalige individuelle Existenz geleugnet und dann vergessen. Man wurde getilgt, annulliert: *vaporisiert,* so lautete die offizielle Sprachregelung dafür.

Er erlitt einen kurzen hysterischen Anfall und begann dann in hastig-schlampigem Gekrakel zu schreiben:

sie werden mich abknallen mir ganz wurscht mit einem genickschuß werden sie mich abknallen mir ganz wurscht nieder mit dem großen bruder sie knallen einen immer mit genickschuß ab mir ganz wurscht nieder mit dem großen bruder –

Er lehnte sich leicht beschämt in seinem Stuhl zurück und legte den Federhalter hin. Im nächsten Moment schrak er heftig zusammen. Es klopfte an der Tür.

So schnell! Er blieb mucksmäuschenstill sitzen, in der unsinnigen Hoffnung, der Draußenstehende könnte nach einem einzigen Versuch wieder weggehen. Doch nein, es klopfte erneut. Das schlimmste wäre es jetzt zu zögern. Sein Herz hämmerte wie eine Trommel, aber sein Gesicht war aus langer Gewohnheit wahrscheinlich ausdruckslos. Er stand auf und ging schleppend zur Tür.

II

Als Winston die Hand auf den Türknauf legte, sah er, daß er das Tagebuch offen auf dem Tisch liegengelassen hatte. NIEDER MIT DEM GROSSEN BRUDER stand da in so großen Buchstaben, daß man es von der Tür aus beinahe lesen konnte. Eine unglaubliche Dummheit. Doch nicht einmal in seinem panischen Schrecken, das wurde ihm klar, hatte er das cremefarbene Papier dadurch besudeln wollen, daß er das Buch zuschlug, solange die Tinte noch naß war.

Er holte tief Luft und öffnete. Sofort durchströmte ihn eine warme Welle der Erleichterung. Draußen stand eine blasse Frau mit strähnigem Haar und zerfurchtem Gesicht.

»Ach, Genosse«, begann sie jammernd, »mir war doch so, als hätte ich Sie reinkommen hören. Könnten Sie wohl mal mit rüberkommen und sich unseren Küchenausguß anschauen? Er ist verstopft und –«

Es war Mrs. Parsons, die Frau eines Etagennachbarn. (Die Anrede »Mrs.« wurde von der Partei eigentlich mißbilligt – man sollte grundsätzlich jedermann mit »Genosse« oder »Genossin« ansprechen –, doch bei einigen Frauen gebrauchte man ganz unwillkürlich das »Mrs.«.) Sie war um die Dreißig, wirkte aber wesentlich älter. Man gewann den Eindruck, daß sich in den Fältchen ihres Gesichts Staub abgelagert hatte. Winston folgte ihr den Flur entlang. Diese unprofessionellen Reparaturen waren eine fast alltägliche

Plage. Die Wohnungen in der Victory Mietskaserne waren alt, etwa um das Jahr 1930 gebaut, und gingen allmählich zu Bruch. Dauernd blätterte der Verputz von Decken und Wänden, bei jedem harten Frost platzten die Leitungsrohre, bei Schnee leckte das Dach, und die Zentralheizung lief grundsätzlich auf halben Touren, wenn sie nicht aus Sparsamkeitsgründen ganz abgestellt war. Reparaturen mußten, es sei denn, man führte sie selbst aus, von entfernt gelegenen Ausschüssen abgesegnet werden, und man durfte darauf gefaßt sein, daß sie sogar das Wiedereinsetzen einer Fensterscheibe zwei Jahre hinauszögerten.

»Es ist ja auch bloß, weil Tom nicht da ist«, sagte Mrs. Parsons unbestimmt.

Die Parsonssche Wohnung war größer als Winstons und auf andere Weise schäbig. Alles hier sah irgendwie beschädigt und zertrampelt aus, so als sei der Raum gerade von einem riesigen Ungetüm heimgesucht worden. Sportutensilien – Hockeyschläger, Boxhandschuhe, ein geplatzter Fußball, eine verschwitzte, auf links gedrehte Turnhose – lagen ringsum auf dem Fußboden verstreut, und auf dem Tisch türmten sich dreckiges Geschirr und eselsohrige Schulbücher. An den Wänden hingen die scharlachroten Banner der ›Jugendliga‹ und der ›Spitzel‹ sowie ein Plakat vom Großen Bruder in voller Lebensgröße. Auch hier herrschte der obligate, dem ganzen Haus eigentümliche Kohlgeruch, doch er war durchsetzt von einem herberen Schweißdunst, der – man wußte es gleich beim ersten Schnuppern, obwohl sich das schwer begründen ließ – zu jemandem gehörte, der im Moment nicht da war. Nebenan versuchte irgendwer auf Kamm und Klopapier die Militärmusik zu begleiten, die noch immer vom Teleschirm kam.

»Das sind die Kinder«, sagte Mrs. Parsons und äugte halb ängstlich zur Tür. »Sie waren heute noch nicht draußen. Und da –«

Sie hatte die Angewohnheit, mitten im Satz abzubrechen.

Im Küchenausguß staute sich das grünlich-trübe Wasser fast bis zum Rand und stank mehr als alles andere nach Kohl. Winston kniete sich hin und inspizierte den Rohrknick der Abflußleitung. Er haßte es, seine Hände zu gebrauchen, und er haßte es, sich zu bücken, weil er sich damit meist einen Hustenanfall einhandelte. Mrs. Parsons sah hilflos zu.

»Wenn Tom da wär', hätte er's im Nu repariert«, sagte sie. »So Sachen machen ihm Spaß. Er ist doch sooo geschickt mit den Händen, mein Tom.«

Parsons war Winstons Arbeitskollege im Ministerium für Wahrheit. Er war ein feister, aber aktiver Mann von lähmender Dummheit, ein Koloß hirnloser Begeisterung – eines jener absolut bedingungslos ergebenen Arbeitstiere, von denen, mehr sogar noch als von der Gedankenpolizei, die Stabilität der Partei abhing. Mit seinen fünfunddreißig Jahren hatte man ihn erst kürzlich und gegen seinen Willen aus der Jugendliga entfernt, und ehe er in die Jugendliga aufgerückt war, hatte er es fertiggebracht, ein Jahr über die festgesetzte Altersgrenze hinaus bei den ›Spitzeln‹ zu bleiben. Im Ministerium versah er einen untergeordneten Posten, der keine Intelligenz erforderte, andererseits aber gehörte er zu den führenden Leuten des Sportausschusses und aller anderen Ausschüsse, die sich mit dem Organisieren von Volkswanderungen, Spontandemonstrationen, Sparkampagnen und freiwilligen Aktivitäten aller Art befaßten. Zwischen zwei Zügen aus seiner Pfeife ließ er einen mit heimlichem Stolz gern wissen, daß er sich in den letzten vier Jahren allabendlich im Kommunalen Zentrum hatte blicken lassen. Ein überwältigender Schweißgeruch, eine Art unbewußter Beweis für sein tatkräftiges Leben, umgab ihn auf Schritt und Tritt und hielt sich sogar, wenn er schon wieder gegangen war.

»Haben Sie eine Rohrzange?« fragte Winston und fummelte an der Schraubenmutter des Verbindungsstücks herum.

»Eine Rohrzange«, sagte Mrs. Parsons und wurde sofort antriebslos. »Ich weiß nicht so recht. Vielleicht, daß die Kinder –«

Mit Stiefelgetrampel und einem neuerlichen Tusch auf dem Kamm stürmten die Kinder ins Wohnzimmer. Mrs. Parsons brachte die Rohrzange. Winston ließ das Wasser ablaufen und entfernte angewidert den Haarpfropfen, der das Rohr verstopft hatte. Er wusch sich unter dem kalten Leitungswasser notdürftig die Hände und kehrte in das andere Zimmer zurück.

»Flossen hoch!« schrie eine wilde Stimme.

Ein hübscher, abgebrüht aussehender Neunjähriger war hinter dem Tisch hervorgeschnellt und bedrohte ihn mit einer Spielzeugpistole, während seine etwa zwei Jahre jüngere Schwester mit einem Stück Holz dieselbe Geste machte. Beide trugen die Uniform der ›Spitzel‹: blaue Shorts, graue Hemden und rote Halstücher. Winston hob die Hände über den Kopf, doch er fühlte sich unbehaglich dabei, denn der Junge gebärdete sich derart boshaft, daß es längst kein Spiel mehr war.

»Du bist 'n Verräter!« gellte der Junge. »Du bist 'n Gedanken-Verbrecher! Du bist 'n eurasischer Spion! Ich werd' dich abknallen, ich werd' dich vaporisieren, ich schick' dich ins Salzbergwerk!«

Plötzlich sprangen beide um ihn herum und riefen: »Verräter!« und »Gedanken-Verbrecher!«, und das kleine Mädchen imitierte jede Bewegung ihres Bruders. Es hatte schon etwas Beängstigendes, wie das Herumtollen von Tigerjungen etwa, die bald ausgewachsene Menschenfresser sein würden. Im Blick des Jungen lag eine kühl-berechnende Grausamkeit, das ganz offensichtliche Verlangen, Winston zu schlagen oder zu treten, und auch das Bewußtsein, dazu bald groß genug zu sein. Bloß gut, daß die Pistole nicht echt ist, dachte Winston.

Mrs. Parsons Blicke huschten nervös zwischen Winston

und den Kindern hin und her. Im besseren Licht des Wohnzimmers stellte er interessiert fest, daß sich in den Fältchen ihres Gesichts tatsächlich Staub abgelagert hatte.

»Die machen vielleicht einen Lärm, sag' ich Ihnen«, stöhnte sie. »Sind enttäuscht, weil sie nicht beim Aufhängen zusehen können, das isses. Ich hab' zuviel um die Ohren, um mit ihnen hinzugehen, und Tom kommt nicht rechtzeitig von der Arbeit nach Hause.«

»Wieso könn' wir nich beim Hängen zugucken?« röhrte der Junge.

»Beim Hängen zugucken! Beim Hängen zugucken!« sang das kleine Mädchen und hopste noch immer herum.

Winston fiel ein, daß heute abend im Park einige eurasische Gefangene, denen man Kriegsverbrechen vorwarf, gehängt werden sollten. Dergleichen passierte etwa einmal pro Monat und war ein beliebtes Schauspiel. Kinder machten immer einen Riesenzirkus, damit man mit ihnen hinging. Er verabschiedete sich von Mrs. Parsons und ging zur Tür. Aber er war noch keine sechs Schritte den Flur entlanggegangen, da bekam er einen äußerst schmerzhaften Schlag ins Genick. Es war, als hätte man ihn mit einem rotglühenden Draht durchbohrt. Er wirbelte eben noch rechtzeitig herum, um zu sehen, wie Mrs. Parsons ihren Sohn wieder in die Wohnung zerrte, während der Junge eine Schleuder in seiner Hosentasche verstaute.

»Goldstein!« brüllte der Junge, als die Tür zuklappte. Doch was Winston am meisten betroffen machte, war der Ausdruck hilfloser Angst auf dem grauen Gesicht der Frau.

Zurück in seiner Wohnung, schlüpfte er rasch am Teleschirm vorbei und setzte sich wieder an den Tisch. Er rieb sich den noch immer schmerzenden Nacken. Die Musik vom Teleschirm war verstummt. Dafür verlas eine abgehackte militärische Stimme mit einem gewissen brutalen Vergnügen eine Beschreibung der Bestückung der neuen

Schwimmenden Festung, die soeben zwischen Island und den Faröern verankert worden war.

Mit *den* Kindern, dachte er, mußte das Leben der armen Frau einem Alptraum gleichen. Noch ein, zwei Jahre, und sie würden sie Tag und Nacht belauern, um festzustellen, wie es bei ihr mit der Linientreue stand. Heutzutage waren fast alle Kinder gräßlich. Am schlimmsten war, daß sie durch solche Organisationen wie die ›Spitzel‹ systematisch zu hemmungslosen kleinen Wilden gemacht wurden, was jedoch nicht bewirkte, daß sie Lust verspürten, gegen die Parteidisziplin zu rebellieren. Im Gegenteil, sie vergötterten die Partei und alles, was mit ihr zusammenhing. Die Lieder, die Umzüge, die Transparente, die Wanderungen, der Drill mit Übungsgewehren, das Parolengebrüll, die Verehrung des Großen Bruders – das alles war für sie ein tolles Spiel. Ihr ganzes Ungestüm wurde nach außen gerichtet, gegen die Staatsfeinde, gegen Ausländer, Verräter, Saboteure, Gedanken-Verbrecher. Für Leute über dreißig war es beinahe schon normal, sich vor den eigenen Kindern zu fürchten. Und das mit gutem Grund, denn es verging kaum eine Woche, in der die *Times* nicht einen Bericht darüber brachte, wie irgend so ein kleiner, leisetreterischer Lauscher – ›Kinderheld‹ war die gängige Phrase dafür – eine kompromittierende Bemerkung mitgehört und seine Eltern bei der Gedankenpolizei denunziert hatte.

Der Schmerz in seinem Nacken war inzwischen abgeklungen. Er griff halbherzig zum Federhalter und fragte sich, ob ihm noch etwas fürs Tagebuch einfallen würde. Plötzlich mußte er wieder an O'Brien denken.

Vor Jahren einmal – wie lange war es her? Es mußte vor sieben Jahren gewesen sein – hatte er geträumt, er gehe durch ein stockdunkles Zimmer. Und jemand, der seitlich von ihm saß, hatte zu ihm gesagt: »Wir werden uns an dem Ort treffen, wo keine Dunkelheit herrscht.« Das wurde ganz ruhig, fast beiläufig gesagt – eine Feststellung, kein

Befehl. Er war, ohne stehenzubleiben, weitergegangen. Merkwürdig blieb, daß die Worte damals, im Traum, keinen großen Eindruck auf ihn gemacht hatten. Erst später und allmählich schienen sie Bedeutung gewonnen zu haben. Er konnte sich jetzt nicht mehr entsinnen, ob er O'Brien vor oder nach diesem Traum zum erstenmal gesehen hatte; ebensowenig erinnerte er sich, wann er diese Stimme zum erstenmal als die Stimme O'Briens identifizierte. Jedenfalls hatte diese Identifikation stattgefunden: O'Brien hatte aus dem Dunkel zu ihm gesprochen.

Winston hatte nie sicher sein können – auch nach dem kurzen Blickkontakt von heute morgen konnte er dessen nicht gewiß sein –, ob O'Brien Freund oder Feind war. Und das schien auch keine große Rolle zu spielen. Zwischen ihnen herrschte ein Einvernehmen, das wichtiger war als Zuneigung oder Parteigängerschaft. »Wir werden uns an dem Ort treffen, wo keine Dunkelheit herrscht«, hatte er gesagt. Winston wußte nicht, was das hieß, nur daß es auf diese oder jene Weise in Erfüllung gehen würde.

Die Stimme vom Teleschirm verstummte. Ein Trompetensignal durchschnitt rein und eindrucksvoll die abgestandene Luft. Die Stimme krächzte wieder los:

»Achtung! Wir bitten um Ihre Aufmerksamkeit! Soeben erreicht uns ein Sonderbericht von der Malabar-Front. Unsere Streitkräfte in Südindien haben einen glorreichen Sieg errungen. Ich bin zu der Meldung bevollmächtigt, daß durch diese militärische Operation das Ende des Krieges in greifbare Nähe gerückt sein dürfte. Und jetzt der Sonderbericht –«

Das dicke Ende kommt noch, dachte Winston. Und in der Tat folgte auf eine blutrünstige Schilderung der völligen Vernichtung einer eurasischen Armee, bei der horrende Zahlen von Toten und Gefangenen genannt wurden, die Ankündigung, daß ab nächster Woche die Schokoladenration von dreißig auf zwanzig Gramm gekürzt werden würde.

Winston rülpste abermals. Der Gin verlor an Wirkung und hinterließ ein hohles Gefühl. Der Teleschirm schmetterte – sei es, um den Sieg zu feiern, sei es, um die Erinnerung an die Schokoladenkürzung zu überdecken – »Ozeanien, Dir allein.« Es wurde von einem erwartet, daß man dazu die Habtachtstellung einnahm. Doch auf seinem derzeitigen Platz war Winston unsichtbar.

»Ozeanien, Dir allein« wich leichterer Musik. Winston trat ans Fenster und kehrte dem Teleschirm weiterhin den Rücken. Der Tag war noch immer kalt und klar. Irgendwo in der Ferne detonierte eine Raketenbombe mit dumpf donnerndem Nachhall. Zur Zeit fielen pro Woche rund zwanzig bis dreißig Stück auf London.

Unten auf der Straße flappte das eingerissene Plakat im Wind, und abwechselnd erschien und verschwand das Wort ENGSOZ. Die geheiligten Prinzipien des Engsoz. Neusprech, Doppeldenk, die Veränderbarkeit der Vergangenheit. Er hatte das Gefühl, als wandere er in den Wäldern auf dem Meeresgrund, verirrt in einer monströsen Welt, in der er selbst das Monster war. Er war allein. Die Vergangenheit war tot, die Zukunft unvorstellbar. Welche Gewißheit hatte er denn, daß auch nur ein einziger Mensch auf seiner Seite stand? Und wie sollte er je wissen können, ob die Herrschaft der Partei nicht ewig währen würde? Wie zur Antwort fielen ihm die drei Parolen auf der weißen Fassade des Ministeriums für Wahrheit wieder ein:

KRIEG IST FRIEDEN
FREIHEIT IST SKLAVEREI
UNWISSENHEIT IST STAERKE

Er zog ein Fünfundzwanzig-Cent-Stück aus der Tasche. Auch hier waren in winziger, klarer Schrift die gleichen Parolen eingeprägt und auf der anderen Seite der Münze der Kopf des Großen Bruders. Sogar von der Münze verfolgten einen die Augen. Von Geldstücken, Briefmarken, Buchumschlägen, Transparenten und der Verpackung einer Zigarettenschachtel – von überall her. Immer die Augen, die einen beobachteten, die Stimme, die einen umgab. Im Wachen oder im Schlaf, bei der Arbeit oder beim Essen, drinnen oder draußen, im Bad oder im Bett – es gab kein Entrinnen. Nichts gehörte einem, bis auf die paar Kubikzentimeter im eigenen Schädel.

Die Sonne war weitergerückt, und die Myriaden Fenster des Ministeriums für Wahrheit, auf die ihre Strahlen nun nicht mehr trafen, wirkten grimmig wie die Schießscharten einer Festung. Sein Mut sank angesichts dieses ungeheuren pyramidalen Baus. Er war zu stabil, er konnte nicht gestürmt werden. Tausend Raketenbomben würden ihn nicht in Trümmer legen können. Er fragte sich erneut, für wen er das Tagebuch überhaupt schrieb. Für die Zukunft, für die Vergangenheit – für ein vielleicht nur imaginäres Zeitalter. Und vor ihm lag nicht Tod, sondern Auslöschung. Das Tagebuch würde zu Asche und er wie der Rauch vergehen. Nur die Gedankenpolizei würde lesen, was er geschrieben hatte, bevor sie es aus der Welt und aus der Erinnerung tilgte. Wie konnte man an die Zukunft appellieren, wenn keine Spur, nicht einmal ein auf ein Stückchen Papier gekritzeltes anonymes Wort materiell überdauern konnte?

Der Teleschirm schlug vierzehn. In zehn Minuten mußte er aufbrechen. Um vierzehn Uhr dreißig hatte er wieder an der Arbeit zu sein.

Eigenartigerweise schien ihm der Stundenschlag neuen Mut gemacht zu haben. Er war eine einsame Spukgestalt, die eine Wahrheit verkündete, die niemand jemals hören würde. Aber solange er sie verkündete, war auf unergründliche Weise die Kontinuität nicht unterbrochen. Nicht indem man sich Gehör verschaffte, sondern indem man bei gesundem Verstand blieb, bewahrte man das Erbe der

Menschheit. Er kehrte zum Tisch zurück, tunkte die Feder ein und schrieb:

Der Zukunft oder der Vergangenheit, einer Zeit, in der Gedanken frei sind, in der sich die Menschen voneinander unterscheiden und nicht allein leben – einer Zeit, in der Wahrheit existiert und das Geschehene nicht ungeschehen gemacht werden kann:

Grüße! – aus dem Zeitalter der Uniformität, aus dem Zeitalter der Einsamkeit, aus dem Zeitalter des Großen Bruders, aus dem Zeitalter des Doppeldenk – Grüße!

Er war bereits tot, überlegte er. Es schien ihm, als habe er erst jetzt, mit der Fähigkeit, seine Gedanken zu formulieren, den entscheidenden Schritt getan. Die Konsequenzen jeder Handlung liegen schon in der Handlung selbst. Er schrieb:

Gedankendelikt hat nicht den Tod zur Folge: Gedankendelikt IST der Tod.

Nun, da er sich als toten Mann betrachtete, wurde es wichtig, so lange wie möglich lebendig zu bleiben. Zwei Finger seiner rechten Hand waren tintenfleckig. Das war haargenau die Kleinigkeit, die einen verraten konnte. Irgendein herumschnüffelnder Zelot im Ministerium (wahrscheinlich eine Frau: jemand wie die kleine Rotblonde oder das schwarzhaarige Mädchen aus der Roman-Abteilung) könnte sich zu fragen beginnen, weshalb er in der Lunchpause etwas geschrieben hatte, weshalb er dazu einen altmodischen Federhalter benutzt hatte, *was* er geschrieben hatte – um dann an zuständiger Stelle einen Wink zu geben. Er ging ins Bad und schrubbte die Tintenflecke sorgfältig mit der sandigen dunkelbraunen Seife, die einem die Haut wie Schmirgelpapier aufscheuerte und deshalb für diesen Zweck bestens geeignet war.

Er verstaute das Tagebuch in der Schublade. Der Gedanke, es zu verstecken, war einigermaßen sinnlos, aber er konnte zumindest dafür sorgen, daß er merkte, ob es entdeckt worden war oder nicht. Ein über den Schnitt gelegtes Haar wäre zu offensichtlich. Er tupfte mit den Fingerspitzen ein identifizierbares weißliches Staubkörnchen auf und plazierte es auf der Ecke des Einbands, wo es herunterrutschen mußte, wenn das Buch angefaßt wurde.

III

Winston träumte von seiner Mutter.

Er mußte zehn oder elf Jahre alt gewesen sein, als seine Mutter verschwand. Sie war eine hochgewachsene, statuenhafte, recht stille Frau mit langsamen Bewegungen und prachtvollem blondem Haar. Die Erinnerung an seinen Vater war undeutlicher: schwarzhaarig und dünn, stets in geschmackvolle dunkle Anzüge gekleidet (Winston entsann sich ganz besonders der hauchdünnen Schuhsohlen seines Vaters) und bebrillt. Die beiden mußten offensichtlich einer der ersten großen Säuberungswellen der 50er Jahre zum Opfer gefallen sein.

In diesem Moment saß seine Mutter irgendwo tief unter ihm und hielt seine kleine Schwester in den Armen. In seiner Erinnerung war seine Schwester nur noch ein winziges, schwächliches Baby, immer still, mit großen wachsamen Augen. Beide blickten zu ihm hinauf. Sie befanden sich an einem unterirdischen Ort – auf dem Grund eines Brunnens vielleicht oder in einem sehr tiefen Grab –, und dieser Ort, der ohnehin schon tief unter ihm lag, glitt immer weiter hinab. Sie waren im Salon eines sinkenden Schiffes und blickten durch das düsterer werdende Wasser zu ihm herauf. Noch war Luft im Salon, noch konnten sie ihn sehen und er sie, aber sie sanken tiefer und tiefer in die grünen Fluten, die sie im nächsten Moment für immer dem Blick entziehen mußten. Er lebte in Licht und Luft, während sie hinunter in den Tod gesogen wurden, und sie waren dort unten, weil *er* hier oben war. Er wußte es, und sie wußten es auch, und er konnte dieses Wissen in ihren Gesichtern lesen. Doch weder in ihren Gesichtern noch in ihren Herzen lag ein Vorwurf, nur das Wissen, daß sie sterben mußten, damit er weiterleben konnte, und daß dies ein Teil der unvermeidlichen Ordnung der Dinge war.

Er konnte sich nicht daran erinnern, was geschehen war, doch in seinem Traum wußte er, daß auf irgendeine Weise das Leben seiner Mutter und das seiner Schwester für das seine geopfert worden waren. Es war einer jener Träume, die, unter Wahrung der typischen Traumszenerie, eine Fortsetzung der bewußten Denkvorgänge sind und in denen Tatsachen und Ideen klarwerden, die auch nach dem Erwachen noch neu und wertvoll erscheinen. Winston begriff mit einemmal, daß der Tod seiner Mutter vor fast dreißig Jahren auf eine heute nicht mehr mögliche Weise tragisch und beklagenswert gewesen war. Tragik, so erkannte er, gehörte in die alte Zeit, in eine Zeit, als es noch eine Privatsphäre, Liebe und Freundschaft gab und die Mitglieder einer Familie einander beistanden, ohne erst lange nach dem Grund zu fragen. Die Erinnerung an seine Mutter quälte ihn, denn sie war aus Liebe zu ihm gestorben, als er selbst noch zu klein und egoistisch gewesen war, um ihre Liebe zu erwidern, und weil sie sich irgendwie – wie, wußte er nicht mehr – einem privaten und unerschütterlichen Treuebegriff geopfert hatte. So etwas konnte heute nicht passieren. Heute gab es Angst, Haß und Schmerz, aber keine großen Gefühle, kein tiefes oder wahres Leid. All dies schien er in den großen Augen seiner Mutter und seiner Schwester zu lesen, die durch das grüne Wasser zu ihm hinaufblickten, schon viele hundert Faden tief unten und noch immer weiter sinkend.

Plötzlich stand er auf einem kurzen, federnden Rasen, an

einem Sommerabend, wo die schrägen Sonnenstrahlen die Erde vergoldeten. Die Landschaft, auf die er blickte, kehrte in seinen Träumen so häufig wieder, daß er nie ganz sicher war, ob er sie in der realen Welt gesehen hatte oder nicht. Im Wachzustand nannte er sie das Goldene Land. Es war eine alte, kaninchenzernarbte Weide mit einem Fußpfad, der sich hindurchwand, und hier und da einem Maulwurfshügel. In der verwilderten Hecke der gegenüberliegenden Feldseite wiegten sich die Zweige der Ulmen sanft in der milden Brise, und ihre Blätter wogten in dichten Wellen wie Frauenhaar. Irgendwo in der Nähe, wenn auch außer Sichtweite, floß ein klarer, träger Bach, in dessen Gumpen sich Weißfische unter den Weiden tummelten.

Das Mädchen mit dem schwarzen Haar kam über das Feld auf ihn zu. Mit einer einzigen Bewegung riß sie sich die Kleider vom Leib und schleuderte sie verächtlich beiseite. Ihr Körper war weiß und glatt, doch er weckte kein Verlangen in ihm, ja er betrachtete ihn nicht einmal richtig. Er war in diesem Moment völlig gefangen von der Geste, mit der sie ihre Kleider weggeworfen hatte. Ihre Grazie und Unbekümmertheit schien eine ganze Kultur aufzuheben, ein ganzes Denkgebäude, so als könnten der Große Bruder und die Partei und die Gedankenpolizei allesamt mit einer einzigen großartigen Armbewegung ins Nichts gefegt werden. Auch dies war eine Geste aus der alten Zeit. Winston erwachte mit dem Wort »Shakespeare« auf den Lippen.

Vom Teleschirm kam ein ohrenzerreißendes Pfeifen, ein dreißig Sekunden langer schwankungsfreier Dauerton. Es war 7.15 Uhr, Zeit zum Aufstehen für Behördenangestellte. Winston wälzte sich aus dem Bett – nackt, denn ein Mitglied der Äußeren Partei bekam jährlich nur dreitausend Kleidermarken zugeteilt, und ein Schlafanzug kostete bereits sechshundert – und griff sich von einem Stuhl ein schmuddeliges Unterhemd und ein paar Shorts. In drei Minuten begann die Morgengymnastik. Im nächsten Augenblick krümmte er sich unter einem heftigen Hustenanfall, der ihn fast immer kurz nach dem Aufwachen packte. Seine Lungen waren so leergepumpt, daß er sich zum Atemholen flach auf den Rücken legen mußte und mehrmals heftig nach Luft schnappte. Von der anstrengenden Husterei waren seine Adern geschwollen, und das Krampfadergeschwür hatte zu jucken begonnen.

»Gruppe Dreißig bis Vierzig!« schrillte eine Frauenstimme. »Gruppe Dreißig bis Vierzig! Bitte, die Plätze einnehmen. Die Dreißig- bis Vierzigjährigen!«

Winston nahm stramme Haltung vor dem Teleschirm an, auf dem bereits das Bild einer noch jungen Frau, hager, doch muskulös, in Überkleid und Turnschuhen aufgeflammt war.

»Arme beugen und strecken!« kommandierte sie. »Im Takt mit mir. *Eins,* zwei, drei, vier! *Eins,* zwei, drei, vier! Etwas schwungvoller, Genossen, wenn ich bitten darf! *Eins,* zwei, drei, vier! *Eins,* zwei, drei, vier! . . .«

Der schmerzhafte Hustenanfall hatte Winstons Traumeindrücke nicht ganz verblassen lassen, und die rhythmischen Gymnastikbewegungen belebten sie jetzt wieder. Während er seine Arme mechanisch vor- und zurückschnellen ließ und dabei die Miene grimmigen Vergnügens präsentierte, die während der Gymnastik für angemessen erachtet wurde, versuchte er angestrengt, sich die verschwommene Zeit seiner frühen Kindheit ins Gedächtnis zurückzurufen. Das war ungemein schwierig. Alles, was vor den ausgehenden 50er Jahren lag, vermischte sich. Ohne äußere Bezugspunkte, an die man sich klammern konnte, verlor sogar der eigene Lebenslauf seine scharfe Kontur. Man erinnerte sich großer Ereignisse, die höchstwahrscheinlich gar nicht stattgefunden hatten, man erinnerte sich an Einzelheiten gewisser Vorfälle, ohne jedoch deren Atmosphäre rekonstruieren zu können, und dann gab es lange, inhaltslose Zeitspannen, denen man überhaupt nichts zuordnen konnte. Damals war alles anders gewesen. Sogar die Namen von Ländern und ihre Gestalt auf der Landkarte. Landefeld Eins zum Beispiel hatte zu jener Zeit nicht diese Bezeichnung getragen: es hatte England oder Großbritannien geheißen; doch London, da war er ziemlich sicher, hatte schon immer London geheißen.

Winston vermochte sich nicht mit Bestimmtheit einer Zeit zu erinnern, in der sein Land nicht Krieg geführt hatte, andererseits jedoch mußte es während seiner Kindheit eine ziemlich lange Friedensperiode gegeben haben, denn zu seinen frühesten Erinnerungen gehörte ein Luftangriff, der alle Welt zu überraschen schien. Es war vielleicht die Zeit, als die Atombombe auf Colchester gefallen war. An den eigentlichen Luftangriff erinnerte er sich nicht, wohl aber an die Hand seines Vaters, die seine umklammerte, als sie hinabhasteten, hinab, hinunter an einen Ort tief in der Erde, immer im Kreis auf einer Wendeltreppe, die unter seinen Füßen widerhallte und schließlich seine Beine so müde machte, daß er zu wimmern begann und sie stehenbleiben und ausruhen mußten. Seine Mutter folgte ihnen in ihrer träumerisch-langsamen Art in einigem Abstand. Sie trug sein Schwesterchen – oder vielleicht war es auch nur ein Bündel Decken; er wußte nicht genau, ob seine Schwester damals schon geboren war. Endlich hatten sie einen lauten, überfüllten Ort erreicht, den er als U-Bahnstation erkannt hatte.

Überall auf dem steingefliesten Boden kauerten Menschen, andere hockten dicht an dicht auf eisernen Wandbetten, eines über dem andern. Winston, seine Mutter und sein Vater fanden auf dem Boden Platz; in ihrer Nähe saßen ein alter Mann und eine alte Frau nebeneinander auf einem Wandbett. Der alte Mann trug einen ordentlichen dunklen Anzug und hatte die schwarze Tuchmütze vom schlohweißen Haar geschoben: sein Gesicht war puterrot, und seine blauen Augen standen voller Tränen. Er stank nach Gin. Seine Haut schien Gin statt Schweiß auszudünsten, und man hätte sich leicht vorstellen können, daß auch die Tränen, die aus seinen Augen quollen, purer Gin waren. Aber ungeachtet seines angetrunkenen Zustands litt er an einem echten und schweren Kummer. Auf seine kindliche Weise begriff Winston, daß gerade etwas Schreckliches, etwas Unverzeihliches und nicht Wiedergutzumachendes passiert war. Er glaubte auch zu wissen was. Jemand, den der alte Mann liebte, eine kleine Enkelin vielleicht, war getötet worden. Alle paar Minuten wiederholte der alte Mann:

»Wir hättn ihn' eben nich traun solln. Hab' ich's nich immer gesacht, Mutter? Das kommt davon, wenn man ihn' traut. Wir hättn den Lumpen einfach nich traun dürfen.«

Doch welchen Lumpen man nicht hätte trauen dürfen, das wußte Winston jetzt nicht mehr.

Seit jener Zeit etwa war der Krieg zu einem regelrechten Dauerzustand geworden, obwohl es genaugenommen nicht immer ein und derselbe Krieg gewesen war. In seiner Kindheit hatten in London selbst monatelange wirre Straßenkämpfe getobt, und an einige davon erinnerte er sich noch sehr deutlich. Aber der geschichtlichen Entwicklung dieser ganzen Epoche nachzuspüren, anzugeben, wer wann wen bekämpfte, wäre absolut unmöglich gewesen, weil es keine schriftliche Aufzeichnung, keine mündliche Überlieferung gab, die jemals eine andere Konstellation erwähnte als die gegenwärtig aktuelle. Im Augenblick beispielsweise, im Jahr 1984 (wenn man tatsächlich 1984 schrieb), führte Ozeanien gegen Eurasien Krieg und war mit Ostasien verbündet. In keiner öffentlichen oder privaten Äußerung wurde jemals zugegeben, daß die drei Mächte irgendwann einmal anders gruppiert gewesen waren. Dabei wußte Winston ganz genau, daß es erst vier Jahre zurücklag, daß Ozeanien gegen Ostasien Krieg geführt und sich mit Eurasien verbündet hatte. Aber das war bloß ein heimliches Wissen, das er auch nur zufällig besaß, weil seine Erinnerung keiner ausreichenden Kontrolle unterlag. Offiziell hatte der Seitenwechsel nie stattgefunden. Ozeanien führte Krieg gegen Eurasien: also hatte Ozeanien immer gegen Eurasien Krieg geführt. Der augenblickliche Feind repräsentierte stets die Inkarnation des Bösen, und daraus folgte, daß jede Übereinkunft mit ihm, ob in der Vergangenheit oder in der Zukunft, ausgeschlossen war.

Das Fürchterliche dabei war, überlegte er sich zum zehntausendstenmal, während er seine Schultern schmerzhaft zurückbog (die Hände in die Hüften gestemmt, absolvierten sie jetzt Rumpfkreisen, eine Übung, die die Rückenmuskeln stärken sollte) – das Fürchterliche dabei war, daß alles wahr sein konnte. Wenn die Partei in die Vergangenheit eingreifen und von diesem oder jenem Ereignis behaupten konnte, *es hat nie stattgefunden* – dann war das doch gewiß erschreckender als Folter und Tod?

Die Partei sagte, daß Ozeanien sich nie mit Eurasien verbündet hatte. Er, Winston Smith, wußte, daß Ozeanien vor noch nicht einmal vier Jahren mit Eurasien verbündet gewesen war. Aber wo existierte dieses Wissen? Nur in seinem eigenen Bewußtsein, das ohnehin bald ausgelöscht werden würde. Und wenn alle anderen die von der Partei oktroyierte Lüge akzeptierten – wenn alle Berichte gleich lauteten –, dann ging die Lüge in die Geschichte ein und wurde Wahrheit. »Wer die Vergangenheit kontrolliert«, lautete die Parteiparole, »kontrolliert die Zukunft, wer die Gegenwart kontrolliert, kontrolliert die Vergangenheit.« Und doch war die Vergangenheit, so veränderbar sie ihrer Natur nach war, nie verändert worden. Was jetzt wahr war, blieb wahr für alle Zeiten. Es war ganz einfach. Es erforderte nichts weiter als eine nicht abreißende Siegesserie über die eigene Erinnerung.

»Realitätskontrolle« nannte man das, in Neusprech: »Doppeldenk«.

»Rührt euch!« bellte die Übungsleiterin ein wenig jovialer.

Winston ließ die Arme sinken und füllte seine Lungen langsam mit Luft. Seine Gedanken entglitten in die labyrinthische Welt des Doppeldenk. Zu wissen und nicht zu wissen, absoluter Wahrhaftigkeit innezusein, während man sorgfältig konstruierte Lügen erzählte, gleichzeitig zwei einander ausschließende Ansichten zu vertreten, zu wissen, daß sie widersprüchlich waren, und an beide zu glauben; die Logik gegen die Logik ins Feld zu führen, die Moral abzulehnen und sie für sich in Anspruch zu nehmen; an die Unmöglichkeit der Demokratie zu glauben und daran, daß die Partei die Hüterin der Demokratie war; zu vergessen, was vergessen werden mußte, um es sich dann wieder ins Gedächtnis zu rufen, wenn es gebraucht wurde, und es dann gleich wieder zu vergessen; und vor allem, eben dieses Verfahren auf das Verfahren selbst anzuwenden. Das war die höchste Finesse: bewußt die Unbewußtheit herbeizuführen und sich dann wieder des eben vollbrachten Hypnoseakts unbewußt zu werden. Allein schon das Begreifen des Wortes »Doppeldenk« beinhaltete den Gebrauch von Doppeldenk.

Die Übungsleiterin hatte sie wieder stramme Haltung annehmen lassen. »Und jetzt wollen wir doch mal sehen, wer von uns seine Zehen berühren kann!« sagte sie begeistert. »Und bitte, Genossen, das Ganze aus den Hüften heraus. *Eins*-zwei! *Eins*-zwei! . . .«

Winston haßte diese Übung, die ihm von den Fersen bis hoch in die Pobacken stechende Schmerzen verursachte und oft genug mit einem erneuten Hustenanfall endete. Seine Betrachtungen verloren ihren halbwegs angenehmen Charakter. Die Vergangenheit, so überlegte er, war nicht bloß verändert, sondern regelrecht zerstört worden. Wie sollte man denn die offenkundigste Tatsache beweisen können, wenn außerhalb der eigenen Erinnerung keine andere

Aufzeichnung mehr darüber existierte? Er versuchte sich zu erinnern, in welchem Jahr er zum erstenmal vom Großen Bruder gehört hatte. Er glaubte, es mußte in den 60er Jahren gewesen sein, aber er konnte unmöglich sicher sein. In den Parteiannalen figurierte der Große Bruder natürlich als Führer und Wahrer der Revolution von ihren Uranfängen an. Seine Heldentaten waren nach und nach zeitlich vorverlegt worden, bis sie bereits in die sagenumwobene Weit der 40er und 30er Jahre zurückreichten, als die Kapitalisten noch mit ihren seltsamen zylindrischen Hüten in großen glänzenden Automobilen oder Pferdedroschken mit Glasseiten durch die Straßen Londons fuhren. Man konnte nicht wissen, wieviel von dieser Legende stimmte und wieviel davon erfunden war. Winston konnte sich nicht einmal an das Datum erinnern, zu dem die Partei in Erscheinung getreten war. Er glaubte nicht, vor dem Jahr 1960 das Wort Engsoz jemals gehört zu haben, doch es war möglich, daß es in seiner Altsprechform – nämlich als »Englischer Sozialismus« schon früher geläufig gewesen war. Alles wurde nebulös. Manchmal allerdings ließ sich auf eine klare Lüge hinweisen. So stimmte es zum Beispiel nicht, daß, wie die Geschichtsbücher der Partei behaupteten, die Partei die Flugzeuge erfunden hatte. Er kannte Flugzeuge von frühester Kindheit an. Aber man konnte nichts beweisen. Es existierte nie irgendein Beweis. Nur ein einziges Mal in seinem Leben hatte er einen unverkennbaren, dokumentarischen Beweis für die Verfälschung einer historischen Tatsache in Händen gehalten. Und bei dieser Gelegenheit –

»Smith!« kreischte die giftige Stimme vom Teleschirm. »6079 Smith W! Ja, *Sie* sind gemeint! Weiter runter, wenn ich bitten darf! Das können Sie doch wirklich besser. Sie bemühen sich bloß nicht. Also runter, bitte! Schon besser, Genosse. Rühren, der ganze Verein, und jetzt alle mal herschauen.«

Winston begann plötzlich am ganzen Körper zu schwitzen. Sein Gesicht blieb absolut undurchdringlich. Nur keine Bestürzung zeigen! Nur keinen Unmut zeigen! Ein einziges Augenzucken konnte einen verraten. Er stand da und verfolgte aufmerksam, wie die Übungsleiterin die Arme über den Kopf hob und sich dann – nicht eben anmutig, aber mit bemerkenswerter Gewandtheit und Effizienz – vornüber beugte und ihre Fingerspitzen unter ihren Zehen einhakte.

»Also, Genossen! So möchte ich das bei euch sehen. Noch mal hergeschaut. Ich bin neununddreißig und habe vier Kinder zur Welt gebracht. Jetzt aufgepaßt.« Sie beugte sich wieder vornüber. »Wie ihr seht, sind *meine* Knie durchgedrückt. Das könnt ihr alle, wenn ihr nur wollt«, setzte sie hinzu, als sie sich aufrichtete. »Jeder unter fünfundvierzig ist durchaus imstande, seine Zehen zu berühren. Wir genießen nicht alle das Privileg, an vorderster Front zu kämpfen, aber wir können uns zumindest fit halten. Denkt an unsere Jungs an der Malabar-Front! Und an die Matrosen auf den Schwimmenden Festungen! Denkt nur mal dran, was sie erdulden müssen. Und jetzt versucht es noch einmal. Schon besser, Genosse, schon viel besser«, fügte sie aufmunternd hinzu, als Winston es mit einem gewaltsamen Ruck schaffte, mit durchgedrückten Knien seine Zehen zu berühren, zum erstenmal seit vielen Jahren.

IV

Mit dem tiefen, unbewußten Seufzen, von dem ihn bei Arbeitsbeginn nicht einmal die Nähe des Teleschirms abhalten konnte, zog Winston den Sprechschreiber zu sich heran, pustete den Staub von der Diktiermuschel und setzte die Brille auf. Dann entrollte er vier kleine Papierzylinder, die aus der Rohrpost auf der rechten Seite seines Schreibtischs geplumpst waren.

In den Wänden der Arbeitsnische gab es drei Öffnungen: rechts vom Sprechschreiber eine kleine Rohrpost für schriftliche Weisungen; links eine größere für Zeitungen; und in der Seitenwand, in bequemer Reichweite für Winston, einen großen länglichen Schlitz mit einem Drahtgitter davor. Das war der Papierkorb. Ähnliche Schlitze gab es zu Tausenden und Zehntausenden überall in dem Gebäude, nicht nur in jedem Zimmer, sondern in kurzen Abständen auch auf jedem Korridor. Sie trugen aus irgendeinem Grund den Spitznamen »Gedächtnis-Löcher«. Wußte man, daß ein Dokument vernichtet werden sollte, oder sah man auch bloß ein Stück Makulatur herumliegen, dann hob man ganz automatisch die Drahtklappe des nächstbesten Gedächtnis-Loches und warf das Papier hinein, worauf es von einem warmen Luftstrom zu den riesigen Feuerungsanlagen davongewirbelt wurde, die irgendwo in den Tiefen des Gebäudes verborgen lagen.

Winston begutachtete die vier entrollten Zettel. Jeder enthielt eine nur ein bis zwei Zeilen lange Weisung in dem verkürzten Jargon – kein echtes Neusprech, aber zum Großteil aus Neusprechwörtern bestehend –, der im Ministerium zu internen Zwecken benutzt wurde. Die Weisungen lauteten:

times 17. 3. 84 gb rede mißberichtet afrika richtigstellen
times 19. 12. 83 prognosen 3 jp 4. quartal 83 druckfehler laufende nummer verifizieren
times 14. 2. 84 minifülle mißzitiert schokolade richtigstellen
times 3. 12. 83 bericht gb tagesbefehl doppelplusungut nennt unpersonen total umschreiben obenvor präarchiv

Mit einem leisen Gefühl der Befriedigung legte Winston die vierte Weisung beiseite. Das war eine knifflige und verantwortungsvolle Aufgabe, die man am besten zuletzt erledigte. Die drei anderen waren Routineangelegenheiten, auch wenn die zweite wahrscheinlich mit einem langwierigen Durchforsten von Zahlenkolonnen verbunden sein würde.

Winston schaltete den Teleschirm auf »Alte Nummern« und orderte die entsprechenden Ausgaben der *Times*, die bereits nach wenigen Augenblicken aus der Rohrpost glitten. Die Weisungen, die er erhalten hatte, bezogen sich auf Artikel oder Nachrichtenmeldungen, die aus diesem oder jenem Grund geändert oder, wie die offizielle Wendung lautete, richtiggestellt werden sollten. So ließ sich z. B. der *Times* vom 17. März entnehmen, daß der Große Bruder in seiner Rede vom Vortag prophezeit hatte, es werde an der Südindien-Front ruhig bleiben, in Nordafrika aber in Kürze eine eurasische Offensive erfolgen. Nun hatte jedoch das eurasische Oberkommando seine Offensive in Südindien gestartet und Afrika unbehelligt gelassen. Deswegen mußte ein Absatz in der Rede des Großen Bruders so umgeschrieben werden, daß er das tatsächliche Geschehen voraussagte. Die *Times* vom 19. Dezember hatte die offiziellen Prognosen für die Produktion verschiedener Konsumgüter im vierten Quartal von 1983 publiziert, das gleichzeitig auch das sechste Quartal des IX. Dreijahresplans war. Die heutige Ausgabe brachte eine Aufstellung der tatsächlichen Produktion, aus der hervorging, daß die Prognosen für alle Sparten kraß danebenlagen. Winstons Job bestand darin, die ursprünglichen Zahlen so richtigzustellen, daß sie mit den späteren übereinstimmten. Die dritte Weisung bezog sich auf einen schlichten Irrtum, der in ein paar Minuten in Ordnung gebracht werden konnte. Noch im Februar hatte das Ministerium für Überfülle eine Versicherung abgegeben (ein »kategorisches Versprechen«, wie es im offiziellen Wortlaut hieß), daß es im Jahr 1984 zu keiner Kürzung der Schokoladenration kommen werde. In Wahrheit sollte die Schokoladenration, nach Winstons Informationen, am Ende dieser Woche von dreißig auf zwanzig Gramm herabgesetzt werden. Man brauchte nur die ursprüngliche Versicherung durch den Hinweis zu ersetzen, daß es wahrscheinlich nötig sein würde, irgendwann im April die Ration zu kürzen.

Sobald Winston eine der Weisungen bearbeitet hatte, heftete er seine sprechgeschriebenen Korrekturen an die jeweilige Ausgabe der *Times* und schob sie in die Rohrpost. Dann zerknüllte er mit einer beinahe unbewußten Bewegung die ursprüngliche Weisung samt allen eigenen Notizen und warf sie in das Gedächtnis-Loch.

Was in dem unsichtbaren Labyrinth geschah, zu dem die Rohrpostleitungen führten, war ihm zwar nicht im Detail, aber doch in groben Zügen bekannt. Sobald alle in einer bestimmten Nummer der *Times* nötig gewordenen Korrekturen zusammengetragen und nochmals geprüft worden waren, würde diese Nummer neu gedruckt, die ursprüngliche Ausgabe vernichtet und statt ihrer das korrigierte Exemplar im Archiv eingestellt werden. Dieser dauernde Umwandlungsprozeß erstreckte sich nicht nur auf Zeitungen, sondern auch auf Bücher, Illustrierte, Broschüren, Plakate, Flugblätter, Filme, Tonspuren, Cartoons, Fotos – auf jede Art von Literatur oder Dokumentation, die eventuell von politischer oder ideologischer Bedeutung sein konnte. Tagtäglich und fast minütlich wurde die Vergangenheit aktualisiert. So ließ sich die Richtigkeit jeder von der Partei gemachten Prognose dokumentieren; natürlich durfte auch keine Nachrichtenmeldung oder Meinungsäußerung schriftlich fixiert bleiben, die mit den Augenblicksinteressen in Konflikt geriet. Die ganze Historie war ein Palimpsest, das genauso oft abgeschabt und neu beschriftet wurde, wie es nötig war. Nach vollbrachter Tat wäre es in keinem der Fälle möglich gewesen, eine Fälschung nachzuweisen. Die größte Sektion der Dokumentations-Abteilung, viel größer als die, in der Winston arbeitete, bestand nur aus Leuten, deren Aufgabe es war, alle Ausgaben von Büchern, Zeitungen und anderen Dokumenten aufzuspüren und zusammenzutragen, die ungültig geworden waren und vernichtet werden sollten. Eine Nummer der *Times,* die infolge veränderter politischer Konstellationen oder infolge von vom Großen Bruder irrtümlich abgegebenen Prophezeiungen vielleicht schon ein dutzendmal umgeschrieben worden war, stand trotzdem noch unter dem ursprünglichen Datum im Archiv, und nirgendwo existierte eine ihr widersprechende Ausgabe. Auch Bücher wurden wieder eingezogen, laufend umgeschrieben und ohne den geringsten Hinweis auf vorgenommene Änderungen neu herausgegeben. Selbst die schriftlichen Instruktionen, die Winston erhielt und die er stets sofort vernichtete, nachdem er sie ausgeführt hatte, besagten mit keiner Silbe, daß eine Fälschung vorgenommen werden sollte: es ging immer nur um Versehen, Irrtümer, Druckfehler oder falsche Zitate, die es der Genauigkeit halber in Ordnung zu bringen galt.

Und eigentlich, dachte er, als er die Zahlen des Ministeriums für Überfülle zurechtrückte, war es ja auch keine Fälschung. Es wurde bloß ein Unsinn durch einen anderen ersetzt. Der Großteil des Materials, das man bearbeitete, stand in keinerlei Zusammenhang mit der Wirklichkeit, nicht einmal in der Art von Zusammenhang, den eine platte Lüge stiftete. Statistiken waren in ihrer Originalfassung ebenso ein Phantasieprodukt wie in ihrer berichtigten Version. Meistens wurde erwartet, daß man sie sich einfach ausdachte. Das Ministerium für Überfülle hatte in seinen Prognosen beispielsweise die Stiefelproduktion für das Quartal auf einhundertfünfundvierzig Millionen Paar geschätzt. Die tatsächliche Produktion wurde mit zweiundsechzig Millionen angegeben. Beim Umschreiben der Prognose setzte Winston die Zahl jedoch auf siebenundfünfzig Millionen herunter, um so die Voraussetzung für die übliche Behauptung zu schaffen, die Quote sei übererfüllt worden. Zweiundsechzig Millionen kamen jedenfalls der Wahrheit nicht näher als siebenundfünfzig oder einhundertfünfundvierzig Millionen. Höchstwahrscheinlich waren überhaupt keine Stiefel produziert worden. Noch wahrscheinlicher war es, daß niemand wußte, wie viele produziert worden waren, geschweige denn, daß sich jemand dafür interessierte. Man wußte nur, daß pro Quartal auf dem Papier eine astronomische Anzahl von Stiefeln produziert wurde, während vielleicht rund die Hälfte der Bevölkerung Ozeaniens barfuß ging. Und so verhielt es sich mit jeder dokumentierten Tatsache, mochte sie nun bedeutend oder unbedeutend sein. Alles verschwamm in einer Schattenwelt, in der zuletzt sogar die Jahreszahl ungewiß geworden war.

Winston warf einen Blick quer durch den Saal. In der analogen Nische auf der anderen Seite arbeitete Tillotson, ein kleiner, pedantisch wirkender Mann, stetig vor sich hin, eine gefaltete Zeitung auf den Knien, den Mund ganz dicht an der Muschel des Sprechschreibers. Er benahm sich so, als sollte das, was er sagte, ein Geheimnis zwischen ihm und dem Teleschirm bleiben. Er sah auf, und seine Brille schoß einen feindseligen Blitz in Winstons Richtung.

Winston kannte Tillotson kaum und hatte keine Ahnung, womit er beschäftigt war. Die Leute in der Dokumentations-Abteilung redeten nicht gern über ihre Jobs. In dem langen, fensterlosen Saal mit seiner Doppelreihe von Nischen, dem endlosen Papiergeraschel und dem Gemurmel der Stimmen, die in Sprechschreiber diktierten, gab es ein gutes Dutzend Leute, die Winston nicht einmal dem Namen nach kannte, obwohl er sie täglich durch die Korridore hasten oder während des Zwei-Minuten-Haß gestikulieren sah. Er wußte, daß sich in der Nachbarnische die kleine Frau mit den rotblonden Haaren tagein, tagaus abrackerte, um aus der Presse die Namen von Leuten herauszusuchen und zu tilgen, die vaporisiert worden waren und infolgedessen so behandelt wurden, als hätten sie nie existiert. Und irgendwie schien das nicht einmal ganz unpassend, denn erst vor ein paar Jahren war ihr eigener Mann vaporisiert worden. Ein paar Nischen weiter war ein freundlicher, verträumter Mensch namens Ampleforth, mit stark behaarten Ohren und einem erstaunlichen Talent, mit Reimen und Versmaßen zu jonglieren, damit beschäftigt, verstümmelte Versionen – »definitive Texte«, wie sie genannt wurden – von Gedichten herzustellen, die ideologisch anstößig geworden waren, aber aus diesem oder jenem Grund weiterhin in den Anthologien enthalten sein sollten. Und dieser Saal mit seinen rund fünfzig Angestellten war nur eine Untersektion, eine einzelne Zelle sozusagen, in dem gewaltigen Komplex der Dokumentations-Abteilung. Neben, über und unter ihnen waren andere Scharen von Angestellten mit einer unvorstellbaren Vielfalt von Jobs beschäftigt. Da gab es die riesigen Druckereien mit ihren Redakteuren, Typographen und raffiniert ausgestatteten Studios, in denen Fotos getürkt wurden. Da gab es die Tele-Programm-Sektion mit ihren Technikern, Produzenten und Teams von Schauspielern, die speziell im Hinblick auf ihr Stimmenimitationstalent ausgewählt worden waren. Da gab es die Heerscharen von Bibliothekaren, deren Aufgabe lediglich darin bestand, Listen von Büchern und Zeitschriften aufzustellen, die eingezogen werden sollten. Da gab es die gewaltigen Magazine, wo die korrigierten Dokumente aufbewahrt, und die verborgenen Feuerungsanlagen, wo die Originalausgaben vernichtet wurden. Und irgendwo saß, ganz anonym, der Gehirntrust, der das alles koordinierte und die politischen Grundlinien festlegte, die es erforderlich machten, daß dieses Bruchstück der Vergangenheit aufbewahrt, jenes gefälscht und wieder ein anderes ausgelöscht wurde.

Und dabei war die Dokumentations-Abteilung nur ein einziger Zweig des Ministeriums für Wahrheit, dessen Hauptaufgabe nicht darin bestand, die Vergangenheit zu rekonstruieren, sondern darin, die Bürger Ozeaniens mit Zeitungen, Filmen, Lehrbüchern, Teleschirm-Programmen, Theaterstücken, Romanen – also mit jeder nur erdenklichen Art von Information, Belehrung oder Unterhaltung zu versorgen, angefangen vom Denkmal bis zur Parole, vom lyrischen Gedicht bis zur biologischen Abhandlung, vom Kinderlesebuch bis zum Neusprechdiktionär. Und das Ministerium mußte nicht nur die mannigfaltigen Bedürfnisse der Partei erfüllen, sondern die ganze Transaktion auch noch einmal auf einem niedrigeren Niveau für das Proletariat wiederholen. Es gab eine ganze Kette von Extra-Abteilungen, die sich eigens mit proletarischer Literatur, mit Musik, Theater und Unterhaltung generell befaßten. Hier wurden Revolverblätter fabriziert, die nur Sport, Verbrechen und Horoskope enthielten, reißerische Fünf-Cent-Schundheftchen, sextriefende Filme und Schnulzen, die rein mechanisch, vermittels eines speziellen Kaleidoskops, des sogenannten Versifikators, komponiert wurden. Es gab sogar eine ganze Untersektion – *Pornosek* hieß sie in Neusprech –, die schmutzigste Pornographie fabrizierte, die dann in versiegelten Päckchen versandt wurde und die außer den damit Beschäftigten kein Parteimitglied je zu Gesicht bekommen durfte.

Während Winstons Tätigkeit waren drei weitere Weisungen aus der Rohrpost geglitten; es handelte sich dabei um einfache Dinge, die er erledigt hatte, noch bevor ihn der Zwei-Minuten-Haß unterbrach. Als der Haß zu Ende war, kehrte er in seine Nische zurück, zog das Neusprechdiktionär aus dem Regal, schob den Sprechschreiber zur Seite, putzte seine Brille und widmete sich der Hauptaufgabe des heutigen Morgens.

Winstons größte Freude im Leben war seine Arbeit. Das meiste war zwar nervtötende Routine, aber es gab darunter auch so schwierige und knifflige Aufgaben, daß man sich in ihnen wie in der Tiefgründigkeit eines mathematischen Problems verlieren konnte – raffinierte Fälschungen, bei denen man sich nur von seiner Kenntnis der Prinzipien des Engsoz leiten lassen konnte und von der eigenen Einschätzung dessen, was die Partei von einem erwartete. Winston verstand sich auf solche Dinge. Gelegentlich hatte man ihn sogar mit der Richtigstellung der *Times*-Leitartikel betraut, die gänzlich in Neusprech abgefaßt waren. Er entrollte die Weisung, die er vorhin beiseite gelegt hatte. Sie lautete:

times 3. 12. 83 bericht gb tagesbefehl doppelplusungut nennt unpersonen total umschreiben obenvor präarchiv

In Altsprech:

Die Berichterstattung über den Tagesbefehl des Großen Bruders in der *Times* vom 3. Dezember 1983 ist äußerst unbefriedigend und erwähnt nicht-existente Personen. Schreiben Sie ihn völlig um und legen Sie Ihren Entwurf an höherer Stelle vor, ehe er im Archiv eingestellt wird.

Winston las den beanstandeten Artikel durch. Der Tagesbefehl des Großen Bruders war anscheinend hauptsächlich eine Lobeshymne auf die Arbeit einer als SFZE bekannten Organisation gewesen, die die Matrosen auf den Schwimmenden Festungen mit Zigaretten und anderen Extras versorgte. Ein gewisser Genosse Withers, ein prominentes Mitglied der Inneren Partei, war namentlich besonders erwähnt und mit einer Medaille, dem Verdienstorden Zweiter Klasse, ausgezeichnet worden.

Drei Monate später hatte man die SFZE plötzlich ohne Angabe von Gründen aufgelöst. Es stand zu vermuten, daß Withers und Konsorten jetzt in Ungnade gefallen waren, doch weder die Presse noch der Teleschirm hatten einen Bericht darüber gebracht. Das war normal, denn politische Übeltäter wurden üblicherweise nicht vor Gericht gestellt, ja nicht einmal öffentlich gebrandmarkt. Die großen Säuberungswellen, die Tausende von Menschen erfaßten, und die öffentlichen Verhandlungen gegen Verräter und Gedanken-Verbrecher, die unterwürfig ihre Vergehen gestanden und anschließend hingerichtet wurden, endeten mit speziellen Schauprozessen, die nur alle paar Jahre einmal stattfanden. Für gewöhnlich verschwanden die Leute, die das Mißfallen der Partei erregt hatten, sang- und klanglos, und man hörte nie wieder etwas von ihnen, hatte nicht die leiseste Ahnung, was mit ihnen passiert war. In einigen Fällen waren sie vielleicht nicht einmal tot. Etwa dreißig Leute, die Winston persönlich gekannt hatte – seine Eltern nicht mitgezählt –, waren im Lauf der Zeit verschwunden.

Winston strich sich mit einer Briefklammer über die Nase. In der Nische jenseits des Ganges kauerte Genosse Tillotson immer noch heimlichtuerisch über seinem Sprechschreiber. Er hob für einen Moment den Kopf: wieder der feindselige Brillen-Blitz. Winston fragte sich, ob Genosse Tillotson mit demselben Job beschäftigt war wie er. Durchaus möglich. Eine so heikle Aufgabe würde nie und nimmer einer Einzelperson anvertraut werden; sie andererseits einem Ausschuß zu übertragen käme dem Eingeständnis gleich, daß hier eine Fälschung vorgenommen werden sollte. Höchstwahrscheinlich arbeitete jetzt ein ganzes Dutzend Leute an konkurrierenden Versionen dessen, was der Große Bruder tatsächlich gesagt hatte. Und alsbald würde ein Superhirn der Inneren Partei diese oder jene Version auswählen, sie neu herausgeben und den erforderlich werdenden komplizierten Prozeß der Querverweise in Gang bringen, und dann würde die erwählte Lüge ins Archiv eingehen und Wahrheit werden.

Winston wußte nicht, weshalb Withers in Ungnade gefallen war. Wegen Korruption vielleicht oder wegen Unfähigkeit. Vielleicht schaffte sich der Große Bruder aber auch bloß einen allzu beliebten Untergebenen vom Hals. Vielleicht war Withers oder jemand, der ihm nahestand, abweichlerischer Ansichten verdächtigt worden. Oder vielleicht – und das war das allerwahrscheinlichste – war die Sache nur passiert, weil Säuberungswellen und Vaporisationen nun einmal als notwendige Bestandteile zum Regierungsmechanismus gehörten. Der einzig echte Hinweis lag in den Worten *»nennt unpersonen«;* dies zeigte an, daß Withers bereits tot war. Das konnte man nicht immer ohne weiteres annehmen, wenn Leute verhaftet wurden. Manchmal wurden sie entlassen und durften noch ein bis zwei Jahre in Freiheit leben, ehe man sie hinrichtete. Und ganz selten hatte ein Mensch, den man schon lange tot glaubte, noch einen gespenstischen Auftritt bei einer öffentlichen Verhandlung, wo er dann durch seine Aussage Hunderte anderer belastete, bevor er wieder verschwand, diesmal für immer. Withers hingegen war bereits eine ›Unperson‹. Er existierte nicht: er hatte nie existiert. Winston entschied, daß es nicht ausreichen würde, einfach die Tendenz der Rede des Großen Bruders zu verkehren. Es war besser, ihr einen Inhalt zu geben, der mit ihrem ursprünglichen Thema überhaupt nichts mehr zu tun hatte.

Er könnte die Worte des Großen Bruders zu der üblichen Anklagerede gegen Verräter und Gedanken-Verbrecher umformen, aber das wäre ein wenig zu durchsichtig; erfand man andererseits einen Sieg an der Front oder einen Erfolg der Überproduktion im IX. Dreijahresplan, so könnte dies die Dokumentation allzusehr komplizieren. Was man also brauchte, war ein reines Phantasieprodukt. Plötzlich entstand in seinem Kopf, fix und fertig sozusagen, das Bild eines gewissen Genossen Ogilvy, der kürzlich unter heroischen Umständen im Kampf gefallen war. Es gab Gelegenheiten, da widmete der Große Bruder seinen Tagesbefehl dem Gedenken eines einfachen Mitglieds aus dem Fußvolk der Partei, dessen Leben und Sterben er als ein nachahmenswertes Beispiel hinstellte. Heute sollte er des Genossen Ogilvy gedenken. Zwar gab es den Genossen Ogilvy nicht, aber wenige Druckzeilen und ein paar Fotomontagen würden ihn schon bald ins Dasein rufen.

Winston überlegte einen Moment, zog dann den Sprechschreiber zu sich heran und begann im vertrauten Stil des Großen Bruders zu diktieren: einem zugleich militärischen und pedantischen Stil, der wegen seines besonderen Kunstgriffs, Fragen zu stellen und sie sofort zu beantworten (»Welche Lehre ziehen wir aus diesem Umstand, Genossen? Die Lehre – die auch ein Grundprinzip des Engsoz ist –, daß« etc., etc.), leicht zu imitieren war.

Im Alter von drei Jahren hatte der Genosse Ogilvy als Spielzeug nur noch eine Trommel, eine Maschinenpistole und das Modell eines Helikopters akzeptiert. Mit sechs – per Ausnahmeregelung ein Jahr früher als üblich – war er den ›Spitzeln‹ beigetreten und mit neun Zugführer geworden. Mit elf hatte er seinen Onkel bei der Gedankenpolizei denunziert, nachdem er eine Unterhaltung belauscht hatte, die ihm kriminelle Tendenzen aufzuweisen schien. Mit siebzehn war er Bezirksleiter der Junioren Anti-Sex Liga geworden. Mit neunzehn hatte er eine Handgranate entwickelt, die vom Ministerium für Frieden übernommen wurde und gleich bei ihrem ersten Test auf einen Schlag einunddreißig eurasische Kriegsgefangene erledigt hatte. Mit dreiundzwanzig war er im Kampf gefallen. Als er bei einem Flug über dem Indischen Ozean, unterwegs mit wichtigen Depeschen, von feindlichen Düsenjägern verfolgt wurde, war er mit seinem Maschinengewehr als Ballast aus dem Helikopter ins tiefe Meer gesprungen, samt den Depeschen – ein Ende, sagte der Große Bruder, das man unmöglich ohne Neidgefühle betrachten könnte. Der Große Bruder fügte noch ein paar Bemerkungen über die Lauterkeit und Zielstrebigkeit von Genosse Ogilvys Leben hinzu. Er war absoluter Abstinenzler und Nichtraucher gewesen, hatte sich keine andere Erholung gegönnt als täglich eine Stunde in der Sporthalle und das Zölibatgelübde abgelegt, weil er die Ehe und die Versorgung einer Familie für unvereinbar hielt mit einer Pflichterfüllung rund um die Uhr. Er kannte kein anderes Gesprächsthema als die Prinzipien des Engsoz und kein anderes Ziel im Leben als die Niederwerfung des eurasischen Feindes und die gnadenlose Jagd auf Spione, Saboteure, Gedanken-Verbrecher, auf alle Verräter schlechthin.

Winston erwog, ob er dem Genossen Ogilvy den Verdienstorden verleihen sollte. Zuletzt entschied er sich dagegen wegen der unnötigen Querverweise, die das nach sich ziehen würde.

Noch einmal blickte er zu seinem Konkurrenten in der gegenüberliegenden Nische hinüber. Etwas schien ihm mit Gewißheit zu sagen, daß Tillotson mit demselben Job beschäftigt war wie er. Es bestand keine Möglichkeit, zu erfahren, wessen Arbeit schließlich akzeptiert werden würde, aber er verspürte die tiefe Überzeugung, daß es seine wäre. Genosse Ogilvy, der vor einer Stunde noch nicht einmal in der Vorstellung existiert hatte, war jetzt eine Tatsache. Es kam ihm komisch vor, daß man tote Menschen erschaffen konnte, nicht aber lebende. Genosse Ogilvy, der nie in der Gegenwart existiert hatte, existierte jetzt in der Vergangenheit, und wenn irgendwann einmal der Fälschungsvorgang vergessen war, würde er ebenso authentisch und nachweislich existieren wie Karl der Große oder Julius Cäsar.

V

In der niedrigen Kantine, tief unter der Erde, rückte die Schlange langsam vor. In dem Raum herrschte bereits ziemliches Gedränge und ohrenbetäubender Lärm. Vom Gitterfenster des Ausgabeschalters wogten Eintopfschwaden herüber, deren säuerlich-metallischer Geruch die Dünste des Victory Gins nicht ganz überdeckte. Am anderen Ende des Raums gab es eine kleine Bar, nicht mehr als ein Loch in der Wand, wo man einen großen Schluck Gin für zehn Cents kaufen konnte.

»Genau dich suche ich«, sagte eine Stimme hinter Winston.

Er wandte sich um. Es war sein Freund Syme, der in der Forschungs-Abteilung arbeitete. ›Freund‹ war vielleicht nicht ganz das richtige Wort. Man hatte heutzutage keine Freunde, man hatte Genossen; aber es gab einige Genossen, deren Gesellschaft angenehmer war als die anderer. Syme war Philologe, ein Spezialist für Neusprech. Genaugenommen war er einer aus dem Riesenteam von Experten, die jetzt an der Erstellung der elften Auflage des Neusprechdiktionärs arbeiteten. Er war ein Winzling, kleiner als Winston, mit dunklem Haar und großen Glupschaugen, die kummervoll und spöttisch zugleich wirkten und einen während des Gesprächs genau zu studieren schienen.

»Ich wollte dich mal fragen, ob du nicht ein paar Rasierklingen für mich hast«, sagte er.

»Kein Stück!« sagte Winston schuldbewußt-hastig. »Ich hab's überall probiert. Es gibt einfach keine mehr.«

Laufend wurde man von aller Welt nach Rasierklingen gefragt. In Wahrheit hatte er noch zwei ungebrauchte gehamstert. Schon seit Monaten waren sie Mangelware. Alle naslang fehlte irgendein Bedarfsartikel, den die Parteiläden nicht beschaffen konnten. Manchmal waren es Knöpfe, manchmal Stopfgarn, manchmal Schnürsenkel; im Augenblick waren es Rasierklingen. Wenn überhaupt, dann konnte man sich, mehr oder weniger heimlich, nur auf dem ›freien‹ Markt welche organisieren.

»Ich benutze seit sechs Wochen dieselbe Klinge«, setzte er verlogen hinzu.

Die Schlange ruckte ein Stück vor, und Winston drehte sich wieder zu Syme um. Beide nahmen ein schmieriges Metalltablett von dem Stapel an der Tresenkante.

»Hast du dir gestern angeschaut, wie sie die Gefangenen aufgehängt haben?« fragte Syme.

»Hab' gearbeitet«, sagte Winston leichthin. »Ich werd's mir dann wohl im Kino ansehen.«

»Ein äußerst mangelhafter Ersatz«, meinte Syme.

Sein höhnischer Blick glitt über Winstons Gesicht. »Ich kenne dich«, schien der Blick zu sagen, »ich durchschaue dich. Ich weiß ganz genau, warum du dir nicht angeschaut hast, wie sie die Gefangenen aufgehängt haben.« Auf intellektuelle Weise war Syme gehässig orthodox. Er konnte mit widerlich hämischer Befriedigung von Helikopterangriffen auf feindliche Dörfer, von den Prozessen und Geständnissen von Gedanken-Verbrechern und den Exekutionen in den Kellern des Ministeriums für Liebe sprechen. Wollte man sich mit ihm unterhalten, so mußte man ihn vor allem von diesen Themen abbringen und möglichst in ein Gespräch über die technischen Einzelheiten von Neusprech verwickeln, darüber konnte er fundiert und interessant erzählen. Winston wandte den Kopf etwas zur Seite, um dem prüfenden Blick der großen dunklen Augen zu entgehen.

»War nicht übel, das Hängen«, sagte Syme erinnerungsselig. »Ich finde immer, es verdirbt die Sache einfach, wenn man ihnen die Beine zusammenbindet. Ich seh' sie gern zappeln. Na, und wenn ihnen dann am Schluß die Zunge so richtig raussteht, blau – echt leuchtendblau, das finde ich immer am tollsten.«

»Der nächste, bitte!« keifte die weißbeschürzte Prole mit der Schöpfkelle.

Winston und Syme schoben ihre Tabletts unter dem Gitterfenster des Ausgabeschalters durch. Auf jedes wurde eilig der Einheitslunch geknallt – ein Metallnäpfchen mit rosagrauem Eintopf, ein Kanten Brot, eine Käseecke, ein Becher Victory Kaffee ohne Milch und eine Süßstofftablette.

»Da drüben unter dem Teleschirm ist ein freier Tisch«, sagte Syme. »Unterwegs nehmen wir uns noch einen Gin mit.«

Sie bekamen den Gin in henkellosen Porzellanbechern, schlängelten sich durch den überfüllten Raum und luden ihre Tabletts auf der Metalltischplatte ab, an deren einer Ecke jemand eine Eintopflache hinterlassen hatte, ein ekelhaftflüssiger Fraß, der wie Erbrochenes aussah. Winston hob seinen Becher Gin, riß sich einen Moment zusammen und würgte den ölig schmeckenden Fusel hinunter. Als er die Tränen, die ihm in die Augen geschossen waren, weggezwinkert hatte, verspürte er plötzlich Hunger. Löffel für Löffel schlang er den Eintopf hinunter, in dessen Matsch auch rosaschwammige Würfel trieben, die wahrscheinlich ein Fleischpräparat darstellten. Bis sie ihre Näpfe geleert hatten, sagte keiner von beiden ein Wort. Am Tisch links hinter Winston sprach jemand rasch und pausenlos – ein mißtönendes Geschnatter, fast wie das Quaken einer Ente, das den allgemeinen Lärm im Raum durchschnitt.

»Wie kommt das Wörterbuch voran?« fragte Winston mit erhobener Stimme, um den Krach zu übertönen.

»Langsam«, sagte Syme. »Ich bin bei den Adjektiven. Ganz schön faszinierend.«

Bei der Erwähnung von Neusprech war er sofort aufgelebt.

Er schob den Napf beiseite, nahm den Brotkanten in eine und den Käse in die andere Hand und beugte sich über den Tisch, um, ohne schreien zu müssen, reden zu können.

»Die elfte Auflage ist die definitive Auflage«, sagte er. »Wir geben der Sprache ihre endgültige Gestalt – die Gestalt, die sie haben wird, wenn alle nur noch Neusprech reden. Wenn wir damit fertig sind, dann werden Leute wie du sie noch mal ganz von vorn lernen müssen. Du denkst sicher, daß unsere Hauptarbeit darin besteht, neue Wörter zu erfinden. Nicht die Spur! Wir vernichten Wörter – massenhaft, zu Hunderten, täglich. Wir reduzieren die Sprache bis aufs Skelett. Die elfte Auflage wird nicht ein Wort enthalten, das vor dem Jahr 2050 obsolet werden wird.«

Er biß hungrig in sein Brot, schluckte ein paar Bissen und sprach dann mit fast pedantischer Leidenschaft weiter. Sein schmales, dunkles Gesicht hatte sich belebt, seine Augen hatten ihren spöttischen Ausdruck verloren, waren beinahe träumerisch geworden.

»Es ist schon etwas Schönes, die Vernichtung von Wörtern. Der meiste Ausschuß findet sich natürlich bei den Verben und Adjektiven, aber es gibt auch Hunderte von Substantiven, die genausogut abgeschafft werden können. Ich meine da nicht bloß die Synonyme, sondern auch die Antonyme. Welche Existenzberechtigung hat denn schon ein Wort, das nur das Gegenteil eines anderen ist? Ein Wort beinhaltet zugleich immer auch sein Gegenteil. Nehmen wir zum Beispiel mal ›gut‹. Wenn man ein Wort wie ›gut‹ hat, wozu braucht man dann noch ein Wort wie ›schlecht‹? ›Ungut‹ tut's doch genauso – besser sogar, denn es ist das exakte Gegenteil, und das ist das andere Wort nicht. Und wenn man eine Steigerung von ›gut‹ haben will, wozu dann einen ganzen Rattenschwanz von vagen, unnützen Worten wie ›hervorragend‹ und ›großartig‹ und was sonst noch alles? ›Plusgut‹ deckt die Bedeutung doch völlig ab; oder ›doppelplusgut‹, wenn man noch eine Steigerungsstufe möchte. Wir gebrauchen diese Formen natürlich schon, aber in der endgültigen Fassung von Neusprech wird es überhaupt nichts anderes mehr geben. Zuletzt wird die ganze Begriffsvorstellung von Gut und Böse allein durch sechs Wörter abgedeckt werden – eigentlich nur durch ein einziges. Siehst du die Schönheit denn nicht, die darin liegt, Winston? Ursprünglich war es natürlich die Idee vom G. B.«, fügte Syme dann noch hinzu.

Bei der Erwähnung des Großen Bruders huschte etwas wie stumpfer Eifer über Winstons Gesicht. Syme entdeckte trotzdem sofort die mangelnde Begeisterung.

»Dir fehlt das echte Verständnis für Neusprech, Winston«, sagte er beinahe traurig. »Sogar wenn du in Neusprech schreibst, denkst du noch in Altsprech. Ich hab' ein paar von den Sachen gelesen, die du ab und zu in der *Times* schreibst. Sie sind recht gut, aber doch nur Übersetzungen. Dein Herz hängt immer noch am Altsprech, mit all seiner Vagheit und seinen unnützen Bedeutungsschattierungen. Du erfaßt die Schönheit einfach nicht, die in der Vernichtung von Wörtern liegt. Ist dir überhaupt klar, daß Neusprech die einzige Sprache der Welt ist, deren Vokabular von Jahr zu Jahr schrumpft?«

Das war Winston natürlich klar. Er lächelte – verständig, wie er hoffte –, weil er sich nichts zu sagen traute. Syme biß wieder eine Ecke von dem dunklen Brot ab, kaute kurz darauf herum und fuhr fort:

»Begreifst du denn nicht, daß Neusprech nur ein Ziel hat, nämlich den Gedankenspielraum einzuengen? Zu guter Letzt werden wir Gedankendelikte buchstäblich unmöglich machen, weil es keine Wörter mehr geben wird, um sie auszudrücken. Jeder Begriff, der jemals benötigt werden könnte, wird durch exakt *ein* Wort ausgedrückt sein, dessen Bedeutung streng definiert ist und dessen sämtliche Nebenbedeutungen eliminiert und vergessen sind. Schon jetzt, in der elften Auflage, sind wir nicht mehr weit davon entfernt. Aber der Prozeß wird auch dann noch weitergehen, wenn wir beide längst tot sind. Mit jedem Jahr werden die Wörter immer weniger, und der Bewußtseinsspielraum wird immer kleiner werden. Natürlich gibt es auch heute schon keinerlei Grund oder Entschuldigung für ein begangenes Gedankendelikt. Das ist lediglich eine Frage der Selbstdisziplin, der Realitätskontrolle. Aber schließlich wird auch das nicht mehr nötig sein. Die Revolution wird vollendet sein, wenn die Sprache perfekt ist. Neusprech ist Engsoz, und Engsoz ist Neusprech«, ergänzte er in einer Art mystischer Befriedigung. »Hast du dir schon mal überlegt, Winston, daß allerspätestens im Jahr 2050 auch nicht ein einziger Mensch mehr leben wird, der so eine Unterhaltung wie unsere jetzt verstehen könnte?«

»Außer –« begann Winston zweifelnd und brach dann ab.

Er hatte »Außer den Proles« sagen wollen, bremste sich aber, weil er nicht ganz sicher war, ob diese Bemerkung nicht irgendwie undogmatisch war. Syme hatte jedoch intuitiv erraten, was er hatte sagen wollen.

»Die Proles sind keine Menschen«, meinte er wegwerfend. »Doch 2050 – wahrscheinlich sogar schon früher – wird es keine echte Kenntnis des Altsprech mehr geben. Die gesamte Literatur der Vergangenheit wird vernichtet worden sein. Chaucer, Shakespeare, Milton, Byron werden nur noch in Neusprechfassungen existieren, und zwar nicht bloß in verwandelter Gestalt, sondern als Gegenteil dessen, was sie einmal waren. Sogar die Schriften der Partei werden sich verändern. Sogar die Parolen werden sich verändern.

Wie könnte eine Parole wie ›Freiheit ist Sklaverei‹ existieren, wenn der Freiheitsbegriff abgeschafft worden ist? Das ganze Denkklima wird anders sein. Es wird *überhaupt* kein Denken mehr geben, wenigstens nicht in unserem heutigen Sinne. Orthodoxie heißt: nicht denken, nicht denken müssen. Orthodoxie ist Unbewußtheit.«

Eines schönen Tages, dachte Winston plötzlich aus innerster Überzeugung, wird Syme vaporisiert werden. Er sieht zu klar und redet zu unverblümt. Die Partei mag solche Leute nicht. Eines Tages wird er verschwinden. Es steht ihm im Gesicht geschrieben.

Winston hatte Brot und Käse aufgegessen. Er drehte sich auf seinem Stuhl etwas zur Seite, um seinen Becher Kaffee zu trinken. Am Tisch zu seiner Linken redete der Mann mit der schneidenden Stimme noch immer unerbittlich weiter. Eine junge Frau, vielleicht seine Sekretärin, die mit dem Rücken zu Winston saß, hörte ihm zu und schien allem, was er sagte, eifrig beizupflichten. Hin und wieder fing Winston Bemerkungen auf wie: »Ich glaube, daß Sie ja *soo* recht haben, ich bin *absolut* Ihrer Meinung.« Ihre Stimme klang jung und recht dümmlich. Doch die andere Stimme schwieg nicht einmal dann einen Moment, wenn das Mädchen etwas sagte. Winston kannte den Mann vom Sehen, wußte jedoch nicht mehr von ihm, als daß er irgendeinen wichtigen Posten in der Roman-Abteilung bekleidete. Er war um die Dreißig, hatte einen muskulösen Hals und einen großen, ausdrucksvollen Mund. Sein Kopf war ein wenig zurückgelehnt, und dadurch reflektierte seine Brille das Licht und präsentierte Winston zwei blanke Scheiben statt der Augen. Erschreckend war, daß man von dem Redeschwall, der sich aus seinem Mund ergoß, kaum ein Wort verstehen konnte. Nur einmal schnappte Winston einen Satzfetzen auf – »vollständige und endgültige Ausmerzung des Goldsteinismus« –, der sehr rasch und wie eine Druckzeile aus einem Guß hervorgestoßen wurde. Der Rest war einfach nur Lärm, ein Quak-quak-Quaken. Und doch war, auch ohne daß man verstand, was der Mann tatsächlich sagte, der generelle Tenor unverkennbar. Ob er nun Goldstein brandmarkte und härtere Maßnahmen gegen Gedanken-Verbrecher und Saboteure forderte, ob er gegen die Greueltaten der eurasischen Armee wetterte, ob er den Großen Bruder oder die Helden an der Malabar-Front pries – das machte keinen Unterschied. Was er auch sagte, man durfte sicher sein, daß jedes Wort davon Orthodoxie und Engsoz in Reinkultur war. Als Winston das augenlose Gesicht mit dem rasch auf- und zuklappenden Unterkiefer betrachtete, beschlich ihn das sonderbare Gefühl, keinen richtigen Menschen, sondern eine Art Puppe vor sich zu haben. Hier sprach nicht das Gehirn dieses Mannes, sondern sein Kehlkopf. Was dabei herauskam, waren zwar Worte, aber keine Sprache im eigentlichen Sinn: es waren unbewußt geäußerte Laute, wie das Quaken einer Ente.

Syme war für einen Moment verstummt und malte mit dem Löffelstiel Muster in die Eintopfpfütze. Die Stimme am Nebentisch quakte weiter, gut hörbar trotz des Lärms ringsum.

»Es gibt ein Wort in Neusprech«, sagte Syme, »ich weiß nicht, ob du's kennst: *Quaksprech,* wie eine Ente quaken. Das ist eins von den interessanten Wörtern, die zwei entgegengesetzte Bedeutungen haben. Gebraucht man es in bezug auf einen Kontrahenten, dann ist es ein Schimpfwort, gebraucht man es gegenüber einem Gesinnungsgenossen, bedeutet es ein Lob.«

Syme wird fraglos vaporisiert werden, dachte Winston erneut. Er dachte es mit einem gewissen Bedauern, obwohl er sehr wohl wußte, daß Syme ihn nicht mochte, ja ihn sogar verachtete und durchaus imstande war, ihn beim geringsten Anlaß als Gedanken-Verbrecher zu denunzieren. Irgend etwas stimmte an Syme nicht. Irgend etwas fehlte ihm: Diskretion, Zurückhaltung, eine rettende Portion

Dummheit. Man konnte ihn nicht als unorthodox bezeichnen. Er glaubte an die Prinzipien des Engsoz, er verehrte den Großen Bruder, er frohlockte über Siege, er haßte Abweichler, und dies alles nicht nur aufrichtig, sondern mit rastloser Inbrunst und einer Wohlinformiertheit, mit der ein gewöhnliches Parteimitglied sonst nicht zur Sache ging. Und doch umgab ihn stets etwas Anrüchiges. Er sagte Dinge, die besser ungesagt geblieben wären, er hatte zu viele Bücher gelesen, er frequentierte das Café ›Kastanienbaum‹, das Stammlokal der Maler und Musiker. Es gab kein Gesetz, nicht einmal ein ungeschriebenes, das den Besuch des Cafés ›Kastanienbaum‹ verbot, und trotzdem war es ein irgendwie ominöser Ort. Die alten, diskreditierten Führer der Partei hatten sich bis zu ihrem endgültigen Ausschluß immer hier getroffen. Goldstein persönlich, hieß es, sei dort vor Jahren und Jahrzehnten manchmal gesehen worden. Symes Schicksal ließ sich unschwer vorhersagen. Und doch war an der Tatsache nicht zu rütteln, daß, falls Syme – und sei es auch nur für drei Sekunden – die wahre Natur von seinen, Winstons, geheimen Ansichten erfaßte, er ihn sofort an die Gedankenpolizei verraten würde. Das würde übrigens auch jeder andere tun, doch allen voran Syme. Inbrunst reichte nicht. Orthodoxie hieß Unbewußtheit.

Syme blickte auf. »Da kommt Parsons«, sagte er.

Etwas in seinem Tonfall schien hinzuzufügen: »dieser Vollidiot«. Und richtig, da drüben bahnte sich Parsons, Winstons Etagennachbar in der Victory Mietskaserne, seinen Weg durch die Menge – ein tonnenförmiger, mittelgroßer Mann mit blondem Haar und einem Froschgesicht. Mit fünfunddreißig Jahren zierten bereits Fettwülste Nakken und Taille, seine Bewegungen waren jedoch flink und jungenhaft. In seiner ganzen Erscheinung glich er einem großgewordenen kleinen Jungen, und zwar in dem Maße, daß man sich ihn, obwohl er in dem Einheitsoverall steckte, nur schwerlich anders gekleidet denken konnte als in die blauen Shorts, das graue Hemd und das rote Halstuch der ›Spitzel‹. Wenn man ihn sich vorstellte, sah man im Geist immer Kniegrübchen und plumpe Unterarme mit hochgekrempelten Hemdsärmeln. Und Parsons griff auch tatsächlich immer dann auf Shorts zurück, wenn ihm eine Volkswanderung oder irgendeine andere körperliche Ertüchtigung einen Vorwand dafür lieferte. Er begrüßte beide mit einem munteren »Hallo, hallo!«, setzte sich an den Tisch und verbreitete einen intensiven Schweißgeruch. Schweißperlen standen ihm überall im schweinchenfarbenen Gesicht. Sein Transpirationsvermögen war außergewöhnlich. Im Kommunalen Zentrum konnte man an der Feuchtigkeit des Schlägergriffs immer feststellen, ob er Tischtennis gespielt hatte. Syme hatte einen Papierstreifen mit einer langen Liste von Wörtern hervorgezogen, die er jetzt mit dem Tintenstift in der Hand studierte.

»Nun sieh bloß mal einer an, wie der sogar die Lunchpause durcharbeitet«, sagte Parsons und knuffte Winston in die Rippen. »Das nenne ich Eifer, wie? Was treiben Sie denn da, alter Junge? Garantiert wieder was, das meinen Horizont übersteigt. Smith, alter Junge, ich will Ihnen mal verraten, warum ich Ihnen auf den Fersen bin. Na, wegen der Spende doch, die Sie mir noch immer schulden.«

»Wofür ist die Spende?« fragte Winston und tastete automatisch nach seinem Geld. Man mußte rund ein Viertel seines Gehalts für freiwillige Spenden zur Verfügung stellen, und die waren so zahlreich, daß man sich nur mit Mühe auf dem laufenden halten konnte.

»Für die Haßwoche. Sie wissen doch – die Hauskollekte. Ich bin der Kassenwart für unseren Block. Wir geben uns mächtig Mühe – werden einen Mordseindruck schinden. Also, an mir wird's bestimmt nicht liegen, wenn der gute alte Victory Block nicht den tollsten Fahnenschmuck in der ganzen Straße hat. Zwei Dollar haben Sie mir versprochen.«

Winston fand zwei zerknitterte und schmuddelige Dollarscheine und reichte sie Parsons, der den Betrag mit der ordentlichen Schrift des Analphabeten in ein kleines Notizbuch eintrug.

»Übrigens, alter Junge«, sagte er. »Ich hab' läuten hören, daß Ihnen mein kleiner Lauser gestern eins mit der Schleuder aufgebrannt hat. Hab' ihm eine tüchtige Standpauke gehalten. Hab' ihm sogar gedroht, daß ich ihm das Ding beim nächsten Mal wegnehme.«

»Ich glaube, der war bloß sauer, weil er nicht zur Hinrichtung durfte«, sagte Winston.

»Na ja – also, was ich sagen wollte, die wissen schon genau, wo's langgeht, stimmt's? Nichtsnutzige kleine Lauser sind das, alle beide, aber an Eifer fehlt's bei denen nicht! Für die gibt's bloß noch die ›Spitzel‹, und den Krieg natürlich. Wissen Sie, was meine Kleine letzten Samstag gemacht hat, als ihr Zug einen Marsch nach Berkhamstead unternahm? Sie schnappte sich noch zwei andere Mädchen, machte sich dünne und verfolgte den ganzen Nachmittag lang einen merkwürdigen Mann. Sie blieben ihm zwei Stunden auf den Fersen, mitten durch 'n Wald, und als sie nach Amersham kamen, übergaben sie ihn der Streife.«

»Und wieso?« fragte Winston leicht bestürzt. Parsons fuhr triumphierend fort:

»Meine Kleine überzeugte sich davon, daß er so was wie ein feindlicher Agent war – er hätte ja zum Beispiel mit 'nem Fallschirm abgesetzt worden sein können. Aber jetzt kommt der Witz bei der ganzen Sache. Was, glauben Sie, hat sie zuerst auf seine Spur gebracht? Sie merkte, daß er so komische Schuhe anhatte – solche Schuhe hätte sie vorher noch bei keinem gesehen. Also bestand die Möglichkeit, daß er ein Ausländer war. Ganz schön gerissen für eine siebenjährige Göre, was?«

»Was passierte mit dem Mann?« fragte Winston.

»Na, das weiß ich natürlich nicht. Aber es würde mich

gar nicht wundern, wenn –« Parsons legte pantomimisch ein Gewehr an und imitierte mit einem Zungenschnalzen den Schuß.

»Gut«, sagte Syme geistesabwesend, ohne von seinem Papierstreifen aufzublicken.

»Ein Risiko können wir wirklich nicht eingehen«, stimmte Winston pflichtschuldig zu.

»Das will ich meinen, schließlich haben wir Krieg«, sagte Parsons.

Wie zur Bestätigung erscholl aus dem Teleschirm direkt über ihnen ein Trompetensignal. Diesmal handelte es sich jedoch nicht um die Verkündung eines militärischen Sieges, sondern lediglich um eine Meldung des Ministeriums für Überfülle.

»Genossen!« rief eine jugendlich-eifrige Stimme. »Achtung, Genossen! Wir haben herrliche Neuigkeiten für euch. Wir haben die Produktionsschlacht gewonnen! Die abschließenden amtlichen Berichte über die Erzeugung von Konsumgütern aller Klassen zeigen, daß der Lebensstandard im Verlauf des letzten Jahres um nicht weniger als zwanzig Prozent gestiegen ist. In ganz Ozeanien kam es heute morgen zu spontanen Demonstrationen, als Arbeiter die Fabriken und Büros verließen und mit Transparenten durch die Stadt marschierten, auf denen sie dem Großen Bruder für das neue, glückliche Leben dankten, das seine weise Führerschaft uns beschert hat. Es folgen einige der endgültigen Zahlen. Nahrungsmittel –«

Die Wendung »unser neues, glückliches Leben« kehrte mehrmals wieder. Sie war in letzter Zeit ein Lieblingsausdruck des Ministeriums für Überfülle gewesen. Parsons, dessen Aufmerksamkeit durch das Trompetensignal geweckt worden war, hockte da und lauschte ernst und erbaulich gelangweilt. Er konnte den Zahlen zwar nicht folgen, war sich aber bewußt, daß sie irgendwie Anlaß zur Zufriedenheit gaben. Er hatte eine riesige verdreckte Pfeife hervorgeholt, die schon halb voll verkohltem Tabak war. Bei einer wöchentlichen Tabakration von hundert Gramm konnte man seine Pfeife nur selten bis zum Rand stopfen. Winston rauchte eine Victory Zigarette, die er sorgfältig waagerecht hielt. Die neue Ration wurde erst morgen fällig, und er besaß nur noch vier Zigaretten. Im Moment hatte er seine Ohren gegen die Hintergrundgeräusche abgeschottet und lauschte dem Zeug, das sich aus dem Teleschirm ergoß. Es schien sogar Demonstrationen gegeben zu haben, um dem Großen Bruder für die Erhöhung der Schokoladenration auf zwanzig Gramm pro Woche zu danken. Und dabei war, so überlegte Winston, erst gestern bekanntgegeben worden, daß die Ration auf zwanzig Gramm pro Woche *gekürzt* werden würde. War es möglich, daß die Leute das nach nur vierundzwanzig Stunden schluckten? Ja, sie schluckten es. Parsons schluckte es mühelos, mit dem Stumpfsinn eines Tieres. Die augenlose Kreatur am Nebentisch schluckte es fanatisch, leidenschaftlich, mit einem wilden Verlangen, jeden aufzuspüren, zu denunzieren und zu vaporisieren, der etwa behaupten wollte, daß letzte Woche die Ration dreißig Gramm betragen hatte. Auch Syme schluckte es – allerdings auf eine kompliziertere Art, bei der Doppeldenk mit im Spiel war. Besaß demnach er, Winston, als *einziger* ein Gedächtnis?

Die sagenhaften Statistiken tönten weiterhin aus dem Teleschirm. Verglichen mit dem Vorjahr gab es mehr Lebensmittel, mehr Textilien, mehr Häuser, mehr Möbel, mehr Kochtöpfe, mehr Brennstoff, mehr Schiffe, mehr Helikopter, mehr Bücher, mehr Babies – mehr von allem außer Krankheit, Verbrechen und Wahnsinn. Jahr um Jahr und Minute um Minute erlebte alles und jeder einen rasanten Aufschwung. So wie vorhin Syme hielt jetzt Winston seinen Löffel in der Hand, manschte damit in der bläßlichen Soße herum, die über den Tisch tröpfelte, und zog eine lange Schliere zu einem Muster aus. Er grübelte gereizt über die physische Beschaffenheit des Lebens nach. War es immer so gewesen? Hatte das Essen immer so geschmeckt? Er blickte sich in der Kantine um. Ein niedriger, überfüllter Raum, dessen Wände vom Kontakt mit unzähligen Leibern verdreckt waren; schäbige Metalltische und Stühle, die so eng zusammengestellt waren, daß man sich beim Sitzen gegenseitig mit den Ellenbogen stieß; verbogene Löffel, verbeulte Tabletts, plumpe weiße Becher; alle Flächen schmierig, Dreck in jeder Ritze; und ein säuerliches Geruchsgemisch aus schlechtem Gin, schlechtem Kaffee, metallischem Eintopf und schmutzigen Kleidern. Ständig rebellierten Magen und Haut, aus dem Gefühl heraus, um etwas betrogen worden zu sein, worauf man ein Anrecht hatte. Dabei besaß er keine Erinnerung daran, daß es jemals grundlegend anders gewesen wäre. Soweit er sich zuverlässig zurückerinnern konnte, hatte es niemals wirklich genug zu essen gegeben, hatte man nie Strümpfe oder Unterwäsche ohne Löcher besessen, waren die Möbel immer schäbig und wacklig, die Zimmer ungenügend geheizt, die U-Bahnen überfüllt, die Häuser baufällig, war Brot dunkel, Tee eine Rarität, Kaffee scheußlich, waren Zigaretten knapp gewesen – bloß synthetischen Gin gab es billig und im Überfluß. Und obwohl es mit zunehmendem Alter natürlich schlimmer wurde, war es nicht doch ein Zeichen dafür, daß dies *nicht* die natürliche Ordnung der Dinge war, wenn einem der Mut sank angesichts der Unbehaglichkeit, des Drecks und des Mangels, der endlosen Winter, der Klebrigkeit der eigenen Socken, der nie funktionierenden Lifts, des kalten Wassers, der sandigen Seife, der zerbröselnden Zigaretten und des Essens mit dem merkwürdig üblen Geschmack? Wieso sollte man das alles unerträglich finden, wenn man nicht eine ererbte Erinnerung daran besaß, daß die Dinge einmal anders gewesen waren?

Er blickte sich erneut in der Kantine um. Fast alle waren sie häßlich und wären auch dann noch häßlich gewesen, wenn sie etwas anderes getragen hätten als die uniformen blauen Overalls. Am anderen Ende des Raums saß ein kleiner, merkwürdig käferähnlicher Mann allein an einem Tisch und trank Kaffee; argwöhnisch huschten seine Blicke hin und her. Wenn man die Augen schloß, dachte Winston, war es leicht, daran zu glauben, daß der von der Partei als Ideal aufgestellte Körpertypus – großgewachsene, muskulöse Jungs und vollbusige Mädel, blond, vital, sonnenverbrannt, sorglos – wirklich existierte, ja sogar vorherrschte. Tatsächlich aber war die Mehrheit der Menschen in Landefeld Eins, soweit er das beurteilen konnte, klein, dunkelhaarig und ungestalt. Es war schon eigentümlich, wie sich dieser käferartige Typus in den Ministerien vermehrte: kleine rundliche Männer, die bereits sehr früh zur Korpulenz neigten, mit kurzen Beinen, flinken Trippelschritten und feisten, undurchdringlichen Gesichtern mit winzig kleinen Augen. Dieser Typ schien unter der Herrschaft der Partei am besten zu gedeihen.

Die Durchsage des Ministeriums für Überfülle endete mit einem neuerlichen Trompetensignal; darauf folgte Blechmusik. Parsons, in dem das Zahlenbombardement vage Begeisterung entfacht hatte, nahm die Pfeife aus dem Mund.

»Das Ministerium für Überfülle hat dieses Jahr wirklich gute Arbeit geleistet«, sagte er mit wissendem Kopfnicken. »Übrigens, Smith, alter Junge, Sie könnten mir nicht vielleicht zufällig mit ein paar Rasierklingen aushelfen?«

»Unmöglich«, sagte Winston. »Ich rasiere mich selbst schon seit sechs Wochen mit derselben Klinge.«

»Tja, also dann – ich dachte auch nur, fragen kostet ja nichts, alter Junge.«

»Bedauere«, sagte Winston.

Die quakende Stimme vom Nebentisch, die während der Durchsage des Ministeriums vorübergehend verstummt war, hatte sich wieder in voller Lautstärke erhoben. Aus irgendeinem Grund mußte Winston plötzlich an Mrs. Parsons denken, mit ihrem strähnigen Haar und dem Staub in ihren Gesichtsfalten. Binnen zwei Jahren würden ihre Kinder sie bei der Gedankenpolizei denunzieren. Mrs. Parsons würde vaporisiert werden. O'Brien würde vaporisiert werden. Parsons hingegen würde nie vaporisiert werden. Die augenlose Kreatur mit der quakenden Stimme würde nie vaporisiert werden. Die kleinen käferartigen Männer, die so gelenkig durch die labyrinthischen Korridore der Ministerien trippelten – auch sie würden nie vaporisiert werden. Und das Mädchen mit dem schwarzen Haar, das Mädchen aus der Roman-Abteilung – sie würde ebenfalls nie vaporisiert werden. Er schien instinktiv zu wissen, wer überleben und wer umkommen würde: doch was nun genau das Überleben sicherte, ließ sich nicht so einfach sagen.

In diesem Moment wurde er mit einem jähen Ruck aus seinem Tagtraum gerissen. Das Mädchen am Nebentisch hatte sich halb umgewandt und musterte ihn. Es war das Mädchen mit dem schwarzen Haar. Sie musterte ihn indirekt, aber mit sonderbarer Intensität. In dem Moment, als sich ihre Blicke trafen, schaute sie wieder weg.

Winston brach der kalte Schweiß aus. Entsetzen schüttelte ihn. Er fing sich zwar gleich wieder, doch blieb ein quälendes Unbehagen zurück. Weshalb beobachtete sie ihn? Weshalb folgte sie ihm überall hin? Er wußte leider nicht mehr, ob sie bereits an diesem Tisch gesessen hatte, als er gekommen war, oder ob sie erst nach ihm erschienen war. Gestern jedenfalls hatte sie sich während des Zwei-Minuten-Haß ohne zwingende Notwendigkeit direkt hinter ihn gesetzt. Sehr wahrscheinlich hatte sie nur hören wollen, ob er auch laut genug mitjohlte.

Seine frühere Überlegung fiel ihm wieder ein: Vermutlich war sie gar keine Angehörige der Gedankenpolizei, doch andererseits stellten gerade die Amateurspione die allergrößte Gefahr dar. Er wußte nicht, wie lange sie ihn bereits gemustert hatte, vielleicht schon fünf Minuten, und es war möglich, daß er sein Mienenspiel nicht völlig unter Kontrolle gehabt hatte. Es war entsetzlich gefährlich, in der Öffentlichkeit oder im Aufnahmebereich eines Teleschirms seine Gedanken schweifen zu lassen. Die geringste Kleinigkeit konnte einen verraten. Eine nervöse Gesichtszuckung, ein unbewußt-ängstlicher Blick, die Angewohnheit, vor sich hin zu murmeln – alles, was auch nur den Hauch von Abweichung oder Heimlichkeit trug. Allein schon ein ungehöriger Gesichtsausdruck (zum Beispiel, bei einer Siegesmeldung eine ungläubige Miene zu machen) war ein strafbares Delikt. Es gab sogar ein Neusprechwort dafür: *Blickdel.*

Das Mädchen hatte ihm wieder den Rücken zugedreht. Vielleicht verfolgte sie ihn doch nicht; vielleicht war es purer Zufall, daß sie zwei Tage hintereinander so dicht bei ihm gesessen hatte. Seine Zigarette war ausgegangen, und er legte sie behutsam auf die Tischkante. Er würde sie nach der Arbeit zu Ende rauchen, falls der Tabak so lange drinblieb. Höchstwahrscheinlich war die Person am Nebentisch eine Spionin der Gedankenpolizei, und höchstwahrscheinlich würde er binnen drei Tagen in den Zellen des Ministeriums für Liebe stecken, aber eine Kippe durfte man nicht verschwenden. Syme hatte seinen Papierstreifen zusammengefaltet und verstaute ihn in der Tasche. Parsons hatte wieder zu reden begonnen.

»Hab' ich Ihnen eigentlich schon mal erzählt, alter Junge«, sagte er glucksend, das Pfeifenmundstück zwischen den Zähnen, »wie meine beiden Knirpse dieser alten Marktfrau den Rock angezündet haben, weil sie gesehen hatten, wie sie Würste in ein Plakat vom Großen Bruder einwickelte? Pirschten sich einfach von hinten an sie ran und hielten ein Streichholz drunter. Waren sicher ziemlich üble Verbrennungen. Das sind kleine Lauser, was? Aber ganz Feuer und Flamme. Heutzutage kriegen die eine

1a-Ausbildung bei den ›Spitzeln‹ – noch besser als zu meiner Zeit. Was, glauben Sie wohl, ist das Neueste, womit sie sie ausrüsten? Hörrohre, um durchs Schlüsselloch zu lauschen! Meine Kleine brachte gestern abend eins mit nach Hause – probierte es an unserer Wohnzimmertür aus und meinte, daß sie damit doppelt soviel hören könnte wie nur mit dem Ohr am Schlüsselloch. Ist natürlich bloß ein Spielzeug. Bringt sie aber trotzdem auf den richtigen Dreh, oder?«

In diesem Moment schrillte aus dem Teleschirm ein Pfeifton. Es war das Signal, wieder an die Arbeit zu gehen. Die drei Männer sprangen auf, um sich in das Gewühl bei den Liften zu stürzen, und aus Winstons Zigarette krümelte der Tabakrest.

VI

Winston schrieb in sein Tagebuch:

Es war vor drei Jahren. Es war an einem dunklen Abend, in einer engen Seitenstraße unweit eines der großen Bahnhöfe. Sie stand bei einem Durchgang in der Mauer unter einer Straßenlaterne, die kaum Licht spendete. Sie hatte ein junges, stark geschminktes Gesicht. Eigentlich war es die Schminke, die mich anzog, weiß, wie eine Maske, und die knallroten Lippen. Die Frauen von der Partei schminken sich nie. Sonst war niemand auf der Straße, keine Teleschirme. Sie sagte, zwei Dollar. Ich –

Im Moment war es zu schwierig weiterzuschreiben. Er schloß die Augen, preßte die Finger dagegen und versuchte, das immer wiederkehrende Bild zu vertreiben. Er verspürte die beinahe übermächtige Versuchung, aus vollem Hals einen Schwall schmutziger Wörter zu brüllen. Oder seinen Kopf gegen die Wand zu schlagen, den Tisch umzukippen und das Tintenfaß durchs Fenster zu schleudern – irgend etwas Gewalttätiges oder Lärmendes oder Schmerzhaftes zu tun, das die Erinnerung auslöschen könnte, die ihn marterte.

Der schlimmste Feind, den man hatte, überlegte er, war das eigene Nervensystem. Jeden Moment konnte sich die innere Spannung in einem äußerlich sichtbaren Symptom ausdrücken. Er dachte an einen Mann, an dem er vor ein paar Wochen auf der Straße vorbeigegangen war: ein Durchschnittstyp, ein Parteimitglied, zwischen fünfunddreißig und vierzig, ziemlich groß und dünn, mit einer Aktentasche unter dem Arm. Sie waren nur noch wenige Meter voneinander entfernt, da verzerrte sich die linke Gesichtshälfte des Mannes plötzlich krampfartig. Gerade als sie aneinander vorbeigingen, passierte es noch einmal: es war nur ein Zukken, ein Zittern, rasch wie das Klicken eines Kameraverschlusses, aber offenbar gewohnheitsmäßig. Er entsann sich, wie er damals gedacht hatte: Der arme Teufel ist erledigt. Und das Erschreckende daran war, daß es sich dabei sehr wahrscheinlich um einen unbewußten Vorgang handelte. Die tödlichste Gefahr lag darin, im Schlaf zu reden. Soviel er wußte, gab es keine Möglichkeit, sich davor zu schützen.

Er holte tief Luft und schrieb weiter:

Ich ging mit ihr durch den Torweg und über einen Hinterhof in eine Küche im Tiefparterre. An der Wand stand ein Bett und auf dem Tisch eine stark heruntergedrehte Lampe. Sie –

Er knirschte mit den Zähnen. Am liebsten hätte er ausgespuckt. Er dachte an die Frau in der Tiefparterre-Küche und gleichzeitig an Katharine, seine Frau. Winston war verheiratet – oder jedenfalls verheiratet gewesen: wahrscheinlich war er immer noch verheiratet, denn soviel er wußte, war seine Frau nicht tot. Er schien wieder den warmen, muffigen Geruch der Tiefparterre-Küche zu atmen, eine Duftmischung aus Wanzen, dreckiger Wäsche und gräßlich-billigem Parfüm, das dennoch betörend war, denn keine Frau aus der Partei benutzte jemals Parfüm; schon der Gedanke war absurd. Nur die Proles benutzten Parfüm. In seiner Vorstellung verband sich dieser Geruch untrennbar mit Unzucht.

Als er die Frau begleitet hatte, war das seine erste Entgleisung seit ungefähr zwei Jahren gewesen. Der Verkehr mit Prostituierten war natürlich verboten, doch das gehörte zu jenen Vorschriften, die man gelegentlich übertreten durfte. Es war gefährlich, doch man riskierte nicht Kopf und Kragen. Mit einer Prostituierten erwischt zu werden konnte einen bis zu fünf Jahre Zwangsarbeit kosten: mehr nicht, wenn man sich nicht eines weiteren Vergehens schuldig gemacht hatte. Und es war einfach genug, vorausgesetzt, man ließ sich nicht in flagranti erwischen. In den ärmeren Vierteln wimmelte es nur so von Frauen, die bereit waren, sich zu verkaufen. Manche konnte man sogar für eine Flasche Gin haben, den die Proles eigentlich nicht trinken durften. Insgeheim tendierte die Partei sogar dazu, zur Prostitution zu animieren, als Ventil für Triebe, die sich nicht völlig unterdrücken ließen. Die bloße Ausschweifung war nicht weiter schlimm, solange sie heimlich und freudlos blieb und nur die Frauen einer verelendeten und verachteten Klasse einbezog. Das wirklich unverzeihliche Delikt war Promiskuität zwischen Parteimitgliedern. Doch daß so etwas wirklich passierte, konnte man sich kaum vorstellen – auch wenn dies zu den Verbrechen gehörte, zu denen sich die Angeklagten in den großen Säuberungsprozessen ständig bekannten.

Der Partei ging es nicht nur darum, einen immer festeren Zusammenhalt zwischen Männern und Frauen zu verhindern, den sie vielleicht nicht mehr kontrollieren konnte. Ihre wahre, unausgesprochene Absicht war es, dem Geschlechtsakt jegliche Freude zu nehmen. Weniger die Liebe als vielmehr die Erotik war der Feind, innerhalb wie außerhalb der Ehe. Alle Eheschließungen zwischen Parteimitgliedern mußten von einer zu diesem Zweck eingesetzten Kommission gebilligt werden, und die Genehmigung wurde immer dann verweigert – obwohl das nie offen gesagt wurde –, wenn das betreffende Paar sich körperlich zueinander hingezogen zu fühlen schien. Der einzig legitime

Zweck einer Heirat war, Kinder für die Dienste der Partei zu zeugen. Der Geschlechtsverkehr sollte als kleiner, etwas ekliger Eingriff betrachtet werden, einem Klistier vergleichbar. Auch das wurde nie direkt ausgesprochen, doch indirekt jedem Parteimitglied von Jugend an eingeimpft. Es gab sogar Organisationen wie die Junioren Anti-Sex Liga, die das Zölibat für beide Geschlechter propagierten. Alle Kinder sollten durch künstliche Besamung *(Kunstsam* in Neusprech) gezeugt und in staatlichen Anstalten großgezogen werden. Das war, wie Winston wußte, nicht ganz ernst gemeint, doch es paßte zur allgemeinen Parteiideologie. Die Partei versuchte, den Geschlechtstrieb abzutöten oder, wenn er sich nicht abtöten ließ, ihn doch wenigstens zu verformen und in den Schmutz zu ziehen. Er wußte nicht, warum das so war, doch es schien ganz natürlich, daß es so sein sollte. Und was die Frauen anging, da fruchteten die Bemühungen der Partei weitgehend.

Er dachte erneut an Katharine. Es mußte jetzt neun, zehn – fast elf Jahre her sein, daß sie sich getrennt hatten. Merkwürdig, wie selten er an sie dachte. Er konnte manchmal tagelang vergessen, daß er jemals verheiratet gewesen war. Sie hatten nur rund fünfzehn Monate zusammengelebt. Die Partei erlaubte Scheidungen nicht, befürwortete aber bei kinderlosen Ehen die Trennung.

Katharine war ein großes, blondes Mädchen, kerzengerade gewachsen und mit herrlichen Bewegungen. Sie hatte ein kühnes, adlerähnliches Gesicht, ein Gesicht, das sich edel nennen ließ, bis man feststellte, daß so gut wie nichts dahintersteckte. Schon im Frühstadium ihrer Ehe war er zu dem Schluß gelangt – vielleicht auch nur, weil er sie gründlicher kannte, als er die meisten übrigen Menschen kannte –, daß sie das ausnahmslos dümmste, vulgärste und hohlste Geschöpf war, dem er je begegnet war. Sie dachte nur in Parolen, und es gab keinen, absolut keinen Schwachsinn, den sie nicht geschluckt hätte, wenn die Partei ihn ihr auftischte.

›Die menschliche Tonspur‹ lautete sein heimlicher Spitzname für sie. Und doch hätte er das Zusammenleben mit ihr ertragen, wäre da nicht eine Sache gewesen – Sex.

Sobald er sie anfaßte, schien sie zusammenzuzucken und sich zu versteifen. Man hätte genausogut eine hölzerne Gliederpuppe umarmen können. Und sogar wenn sie ihn an sich drückte, hatte er sonderbarerweise das Gefühl, als stoße sie ihn gleichzeitig mit aller Kraft von sich. Ihre starren Muskeln vermittelten jedenfalls diesen Eindruck. Sie lag dann mit geschlossenen Augen da, weder widerstrebend noch teilnehmend, vielmehr *unterwürfig*. Es war außerordentlich demütigend und nach einer Weile sogar grauenhaft. Aber selbst dann noch hätte er es ertragen können, mit ihr zusammenzuleben, wenn sie sich darauf geeinigt hätten, Enthaltsamkeit zu üben. Doch es war eigenartigerweise Katharine, die davon nichts hören wollte. Sie mußten, wie sie sagte, nach Möglichkeit ein Kind machen. Also fand die Veranstaltung weiterhin statt, recht regelmäßig einmal pro Woche, sofern überhaupt nur irgendwelche Erfolgsaussichten bestanden. Sie pflegte ihn sogar morgens daran zu erinnern, daß man an diesem Abend ja nicht vergessen dürfe, etwas Bestimmtes zu tun. Sie hatte zwei Ausdrücke dafür. Einer hieß »ein Baby machen«, und der andere lautete »unsere Pflicht gegenüber der Partei«: ja, diese Wendung hatte sie in der Tat gebraucht. Schon bald verspürte er ein regelrechtes Grauen, wenn der verabredete Tag nahte. Doch zum Glück kam kein Kind, und schließlich war sie damit einverstanden, es nicht weiter zu versuchen, und bald darauf trennten sie sich.

Winston seufzte unhörbar. Er griff wieder zum Federhalter und schrieb:

Sie warf sich aufs Bett und zog auch sofort, ohne viel Umstände zu machen und auf die rüdeste und schauerlichste Art, die man sich denken kann, den Rock hoch. Ich –

Er sah sich dort im matten Lampenlicht stehen, den Geruch von Wanzen und billigem Parfüm in der Nase und im Herzen ein Gefühl der Niederlage und des Grolls, das sogar in diesem Moment mit dem Gedanken an Katharines weißen Leib vermischt war, auf ewig vereist durch die hypnotische Kraft der Partei. Warum mußte es immer auf diese Art geschehen? Warum konnte er nicht eine Frau für sich haben statt dieser widerlichen Handgreiflichkeiten alle paar Jahre einmal? Doch eine echte Liebesaffäre war etwas beinahe Undenkbares. Die Frauen aus der Partei waren alle gleich. Die Keuschheit steckte ihnen genauso tief in den Knochen wie die Loyalität der Partei gegenüber. Durch eine frühzeitige gründliche Prägung, durch Spiele und Kaltwasser, durch all den Mist, der ihnen in der Schule und bei den ›Spitzeln‹ und der Jugendliga eingetrichtert wurde, durch Vorträge, Paraden, Lieder, Parolen und Militärmusik hatte man ihnen jedes natürliche Gefühl ausgetrieben. Sein Verstand sagte ihm, daß es Ausnahmen geben mußte, doch sein Herz glaubte nicht daran. Sie waren alle unerobert-befruchtbar, ganz wie die Partei es geplant hatte. Und sehnlicher noch, als geliebt zu werden, wünschte er sich, diesen Tugendwall niederzureißen, und sei es auch nur ein einziges Mal in seinem Leben. Der erfolgreich vollzogene Geschlechtsakt war Rebellion. Begierde war Gedankendelikt. Sogar Katharine sexuell erweckt zu haben – wenn er das je geschafft hätte – wäre einer Verführung gleichgekommen, obwohl sie seine Frau war.

Doch die Geschichte mußte zu Ende geschrieben werden. Er notierte:

Ich drehte die Lampe heller. Bei Licht besehen war sie –

Nach dem Dunkel hatte das schwache Licht der Paraffinlampe sehr hell gewirkt. Zum erstenmal konnte er die Frau jetzt richtig sehen. Er hatte einen Schritt auf sie zugemacht und war dann, erfüllt von Wollust und Angst, stehengeblieben. Er war sich in qualvoller Weise des Risikos bewußt, das er eingegangen war, indem er hierherkam. Es war durchaus möglich, daß ihn die Streifen beim Hinausgehen schnappten: vielleicht warteten sie in diesem Moment schon draußen vor der Tür. Wenn er jetzt ging, ohne überhaupt getan zu haben, weswegen er hergekommen war –!

Es mußte aufgeschrieben, es mußte gebeichtet werden. Im Lampenlicht hatte er plötzlich gesehen, daß die Frau *alt* war. Ihr Gesicht war so dick mit Schminke zugekleistert, daß es aussah, als könnte es Risse bekommen wie eine Pappmaché-Maske. Sie hatte weiße Strähnen im Haar; doch das allerschrecklichste war, daß ihr halboffener Mund nur eine höhlenartige Schwärze enthüllte. Sie hatte überhaupt keine Zähne mehr.

Hastig schrieb er mit kritzliger Schrift:

Bei Licht besehen war sie eine verdammt alte Frau, mindestens fünfzig Jahre alt. Doch ich blieb und tat es trotzdem.

Er preßte erneut die Finger gegen die Augenlider. Nun hatte er es endlich aufgeschrieben, aber es änderte nichts. Die Therapie hatte nicht funktioniert. Der Drang, aus vollem Hals schmutzige Wörter zu brüllen, war so stark wie zuvor.

VII

Wenn es eine Hoffnung gibt, schrieb Winston, *liegt sie bei den Proles.*

Wenn es eine Hoffnung gab, *mußte* sie bei den Proles liegen, denn nur dort, im Gewimmel der mißachteten Massen, die ganze 85 % der Bevölkerung Ozeaniens ausmachten, konnte jemals die Kraft entstehen, die nötig war, um die Partei zu vernichten. Von innen konnte die Partei nicht gestürzt werden. Ihre Feinde, wenn sie denn welche hatte, besaßen keine Möglichkeit, Zusammenkünfte abzuhalten oder sich einander auch nur zu erkennen zu geben. Selbst wenn die legendäre Bruderschaft existierte, was ja immerhin möglich war, blieb es doch unvorstellbar, daß sich jemals mehr als zwei oder drei ihrer Mitglieder auf einmal versammeln konnten. Rebellion hieß: ein gewisser Ausdruck in den Augen, ein veränderter Tonfall, höchstens mal ein zugeflüstertes Wort. Doch wenn die Proles sich nur einmal ihrer Stärke bewußt werden konnten, brauchten sie gar nicht zu konspirieren. Sie mußten nur aufstehen und sich schütteln, wie ein Pferd, das Fliegen abschüttelt. Wenn sie Lust hatten, konnten sie morgen früh die Partei in tausend Stücke schlagen. Mußte ihnen früher oder später dieser Gedanke nicht kommen? Und doch –!

Er entsann sich, wie er einmal eine belebte Straße entlanggegangen war, als sich in einer Seitenstraße dicht vor ihm ein gewaltiger, hundertstimmiger Schrei aus Frauenkehlen erhoben hatte. Es war ein mächtiger, furchtbarer Aufschrei der Wut und Verzweiflung, ein tiefes, lautes »Oh-o-o-o-oh!«, das wie der Nachhall einer Glocke weiterdröhnte. Sein Herz hatte einen Sprung getan. Es geht los! hatte er gedacht. Ein Aufstand! Endlich schlagen die Proles los. Als er die Stelle erreicht hatte, sah er einen Mob von zwei- oder dreihundert Frauen, die sich mit so tragischen Mienen, als seien sie die todgeweihten Passagiere eines sinkenden Schiffes, um die Stände eines Straßenmarktes drängten. Doch in diesem Moment zerfiel die allgemeine Verzweiflung in unzählige Einzelstreitigkeiten. Wie sich herausstellte, hatte einer der Stände Blechkasserollen verkauft. Kümmerliche, klapprige Dinger, doch Kochtöpfe jeglicher Art waren immer schwer zu bekommen. Jetzt war die Lieferung plötzlich ausverkauft. Die erfolgreichen Frauen, von den übrigen herumgeschubst und angerempelt, versuchten sich mit ihren Kasserollen davonzumachen, während Dutzende von anderen am Stand krakeelten, den Standinhaber der Begünstigung bezichtigten und ihn beschuldigten, irgendwo noch mehr Kasserollen in Reserve zu haben. Wieder brach Gezeter los. Zwei aufgedunsene Frauen, die eine mit aufgelösten Haaren, hatten dieselbe Kasserolle ergattert und versuchten nun, sie sich gegenseitig aus der Hand zu reißen. Beide zerrten daran herum, und dann brach der Stiel ab. Winston beobachtete sie angewidert. Und doch – welche beinahe erschreckende Macht hatte nicht in jenem Aufschrei aus nur ein paar hundert Kehlen gelegen! Warum konnten sie denn niemals über etwas wirklich Wichtiges ein solches Geschrei anstimmen?

Er schrieb:

Solange ihr Bewußtsein nicht erwacht, werden sie niemals re-

bellieren, und solange sie nicht rebelliert haben, wird ihr Bewußtsein nicht erwachen können.

Das, so überlegte er, hätte fast aus einem Lehrbuch der Partei abgeschrieben sein können. Die Partei beanspruchte natürlich für sich, die Proles aus der Knechtschaft befreit zu haben. Vor der Revolution waren sie von den Kapitalisten gräßlich unterdrückt worden, man hatte sie hungern und auspeitschen lassen, man hatte Frauen gezwungen, in den Kohlebergwerken zu arbeiten (Frauen arbeiteten übrigens noch immer in den Kohlebergwerken), Kinder hatte man im Alter von sechs Jahren an die Fabriken verkauft. Aber gleichzeitig, getreu den Prinzipien des Doppeldenk, lehrte die Partei, daß die Proles von Natur aus Menschen zweiter Klasse waren, die mittels Anwendung von ein paar simplen Regeln wie Tiere in Abhängigkeit gehalten werden mußten. In Wahrheit wußte man nur sehr wenig über die Proles. Man brauchte auch nicht viel zu wissen. Solange sie nur weiterhin arbeiteten und sich fortpflanzten, waren ihre sonstigen Aktivitäten unwichtig. Sich selbst überlassen, wie das auf den Ebenen Argentiniens in Freiheit gesetzte Vieh, waren sie zu einem Lebensstil zurückgekehrt, der ihnen angeboren, eine Art Erbmuster zu sein schien. Sie kamen zur Welt, sie wuchsen in der Gosse auf, sie begannen mit zwölf zu arbeiten, sie durchlebten eine kurze Blütezeit der körperlichen Schönheit und sexuellen Lust, sie heirateten mit zwanzig, begannen mit dreißig zu altern und starben größtenteils mit sechzig. Körperliche Schwerarbeit, die Sorge um Heim und Kinder, kleinliche Streitereien mit den Nachbarn, Kino, Fußball, Bier und vor allem Glücksspiele steckten ihren Denkhorizont ab. Es war nicht schwer, sie unter Kontrolle zu halten. Ein paar Agenten der Gedankenpolizei bewegten sich ständig unter ihnen, streuten falsche Gerüchte aus und notierten und eliminierten die wenigen Individuen, die man als mögliche Gefahr betrachtete; aber es wurden keinerlei Versuche unternommen, die Proles mit der Ideologie der Partei zu indoktrinieren. Es war nicht wünschenswert, daß die Proles eine starke politische Überzeugung hatten. Von ihnen wurde nur ein primitiver Patriotismus verlangt, an den man immer dann appellieren konnte, wenn sie sich mit einer Verlängerung der Arbeitszeit oder der Kürzung von Rationen abfinden sollten. Und selbst wenn sie unzufrieden wurden, was manchmal vorkam, führte ihre Unzufriedenheit zu nichts, denn da ihnen der generelle Überblick fehlte, konnten sie ihre Unzufriedenheit nur gegen ganz spezielle, unwesentliche Mißstände richten. Die größeren Übel entgingen ihnen unweigerlich. Die überwiegende Mehrheit der Proles hatte nicht einmal einen Teleschirm in der Wohnung. Selbst die Zivilpolizei mischte sich kaum in ihre Angelegenheiten. In London florierte die Kriminalität, es gab dort eine in sich geschlossene Welt von Dieben, Banditen, Prostituierten, Dealern und Schiebern aller Schattierungen; doch da sich das Ganze ausschließlich unter den Proles abspielte, blieb es ohne Bedeutung. In allen Fragen der Moral durften sie nach ihrem ererbten Sittenkodex leben. Der sexuelle Puritanismus der Partei wurde ihnen nicht aufgezwungen. Promiskuität ging straffrei aus, Scheidungen waren zulässig. Übrigens wäre auch die Religionsausübung erlaubt gewesen, hätten die Proles irgendein Bedürfnis oder Verlangen danach geäußert. Sie waren über jeden Verdacht erhaben. Oder, wie eine Parole der Partei lautete: »Proles und Tiere sind frei.«

Winston kratzte sich vorsichtig an seinem juckenden Krampfadergeschwür. Man landete unweigerlich immer wieder bei dem einen Punkt: daß man unmöglich wissen konnte, wie das Leben vor der Revolution wirklich gewesen war. Er holte ein Geschichtslehrbuch für Kinder aus der Schublade, das er sich von Mrs. Parsons geborgt hatte, und exzerpierte eine Stelle daraus in sein Tagebuch:

In der alten Zeit vor der glorreichen Revolution war London nicht die schöne Stadt, wie wir sie heute kennen. Es war ein düsterer, dreckiger, elender Ort, wo kaum jemand genug zu essen hatte und wo Hunderte und Tausende von armen Menschen keine Stiefel an den Füßen und zum Schlafen nicht einmal ein Dach über dem Kopf hatten. Kinder, die nicht älter waren als ihr, mußten zwölf Stunden täglich für grausame Herren arbeiten, die sie auspeitschten, wenn sie zu langsam arbeiteten, und ihnen nur Wasser und trockenes Brot zu essen gaben. Doch inmitten dieser schrecklichen Armut standen auch ein paar riesengroße, schöne Häuser, in denen reiche Männer wohnten, die nicht weniger als dreißig Dienstboten zu ihrer Verfügung hatten. Diese reichen Männer wurden Kapitalisten genannt. Es waren fette, häßliche Männer mit bösen Gesichtern, so wie der auf dem Bild auf der gegenüberliegenden Seite. Wie ihr seht, trägt er einen langen schwarzen Rock, den man Gehrock nannte, und einen komischen glänzenden Hut in der Form eines Ofenrohrs, den man Zylinderhut nannte. Dies war die Uniform der Kapitalisten, und niemand sonst durfte sie tragen. Den Kapitalisten gehörte alles, was es auf der Welt gab, und die übrigen Menschen waren ihre Sklaven. Sie besaßen alles Land, alle Häuser, alle Fabriken und alles Geld. Wenn jemand ungehorsam war, konnten sie ihn ins Gefängnis werfen oder ihm seine Arbeit wegnehmen und ihn verhungern lassen. Wenn ein gewöhnlicher Mensch mit einem Kapitalisten sprach, dann mußte er sich tief vor ihm verbeugen und seine Mütze abnehmen und ihn mit »Sir« anreden. Das Oberhaupt aller Kapitalisten wurde König genannt, und –

Den Rest der Aufzählung kannte er. Die Bischöfe mit ihren Batistärmeln würden erwähnt werden, die Richter in ihren Hermelinroben, der Pranger, der Stock, die Tretmühle, die neunschwänzige Katze, das Bankett des Oberbürgermeisters von London und der Brauch, dem Papst die Füße zu küssen. Und es gab auch noch etwas, das *jus primae noctis* hieß, aber das würde wahrscheinlich nicht in einem Schulbuch stehen. Es handelte sich dabei um das Gesetz, nach dem jeder Kapitalist das Recht besaß, mit jeder Frau zu schlafen, die in einer seiner Fabriken arbeitete.

Wie sollte man wissen, wieviel davon gelogen war? Es konnte ja tatsächlich wahr sein, daß es dem Durchschnittsmenschen heute besser ging als vor der Revolution. Der einzige Gegenbeweis war der stumme Protest in den eigenen Eingeweiden, das instinktive Gefühl, daß die Bedingungen, unter denen man lebte, unerträglich waren und daß sie irgendwann einmal anders gewesen sein mußten. Ihm wurde plötzlich klar, daß das wirklich Charakteristische am modernen Leben nicht dessen Grausamkeit und Unsicherheit war, sondern schlicht und einfach seine Dürftigkeit, Schäbigkeit und Freudlosigkeit. Man brauchte sich ja bloß umzublikken, um festzustellen, daß das Leben nicht nur in Diskrepanz zu den Lügen stand, die aus den Teleschirmen strömten, sondern sogar zu den Idealen, die die Partei anstrebte. Große Bereiche des Lebens waren selbst für ein Parteimitglied eine neutrale und unpolitische Angelegenheit und erschöpften sich darin, sich mit öden Jobs abzumühen, sich einen Platz in der U-Bahn zu erkämpfen, einen löcherigen Strumpf zu stopfen, eine Süßstofftablette zu schnorren, einen Zigarettenstummel aufzuheben. Das von der Partei aufgerichtete Ideal war etwas Gewaltiges, Furchtbares und Gleißendes – eine Welt aus Stahl und Beton, mit monströsen Maschinen und fürchterlichen Waffen –, eine Nation von Kriegern und Fanatikern, die im perfekten Gleichschritt vorwärts marschierten, alle die gleichen Gedanken dachten und die gleichen Parolen brüllten, unablässig arbeiteten, kämpften, siegten, drangsalierten – dreihundert Millionen Menschen mit dem ewig gleichen Gesicht. Die Realität aber war dies: verfallende, schäbige Städte, in denen unterernährte Menschen in undichten Schuhen durch zusammengeflickte Häuser aus dem neunzehnten Jahrhundert schlurften, wo es ständig nach Kohl und schadhaften Klosetts roch. Er schien eine Vision von London zu sehen, riesig und ruinös, Stadt der Millionen Mülltonnen, und hineinverwoben ein Bild von Mrs. Parsons, einer Frau mit zerfurchtem Gesicht und strähnigem Haar, die hilflos an einem verstopften Ausgußrohr hantierte.

Er kratzte sich erneut am Knöchel. Tag und Nacht bedröhnten einen die Teleschirme mit Statistiken, die bewiesen, daß die Menschen heute mehr zu essen, mehr Kleider, bessere Häuser, bessere Freizeitmöglichkeiten hatten – daß sie länger lebten, kürzere Arbeitszeiten hatten, größer, gesünder, stärker, glücklicher, intelligenter, gebildeter waren als die Menschen vor fünfzig Jahren. Nichts davon ließ sich jemals beweisen oder widerlegen. Die Partei behauptete zum Beispiel, daß heute 40 % der erwachsenen Proles lesen und schreiben konnten: vor der Revolution, hieß es, seien es nur 15 % gewesen. Die Partei behauptete, daß die Kindersterblichkeitsrate heute nur bei einhundertsechzig pro Tausend liege, während sie vor der Revolution noch dreihundert betragen habe – und in diesem Stil ging es weiter. Es war wie eine einzige Gleichung mit zwei Unbekannten. Es konnte durchaus sein, daß buchstäblich jedes Wort in den Geschichtsbüchern, auch die Dinge, die man unbedenklich glaubte, pure Phantasie waren. Und auch ein Gesetz wie das *jus primae noctis* oder ein Wesen wie der Kapitalist oder ein Kleidungsstück wie der Zylinderhut brauchte überhaupt nie existiert zu haben.

Alles verschwamm im Nebel. Die Vergangenheit wurde getilgt, die Tilgung wurde vergessen, die Lüge wurde Wahrheit. Ein einziges Mal in seinem Leben hatte er – *post factum:* das war das Entscheidende – den konkreten, unmißverständlichen Beweis für einen Fälschungsakt besessen. Er hatte ihn ganze dreißig Sekunden in Händen gehalten. Es mußte 1973 gewesen sein – jedenfalls um die

Zeit herum, als er und Katharine sich getrennt hatten. Doch das wirklich wichtige Datum lag noch sieben oder acht Jahre früher.

Die Geschichte begann eigentlich Mitte der 60er Jahre, in der Zeit der großen Säuberungswellen, bei denen die ursprünglichen Führer der Revolution ein für allemal beseitigt wurden. 1970 war außer dem Großen Bruder selbst keiner mehr von ihnen übrig. Alle anderen hatte man inzwischen als Verräter und Konterrevolutionäre entlarvt. Goldstein war geflohen und weiß Gott wo untergetaucht, und von den übrigen waren einige ganz einfach verschwunden, während man die Mehrzahl nach spektakulären Schauprozessen, bei denen sie sich zu ihren Verbrechen bekannten, hingerichtet hatte. Zu den letzten Überlebenden gehörten drei Männer namens Jones, Aaronson und Rutherford. Es mußte 1965 gewesen sein, als man sie verhaftet hatte. Wie so viele andere blieben sie ein Jahr oder länger verschwunden, so daß man nicht wußte, ob sie noch lebten oder bereits tot waren, und dann hatte man sie plötzlich wieder auf der Bildfläche erscheinen lassen, damit sie sich nach erprobtem Muster selbst anklagten. Sie hatten sich schuldig bekannt des Nachrichtenaustausches mit dem Feind (auch damals hieß der Feind Eurasien), der Veruntreuung öffentlicher Gelder, des Mordes an verschiedenen altbewährten Parteimitgliedern, der Intrigen gegen die Führerschaft des Großen Bruders, die schon lange vor der Revolution gesponnen worden waren, und etlicher Sabotageakte, die den Tod von Hunderttausenden zur Folge gehabt hatten. Nachdem sie sich dieser Dinge schuldig bekannt hatten, waren sie begnadigt, wieder in die Partei aufgenommen und mit hochtrabend klingenden Posten betraut worden, die in Wahrheit doch nur Pfründen waren. Alle drei hatten lange, unterwürfige Artikel in der *Times* geschrieben, in denen sie die Gründe für ihren Treuebruch analysierten und Besserung gelobten.

Einige Zeit nach ihrer Freilassung hatte Winston tatsächlich alle drei im Café ›Kastanienbaum‹ gesehen. Er entsann sich der Faszination, mit der er sie erschrocken aus den Augenwinkeln beobachtet hatte. Sie waren viel älter als er, Relikte aus der alten Welt, beinahe die letzten großen Gestalten aus der heroischen Frühzeit der Partei. Der Zauber der Untergrundkämpfe und Bürgerkriege umwob sie noch immer ein wenig. Er hatte das Gefühl, auch wenn Fakten und Daten schon damals zu verschwimmen begannen, daß ihm ihre Namen Jahre vor dem des Großen Bruders geläufig gewesen waren.Doch sie waren auch Geächtete, Feinde, Unberührbare, die in ein oder zwei Jahren mit absoluter Sicherheit dem Untergang geweiht sein würden. Keiner, der der Gedankenpolizei einmal in die Hände gefallen war, entkam ihr jemals wieder. Sie waren Leichen, die darauf warteten, in ihre Gräber zurückgeschickt zu werden.

An den Nachbartischen saß kein Mensch. Es war unklug, sich auch nur in der Nähe solcher Leute sehen zu lassen. Sie hockten schweigend vor ihrem mit Gewürznelken aromatisierten Gin, der Spezialität des Cafés. Von den dreien hatte Rutherfords Erscheinung Winston am stärksten beeindruckt. Rutherford war früher einmal ein berühmter Karikaturist gewesen, dessen brutale Cartoons vor und während der Revolution mitgeholfen hatten, die öffentliche Meinung aufzuheizen. Sogar jetzt noch erschienen, in großen Abständen, seine Cartoons in der *Times.* Sie waren ein bloßer Abklatsch seines früheren Stils und wirkten merkwürdig schwunglos und wenig überzeugend. Es war stets ein Aufguß der alten Themen – Elendsquartiere, verhungernde Kinder, Straßenschlachten, Kapitalisten mit Zylindern; sogar noch auf den Barrikaden schienen die Kapitalisten sich an ihre Zylinder zu klammern –, ein endloses, hoffnungsloses Bemühen, die Vergangenheit zurückzuholen. Er war ein riesenhafter Mann mit einer schmierigen grauen Mähne, Tränensäcken und Runzeln im Gesicht und wulstigen Negerlippen. Er mußte einmal bärenstark gewesen sein; jetzt sackte sein gewaltiger Körper zusammen, rutschte weg und zerfiel in alle Richtungen. Er schien vor einem wie ein Berg zu zerbröckeln.

Es war die ruhige Stunde um fünfzehn Uhr. Winston konnte sich jetzt nicht mehr erinnern, was er ausgerechnet zu dieser Zeit in dem Café zu suchen hatte. Das Lokal war so gut wie leer. Die Teleschirme berieselten einen mit schnulziger Blechmusik. Die drei Männer saßen beinahe reglos in ihrer Ecke und sprachen kein Wort. Unaufgefordert brachte der Kellner neue Gläser mit Gin. Auf dem Nebentisch stand ein Schachbrett mit aufgestellten Figuren, doch die Partie hatte noch nicht begonnen. Und dann, es dauerte insgesamt vielleicht eine halbe Minute, passierte etwas mit den Teleschirmen. Die Melodie, die sie spielten, veränderte sich, und die Klangfarbe der Musik veränderte sich ebenfalls. Es mischte sich etwas hinein – etwas, das sich nur schwer beschreiben ließ: ein eigenartig rauher, kreischender, höhnischer Klang. Winston taufte ihn für sich einen gelben Klang. Und dann sang eine Stimme aus dem Teleschirm:

»Unter der Kastanie sicherlich
Verriet ich dich, und du auch mich:
Dort ruhn sie, hier du und ich
Unter der Kastanie sicherlich.«

Die drei Männer rührten sich nicht. Doch als Winston wieder in Rutherfords zerstörtes Gesicht blickte, sah er, daß ihm Tränen in den Augen standen. Und jetzt bemerkte er auch mit innerem Schauder zum erstenmal und ohne recht zu wissen, *wovor* ihm schauderte, daß sowohl Aaronsons wie auch Rutherfords Nase gebrochen war.

Kurz darauf wurden alle drei wieder verhaftet. Es erwies sich, daß sie vom Augenblick ihrer Freilassung an weitere

Verschwörungen inszeniert hatten. Bei ihrer zweiten Verhandlung bekannten sie sich noch einmal zu all ihren alten Verbrechen und zu einer ganzen Reihe von neuen. Sie wurden hingerichtet und ihr Schicksal zur Warnung für die Nachwelt in den Parteiannalen niedergelegt. Rund fünf Jahre später, 1973, entrollte Winston ein Bündel Dokumente, das gerade aus der Rohrpost auf seinen Schreibtisch geplumpst war, und stieß dabei auf ein Stück Papier, das offenbar zwischen die anderen gerutscht und dort vergessen worden war. In derselben Sekunde, in der er es glattgestrichen hatte, erkannte er dessen Bedeutung. Es handelte sich um eine herausgerissene halbe Seite aus einer rund zehn Jahre alten *Times* – die obere Hälfte, die das Datum trug –, und sie brachte ein Foto der Delegierten bei irgendeinem Parteitag in New York. Ganz prominent im Mittelpunkt der Gruppe standen Jones, Aaronson und Rutherford. Sie waren eindeutig zu erkennen, und ihre Namen tauchten außerdem in der Bildunterschrift auf.

Der springende Punkt dabei war, daß alle drei Männer bei beiden Verhandlungen gestanden hatten, sich zu diesem Zeitpunkt auf eurasischem Gebiet aufgehalten zu haben. Sie seien von einem geheimen Flugplatz in Kanada zu einem Treffpunkt irgendwo in Sibirien geflogen und hätten mit Mitgliedern des eurasischen Generalstabs konferiert und ihnen wichtige militärische Geheimnisse verraten. Winston hatte sich das gemerkt, weil es zufällig der Johannistag war; aber die ganze Sache mußte auch noch an zahllosen anderen Stellen dokumentiert sein. Es gab nur eine mögliche Schlußfolgerung: die Geständnisse waren Lügen.

Das war natürlich an sich keine Entdeckung. Schon damals hatte Winston nicht daran geglaubt, daß die bei den Säuberungswellen liquidierten Menschen die ihnen zur Last gelegten Verbrechen auch tatsächlich begangen hatten. Aber dies hier war ein konkreter Beweis; es war ein Fragment der getilgten Vergangenheit, wie ein fossiler

Knochen, der in der falschen Erdschicht auftaucht und eine geologische Theorie zunichte macht. Er reichte aus, um die Partei zu sprengen, wenn es irgendeinen Weg gegeben hätte, ihn der Welt bekanntzumachen und auf seine Bedeutung hinzuweisen.

Er hatte ohne Unterbrechung weitergearbeitet. Sowie er das Foto erkannt und seine Bedeutung erfaßt hatte, hatte er es mit einem anderen Blatt Papier zugedeckt. Beim Aufrollen hatte es, vom Blickwinkel des Teleschirms aus gesehen, zum Glück verkehrt herum gelegen.

Er nahm seinen Schreibblock aufs Knie und rutschte mit dem Stuhl möglichst weit nach hinten, vom Teleschirm weg. Seinem Gesicht einen neutralen Ausdruck zu geben war nicht schwer, und sogar die Atmung ließ sich, wenn auch mit Anstrengung, unter Kontrolle bringen, aber den Herzschlag konnte man nicht kontrollieren, und der Teleschirm war sicher empfindlich genug, ihn zu registrieren. Er ließ seiner Schätzung nach etwa zehn Minuten verstreichen, von der ständigen Angst gequält, irgendein dummer Zufall – ein plötzlicher Luftzug über seinem Schreibtisch zum Beispiel – könnte ihn verraten. Dann warf er das Foto, ohne es noch einmal aufzudecken, zusammen mit anderen Papierabfällen in das Gedächtnis-Loch. Eine Minute später vielleicht würde es zu Asche zerfallen sein.

Das lag zehn, elf Jahre zurück. Heute hätte er das Foto wahrscheinlich aufgehoben. Es war seltsam, daß der Umstand, es in Händen gehalten zu haben, sogar noch heute von Bedeutung für ihn war, wo das Foto selbst, ebenso wie das von ihm dokumentierte Ereignis, nur noch Erinnerung war. Hatte die Partei die Vergangenheit weniger fest im Griff, fragte er sich, nur weil ein nicht mehr existierendes Beweisstück einmal existiert *hatte*?

Doch heute wäre das Foto, angenommen, man könnte es irgendwie aus der Asche wieder auferstehen lassen, womöglich nicht einmal ein Beweis. Schon zu der Zeit, als er die Entdeckung machte, befand sich Ozeanien nicht mehr im Krieg mit Eurasien, und die drei toten Männer mußten ihr Land also an Agenten Ostasiens verraten haben. Inzwischen hatten die Seiten noch mehrmals gewechselt – zweimal, dreimal, er wußte nicht mehr wie oft. Die Geständnisse waren höchstwahrscheinlich so oft umgeschrieben worden, bis die ursprünglichen Tatsachen und Daten keinerlei Bedeutung mehr besaßen. Die Vergangenheit veränderte sich nicht nur, sie veränderte sich fortlaufend. Wie ein Alptraum bedrückte ihn, daß er nie ganz begriffen hatte, *warum* dieser ungeheure Betrug angezettelt wurde. Die unmittelbaren Vorteile der Vergangenheitsfälschung lagen auf der Hand, aber das allerletzte Motiv blieb mysteriös. Er griff wieder zum Federhalter und schrieb:

Das WIE begreife ich: Das WARUM begreife ich nicht.

Er fragte sich wie schon so oft, ob er nicht selbst irrsinnig war. Ein Irrer war vielleicht nichts weiter als eine Einmannminderheit. Früher war der Glaube, die Erde drehe sich um die Sonne, ein Zeichen von Irrsinn gewesen; heute war es der Glaube, die Vergangenheit sei unveränderbar. Mit diesem Glauben mochte er allein dastehen, und wenn es so war, dann als Irrer. Doch die Vorstellung, ein Irrer zu sein, machte ihm nicht viel aus: das Grauen lag vielmehr darin, daß er auch unrecht haben könnte.

Er griff zum Geschichtsbuch für Kinder und betrachtete das Porträt des Großen Bruders auf dem Vorsatzblatt. Die hypnotischen Augen starrten in seine. Es war, als werde man von einer gewaltigen Kraft bedrängt, von etwas, das einem in den Schädel einbrach, das Gehirn zerhämmerte, einem die eigenen Überzeugungen austrieb und einen fast soweit brachte, das Zeugnis der eigenen Sinne abzuleugnen. Zuletzt würde die Partei noch erklären, daß zwei und zwei fünf sei, und man würde es glauben müssen. Früher oder später mußten sie diese Behauptung ganz unvermeidlich aufstellen: die Logik ihrer Position verlangte es. Ihre Philosophie leugnete nicht bloß die Gültigkeit aller Erfahrung, sondern stillschweigend die Existenz einer äußeren Realität überhaupt. Die schlimmste aller Ketzereien war gesunder Menschenverstand. Und erschreckend daran war nicht, daß sie Andersdenkende umbrachten, sondern daß sie recht haben könnten. Woher wissen wir denn schon, daß zwei und zwei vier ist? Oder daß die Gravitationskraft funktioniert? Oder daß die Vergangenheit unveränderbar ist? Wenn sowohl die Vergangenheit als auch die äußere Realität nur in der Vorstellung existieren und die Vorstellung selbst kontrollierbar ist – was dann?

Doch nein! Seine Zuversicht schien sich plötzlich aus eigenem Antrieb zu festigen. Ohne erkennbare Assoziation war O'Briens Gesicht in ihm aufgestiegen. Er wußte mit größerer Gewißheit als zuvor, daß O'Brien auf seiner Seite stand. Er schrieb das Tagebuch für O'Brien – *an* O'Brien: es glich einem endlosen Brief, den niemand jemals lesen würde, der aber an eine bestimmte Person gerichtet war und eben diesem Umstand seine Färbung verdankte.

Die Partei befahl einem, das Zeugnis der eigenen Augen und Ohren zu verwerfen. Das war ihr letztes, wesentlichstes Gebot. Er verzagte bei dem Gedanken an die gegen ihn ins Feld geführte gewaltige Macht, an die Mühelosigkeit, mit der ihn jeder Parteiintellektuelle in der Diskussion besiegen würde, an die subtilen Argumente, die er nicht verstehen, geschweige denn würde widerlegen können. Und trotzdem war er im Recht! Sie hatten unrecht, und er hatte recht. Das Offensichtliche, das Einfältige und das Wahre mußten verteidigt werden. Binsenwahrheiten sind wahr, daran muß man festhalten! Die stoffliche Welt existiert, ihre Gesetze ändern sich nicht. Steine sind hart, Wasser ist naß, fallengelassene Objekte stürzen dem Erdmittelpunkt zu. In dem Gefühl, zu O'Brien zu sprechen und gleichzeitig ein wichtiges Axiom aufzustellen, schrieb er:

Freiheit bedeutet die Freiheit, zu sagen, daß zwei und zwei vier ist. Gilt dies, ergibt sich alles übrige von selbst.

VIII

Irgendwo vom Ende eines Hausgangs wehte der Duft von Röstkaffee – echtem Kaffee, nicht Victory Kaffee – auf die Straße. Winston blieb unwillkürlich stehen. Vielleicht zwei Sekunden lang fühlte er sich wieder in die halbvergessene Welt seiner Kindheit zurückversetzt. Dann knallte eine Tür und schien den Geruch so abrupt wie einen Ton zu löschen.

Winston war kilometerweit übers Trottoir gelaufen, und sein Krampfadergeschwür pochte. Es war das zweite Mal innerhalb von drei Wochen, daß er einen Abend im Kommunalen Zentrum versäumte: eine Unbesonnenheit, denn man durfte sicher sein, daß die Anzahl der im Zentrum verbrachten Abende bei jedem einzelnen sorgfältig überprüft wurde. Im Prinzip hatte ein Parteimitglied keine Freizeit und war nur im Bett allein. Man erwartete von ihm, daß es sich, wenn es nicht gerade arbeitete, aß oder schlief, an irgendeiner Gemeinschaftsvergnügung beteiligte: irgend etwas zu tun, das auf einen Hang zur Einsamkeit schließen ließ, bereits alleine spazierenzugehen konnte schon gefährlich sein. In Neusprech gab es ein Wort dafür, es hieß: *Egosein* und bedeutete soviel wie Individualismus und Exzentrizität. Doch als er heute abend aus dem Ministerium gekommen war, hatte ihn die linde Aprilluft verführt. Der Himmel zeigte ein so warmes Blau wie noch nie in diesem Jahr, und plötzlich war ihm der lange, lärmende Abend im

Zentrum mit den langweiligen, anstrengenden Spielen, den Vorträgen und der knarrenden, mühsam mit Gin geölten Kameradschaft unerträglich erschienen. Er hatte der Bushaltestelle impulsiv den Rücken gekehrt und war ins Labyrinth von London davongeschlendert, erst in südlicher, dann in östlicher und dann wieder in nördlicher Richtung, hatte sich in unbekannten Straßen verirrt und kaum darauf geachtet, welche Richtung er einschlug.

»Wenn es eine Hoffnung gibt«, hatte er in das Tagebuch geschrieben, »liegt sie bei den Proles.« Diese Worte fielen ihm immer wieder ein, als ebenso mystische Wahrheit wie handfeste Absurdität. Er befand sich irgendwo in den nebelhaften, schmutzigbraunen Slums im Norden und Osten der ehemaligen Saint Pancras Station. Er lief durch eine Kopfsteinpflastergasse mit kleinen, zweistöckigen Häusern, deren kaputte Türen direkt auf die Straße gingen und merkwürdig an Rattenlöcher erinnerten. Zwischen den Pflastersteinen standen hier und dort Dreckwasserpfützen. Eine erstaunlich große Zahl von Menschen strömte zu den dunklen Hauseingängen hinein und heraus und die beiderseits abzweigenden engen Gäßchen hinunter – vollerblühte Mädchen mit grellen Lippenstiftmündern; junge Burschen, die ihnen nachstellten; aufgedunsene, watschelnde Frauen, die einem vor Augen führten, wie die Mädchen in zehn Jahren aussehen würden; alte, gebückte Gestalten, die plattfüßig daherschlurften, und zerlumpte, barfüßige Kinder, die in den Pfützen spielten und beim wütenden Geschrei ihrer Mütter auseinanderstoben. Etwa ein Viertel der Fenster in der Straße war kaputt und mit Brettern vernagelt. Die meisten Leute beachteten Winston nicht; ein paar beäugten ihn mit vorsichtiger Neugier. Vor einem Hauseingang unterhielten sich zwei unförmige Frauen, die backsteinroten Unterarme vor den Schürzen verschränkt. Im Näherkommen fing Winston Gesprächsfetzen auf.

»›Ja‹, sach' ich zu ihr, ›alles schön un gut‹, sach' ich.

›Aber wenn's de an meiner Stelle gewesen wärst, würdste haargenau 's selbe gemacht ham, wie was ich gemacht hab'. Meckern is leicht‹, sach' ich, ›aber du hast eben nich die gleichen Probleme, die wo ich hab'.‹«

»Jawoll«, sagte die andere, »so isses. So un nich anners.«

Die schrillen Stimmen verstummten abrupt. Als er vorüberging, musterten ihn die Frauen in feindseligem Schweigen. Doch genaugenommen war es keine Feindseligkeit, bloß eine Art Argwohn, ein momentanes Sichversteifen, so als käme ein unbekanntes Tier vorbei. Der blaue Overall der Partei war in einer Straße wie dieser sicher kein vertrauter Anblick. Es war wirklich unklug, sich in solchen Gegenden blicken zu lassen, wenn man dort nichts Bestimmtes zu erledigen hatte. Die Streifen könnten einen anhalten, wenn man ihnen zufällig über den Weg lief. »Kann ich mal deinen Ausweis sehen, Genosse? Was tust du hier? Wann hast du deinen Arbeitsplatz verlassen? Ist das dein üblicher Heimweg?« – und so weiter und so fort. Es gab zwar keine Vorschrift, die es verbot, auf einem unüblichen Weg nach Hause zu gehen: aber es genügte schon, um die Aufmerksamkeit auf sich zu lenken, wenn die Gedankenpolizei davon erfuhr.

Plötzlich geriet die ganze Straße in helle Aufregung. Von allen Seiten ertönten Warnrufe. Menschen flitzten wie Karnickel in die Hauseingänge. Wenige Schritte vor Winston sprang eine junge Frau aus einer Tür, riß ein Kind an sich, das in einer Pfütze spielte, hüllte es in ihre Schürze und war mit einem Satz wieder verschwunden. Im selben Moment stürzte aus einer Seitengasse ein Mann in schwarzem Ziehharmonikaanzug auf Winston zu und deutete aufgeregt zum Himmel.

»Dampfpott!« schrie er. »Obacht, Meister! Gleich rumst es! Volle Deckung!«

»Dampfpott« lautete aus irgendeinem Grund der Spitzname der Proles für die Raketenbomben. Winston warf sich sofort zu Boden. Die Proles hatten mit derartigen Warnungen meist recht. Sie schienen über eine Art Instinkt zu verfügen, der ihnen den Anflug einer Rakete einige Sekunden im voraus meldete, obwohl die Raketen angeblich mit Überschallgeschwindigkeit flogen. Winston begrub den Kopf unter den Armen. Das nun folgende Getöse schien das Pflaster zu wölben; ein Schauer leichter Gegenstände prasselte auf seinen Rücken. Beim Hochrappeln merkte er, daß er mit Glassplittern übersät war.

Er ging weiter. Die Bombe hatte eine Häusergruppe zweihundert Meter die Straße hinauf demoliert. Eine schwarze Rauchfahne hing am Himmel und darunter eine Wolke aus Mörtelstaub, in der sich bereits eine Menschenmenge um die Trümmer scharte. Vor ihm auf dem Gehsteig lag ein kleiner Mörtelhaufen, und mittendrin konnte er einen leuchtend roten Streifen erkennen. Als er davorstand, sah er, daß es eine am Handgelenk abgetrennte menschliche Hand war. Abgesehen von dem blutigen Stumpf war die Hand so weiß wie ein Gipsabguß.

Er stieß das Ding in den Rinnstein und bog dann nach rechts in eine Seitenstraße ein, um der Menge auszuweichen. Nach drei, vier Minuten war er aus dem bombengeschädigten Gebiet heraus, und das schäbig-wimmelnde Leben in den Straßen ging weiter, als sei nichts geschehen. Es war beinahe zwanzig Uhr, und die von den Proles frequentierten Trinkläden (»Pubs« nannten sie sie) waren brechend voll. Aus den ständig auf- und zuklappenden rußverdreckten Schwingtüren drang ein Geruch nach Urin, Sägemehl und saurem Bier. In einem von einer vorspringenden Hausfront gebildeten Winkel standen drei Männer dicht beisammen; der mittlere hielt eine ausgebreitete Zeitung, die die anderen beiden über seine Schulter hinweg studierten. Noch bevor Winston nahe genug war, um ihren Gesichtsausdruck erkennen zu können, sah er ihnen die innere Anspannung an der Körperhaltung an. Sie lasen offenbar eine wichtige Meldung. Er war noch ein paar Schritte von ihnen entfernt, da brach die Gruppe plötzlich auseinander, und zwei Männer gerieten in einen heftigen Wortwechsel. Einen Moment schien sogar eine Schlägerei in der Luft zu liegen.

»Du sitzt wohl auf deinen verdammten Ohren, was? Ich sag' dir doch, seit über vierzehn Monaten hat keine Zahl mehr mit 'ner Sieben am Schluß gewonnen!«

»Doch!«

»Nein! Zu Hause, da hab' ich das alles seit über zwei Jahren auf 'n Stück Papier geschrieben. Ich notier' das immer haargenau. Und ich sag' dir, keine Zahl mit 'ner Sieben am Schluß –«

»Doch, 'ne Sieben *hat* gewonnen! Ich kann dir auch noch genau die verdammte Nummer sagen. Vier Null Sieben kam am Schluß. Das war im Februar – zweite Februarwoche.«

»Im Februar, das kannst du deiner Großmutter erzählen! Ich hab' alles schwarz auf weiß. Und ich sag' dir, keine Zahl –«

»Ach, hört doch auf!« sagte der dritte Mann.

Sie redeten über die Lotterie. Nach dreißig Metern blickte sich Winston um. Sie stritten immer noch mit lebhafthitzigen Gesichtern. Die Lotterie mit ihrer enormen wöchentlichen Gewinnausschüttung war das einzige öffentliche Ereignis, dem die Proles ernsthaft Aufmerksamkeit schenkten. Es gab wahrscheinlich einige Millionen Proles, für die die Lotterie den Hauptgrund, wenn nicht sogar den einzigen, darstellte, am Leben zu bleiben. Sie war ihr Vergnügen, ihre Tollheit, ihr Narkotikum, ihr intellektuelles Stimulans. Wenn es um die Lotterie ging, schienen sogar Leute, die kaum lesen und schreiben konnten, raffinierter Berechnungen und stupender Gedächtnisleistungen fähig. Eine ganze Zunft lebte ausschließlich vom Verkauf von Systemen, Vorhersagen und Glücksbringern. Winston hatte mit der Durchführung der Lotterie nichts zu tun, das war Aufgabe des Ministeriums für Überfülle, aber er wußte (wie eigentlich jedermann in der Partei), daß es zum größten Teil Scheingewinne waren. Nur kleine Summen wurden wirklich ausgezahlt, die Gewinner der Riesenbeträge waren nichtexistente Personen. Da jede echte Kommunikation zwischen den einzelnen Teilen Ozeaniens fehlte, ließ sich das unschwer arrangieren.

Doch wenn es eine Hoffnung gab, lag sie bei den Proles. Daran mußte man sich klammern. Wenn man es in Worte faßte, klang es vernünftig; doch wenn man sich die Menschen besah, die auf dem Trottoir an einem vorbeigingen, wurde es zu einer Glaubensfrage. Die Straße, in die er eingebogen war, führte bergab. Er hatte das Gefühl, schon einmal in dieser Gegend gewesen zu sein und daß ganz in der Nähe eine Hauptverkehrsstraße verlief. Von irgendwo weiter vorn erklang Stimmengewirr. Die Straße machte einen scharfen Knick und endete dann in einer Treppe, die zu einer tieferliegenden Gasse führte, in der einige Standbesitzer welkes Gemüse anboten. In diesem Moment wußte Winston wieder, wo er war. Die Gasse mündete auf die Hauptstraße, und die nächste Querstraße hinunter, keine fünf Minuten entfernt, lag der Ramschladen, in dem er das Buch mit den leeren Seiten, das jetzt sein Tagebuch war, gekauft hatte. Und in dem kleinen Schreibwarengeschäft ganz in der Nähe hatte er seinen Federhalter und das Glas Tinte erstanden.

Er verharrte einen Moment oben an den Stufen. Auf der gegenüberliegenden Seite der Gasse befand sich ein kleiner, schäbiger Pub, dessen Scheiben wie bereift aussahen, in Wirklichkeit aber nur staubverkrustet waren. Ein uralter Mann, gebeugt, doch behende, mit weißen Schnurrbarthaaren, die sich borstig nach vorn sträubten wie bei einer Garnele, stieß die Schwingtür auf und trat ein. Während Winston dastand und ihn beobachtete, ging ihm auf, daß der alte, mindestens achtzigjährige Mann bei Ausbruch der Revolution bereits in fortgeschrittenem Alter gewesen sein mußte. Er und noch ein paar seines Schlages bildeten die letzten Bindeglieder zur untergegangenen Welt des Kapitalismus. In der Partei selbst gab es nicht mehr viele, deren Vorstellungen vor der Revolution geprägt worden waren. Die ältere Generation war größtenteils bei den umfassenden Säuberungswellen der 50er und 60er Jahre beseitigt worden, und die paar Überlebenden hatte man längst durch Terror zur vollständigen intellektuellen Kapitulation getrieben. Wenn noch jemand lebte, der eine wahrheitsgetreue Darstellung der Zustände in der ersten Hälfte des Jahrhunderts geben konnte, so konnte das nur ein Prole sein. Winston fiel plötzlich wieder die Stelle aus dem Geschichtsbuch ein, die er in sein Tagebuch abgeschrieben hatte, und ihm kam eine Irrsinnsidee. Er würde in den Pub gehen, sich bei dem alten Mann anbiedern und ihn ausfragen. Er würde zu ihm sagen: »Erzählen Sie mir von Ihrem Leben, als Sie noch ein kleiner Junge waren. Wir war es damals? War alles besser oder war alles schlechter als heute?«

Hastig, damit erst gar keine Angst in ihm aufkommen konnte, lief er die Stufen hinab und überquerte die enge Straße. Es war heller Wahnsinn. Wie immer gab es natürlich kein ausdrückliches Verbot, mit Proles zu reden und ihre Pubs zu besuchen, doch dies Verhalten war viel zu ungewöhnlich, um unbemerkt zu bleiben. Wenn die Streifen aufkreuzten, konnte er einen Schwächeanfall vortäuschen, aber es war unwahrscheinlich, daß man ihm glaubte. Er stieß die Tür auf, und ein gräßlich käsiger Geruch nach saurem Bier schlug ihm entgegen. Bei seinem Eintreten sank der Stimmenlärm auf halbe Lautstärke. Er spürte im Rükken, wie alle seinen blauen Overall kritisch beäugten. Die Partie Darts, die am anderen Ende des Raums gespielt wurde, stockte gute dreißig Sekunden lang. Der alte Mann, dem er gefolgt war, stand an der Bar und lieferte sich ein

Wortgefecht mit dem Barkeeper, einem großen, stämmigen, hakennasigen jungen Mann mit gewaltigen Unterarmen. Eine Gruppe von Gästen stand mit Gläsern in der Hand dabei und beobachtete die Szene.

»Hab' Sie doch nun wirklich höflich genuch drum gebeten, oder etwa nich?« sagte der alte Mann und reckte streitsüchtig die Schultern. »Un Sie wolln mir einreden, in dem ganzen verdammten Schuppen wär' kein Pintkrug zu ham?«

»Und was zum Teufel *ist* ein Pint?« fragte der Barkeeper und lehnte sich auf den Fingerspitzen über die Theke.

»Nu hör sich einer den an! Schimpft sich Barkeeper und hat keinen Dunst, was 'n Pint is! Also: ein Pint is die Hälfte von 'nem Quart, und vier Quarts sind 'ne Gallone, klar? Demnächst werd' ich Ihnen noch 's ABC beibringen müssen.«

»Hör' ich zum erstenmal von«, sagte der Barkeeper barsch. »Hier werden Liter und Halbe ausgeschenkt – und damit basta. Die Gläser stehen da vor Ihnen auf'm Tresen.«

»Ich hätt' aber gern 'n Pint«, beharrte der alte Mann. »Sie hättn mir leicht 'n Pint zapfen können. Als ich jung war, gab's diese verdammten Liter nich.«

»Als Sie jung waren, lebten wir alle noch auf 'n Bäumen«, sagte der Barkeeper mit einem Seitenblick auf die Gäste.

Gelächter brach aus, und das durch Winstons Eintritt verursachte Unbehagen schien zu schwinden. Das weißstoppelige Gesicht des alten Mannes war leicht gerötet. Er drehte sich maulend um und prallte gegen Winston. Winston nahm ihn sanft beim Arm.

»Darf ich Sie zu einem Drink einladen?« fragte er.

»Sie sind 'n Gentleman«, meinte der andere und straffte wieder die Schultern. Er schien Winstons blauen Overall nicht bemerkt zu haben. »Ein Pint!« wies er den Barkeeper gereizt an. »Ein Pint Dunkles.«

Der Barkeeper ließ zwei halbe Liter dunkelbraunes Bier

in dicke Gläser zischen, die er in einem Eimer unter der Theke gespült hatte. Bier war das einzige Getränk, das man in Prolespubs bekommen konnte. Die Proles durften keinen Gin trinken, obwohl sie sich praktisch ohne große Schwierigkeiten welchen besorgen konnten. Das Dartspiel war wieder in Schwung gekommen, und die Gäste an der Bar unterhielten sich mittlerweile über Lottoscheine. Winstons Anwesenheit war für den Moment vergessen. Unter dem Fenster stand ein Holztisch, wo er sich mit dem Alten unbelauscht unterhalten konnte. Es war schrecklich riskant, doch wenigstens gab es in dem Raum keinen Teleschirm, davon hatte er sich gleich beim Hereinkommen überzeugt.

»Er hätt' mir ruhig 'n Pint zapfen dürfen«, brummte der Alte, als er sich mit seinem Glas niederließ. »'n halber Liter reicht nich. Zuwenig für 'n guten Durst. Und 'n ganzer Liter is zuviel. Drückt mir auf die Blase. Vom Preis mal ganz zu schweigen.«

»Sie müssen eine Menge Veränderungen miterlebt haben, seit Sie jung waren«, sagte Winston, sich vortastend.

Die hellblauen Augen des Alten wanderten von der Dartscheibe zur Bar und von der Bar zu der Tür mit der Aufschrift »Männer«, so als nehme er an, die Veränderungen hätten sich hier im Pub vollzogen.

»Das Bier war besser«, sagte er schließlich. »Und billiger! Als ich jung war, kostete das Bier vier Pence das Pint. Das war natürlich vorm Krieg.«

»Vor welchem Krieg?« fragte Winston.

»Krieg is Krieg«, sagte der Alte unbestimmt. Er hob sein Glas, und seine Schultern strafften sich wieder. »Prost! Auf Ihr ganz Spezielles!«

Der spitze Adamsapfel hüpfte in seinem dürren Hals erstaunlich rasch auf und ab, und das Bier verschwand. Winston ging zur Bar und kam mit zwei weiteren halben Litern zurück. Der Alte schien seine Bedenken dagegen, einen ganzen Liter zu trinken, vergessen zu haben.

»Sie sind viel älter als ich«, sagte Winston. »Sie müssen schon ein erwachsener Mann gewesen sein, ehe ich geboren wurde. Sie erinnern sich noch, wie es in der alten Zeit war, vor der Revolution. Leute meines Alters wissen eigentlich nichts über diese Zeit. Wir können nur in Büchern darüber lesen, und was da steht, muß nicht stimmen. Ich wüßte gerne Ihre Meinung dazu. Die Geschichtsbücher behaupten, daß das Leben vor der Revolution ganz anders war als heute. Es herrschte die entsetzlichste Unterdrückung, Ungerechtigkeit und Armut – schlimmer als alles, was wir uns vorstellen können. Hier in London hatte die große Masse des Volkes von der Geburt bis zum Tod nie genug zu essen. Die Hälfte von ihnen hatte nicht mal Stiefel an den Füßen. Sie arbeiteten täglich zwölf Stunden, gingen mit neun Jahren von der Schule ab, schliefen zu zehnt in einem Zimmer. Und gleichzeitig gab es einige wenige, nur ein paar tausend – Kapitalisten, nannte man sie –, die waren reich und mächtig. Sie besaßen alles, was man nur besitzen konnte. Sie wohnten in großen, prachtvollen Häusern mit dreißig Dienstboten, sie fuhren in Automobilen und Vierspännern spazieren, sie tranken Champagner, sie trugen Zylinder –«

Der Alte strahlte plötzlich.

»Zylinder!« sagte er. »Komisch, daß Sie davon anfang'. Hab' erst gestern dran denken müssen, keine Ahnung wieso. Hab' nur eben so gedacht: Hast auch schon seit 'ner Ewigkeit kein' Zylinder mehr gesehen. Das letzte Mal hab' ich einen bei der Beerdigung meiner Schwägerin aufgehabt. Und das war – also, auf 'n Tach genau kann ich Ihn' das nich sagen, aber 's muß so runde fünfzig Jährchen her sein. War aber natürlich auch bloß gepumpt.«

»Das mit den Zylindern ist nicht so wichtig«, meinte Winston geduldig. »Das Entscheidende ist, daß diese Kapitalisten – zusammen mit ein paar Juristen, Priestern und so weiter – die Herren dieser Erde waren. Alles existierte nur für sie. Die anderen – das einfache Volk, die Arbeiter – waren ihre Sklaven. Sie konnten mit ihnen tun, was sie wollten. Sie konnten sie wie Vieh nach Kanada verschiffen. Sie konnten mit ihren Töchtern schlafen, wenn sie Lust dazu hatten. Sie konnten sie mit einem Ding, das die neunschwänzige Katze hieß, auspeitschen lassen. Man mußte vor ihnen die Mütze ziehen. Jedem Kapitalisten folgte ein Trupp Lakaien, die –«

Der Alte strahlte wieder.

»Lakaien!« sagte er. »Also, das Wort hab' ich nu schon so lange nich mehr gehört. Lakaien! Da krieg' ich doch gleich wieder das alte Gefühl, ehrlich. Ich entsinn' mich – ach, das is schon so unsinnig lang her –, wie ich manchmal sonntagnachmittags in den Hyde Park ging, um die Jungs reden zu hören. Heilsarmee, Katholiken, Juden, Inder – durch die Bank weg alles. Und da war ein Bursche – also, wie der nu wieder hieß, weiß ich nich mehr, aber das war vielleicht 'n mordsmächtiger Redner. Der machte keine halben Sachen. ›Lakaien!‹ sagte der. ›Lakaien der Bourgeoisie! Speichellecker der herrschenden Klasse!‹ Parasiten, das war so 'n anderes Wort von ihm. Und Hyänen – schlankweg Hyänen hat er sie genannt. Meinte natürlich die Labour Party damit.«

Winston hatte das Gefühl, daß sie aneinander vorbeiredeten.

»Ich wollte eigentlich etwas anderes wissen«, sagte er. »Glauben Sie, daß Sie jetzt mehr Freiheit besitzen als damals? Werden Sie menschenwürdiger behandelt? Damals, da waren die Reichen, die Leute an der Spitze –«

»Das House of Lords«, warf der Alte erinnerungsselig ein.

»Meinetwegen, das House of Lords. Was ich wissen möchte, ist folgendes: Konnten diese Leute einen wie einen Untergebenen behandeln, nur weil sie reich waren und man selber arm war? Stimmt es zum Beispiel, daß man sie mit ›Sir‹ anreden und die Mütze vor ihnen ziehen mußte?«

Der Alte schien angestrengt zu überlegen. Er trank ungefähr ein Viertel von seinem Bier, ehe er antwortete.

»Ja«, sagte er. »Sie mochten's gern, wenn man vor ihnen stand und mit der Hand an die Mütze tippte. Als Respektbeweis oder so. Mir persönlich hat's auch nich gepaßt, aber gemacht hab' ich's oft genug. Gezwungenermaßen, möcht' ich mal sagen.«

»Und war es normal – ich zitiere nur das Geschichtsbuch, das ich gelesen habe –, war es für solche Leute und ihre Dienstboten normal, daß sie einen einfach vom Gehweg herunter in den Rinnstein stießen?«

»Einer hat mich mal geschubst«, sagte der Alte. »Ich weiß das noch, als wär's gestern gewesen. Es war am Abend der Ruderregatta – an dem Abend wurden sie immer besonders rüpelig –, und auf der Shaftesbury Avenue also stieß ich mit so einem jungen Burschen zusammen. So 'n richtig feiner Pinkel war das – Frackhemd, Zylinder, schwarzer Mantel. Er schlingert so übern Gehsteig, und ich stoß also aus Versehen mit ihm zusammen. Er sagt: ›Kannst du denn nicht aufpassen, wo du hinläufst?‹ sagt er. Ich sag': ›Sie glauben wohl, Sie ham den Scheißgehsteig für sich allein gepachtet?‹ Er sagt: ›Ich reiß dir gleich die Rübe ab, wenn du hier frech wirst.‹ Ich sag': ›Sie sind ja betrunken. An der nächsten Ecke werd' ich Sie beim Schutzmann abliefern‹, sag' ich. Und ham Sie Töne, der Kerl pratzt mir seine Hand auf die Brust und gibt mir 'n Stoß, daß ich beinah untern Bus gekommen wär'. Also, damals war ich ja noch jung, und ich wollt' ihm grad eine reinsemmeln, aber –«

Ein Gefühl der Hilflosigkeit überfiel Winston. Die Erinnerungen des Alten waren eine einzige Schutthalde. Man konnte ihn den ganzen Tag ausfragen, ohne auch nur eine echte Information zu bekommen. Die Geschichtsdarstellung der Partei konnte immer noch halb wahr sein: sie konnte sogar vollkommen wahr sein. Er unternahm einen letzten Versuch.

»Ich habe mich vielleicht nicht klar genug ausgedrückt«, sagte er. »Ich meine folgendes: Sie leben schon sehr lange; sie haben Ihr halbes Leben vor der Revolution gelebt. 1925 beispielsweise waren Sie schon erwachsen. Wenn Sie sich jetzt zurückerinnern, würden Sie dann sagen, daß das Leben 1925 besser oder schlechter war als heute? Wenn Sie wählen könnten, möchten Sie dann lieber damals oder lieber heute leben?«

Der Alte blickte nachdenklich auf die Dartscheibe. Er leerte sein Bier, trank es langsamer als vorher. Als er dann sprach, geschah es auf eine nachsichtige, philosophische Weise, so als habe ihn das Bier milde gestimmt.

»Ich weiß, was Sie jetzt von mir erwarten«, sagte er. »Sie wolln von mir hören, daß ich lieber wieder jung wär'. Die meisten Leute würden sagen, daß sie lieber wieder jung wärn, wenn man sie fragen tät. Wenn man jung is, is man kräftig un gesund. Wenn man in mein Alter kommt, is man nie so ganz auf'm Damm. Ich hab's an den Füßen, un meine Blase is die reine Katastrophe. Sechs-, siebenmal muß ich nachts raus. Andrerseits hat's auch Riesenvorteile, 'n alter Mann zu sein. Man hat nich mehr die gleichen Maleschen. Man hat nichts mehr mit Frauen am Hut, und das is schon prima. Ich hab' seit fast dreißig Jahrn keine Frau mehr gehabt, kaum zu glauben, was? War mir ganz einfach nich nach, das is das Tolle dran.«

Winston lehnte sich gegen den Fenstersims. Es war zwecklos weiterzumachen. Er wollte gerade noch mal Bier holen gehen, als der Alte plötzlich aufstand und eilig nach nebenan ins stinkende Pissoir schlurfte. Der zweite halbe Liter wirkte bereits. Winston blieb noch ein paar Minuten sitzen und starrte sein leeres Glas an; und als er dann draußen auf der Straße stand, wußte er nicht mehr, wie er dorthingekommen war. In höchstens zwanzig Jahren, so überlegte er, würde die bedeutsame und einfache Frage: »War das Leben vor der Revolution besser als heute?« nicht mehr zu beantworten sein. Doch im Grunde war sie das bereits jetzt nicht mehr, weil die paar verstreuten Überlebenden aus der alten Welt sich als unfähig erwiesen, die eine Epoche mit der anderen zu vergleichen. Sie erinnerten sich an eine Million unnützer Dinge, an einen Streit mit einem Arbeitskollegen, an die fieberhafte Suche nach einer Fahrradluftpumpe, an den Ausdruck auf dem Gesicht einer längst verstorbenen Schwester, an die Staubwirbel an einem windigen Morgen vor siebzig Jahren – doch alle wesentlichen Fakten lagen außerhalb ihres Blickfelds. Sie glichen der Ameise, die kleine Objekte wahrnehmen kann, große aber nicht. Und wenn das Gedächtnis versagte und schriftliche Dokumente gefälscht wurden – wenn das geschah, dann mußte der Anspruch der Partei, sie habe die Lebensbedingungen der Menschen verbessert, akzeptiert werden, weil es keinen Vergleichsmaßstab gab und auch nie wieder einen geben würde, an dem sich dieser Anspruch messen ließ.

In diesem Moment wurde sein Gedankengang abrupt unterbrochen. Er blieb stehen und blickte auf. Er befand sich in einer schmalen Straße mit ein paar kleinen unbeleuchteten Läden, die zwischen Wohnhäusern eingebettet lagen. Direkt über seinem Kopf hingen drei verfärbte Metallkugeln, die früher vergoldet gewesen sein mochten. Der Ort kam ihm bekannt vor. Natürlich! Er stand vor dem Ramschladen, in dem er das Tagebuch gekauft hatte.

Angst durchfuhr ihn. Es war schon unbesonnen genug gewesen, das Buch überhaupt zu kaufen, und er hatte sich geschworen, nie wieder in diese Gegend zu kommen. Doch kaum hatte er seinen Gedanken freien Lauf gelassen, da hatten ihn seine Beine von ganz allein hierher zurückgebracht. Gerade gegen solche selbstmörderischen Impulse hatte er sich durch das Tagebuchschreiben schützen wollen. Gleichzeitig bemerkte er, daß der Laden noch immer geöffnet hatte, obwohl es beinahe einundzwanzig Uhr war.

Mit dem Gefühl, drinnen weniger aufzufallen als draußen auf dem Gehsteig, betrat er den Laden. Sollte er gefragt werden, könnte er immer plausibel versichern, er versuche Rasierklingen zu erstehen.

Der Inhaber hatte eben eine Petroleumhängelampe angezündet, die einen miefigen, aber anheimelnden Geruch verbreitete. Er war ein etwa sechzigjähriger Mann, gebrechlich und gebeugt, mit einer langen, gutmütigen Nase und sanften, von einer dicken Brille verzerrten Augen. Sein Haar war fast weiß, doch seine Augenbrauen wuchsen noch buschig und schwarz. Seine Brille, seine fahrigen Bewegungen und der Umstand, daß er eine uralte schwarze Samtjakke trug, verliehen ihm einen intellektuellen Anstrich, als sei er früher Literat oder Musiker gewesen. Seine Stimme klang weich, wenn auch matt, und sein Akzent war weniger stark als bei der Mehrheit der Proles.

»Ich habe Sie schon auf dem Gehsteig erkannt«, sagte er gleich. »Sie sind der Gentleman, der den Taschenalmanach für junge Damen gekauft hat. Das war herrliches Papier, wirklich herrlich. Rahmfarbig-geripptes Briefpapier, so sagte man früher dazu. Solches Papier wird schon seit mindestens – na, ich möchte sagen, fünfzig Jahren nicht mehr hergestellt.« Er lugte über seine Brille hinweg. »Haben Sie einen besonderen Wunsch? Oder wollten Sie sich nur einmal umschauen?«

»Ich kam zufällig vorbei«, sagte Winston unbestimmt. »Wollte nur mal eben einen Blick reinwerfen. Ich suche nichts Bestimmtes.«

»Um so besser«, sagte der andere, »denn ich hätte Ihnen vermutlich sowieso nicht dienen können.« Er machte mit der schwielenlosen Hand eine entschuldigende Geste. »Sie sehen ja selbst: ein leerer Laden, könnte man sagen. Unter uns, der Antiquitätenhandel ist so gut wie erledigt. Es mangelt ganz einfach an Nachfrage und Angebot. Möbel, Porzellan, Glas – das ist alles nach und nach in die Brüche gegangen. Und was aus Metall war, hat man natürlich größtenteils eingeschmolzen. Ich habe seit Jahren keinen Messingleuchter mehr gesehen.«

Das winzige Ladeninnere war zwar ungemütlich vollgeräumt, doch es befand sich tatsächlich so gut wie nichts von Wert darunter. Die Stellfläche war äußerst begrenzt, denn ringsum an den Wänden stapelten sich zahllose verstaubte Bilderrahmen. Im Schaufenster lagen Pappkästen mit Schrauben und Muttern, stumpfe Meißel, Federmesser mit kaputten Klingen, angelaufene Uhren, die nicht einmal mehr vorgaben zu funktionieren, und diverser anderer Plunder. Nur auf einem kleinen Tisch in der Ecke lag kunterbunter Krimskrams – lackierte Schnupftabakdosen, Achatbroschen und dergleichen mehr –, Sachen, die aussahen, als könnte etwas Interessantes darunter sein. Als Winston auf das Tischchen zuschlenderte, sprang ihm ein rundes, glattes Ding ins Auge, das im Lampenschein mild schimmerte, er nahm es in die Hand.

Es war ein schwerer Glasklumpen, auf einer Seite gewölbt, auf der anderen flach, fast wie eine Halbkugel. Sowohl Farbe als auch Beschaffenheit des Glases besaßen eine eigentümliche, regenwassergleiche Weichheit. In seinem Kern steckte, vergrößert durch die gewölbte Oberfläche, ein seltsames rosafarbenes, zusammengerolltes Gebilde, das an eine Rose oder Seeanemone erinnerte.

»Was ist das?« fragte Winston fasziniert.

»Eine Koralle«, sagte der alte Mann. »Sie muß aus dem Indischen Ozean stammen. Man hat sie in Glas gebettet. Das Stück ist mindestens seine hundert Jahre alt. Wahrscheinlich sogar älter.«

»Es ist sehr schön«, sagte Winston.

»Wunderschön«, meinte der andere anerkennend. »Aber das würden heutzutage nicht mehr viele finden.« Er hustete. »Also, für den Fall, daß Sie es zufällig kaufen wollen – es kostet vier Dollar. Es gab mal eine Zeit, da hätte so ein

Stück seine acht Pfund eingebracht, und acht Pfund, das waren – ach, ich krieg's nicht mehr zusammen, es war jedenfalls eine Menge Geld. Aber wer macht sich heute schon noch was aus echten Antiquitäten? Nicht einmal für die wenigen, die es noch gibt, interessiert sich jemand.«

Winston bezahlte augenblicklich die vier Dollar und ließ den ersehnten Gegenstand in die Tasche gleiten. Es war weniger die Schönheit des Objekts, die ihn ansprach, als das Fluidum, daß es einem ganz anderen Zeitalter angehörte. Das weiche, regenwassergleiche Glas unterschied sich von allem, was er bisher gesehen hatte. Das Ding war wegen seiner offenkundigen Nutzlosigkeit doppelt reizvoll, obwohl es vermutlich ursprünglich einmal als Briefbeschwerer gedacht war. Es wog schwer in seiner Tasche, beulte sie aber zum Glück nur wenig aus. Für ein Mitglied der Partei war es ein fragwürdiger, ja kompromittierender Besitz. Alles Alte und mithin alles Schöne war immer ein wenig suspekt. Die Laune des alten Mannes hatte sich nach Erhalt der vier Dollar deutlich gebessert. Winston erkannte, daß er sich auch mit drei oder sogar zwei Dollar zufriedengegeben hätte.

»Oben ist noch ein Zimmer, das Sie sich gern mal anschauen können«, sagte er. »Es stehen nur ein paar Sachen drin. Wenn wir hinaufgehen, nehmen wir besser eine Lampe mit.«

Er zündete eine zweite Petroleumlampe an, stieg langsam und gebeugt die steilen, ausgetretenen Treppenstufen hinauf und ging dann weiter voran durch einen winzigen Flur in ein Zimmer, das nicht zur Straße hin lag, sondern auf einen gepflasterten Hof und einen Wald von Schornsteinkappen blickte. Winston bemerkte, daß die Möbel noch so standen, als würde das Zimmer bewohnt. Ein Läufer lag auf dem Boden, ein paar Bilder hingen an den Wänden, und ein tiefer, schmuddeliger Lehnstuhl stand beim offenen Kamin. Auf dem Kaminsims tickte eine altmodische Uhr mit Zwölferzifferblatt unter ihrem Glassturz. Unter dem Fenster, und fast ein Viertel des Zimmers einnehmend, stand ein riesiges Bett, auf dem noch die Matratzen lagen.

»Bis zum Tode meiner Frau haben wir hier gewohnt«, sagte der Alte halb entschuldigend. »Ich verkaufe die Möbel so nach und nach. Da haben wir ein prächtiges Mahagonibett, wenigstens wäre es eins, wenn man die Wanzen rauskriegen könnte. Aber Sie finden es vermutlich ein bißchen zu klobig.«

Er hielt die Lampe hoch, um den ganzen Raum zu beleuchten, und in dem warmen, trüben Licht wirkte das Zimmer sonderbar einladend. Winston schoß der Gedanke durch den Kopf, daß es wahrscheinlich recht einfach sein würde, das Zimmer für ein paar Dollar die Woche zu mieten, wenn er das Risiko nicht scheute. Das war eine verrückte Idee, die er sich sofort wieder aus dem Kopf schlagen mußte; doch das Zimmer hatte so etwas wie Nostalgie in ihm geweckt, eine Art Urerinnerung. Er glaubte bereits genau zu wissen, wie man sich fühlte, wenn man in einem solchen Zimmer saß, in einem Lehnstuhl am offenen Fenster, die Füße gegen das Kamingitter gestützt und einen Teekessel auf dem Kamineinsatz, absolut allein, absolut sicher, keiner, der einen beobachtete, keine Stimme, die einen verfolgte, kein Geräusch außer dem Singen des Kessels und dem freundlichen Ticken der Uhr.

»Und kein Teleschirm«, murmelte er unwillkürlich.

»Ach«, meinte der Alte, »ich habe nie eins von den Dingern gehabt. Zu teuer. Und irgendwie habe ich auch nie einen vermißt. Dort in der Ecke hätten wir ein hübsches Klapptischchen. Sie müßten allerdings die Scharniere erneuern, falls Sie die Klappen benutzen wollen.«

In der anderen Ecke stand ein kleines Bücherregal, von dem sich Winston bereits angezogen gefühlt hatte. Es enthielt nur Schund. Das Aufspüren und Vernichten von Büchern war in den Prolesvierteln mit der gleichen Gründlichkeit besorgt worden wie anderswo auch.

Es war höchst unwahrscheinlich, daß irgendwo in Ozeanien ein Exemplar eines vor 1960 gedruckten Buches existierte. Der alte Mann, der noch immer die Lampe hielt, stand vor einem Bild mit Rosenholzrahmen, das auf der anderen Seite des Kamins dem Bett gegenüber hing.

»Also, falls Sie sich rein zufällig für alte Drucke interessieren sollten –«, begann er höflich.

Winston ging hinüber, um sich das Bild genauer anzusehen. Es war der Stahlstich eines ovalen Gebäudes mit rechteckigen Fenstern und vorne einem kleinen Turm. Ein Eisengitter umfriedete das ganze Gebäude, und im Hintergrund schien sich eine Statue zu erheben. Winston starrte das Bauwerk einige Augenblicke an. Irgendwie kam es ihm bekannt vor, doch an die Statue konnte er sich nicht erinnern.

»Der Rahmen ist an der Wand befestigt«, sagte der alte Mann, »aber für Sie würde ich ihn sogar abschrauben.«

»Ich kenne das Gebäude«, sagte Winston schließlich. »Heute ist es eine Ruine. Es steht mitten auf der Straße vor dem Justizpalast.«

»Richtig. Vor den Law Courts. Zerbombt wurde es – ach, das ist viele Jahre her. Es war früher mal eine Kirche. St. Clement's Dane hieß sie.« Er lächelte entschuldigend, als wäre ihm bewußt, daß er etwas Lächerliches sagte, und fügte hinzu: »Orangen und Limonen, läutet's von St. Clement!«

»Was war das?« fragte Winston.

»Ach – ›Orangen und Limonen, läutet's von St. Clement‹. Das war ein Abzählvers, als ich ein kleiner Junge war. Wie er weitergeht, daran erinnere ich mich nicht, aber den Schluß weiß ich noch: ›Und dieses Kerzlein leuchtet dir Tropf, und dieses Hackbeil hackt ab deinen Kopf.‹ Es war so eine Art Ringelreihen. Die Kinder hielten die Arme hoch, und man mußte drunter durchgehen, und wenn die Stelle kam: ›Und dieses Kerzlein leuchtet dir Tropf, und dieses Hackbeil hackt ab deinen Kopf‹, ließen sie die Arme fallen und fingen einen. Es waren lauter Namen von Kirchen. Alle Kirchen Londons kamen drin vor – das heißt, alle wichtigen.«

Winston fragte sich, aus welchem Jahrhundert die Kirche stammen mochte. Es war immer schwierig, das Alter eines Londoner Gebäudes zu bestimmen. Alles Große und Eindrucksvolle wurde, wenn es einigermaßen neu wirkte, als postrevolutionärer Bau deklariert, wohingegen alles, was eindeutig früheren Datums war, einer dunklen Epoche zugeschrieben wurde, die man als das Mittelalter bezeichnete. Von den Jahrhunderten des Kapitalismus hieß es, sie hätten absolut nichts von Bedeutung und Wert hervorgebracht. Der Architektur ließ sich genausowenig über die Geschichte entnehmen wie den Büchern. Statuen, Inschriften, Gedenksteine, Straßennamen – alles, was ein Licht auf die Vergangenheit hätte werfen können, war systematisch geändert worden.

»Ich hatte keine Ahnung, daß das einmal eine Kirche war«, sagte er.

»Es gibt eigentlich noch recht viele«, meinte der alte Mann. »Aber sie dienen jetzt anderen Zwecken. Wie ging doch gleich dieser Abzählvers? Ah, jetzt hab' ich's!

Orangen und Limonen, läutet's von St. Clement,
Die kosten drei Farthing, läutet's von St. Martin –

Also, soweit krieg' ich's noch zusammen. Ein Farthing war früher mal eine kleine Kupfermünze, sah so ähnlich aus wie ein Cent.«

»Wo stand St. Martin's?« fragte Winston.

»St. Martin's? Die steht noch immer. Am Victory Square, neben der Gemäldegalerie. Ein Bau mit 'nem dreieckigen Portal, Säulenvorbau und 'nem breiten Treppenaufgang.«

Winston kannte das Gebäude gut. Es diente als Museum für diverse Propagandaschaustücke – maßstabsgetreue Modelle von Raketenbomben und Schwimmenden Festungen, Wachsfigurentableaus zur Illustration feindlicher Greueltaten und dergleichen mehr.

»Sie hieß damals St. Martin's-in-the-Fields«, ergänzte der Alte, »obwohl ich mich nicht erinnern kann, daß es in der Gegend irgendwo Felder gegeben hätte.«

Winston kaufte das Bild nicht. Es wäre ein noch vernunftwidrigerer Besitz gewesen als der gläserne Briefbeschwerer, und ohne es aus dem Rahmen zu lösen, hätte es sich unmöglich nach Hause transportieren lassen. Doch er blieb noch ein paar Minuten und plauderte mit dem alten Mann, dessen Name, wie er herausfand, übrigens gar nicht Weeks lautete – wie man nach dem Schriftzug über dem Schaufenster hätte meinen mögen –, sondern Charrington. Mr. Charrington war Witwer, dreiundsechzig Jahre alt und hatte diesen Laden dreißig Jahre bewohnt. Immer hatte er geplant, den Namen über dem Fenster zu ändern, war aber nie so recht dazu gekommen. Während der Unterhaltung ging Winston der bruchstückhafte Abzählreim durch den Kopf. »Orangen und Limonen, läutet's von St. Clement. Die kosten drei Farthing, läutet's von St. Martin!« Es war seltsam, doch wenn man es vor sich hin sagte, meinte man tatsächlich Glocken zu hören, die Glocken eines verschollenen London, das irgendwo, verhüllt und vergessen, noch existierte. Von den geisterhaften Kirchtürmen glaubte er sie reihum läuten zu hören. Dabei hatte er, soweit er sich erinnern konnte, in Wahrheit noch nie richtige Kirchenglocken gehört.

Er verließ Mr. Charrington und ging allein die Treppe hinunter, damit der alte Mann nicht sah, daß er erst die Straße auf und ab spähte, bevor er aus der Tür trat. Er hatte sich bereits entschlossen, nach einer angemessenen Frist – nach einem Monat etwa – das Risiko eines erneuten Ladenbesuchs auf sich zu nehmen. Es war vielleicht nicht einmal gefährlicher, als sich um einen Abend im Zentrum zu drükken. Die eigentliche Torheit hatte darin bestanden, nach dem Kauf des Tagebuchs überhaupt noch einmal hierher zurückzukommen, und das, ohne zu wissen, ob man dem Ladenbesitzer trauen konnte. Egal –!

Ja, dachte er wieder, er würde zurückkommen. Er würde noch mehr von dem herrlichen Plunder kaufen. Er würde den Stich von St. Clement's Dane kaufen, ihn aus dem Rahmen nehmen und unter seinem Overall nach Hause tragen. Er würde Mr. Charrington den Rest dieses Gedichts aus dem Gedächtnis reißen. Sogar sein Irrsinnsplan, das Zimmer oben zu mieten, schoß ihm erneut durch den Kopf. Fünf Sekunden vielleicht ließ ihn seine Begeisterung unvorsichtig werden, und er trat auf den Gehsteig hinaus, ohne vorher auch nur einen prüfenden Blick durchs Fenster zu werfen. Er hatte sogar zu einer improvisierten Melodie zu summen begonnen –

»Orangen und Limonen, läutet's von St. Clement,
Die kosten drei Farthing, läutet's von –«

Plötzlich erstarrte sein Herz zu Eis, und seine Eingeweide wurden zu Wasser. Eine Gestalt im blauen Overall kam keine zehn Meter entfernt den Gehsteig herunter. Es war das Mädchen aus der Roman-Abteilung, das Mädchen mit dem schwarzen Haar. Das Licht war ungünstig, doch er konnte sie unschwer erkennen. Sie sah ihm direkt ins Gesicht und ging dann rasch weiter, als hätte sie ihn nicht bemerkt.

Ein paar Sekunden lang war Winston wie gelähmt. Dann wandte er sich mit schleppenden Schritten nach rechts, ohne zu merken, daß er in die falsche Richtung lief. Eines stand jedenfalls fest. Es gab keinen Zweifel mehr daran, daß ihm das Mädchen nachspionierte. Sie mußte ihm hierher gefolgt sein, denn es war unvorstellbar, daß sie rein zufällig am selben Abend durch dieselbe obskure Gasse ging, kilometerweit von jedem Viertel entfernt, in dem Parteimitglieder wohnten. Dieser »Zufall« war einfach zu unwahrscheinlich. Ob sie wirklich eine Agentin der Gedankenpolizei war oder lediglich ein von übermäßigem Diensteifer getriebener Amateurspitzel, spielte keine Rolle. Es reichte, daß sie ihn beobachtete. Wahrscheinlich hatte sie ihn auch den Pub betreten sehen.

Das Gehen war beschwerlich. Der Glasklumpen in seiner Tasche schlug bei jedem Schritt an seinen Schenkel, und er war schon fast entschlossen, ihn herauszuholen und wegzuwerfen. Das schlimmste aber waren die Magenschmerzen. Ein paar Minuten lang glaubte er sterben zu müssen, wenn er nicht bald eine Toilette fand. Doch in einem Viertel wie diesem würde es keine öffentlichen Bedürfnisanstalten geben. Dann löste sich der Krampf, und zurück blieb ein dumpfer Schmerz.

Die Straße entpuppte sich als Sackgasse. Winston hielt an, blieb einige Sekunden unentschlossen stehen, machte dann kehrt und ging den Weg zurück, den er gekommen war. Als er sich umdrehte, fiel ihm ein, daß das Mädchen ja erst vor drei Minuten an ihm vorbeigegangen war und daß er es wahrscheinlich noch einholen konnte, wenn er gleich loslief. Er konnte ihr auf den Fersen bleiben, bis sie an einen stillen Ort kamen, und ihr dann mit einem Pflasterstein den Schädel einschlagen. Das Glasding in seiner Tasche würde schwer genug dafür sein. Doch er ließ die Idee sofort wieder fallen, der bloße Gedanke an irgendeine körperliche Anstrengung war ihm unerträglich. Er konnte weder rennen noch zu einem Schlag ausholen. Außerdem war sie jung und kräftig und würde sich wehren. Er dachte auch daran, ins Kommunale Zentrum zu eilen, um sich für den Abend ein Teilalibi zu verschaffen. Eine tödliche Mattheit hatte ihn befallen. Er wollte jetzt nur noch schnell nach Hause und sich hinsetzen und ausruhen.

Es war nach zweiundzwanzig Uhr, als er seine Wohnung betrat. Um dreiundzwanzig Uhr dreißig würde die Hauptlichtleitung abgeschaltet werden. Er lief in die Küche und kippte fast eine Teetasse voll Victory Gin hinunter. Dann ging er zum Tisch in der Nische, setzte sich und nahm das Tagebuch aus der Schublade. Doch er schlug es nicht gleich auf. Vom Teleschirm schepperte eine Frauenstimme ein patriotisches Lied. Er saß da, starrte den marmorierten Bucheinband an und versuchte erfolglos, die Stimme aus seinem Bewußtsein zu verbannen.

Nachts kamen sie einen holen, immer nachts. Das einzig Richtige war, sich umzubringen, ehe sie einen schnappten. Es gab zweifellos Menschen, die das taten. In vielen Fällen, wo jemand verschwand, lag eigentlich Selbstmord vor. Aber man brauchte den Mut der Verzweiflung, um sich in einer Welt selbst zu töten, in der Schußwaffen oder rasch und sicher wirkende Gifte nicht zu beschaffen waren. Er dachte mit Erstaunen an die biologische Nutzlosigkeit von Schmerz und Angst, an die Treulosigkeit des menschlichen Körpers, der immer dann in Trägheit verfiel, wenn eine besondere Anstrengung erforderlich wurde. Er hätte das schwarzhaarige Mädchen zum Schweigen bringen können, wenn er nur rasch genug gehandelt hätte: aber gerade wegen der Größe der Gefahr, in der er schwebte, hatte er die Fähigkeit zum Handeln eingebüßt. Er begriff, daß man in Gefahrenmomenten nie gegen einen äußeren Feind kämpft, sondern immer nur gegen den eigenen Körper. Trotz des Gins verhinderte jetzt der dumpfe Schmerz in seinem Bauch jedes logische Denken. Und in allen scheinbar heroischen oder tragischen Situationen, das erkannte er, war es genauso. Auf dem Schlachtfeld, in der Folterkammer, auf einem sinkenden Schiff gerieten die Dinge, für die man kämpfte, immer in Vergessenheit, weil der Körper anschwoll, bis er das Universum ausfüllte, und selbst wenn einen die Angst nicht lähmte oder man vor Schmerz nicht schrie, war das Leben von Augenblick zu Augenblick ein immerwährender Kampf gegen Hunger oder Kälte oder Schlaflosigkeit, gegen Sodbrennen oder Zahnschmerzen.

Er schlug das Tagebuch auf. Es war wichtig, daß er etwas hineinschrieb. Die Frau auf dem Teleschirm hatte ein neues Lied begonnen. Ihre Stimme schien sich ihm wie Glassplitter ins Hirn zu bohren. Er versuchte an O'Brien zu denken, für den oder an den das Tagebuch geschrieben wurde, doch statt dessen begann er an die Dinge zu denken, die mit ihm passieren würden, nachdem ihn die Gedankenpolizei abgeholt hatte. Es wäre nicht so schlimm, wenn sie einen gleich umbrachten. Darauf war man ja gefaßt. Doch vor dem Tod (keiner sprach von diesen Dingen, obwohl alle darüber Bescheid wußten) mußte erst noch die Geständnisprozedur durchgemacht werden: das Am-Boden-Kriechen und Um-Gnade-Flehen, das Knacken der gebrochenen Knochen, die eingeschlagenen Zähne und die blutverklebten Haarsträhnen. Warum mußte man das erdulden, wenn doch das Ende immer gleich war? Warum war es nicht möglich, ein paar Tage oder Wochen aus seinem Leben herauszuschneiden? Niemand entging jemals der Entdeckung, und niemand kam um ein Geständnis herum. War man erst einmal einem Gedankendelikt erlegen, stand fest, daß man zu einem bestimmten Zeitpunkt tot sein würde. Warum mußte dann die Zukunft dieses Grauen, das nichts änderte, für einen bereithalten?

Er versuchte, mit etwas mehr Erfolg als zuvor, das Bild O'Briens heraufzubeschwören. »Wir werden uns an dem Ort treffen, wo keine Dunkelheit herrscht«, hatte O'Brien zu ihm gesagt. Er wußte, was das bedeutete, oder glaubte es zu wissen. Der Ort, an dem keine Dunkelheit herrscht, war die erdachte Zukunft, die man nie erleben würde, an der man aber in mystischer Weise durch Vorherschau teilhaben konnte. Doch weil ihm die keifende Stimme vom Teleschirm in den Ohren dröhnte, konnte er den Gedankengang nicht weiter verfolgen. Er steckte sich eine Zigarette in den Mund. Prompt rieselte ihm die Hälfte des Tabaks auf die Zunge, ein bitterer Staub, der sich nur schwer wieder ausspucken ließ. Das Gesicht des Großen Bruders stieg in ihm auf und verdrängte O'Briens Züge. Genau wie vor ein paar Tagen zog er eine Münze aus der Tasche und betrachtete sie. Das Gesicht starrte zu ihm empor, ernst, ruhig, beschützend: doch welches Lächeln lag unter dem schwarzen Schnurrbart verborgen? Wie bleiernes Grabgeläut fielen ihm die Worte wieder ein:

KRIEG IST FRIEDEN
FREIHEIT IST SKLAVEREI
UNWISSENHEIT IST STAERKE

Teil 2

I

Es war Vormittag, und Winston hatte seine Arbeitsnische verlassen, um zur Toilette zu gehen.

Vom anderen Ende des langen, hellerleuchteten Korridors kam ihm eine einsame Gestalt entgegen. Es war das Mädchen mit dem schwarzen Haar. Vier Tage waren seit dem Abend vergangen, an dem er ihr vor dem Ramschladen begegnet war. Als sie näher kam, sah er, daß sie den rechten Arm in einer Schlinge trug, die man aus der Entfernung nicht erkennen konnte, weil sie von derselben Farbe war wie der Overall. Wahrscheinlich hatte sie sich beim Herumschwenken eines der großen Kaleidoskope, in denen die Romanhandlungen ›grob umrissen‹ wurden, die Hand gequetscht. Das war ein für die Roman-Abteilung typischer Unfall.

Es trennten sie vielleicht noch vier Meter, da stolperte das Mädchen und schlug beinahe der Länge nach hin. Sie schrie laut auf vor Schmerz. Sie mußte genau auf den verletzten Arm gestürzt sein. Winston blieb ruckartig stehen. Das Mädchen hatte sich jetzt hingekniet. Ihr Gesicht war milchig-gelb geworden, und ihr Mund wirkte dadurch noch röter als vorher. Ihr Blick heftete sich mit einem flehentlichen Ausdruck, der eher Furcht als Schmerz verriet, auf Winston.

Winston verspürte eine seltsame Regung. Vor ihm war

ein Feind, der ihn ans Messer liefern wollte, aber vor ihm war auch ein Mensch, der Schmerzen litt und sich vielleicht etwas gebrochen hatte. Er war ihr instinktiv schon zu Hilfe geeilt. In dem Moment, als er sie auf den bandagierten Arm fallen sah, hatte er gemeint, den Schmerz am eigenen Leib zu spüren.

»Haben Sie sich verletzt?« fragte er.

»Nichts passiert. Bloß mein Arm. Geht gleich wieder vorbei.«

Sie sprach, als flattere ihr das Herz. Jedenfalls sah sie sehr bleich aus.

»Sie haben sich nichts gebrochen?«

»Nein, alles in Ordnung. Es hat nur einen Moment weh getan, mehr nicht.«

Sie streckte ihm die unverbundene Hand hin, und er half ihr auf. Sie hatte wieder etwas Farbe bekommen und schien sich bedeutend besser zu fühlen.

»Nichts passiert«, wiederholte sie knapp. »Hab' mir nur das Handgelenk ein bißchen geprellt. Danke, Genosse!«

Und damit ging sie so flott in ihrer ursprünglichen Richtung weiter, als sei tatsächlich nichts passiert. Der ganze Zwischenfall konnte keine halbe Minute gedauert haben. Seine Gefühle nicht offen zur Schau zu tragen, das war ein zur Gewohnheit gewordener Instinkt, und sie hatten ohnehin direkt vor einem Teleschirm gestanden, als es passierte. Trotzdem war es Winston ungemein schwer gefallen, keine spontane Überraschung zu zeigen, denn während der zwei oder drei Sekunden, in denen er ihr aufhalf, hatte ihm das Mädchen etwas in die Hand gedrückt. Sie hatte es ohne Frage absichtlich getan. Es war etwas Kleines und Flaches. Als er durch die Toilettentür trat, versteckte er es in seiner Tasche und belastete es mit den Fingerspitzen. Es war ein viereckig zusammengefaltetes Papierstückchen.

Während er vor dem Urinbecken stand, schaffte er es mit einigem Geschick, den Zettel auseinanderzufalten. Irgendeine Botschaft mußte ja wohl daraufstehen. Einen Augenblick war er versucht, ihn in eine der Kabinen mitzunehmen und gleich dort zu lesen. Aber das wäre, wie er wußte, eine Riesendummheit. Nirgendwo durfte man sicherer damit rechnen, ständig per Teleschirm beobachtet zu werden.

Er ging zurück in seine Nische, warf das Stück Papier nachlässig zu den anderen auf seinem Schreibtisch, setzte die Brille auf und rückte den Sprechschreiber zu sich heran. »Fünf Minuten«, sagte er sich, »mindestens fünf Minuten!« Sein Herz pochte erschreckend laut. Glücklicherweise war seine augenblickliche Arbeit eine reine Routinesache, die Richtigstellung einer langen Zahlenliste, die keine Konzentration erforderte.

Was auch auf dem Zettel stehen mochte, es mußte irgendeine politische Bedeutung haben. Soweit er es überschauen konnte, gab es zwei Möglichkeiten. Die eine und weitaus wahrscheinlichere war, daß das Mädchen als Agentin im Dienst der Gedankenpolizei stand, wie er befürchtet hatte. Er wußte zwar nicht, warum die Gedankenpolizei ihre Mitteilungen gerade auf diesem Wege übermitteln ließ, aber vielleicht hatte sie ihre Gründe dafür. Der Text auf dem Zettel konnte eine Drohung sein, eine Vorladung, die Aufforderung, Selbstmord zu begehen, eventuell auch eine Falle. Aber es gab noch eine andere, abwegigere Möglichkeit, die sich ihm immer wieder aufdrängte, obwohl er sich vergeblich bemühte, sie zu unterdrücken. Die Möglichkeit nämlich, daß die Nachricht gar nicht von der Gedankenpolizei kam, sondern von einer Untergrundbewegung. Vielleicht existierte die Bruderschaft ja doch! Vielleicht gehörte das Mädchen ihr an! Dieser Gedanke war zweifellos absurd, aber er war ihm gleich durch den Kopf geschossen, als er das Stückchen Papier in der Hand gefühlt hatte. Erst ein paar Minuten später war ihm die andere, wahrscheinlichere Möglichkeit eingefallen. Und sogar jetzt, wo ihm sein Verstand sagte, daß die Botschaft vermutlich sein Todesurteil beinhaltete, glaubte er dennoch nicht daran, und die unvernünftige Hoffnung blieb, und sein Herz klopfte; nur mit Mühe vermied er ein Beben in der Stimme, als er die Zahlen in den Sprechschreiber murmelte.

Er rollte die erledigten Arbeitspapiere zusammen und schob sie in die Rohrpost. Acht Minuten waren vergangen. Er rückte die Brille auf der Nase zurecht, seufzte und zog den nächsten Packen Arbeit zu sich heran; obenauf lag der Zettel. Er strich ihn glatt. Darauf stand in einer großen, unbeholfenen Handschrift:

Ich liebe Dich.

Mehrere Sekunden lang war er sogar zu verblüfft, um das belastende Ding in das Gedächtnis-Loch zu werfen. Als er es dann doch tat, konnte er der Versuchung nicht widerstehen – obwohl er sich des Risikos, sein Interesse allzu lebhaft zu bekunden, durchaus bewußt war –, den Zettel noch einmal zu lesen, nur um sicherzugehen, daß die Worte wirklich dastanden.

Für den Rest des Vormittags machte ihm die Arbeit große Mühe. Schlimmer noch, als sich auf eine Reihe kniffliger Jobs konzentrieren zu müssen, war die Notwendigkeit, seine Erregung vor dem Teleschirm zu verbergen. Er fühlte sich wie von einem inneren Feuer verzehrt. Der Lunch in der heißen, überfüllten, lärmenden Kantine war eine Tortur. Er hatte gehofft, während der Lunchpause ein wenig allein sein zu können, doch zu allem Unglück ließ sich der idiotische Parsons mit seinen penetranten Schweißdünsten, die beinahe den metallischen Eintopfgeruch überdeckten, neben ihm auf den Stuhl plumpsen und erging sich in einem Redeschwall über die Vorbereitungen zur Haßwoche. Er schwärmte ganz besonders von einem zwei Meter großen Pappmaché-Modell vom Kopf des Großen Bruders, das der ›Spitzel‹-Zug seiner Tochter für diesen Anlaß anfertigte. Das Irritierende dabei war, daß Winston im allgemeinen Lärm kaum hören konnte, was Parsons sagte, und ihn dauernd bitten mußte, seine einfältigen Bemerkungen zu wiederholen. Das Mädchen sah er nur einmal ganz kurz zusammen mit zwei anderen an einem Tisch am entgegengesetzten Ende des Raums. Sie schien ihn nicht bemerkt zu haben, und er blickte nicht noch einmal in ihre Richtung.

Der Nachmittag verlief erträglicher. Gleich nach dem Lunch landete eine äußerst heikle Aufgabe auf seinem Schreibtisch, die etliche Stunden in Anspruch nehmen würde und es erforderlich machte, alles andere beiseite zu legen. Es ging darum, eine Reihe zwei Jahre alter Produktionsberichte so zu fälschen, daß ein prominentes, jetzt in Ungnade gefallenes Mitglied der Inneren Partei dadurch in Mißkredit geriet. Derlei Aufgaben lagen Winston besonders, und es gelang ihm, für mehr als zwei Stunden das Mädchen völlig aus seinen Gedanken zu verbannen. Dann kehrte die Erinnerung an ihr Gesicht zurück und damit ein rasendes, beinahe unerträgliches Verlangen danach, allein zu sein. Solange er nicht allein war, konnte er diese neue Entwicklung unmöglich überdenken. Heute abend mußte er ins Kommunale Zentrum. Er schlang in der Kantine noch ein fades Essen herunter, eilte ins Kommunale Zentrum, beteiligte sich an dem wichtigtuerischen Unfug einer ›Diskussionsgruppe‹, spielte zwei Partien Tischtennis, kippte etliche Glas Gin und saß eine halbe Stunde lang einen Vortrag ab, betitelt: ›Engsoz und seine Beziehung zum Schach‹. Er starb fast vor Langeweile, doch zum ersten Mal hatte es ihn nicht gedrängt, sich vor dem Abend im Zentrum zu drükken. Angesichts der Worte *Ich liebe Dich* war sein Lebenswille erwacht, und es erschien ihm plötzlich töricht, kleine Risiken einzugehen. Erst um dreiundzwanzig Uhr, als er zu Hause und im Bett war – in der Dunkelheit, die einen sogar vor dem Teleschirm in Sicherheit brachte, solange man sich still verhielt –, konnte er ungestört nachdenken.

Es galt ein technisches Problem zu lösen: Wie sollte er mit dem Mädchen Kontakt aufnehmen und ein Treffen arrangieren? Die Möglichkeit, daß sie ihm eine Falle stellen könnte, zog er nicht mehr in Betracht. Er wußte, daß es nicht so war; die unverkennbare Erregung, mit der sie ihm den Zettel zugesteckt hatte, sprach für sich. Sie war vor Angst offensichtlich halb von Sinnen gewesen, wozu sie auch allen Grund gehabt hatte. Ebensowenig kam er auf die Idee, ihren Annäherungsversuch zurückzuweisen. Es war kaum fünf Nächte her, daß er erwogen hatte, ihr mit einem Pflasterstein den Schädel einzuschlagen; aber das spielte keine Rolle. Er dachte an ihren nackten, jugendlichen Körper, wie er ihn im Traum gesehen hatte. Er hatte sie für so stupide wie all die anderen gehalten, den Kopf vollgestopft mit Lügen und Haß, der Leib ein einziger Eisklotz. Bei dem Gedanken, er könnte sie verlieren, der weiße, jugendliche Körper könnte ihm entgleiten, befiel ihn eine Art Fieber. Am meisten befürchtete er, daß sie es sich ganz einfach anders überlegen könnte, wenn er nicht rasch Kontakt mit ihr aufnahm. Doch die äußeren Schwierigkeiten für ein solches Treffen waren enorm. So als wollte man beim Schachspiel nach dem eigenen Matt noch einen Zug machen. Wohin man sich auch wandte – man stand vor dem Teleschirm. Fünf Minuten nachdem er den Zettel gelesen hatte, waren ihm bereits alle Möglichkeiten, Verbindung zu ihr aufzunehmen, durch den Kopf geschossen; aber jetzt, wo er Zeit zum Nachdenken hatte, legte er sie sich nacheinander noch einmal vor, so als reihe er auf einem Tisch Instrumente auf.

Eine Begegnung, wie sie heute morgen stattgefunden hatte, ließ sich ganz gewiß nicht wiederholen. Hätte sie in der Dokumentations-Abteilung gearbeitet, wäre es relativ einfach gewesen, aber er besaß nur eine höchst verschwommene Vorstellung davon, in welchem Teil des Gebäudes die Roman-Abteilung lag, und er hatte keinerlei Vorwand, dorthin zu gehen. Hätte er gewußt, wo sie wohnte und um welche Zeit sie ihren Arbeitsplatz verließ, dann hätte er es einrichten können, sie irgendwo auf ihrem Nachhauseweg zu treffen; andererseits war der Versuch, ihr bis nach Hause zu folgen, nicht ungefährlich, denn dazu mußte er erst vor dem Ministerium herumlungern, und das würde garantiert auffallen. Einen Brief per Post zu schicken kam auch nicht in Frage. Es war ein offenes Geheimnis, daß alle Briefe vor der Zustellung routinemäßig geöffnet wurden. Es schrieb auch kaum jemand Briefe. Für die Mitteilungen, die man gelegentlich versenden mußte, gab es Postkartenvordrucke mit einer langen Liste von Sätzen; die jeweils nicht zutreffenden strich man einfach durch. Außerdem kannte er ja nicht einmal den Namen des Mädchens, geschweige denn ihre Adresse. Schließlich kam er zu dem Ergebnis, daß es in der Kantine noch am sichersten war. Wenn er sie allein an einem Tisch erwischen konnte, irgendwo in der Mitte des Raums, nicht zu dicht an den Teleschirmen und umschwirrt von Stimmen – wenn diese Bedingungen rund dreißig Sekunden konstant blieben, konnte es möglich sein, einige Worte zu wechseln.

Die ganze darauffolgende Woche glich einem Alptraum. Am nächsten Tag erschien sie erst in der Kantine, als er schon wieder aufbrach, weil das Pfeifsignal bereits ertönt war. Man hatte sie vermutlich einer späteren Schicht zugeteilt. Sie gingen blicklos aneinander vorbei. Am Tag danach saß sie zwar zur gewohnten Zeit in der Kantine, aber zusammen mit drei anderen Mädchen und direkt unter einem Teleschirm. Dann tauchte sie drei schreckliche Tage lang überhaupt nicht auf. Winston schien mit einer unerträglichen geistigen und körperlichen Überempfindlichkeit geschlagen zu sein, mit einer Art Durchlässigkeit, die ihm jede Bewegung, jedes Geräusch, jede Berührung, jedes Wort, das er sagen oder hören mußte, zur Qual werden ließ. Selbst im Schlaf verfolgte ihn ihr Bild. In dieser Zeit rührte er das Tagebuch nicht an. Die einzige Erleichterung bot ihm seine Arbeit, in der er sich manchmal volle zehn Minuten verlieren konnte. Er hatte absolut keine Ahnung, was mit ihr passiert war. Erkundigungen konnte er nicht anstellen. Sie konnte vaporisiert worden sein, sie konnte Selbstmord begangen haben, sie konnte ans andere Ende Ozeaniens versetzt worden sein: die schlimmste und wahrscheinlichste Möglichkeit aber war, daß sie es sich ganz einfach anders überlegt und beschlossen hatte, ihm künftig aus dem Weg zu gehen.

Am nächsten Tag erschien sie wieder. Sie trug den Arm nicht mehr in der Schlinge, und um ihr Handgelenk klebte ein Heftpflasterverband. Bei ihrem Anblick war er so erleichtert, daß er gar nicht anders konnte, als sie ein paar Sekunden lang direkt anzustarren. Am folgenden Tag gelang es ihm beinahe, mit ihr zu sprechen. Als er die Kantine betrat, saß sie an einem ziemlich weit von der Wand entfernten Tisch, ganz allein. Es war früh und noch nicht sehr voll. Die Schlange rückte zügig vor, bis Winston fast am Tresen stand, geriet dann aber für zwei Minuten ins Stocken, weil sich vorn jemand darüber beschwerte, daß er seinen Süßstoff nicht bekommen hatte. Doch als Winston sein Tablett nahm und auf ihren Tisch zusteuerte, saß sie noch immer allein. Sie war vielleicht drei Meter von ihm entfernt. Noch zwei Sekunden, dann war es geschafft. Da rief hinter ihm eine Stimme: »Smith!« Er tat so, als höre er es nicht. »Smith!« wiederholte die Stimme nun lauter. Es hatte keinen Sinn. Er drehte sich um. Ein blonder, dümmlich aussehender junger Mann namens Wilsher, den er kaum kannte, bat ihn lächelnd, auf einem freien Stuhl an seinem Tisch Platz zu nehmen. Es war riskant abzulehnen. Jetzt, wo ihn jemand erkannt hatte, konnte er sich nicht zu einem Mädchen ohne Begleitung setzen. Das wäre viel zu auffällig. Er nahm lächelnd Platz. Das dümmliche Gesicht des Blonden strahlte ihn an. Winston sah sich im Geist mit einer Spitzhacke mitten hineinschlagen. Wenige Minuten später war der Tisch des Mädchens voll besetzt.

Doch sie mußte bemerkt haben, daß er auf sie zugegangen war, und vielleicht hatte sie den Wink verstanden. Am nächsten Tag bemühte er sich, zeitig zu kommen. Und wirklich – sie saß an einem Tisch etwa an der gleichen Stelle und wieder allein. Der Mensch direkt vor ihm in der Schlange war ein kleiner flinker, käferartiger Mann mit einem platten Gesicht und winzigen argwöhnischen Augen. Als Winston mit seinem Tablett den Tresen verließ, sah er, daß der kleine Mann direkt auf den Tisch des Mädchens zusteuerte. Seine Hoffnungen schwanden wieder. An einem weiter entfernten Tisch war auch noch ein Platz frei, doch etwas im Benehmen des kleinen Mannes ließ darauf schließen, daß er aus lauter Bequemlichkeit den leersten Tisch wählen würde. Winston folgte ihm mit eisigem Herzen. Er mußte das Mädchen schon allein erwischen, sonst hatte es keinen Zweck. In diesem Moment schepperte es gewaltig. Der kleine Mann krabbelte auf allen vieren herum, sein Tablett war davongesegelt, auf dem Fußboden flossen Suppe und Kaffee in zwei Strömen. Er sprang auf die Beine und bedachte Winston, den er offensichtlich verdächtigte, ihm ein Bein gestellt zu haben, mit einem bösen Blick. Doch es war alles in Ordnung. Fünf Sekunden später saß Winston mit hämmerndem Herzen am Tisch des Mädchens.

Er sah sie nicht an. Er lud sein Tablett ab und begann gleich zu essen. Es war wichtig, sofort zu reden, bevor noch jemand kam, doch jetzt bannte ihn eine schreckliche Angst. Seit ihrem ersten Annäherungsversuch war eine Woche vergangen. Sie hatte es sich anders überlegt, sie mußte es sich anders überlegt haben! Es war ausgeschlossen, daß diese Geschichte glücklich endete; so etwas passierte im wirklichen Leben nicht. Er hätte vielleicht kein Wort über die Lippen gebracht, hätte er in diesem Moment nicht Ampleforth, den Dichter mit den haarigen Ohren, erblickt, der mit einem Tablett auf der Suche nach einem Sitzplatz ziellos durch den Raum irrte. Auf seine unbestimmte Art hing Ampleforth an Winston und würde sich garantiert zu ihm an den Tisch setzen, wenn er ihn bemerkte. Es blieb vielleicht noch eine Minute zum Handeln. Winston und das Mädchen aßen gleichmäßig weiter. Das Zeug, das sie aßen, war ein dünner Eintopf, eigentlich mehr eine Suppe aus Gartenbohnen. Flüsternd begann Winston zu sprechen. Keiner von beiden hob den Blick; gleichmäßig löffelten sie das wässerige Zeug und wechselten zwischendurch mit leisen, tonlosen Stimmen die allernötigsten Worte.

»Wann hörst du auf zu arbeiten?«

»Achtzehn dreißig.«

»Wo können wir uns treffen?«

»Victory Square, beim Denkmal.«

»Alles voller Teleschirme.«

»Egal, bei dem Gedränge.«

»Irgendein Zeichen?«

»Nein. Komm erst zu mir, wenn ich in einer Menschenmenge stehe. Und schau mich nicht an. Bleib nur irgendwo in meiner Nähe.«

»Wann?«

»Neunzehn Uhr.«

»Gut.«

Ampleforth bemerkte Winston nicht und setzte sich an einen anderen Tisch. Sie schwiegen und sahen einander auch nicht an, soweit das für zwei Menschen, die sich am selben Tisch gegenübersaßen, überhaupt möglich war. Das Mädchen aß schnell auf und ging dann, während Winston sitzen blieb, um eine Zigarette zu rauchen.

Winston war vor der verabredeten Zeit am Victory Square. Er schlenderte um den Sockel der gewaltigen kannelierten Säule, auf deren Spitze die Statue des Großen Bruders in den südlichen Himmel blickte, wo er die eurasischen Flugzeuge (vor ein paar Jahren waren es noch die ostasiatischen gewesen) in der Schlacht um das Landefeld Eins geschlagen hatte. Auf der Straße davor stand ein Reiterdenkmal, das Oliver Cromwell darstellen sollte. Fünf Minuten nach neunzehn Uhr war das Mädchen noch immer nicht da. Wieder packte Winston diese schreckliche Angst. Sie kam nicht, sie hatte es sich anders überlegt! Er ging langsam zur Nordseite des Platzes und empfand ein schales Vergnügen, als er die St. Martin's Kirche wiedererkannte, deren Glocken einst, als sie noch Glocken hatte, »Die kosten drei Farthing« geläutet hatten. Dann entdeckte er das Mädchen, das am Sockel des Denkmals stand und ein Plakat, das sich spiralförmig an der Säule hochschraubte, studierte oder wenigstens so tat. Solange sich nicht noch mehr Leute zusammengerottet hatten, konnte er sich ihr nicht gefahrlos nähern. Von allen Giebeln starrten Teleschirme. Doch in diesem Moment ertönte Geschrei und von irgendwo links das Brummen schwerer Fahrzeuge. Plötzlich schien alles über den Platz zu stürmen. Das Mädchen glitt flink um die Löwen am Sockel des Denkmals herum und rannte hinterher. Winston folgte ihr. Im Laufen entnahm er einigen lautstarken Äußerungen, daß ein Konvoi mit eurasischen Gefangenen vorbeifuhr.

Schon blockierte eine dichte Menschenmenge die Südseite des Platzes. Winston, der unter normalen Umständen zu denen gehörte, die bei einem Getümmel immer dem Außenrand zustreben, rempelte, schlängelte und boxte sich ins Zentrum des Gedränges vor. Bald stand er nur noch eine Armeslänge von dem Mädchen entfernt, aber ein gewaltiger Prole und ein beinahe ebenso gewaltiges Weib, vermutlich seine Ehefrau, versperrten ihm als unüberwindlich scheinender Fleischberg den Weg. Winston drehte sich mühsam seitwärts und schaffte es mit einem heftigen Stoß, seine Schulter zwischen die beiden zu zwängen. Einen Moment hatte er das Gefühl, als würden seine Gedärme zwischen zwei muskulösen Hüften zu Brei zerdrückt, dann war er, leicht schwitzend, durchgebrochen und befand sich neben dem Mädchen. Sie standen Schulter an Schulter und blickten starr geradeaus.

Eine lange Kolonne von Lastwagen, auf denen in allen vier Ecken stumpfgesichtige Wachen mit Maschinenpistolen standen, rollte langsam die Straße hinunter. Auf den Ladeflächen kauerten dicht zusammengepfercht kleine gelbe Männer in zerlumpten grünlichen Uniformen. Ihre traurigen Mongolengesichter blickten völlig teilnahmslos über die Seitenwände der Lastwagen. Ab und zu hörte man Metall klirren, wenn einer holperte: alle Gefangenen trugen Fußfesseln. Wagenladung auf Wagenladung rollten die traurigen Gesichter vorüber. Winston wußte, daß sie da waren, doch er sah sie nur sporadisch. Die Schulter und der Oberarm des Mädchens waren an seine Schulter und seinen Oberarm gepreßt. Ihre Wange war ihm so nah, daß er fast ihre Wärme spüren konnte. Genau wie in der Kantine nahm sie auch jetzt gleich die Situation in die Hand. Sie begann mit derselben tonlosen Stimme wie vorhin zu sprechen, fast ohne die Lippen zu bewegen, ein Flüstern nur, das im Stimmenlärm und im Rumpeln der Lastwagen leicht unterging.

»Hörst du mich?«

»Ja.«

»Kannst du Sonntagnachmittag weg?«

»Ja.«

»Dann paß gut auf. Du mußt es genau behalten. Geh zur Paddington Station –«

Mit verblüffender, fast militärischer Präzision skizzierte sie ihm die Route, die er nehmen sollte. Eine halbstündige Zugfahrt; vom Bahnhof aus dann links halten; zwei Kilometer die Straße entlang: ein Gattertor, dem die oberste Querstange fehlte; ein Stück den Ackerrain entlang; ein grasüberwachsener Weg; ein Pfad zwischen Büschen; ein abgestorbener, bemooster Baum. Sie schien geradezu eine

Landkarte im Kopf zu haben. »Kannst du alles behalten?« flüsterte sie schließlich.

»Ja,«

»Du gehst links, dann rechts, dann wieder links. Und dem Gatter fehlt die oberste Stange.«

»Ja. Wann?«

»Gegen fünfzehn Uhr. Du mußt vielleicht warten. Ich nehme einen anderen Weg. Bist du sicher, daß du auch alles behältst?«

»Ja.«

»Dann geh jetzt so schnell wie möglich.«

Das hätte sie ihm nicht zu sagen brauchen. Aber im Moment konnten sie sich nicht aus der Menge herauswinden. Die Lastwagen rollten noch immer vorbei, die Leute gafften noch immer unersättlich. Zuerst hatte es ein paar Buhs und Pfiffe gegeben, doch die waren nur von den Parteimitgliedern in der Menge gekommen und bald wieder verstummt. Das vorherrschende Gefühl war schlicht Neugier. Ausländer, ob aus Eurasien oder aus Ostasien, waren so etwas wie fremdländische Tiere. Man bekam sie buchstäblich nur als Gefangene zu Gesicht, und auch dann nur ganz flüchtig. Genausowenig wußte man, was mit ihnen passierte – mit Ausnahme der paar, die als Kriegsverbrecher gehängt wurden; die anderen verschwanden einfach, vermutlich in Zwangsarbeitslagern. Die runden Mongolengesichter waren jetzt mehr europäischen Gesichtern gewichen: dreckig, bärtig und erschöpft. Augen über struppigen Wangen blickten Winston mit seltsamer Eindringlichkeit an und waren dann wieder verschwunden. Der Konvoi näherte sich dem Ende. Im letzten Lastwagen konnte er einen älteren Mann sehen, dessen Gesicht ein Wust grauer Haare war und der aufrecht stand und die Handgelenke vor sich gekreuzt hielt, als sei er es gewohnt, sie in Fesseln zu tragen. Es wurde Zeit, daß Winston und das Mädchen sich trennten. Aber im letzten Moment, während sie von der Menge noch eingekeilt waren, tastete ihre Hand nach seiner und drückte sie flüchtig.

Es konnten keine zehn Sekunden gewesen sein, und doch schienen sich ihre Hände lange umklammert zu haben. Er fand Zeit, jede Einzelheit ihrer Hand zu studieren. Er erforschte die langen Finger, die ebenmäßig geformten Nägel, den Handteller mit der Hornhaut und den Arbeitsschwielen, das weiche Fleisch unter dem Handgelenk. Jetzt, wo er sie gefühlt hatte, würde er sie jederzeit auch mit Blicken wiedererkennen. Im selben Moment fiel ihm ein, daß er nicht wußte, welche Farbe ihre Augen hatten. Wahrscheinlich waren sie braun, aber Menschen mit schwarzem Haar hatten manchmal auch blaue Augen. Den Kopf zu drehen und sie anzuschauen wäre eine unvorstellbare Torheit gewesen. Mit verschlungenen Händen, unsichtbar im Gedränge der Leiber, starrten sie unverwandt geradeaus, und statt der Augen des Mädchens blickten Winston die Augen des alten Gefangenen traurig aus dem Haargestrüpp an.

II

Winston folgte dem licht- und schattengefleckten Weg, und überall, wo sich die Zweige teilten, trat er in goldene Teiche. Unter den Bäumen zu seiner Linken lag ein Nebel aus Glockenblumen über dem Boden. Die Luft liebkoste die Haut. Es war der zweite Mai. Tiefer drinnen im Wald rucksten Ringeltauben.

Er hatte sich ein wenig verfrüht. Die Fahrt war problemlos verlaufen, und das Mädchen hatte so ganz offensichtlich Erfahrung, daß er sich weniger ängstigte, als er es normalerweise getan haben würde. Man konnte sich vermutlich darauf verlassen, daß sie einen sicheren Ort wußte. Im allgemeinen durfte man nicht davon ausgehen, daß man auf dem Land wesentlich sicherer war als in London. Teleschirme gab es hier natürlich nicht, doch es bestand immer die Gefahr versteckter Mikrofone, mit denen Stimmen aufgenommen und vielleicht identifiziert werden konnten; außerdem war es gar nicht leicht, allein auf Reisen zu gehen, ohne Aufmerksamkeit zu erregen. Für Entfernungen unter hundert Kilometern brauchte man keinen Paßvermerk, aber manchmal trieben sich auf den Bahnhöfen Streifen herum, die die Papiere jedes Parteimitglieds überprüften und lästige Fragen stellten. Es waren jedoch keine Streifen aufgetaucht, und auf dem Marsch vom Bahnhof hierher hatte er sich immer wieder vorsichtig umgedreht, um sicherzugehen, daß er nicht verfolgt wurde. Der Zug wimmelte von Proles, die wegen des sommerlichen Wetters in Ferienlaune waren. Das mit Holzbänken bestückte Abteil, in dem er reiste, war von einer Großfamilie mehr als in Beschlag genommen worden; von der zahnlosen Urgroßmutter bis zum Neugeborenen waren sie unterwegs, um einen Nachmittag bei »angeheirateten Verwandten« auf dem Land zu verbringen und, wie sie Winston freimütig erklärten, etwas Schwarzmarktbutter zu organisieren.

Der Weg verbreiterte sich, und eine Minute später gelangte er zu dem Fußpfad, von dem sie gesprochen hatte: nicht mehr als eine Trampelspur, die in die Büsche tauchte. Er hatte keine Uhr, doch es konnte noch nicht fünfzehn Uhr sein. Die Glockenblumen wuchsen so dicht, daß man ihnen fast nicht ausweichen konnte. Er kniete sich hin und begann ein paar zu pflücken, teils um sich die Zeit zu vertreiben, teils aber auch aus der vagen Vorstellung heraus, daß er dem Mädchen zur Begrüßung gern einen Blumenstrauß überreichen würde. Er hatte einen großen Bund Glockenblumen gesammelt und sog ihren schwachen Duft ein, da ließ ihn ein Geräusch in seinem Rücken erstarren: das unverkennbare Knacken eines Zweigs unter einem Fuß. Er pflückte weiter Glockenblumen. Es war das Klügste, was er tun konnte. Es konnte das Mädchen sein, vielleicht war er aber doch verfolgt worden. Sich umzusehen käme einem Schuldbekenntnis gleich. Er pflückte Glockenblume um Glockenblume. Eine Hand legte sich sanft auf seine Schulter.

Er blickte auf. Es war das Mädchen. Sie schüttelte den Kopf, augenscheinlich, um ihn zum Stillsein zu ermahnen, dann teilte sie die Büsche und ging rasch auf dem schmalen Pfad voran, der in den Wald führte. Sie kannte den Weg offensichtlich, denn sie wich den sumpfigen Stellen routiniert aus. Winston folgte ihr, noch immer den Blumenstrauß in der Faust. Sein erstes Gefühl war Erleichterung gewesen, aber als er den kräftigen, schlanken Körper jetzt vor sich hergehen sah, mit der scharlachroten Schärpe, die gerade so eng saß, daß der Schwung ihrer Hüften zur Geltung kam, plagten ihn Minderwertigkeitsgefühle. Sogar jetzt noch schien es durchaus wahrscheinlich, daß sie, wenn sie sich umdrehte und ihn ansah, einen Rückzieher machen würde. Die linde Luft und das Grün der Blätter entmutigten ihn. Schon auf dem Weg vom Bahnhof hatte er sich in der Maisonne schmutzig und bleichsüchtig gefühlt, wie ein Stubenhocker, dem der Rußstaub Londons in allen Poren steckte. Ihm wurde klar, daß sie ihn bis jetzt wahrscheinlich noch nie bei Tageslicht, unter freiem Himmel gesehen hatte. Sie kamen zu dem umgestürzten Baum, den sie erwähnt hatte. Das Mädchen hüpfte darüber hinweg und bog das scheinbar undurchdringliche Gebüsch auseinander. Als Winston ihr folgte, entdeckte er, daß sie auf einer natürlichen Lichtung standen, einem winzigen Grasbuckel, den ringsum Baumschößlinge umschlossen. Das Mädchen blieb stehen und wandte sich um.

»Da wären wir«, sagte sie.

Er stand ihr in einigen Schritten Entfernung gegenüber. Noch wagte er nicht, sich ihr zu nähern.

»Auf dem Weg wollte ich nicht reden«, fuhr sie fort, »für den Fall, daß es dort ein verstecktes Mikro gibt. Ich glaube es zwar nicht, aber es wäre immerhin möglich. Es läßt sich nie ausschließen, daß eins von den Schweinen einen an der Stimme erkennt. Hier kann uns nichts passieren.«

Er hatte noch immer nicht den Mut, sich ihr zu nähern. »Hier kann uns nichts passieren?« wiederholte er dümmlich.

»Nein. Schau dir doch die Bäume an.« Es waren kleine Eschen, die man irgendwann abgeholzt hatte und die dann wieder zu einem Gehölz von Stangen aufgeschossen waren, keine dicker als ein Handgelenk. »Alle zu klein, um ein Mikro drin zu verstecken. Und außerdem war ich hier schon.«

Sie machten bloß Konversation. Er hatte sich ihr allmählich genähert. Sie stand kerzengerade vor ihm, mit einem leisen ironischen Lächeln, als frage sie sich, warum er nicht schneller zur Sache kam. Die Glockenblumen waren wie von selbst in einer Kaskade zu Boden gefallen. Er nahm ihre Hand.

»Kaum zu glauben«, sagte er, »daß ich bis eben nicht wußte, welche Farbe deine Augen haben.« Sie waren braun, stellte er fest, eigentlich mehr hellbraun, mit schwarzen Wimpern. »Gefalle ich dir noch, jetzt, wo du mich richtig angeschaut hast?«

»Und wie.«

»Ich bin neununddreißig. Ich habe eine Frau, die ich nicht loswerde, dazu Krampfadern und fünf falsche Zähne.«

»Stört mich nicht im geringsten«, sagte das Mädchen.

Im nächsten Moment lag sie in seinen Armen; durch wessen Zutun, ließ sich schwer sagen. Anfangs empfand er nur schiere Ungläubigkeit. Der jugendliche Körper drängte sich an ihn, das volle schwarze Haar berührte sein Gesicht, und ja! – sie hatte wirklich das Gesicht ihm entgegengehoben, und er küßte den großen roten Mund. Sie hatte die Arme um seinen Nacken geschlungen, nannte ihn Liebling, Schatz, Geliebter. Er hatte sie zu Boden gezogen, sie ließ es widerstandslos geschehen, er konnte mit ihr tun, was er wollte. Aber er empfand körperlich nichts, außer der bloßen Berührung. Er empfand nur Ungläubigkeit und Stolz. Er freute sich über das, was geschah, doch er verspürte kein körperliches Verlangen. Es war alles zu rasch gegangen, ihre Jugend und Anmut hatten ihn eingeschüchtert, er war zu sehr gewohnt, ohne Frauen zu leben – er wußte nicht, woran es lag. Das Mädchen richtete sich auf und zupfte eine Glockenblume aus dem Haar. Sie lehnte sich im Sitzen an ihn und legte ihm den Arm um die Hüfte.

»Macht nichts, Liebster. Kein Grund zur Eile. Wir haben

noch den ganzen Nachmittag. Ist das nicht ein tolles Versteck? Ich hab's mal auf einer Volkswanderung entdeckt, bei der ich mich verlaufen hatte. Falls jemand kommen sollte, kann man ihn schon auf hundert Meter Entfernung hören.«

»Wie heißt du?« fragte Winston.

»Julia. Wie du heißt, weiß ich. Winston – Winston Smith.«

»Wie hast du das rausgefunden?«

»Im Rausfinden bin ich, glaub' ich, besser als du, mein Schatz. Was hast du eigentlich früher von mir gehalten, bevor ich dir den Zettel zusteckte?«

Er fühlte sich nicht versucht, sie zu belügen. Es war sogar eine Art Liebeserklärung, das Schlimmste gleich zu Anfang zu sagen.

»Ich konnte dich nicht ausstehen«, sagte er. »Ich wollte dich vergewaltigen und anschließend ermorden. Vor zwei Wochen dachte ich ernstlich daran, dir mit einem Pflasterstein den Schädel einzuschlagen. Und wenn du es ganz genau wissen willst, ich dachte, du hättest etwas mit der Gedankenpolizei zu tun.«

Das Mädchen lachte entzückt und wertete das offensichtlich als Kompliment für ihre ausgezeichnete Tarnung.

»Mit der Gedankenpolizei? Hast du das ehrlich geglaubt?«

»Na ja, also, vielleicht nicht so ganz. Aber so, wie du aussiehst – ich meine doch bloß, weil du jung und frisch und gesund bist –, da dachte ich eben, daß du wahrscheinlich –«

»Du dachtest, ich sei ein gutes Mitglied der Partei. Keusch in Wort und Tat. Transparente, Umzüge, Parolen, Sport, Volkswanderungen – all das. Und du dachtest, ich würde dich bei der erstbesten Gelegenheit als Gedanken-Verbrecher denunzieren und abmurksen lassen?«

»Ja, so in etwa. Viele junge Mädchen sind schließlich so.«

»Das liegt bloß an diesem Scheißding hier«, sagte sie, riß

sich die scharlachrote Schärpe der Junioren Anti-Sex Liga herunter und warf sie über einen Ast. Dann schien ihr etwas einzufallen, denn sie suchte in den Taschen ihres Overalls herum und brachte schließlich ein Täfelchen Schokolade zum Vorschein. Sie brach es entzwei und gab eine Hälfte Winston. Noch bevor er sie genommen hatte, erkannte er am Geruch, daß es sehr ungewöhnliche Schokolade war. Dunkel und glänzend und in Silberpapier verpackt. Schokolade war normalerweise ein stumpf-braunes, bröseliges Zeug, dessen Aroma am ehesten noch an Müllverbrennung denken ließ. Doch irgendwann einmal hatte er eine Schokolade gekostet, die so war wie das Stück, das sie ihm eben gegeben hatte. Gleich der erste Duft hatte eine Erinnerung in ihm geweckt, die er nicht genau einordnen konnte, die aber stark und beunruhigend war.

»Woher hast du das Zeug?« fragte er.

»Schwarzmarkt«, sagte sie unbeteiligt. »Ich gehöre tatsächlich zu dieser Sorte Mädchen, nach außen hin jedenfalls. Ich bin gut im Sport. Ich war Zugführerin bei den ›Spitzeln‹. Ich leiste an drei Abenden in der Woche Freiwilligenarbeit für die Junioren Anti-Sex Liga. Stunden habe ich damit verbracht, ganz London mit ihren blödsinnigen Anschlägen vollzukleben. Bei Umzügen trage ich immer die eine Stange des Transparents. Ich wirke stets fröhlich und drücke mich vor nichts. Man muß mit den Wölfen heulen, lautet meine Devise. Nur so ist man vor ihnen sicher.«

Das erste Stückchen Schokolade war auf Winstons Zunge zergangen. Es schmeckte herrlich. Aber immer noch trieb dicht unter seiner Bewußtseinsschwelle diese Erinnerung – eine nachhaltige Empfindung, die sich jedoch nicht fest umreißen ließ, wie ein Gegenstand, den man nur aus den Augenwinkeln sieht. Er verdrängte sie und wußte nur, daß es die Erinnerung an eine Tat war, die er gern ungeschehen gemacht hätte.

»Du bist sehr jung«, sagte er. »Zehn oder fünfzehn Jahre

jünger als ich. Was findest du bloß an einem Mann wie mir?«

»Es war etwas in deinem Gesicht. Ich dachte mir, ich riskier's. Ich hab' einen Blick für Leute, die nicht dazugehören. Gleich als ich dich sah, wußte ich, daß du gegen sie bist.«

Mit »sie« meinte Julia offensichtlich die Partei, und vor allem die Innere Partei, über die sie mit so unverstellt-höhnischem Haß sprach, daß Winston unbehaglich dabei wurde, obwohl er wußte, daß sie, wenn überhaupt irgendwo, dann hier sicher waren. Ihre derbe Ausdrucksweise verblüffte ihn. Parteimitglieder sollten nicht fluchen, und Winston selbst fluchte sehr selten, jedenfalls nicht laut. Julia jedoch schien von der Partei, und speziell von der Inneren Partei, nur in solchen Ausdrücken reden zu können, wie man sie in feuchten Torgängen mit Kreide an die Wände geschmiert fand. Es störte ihn nicht. Es war lediglich *ein* Symptom ihrer Revolte gegen die Partei und deren Methoden, und irgendwie wirkte es natürlich und gesund, wie das Schnauben eines Pferdes, dem der Geruch von schlechtem Heu in die Nüstern sticht. Sie hatten die Lichtung verlassen und schlenderten wieder durch das Wechselspiel der Schatten, die Arme umeinandergelegt, sooft der Weg breit genug war, um nebeneinander gehen zu können. Er glaubte zu spüren, wieviel weicher ihre Hüfte jetzt ohne die Schärpe war. Sie flüsterten nur miteinander. Außerhalb der Lichtung, meinte Julia, wäre es besser, unterwegs zu schweigen. Bald hatten sie den Rand des kleinen Waldes erreicht. Sie hielt ihn zurück.

»Bleib in Deckung. Es könnte uns jemand beobachten. Hinter den Zweigen kann uns nichts passieren.«

Sie standen im Schatten von Haselnußsträuchern. Das durch unzählige Blätter gefilterte Sonnenlicht glühte noch auf ihren Gesichtern. Winston blickte zu dem Feld hinüber und hatte das sonderbare, erschreckende Erlebnis des Wiedererkennens. Er kannte das Feld. Eine alte, abgefressene Weide, mit einem Fußweg, der sich hindurchwand, und hier und da einem Maulwurfshügel. In der verwilderten Hecke auf der gegenüberliegenden Feldseite wiegten sich die Zweige der Ulmen unmerklich in der milden Brise, und ihre Blätter wogten in dichten Wellen wie Frauenhaar. Bestimmt gab es irgendwo in der Nähe, wenn auch außer Sichtweite, einen Bach mit grünen Gumpen, in denen sich Weißfische tummelten.

»Ist hier nicht irgendwo ein Bach in der Nähe?« flüsterte er.

»Stimmt, es gibt einen. Und zwar am nächsten Feldrand. Es sind Fische drin, große fette Brocken. Man kann ihnen zusehen, wie sie in den Gumpen unter den Weiden stehen und mit den Schwanzflossen wedeln.«

»Beinahe wie im Goldenen Land«, murmelte er.

»Was für ein Goldenes Land?«

»Nichts Besonderes, ehrlich. Eine Landschaft, die ich manchmal im Traum gesehen habe.«

»Schau mal«, flüsterte Julia.

Eine Drossel hatte sich auf einem Zweig keine fünf Meter von ihnen entfernt und fast in Augenhöhe niedergelassen. Sie hatte die beiden vermutlich nicht bemerkt, da sie in der Sonne saß und die zwei im Schatten standen. Sie breitete die Flügel aus, faltete sie sorgfältig wieder zusammen, duckte kurz den Kopf wie zur Huldigung an die Sonne und begann dann aus voller Kehle zu singen. In der Nachmittagsstille wirkte die Lautstärke verblüffend. Winston und Julia hielten sich gebannt umschlungen. Das Lied erklang immer weiter, Minute um Minute, mit erstaunlichen Variationen, ohne eine einzige Wiederholung, fast so, als prahle der Vogel bewußt mit seiner Virtuosität. Manchmal hielt er einige Sekunden inne, breitete die Flügel aus und faltete sie wieder, schwellte dann die gesprenkelte Brust und schmetterte erneut los. Winston beobachtete ihn mit vager Ehrfurcht. Für wen, wozu sang dieser Vogel? Kein Weibchen, kein Rivale beobachtete ihn. Was veranlaßte ihn, an einem einsamen Waldrand zu sitzen und sein Lied ins Nichts zu verströmen? Er fragte sich, ob nicht doch irgendwo in der Nähe ein Mikrofon versteckt war. Er und Julia hatten nur miteinander geflüstert, ihre Worte würde es also nicht auffangen, wohl aber den Gesang der Drossel. Vielleicht lauschte am anderen Ende der Leitung gespannt ein kleiner, käferartiger Mann – lauschte *dem* hier. Doch allmählich vertrieb die Flut der Töne all seine Spekulationen. Sie überströmte ihn wie eine Flüssigkeit und vermischte sich mit dem Sonnenlicht, das durch das Laubwerk filterte. Er hörte zu denken auf und empfand nur noch. Die Hüfte des Mädchens lag weich und warm in seiner Armbeuge. Er zog Julia an sich, bis sie Brust an Brust standen; ihr Körper schien mit seinem zu verschmelzen. Wo seine Hände ihn berührten, war er überall nachgiebig wie Wasser. Ihre Lippen fanden sich; das waren nicht mehr die zarten Küsse von vorhin. Als ihre Gesichter sich schließlich wieder trennten, seufzten beide tief auf. Der Vogel erschrak und floh mit flappenden Flügeln.

»Jetzt«, flüsterte Winston ihr ins Ohr.

»Nicht hier«, flüsterte sie zurück. »Laß uns wieder ins Versteck gehen. Das ist sicherer.«

Rasch bahnten sie sich durch knackende Zweige den Weg zurück zur Lichtung. Als sie wieder im Ring der Schößlinge standen, wandte sie sich um und sah ihn an. Sie atmeten beide heftig, doch es lag wieder ein Lächeln um Julias Mundwinkel. Sie musterte ihn einen Augenblick und tastete dann nach dem Reißverschluß ihres Overalls. Und – ja, es war beinahe wie in seinem Traum. Fast ebenso schnell wie in seiner Phantasie hatte sie sich die Kleider vom Leib gerissen, und als sie sie beiseite schleuderte, geschah es mit der gleichen herrlichen Geste, mit der eine ganze Zivilisation weggefegt zu werden schien. Ihr Körper schimmerte weiß in der Sonne. Doch einen Moment lang betrachtete er ihn nicht; seine Augen waren gefangen von dem sommersprossigen Gesicht mit seinem leisen, kühnen Lächeln. Er kniete sich vor sie hin und nahm ihre Hände.

»Hast du es schon mal gemacht?«

»Natürlich. Schon hundertmal – also, dutzendmal jedenfalls.«

»Mit Parteimitgliedern?«

»Ja, immer mit Parteimitgliedern.«

»Mit Mitgliedern der Inneren Partei?«

»Nein, mit den Schweinen nicht. Aber es gibt jede Menge, die *würden* gern, wenn sie bloß halbwegs die Chance dazu hätten. Die sind nicht so heilig, wie sie tun.«

Sein Herz schlug höher. Dutzende Male hatte sie es gemacht: er wünschte sich, es wäre hundert-, ja tausendmal gewesen. Alles, was auf Korruption hindeutete, erfüllte ihn stets mit wilder Hoffnung. Wer weiß, vielleicht war die Partei unter der Oberfläche verrottet, ihr Tüchtigkeits- und Selbstverleugnungskult bloß eine Maskerade der Lasterhaftigkeit. Wie liebend gern hätte er die ganze Bande mit Lepra oder Syphilis infiziert! Er hätte alles getan, was morsch machte, schwächte, unterminierte! Er zog sie zu sich herunter, bis sie einander gegenüber knieten.

»Hör zu. Je mehr Männer du gehabt hast, desto mehr liebe ich dich. Begreifst du das?«

»Vollkommen.«

»Ich hasse die reinen Seelen, ich hasse die Tugendhaftigkeit! Ich will, daß alle bis ins Mark korrupt sind.«

»Dann bin ich genau die Richtige für dich, Liebling. Ich bin nämlich bis ins Mark korrupt.«

»Machst du's gern? Ich meine, nicht nur mit mir: ich meine überhaupt?«

»Ich schwärme dafür.«

Vor allem das wollte er hören. Nicht bloß die Liebe zu einem Menschen, sondern der animalische Trieb, die simple, unterschiedslose Begierde: das war die Kraft, die die Partei in Stücke sprengen würde. Er drückte sie ins Gras, zwischen die heruntergefallenen Glockenblumen. Diesmal ging alles problemlos. Bald beruhigte sich ihr stoßweiser Atem wieder, und sie sanken in schöner Hilflosigkeit auseinander. Die Sonne schien heißer zu brennen. Beide waren schläfrig. Er griff nach dem abgestreiften Overall und deckte sie damit ein wenig zu. Sie schlummerten beinahe sofort ein und schliefen rund eine halbe Stunde.

Winston erwachte zuerst. Er setzte sich auf und betrachtete das sommersprossige Gesicht, das in ihrer Hand noch friedlich ruhte. Bis auf ihren Mund konnte man Julia eigentlich nicht hübsch nennen. Wenn man genau hinsah, entdeckte man um die Augen ein paar Fältchen. Das kurze schwarze Haar war ungewöhnlich dicht und weich. Ihm fiel ein, daß er ihren Nachnamen und ihre Adresse noch immer nicht kannte.

Der junge, kräftige Körper, im Schlaf jetzt hilflos, erweckte in ihm Mitleid und den Wunsch, sie zu beschützen. Aber die unbekümmerte Zärtlichkeit, die er unter dem Haselnußstrauch beim Gesang der Drossel empfunden hatte, hatte sich nicht wieder eingestellt. Er zog den Overall weg und betrachtete ihre glatte, weiße Haut. Früher, dachte er, da sah ein Mann den Körper eines Mädchens an und fand ihn begehrenswert, und damit Schluß. Aber heute gab es weder reine Liebe noch reine Lust. Kein Gefühl war mehr rein, denn alles war mit Angst und Haß vermischt. Ihre Umarmung war eine Schlacht gewesen, der Orgasmus ein Sieg. Es war ein gegen die Partei geführter Schlag. Ein politischer Akt.

III

»Wir können noch einmal hierherkommen«, sagte Julia. »In der Regel kann man es riskieren, jedes Versteck zweimal zu benutzen. Mit ein bis zwei Monaten Abstand natürlich.«

Sobald sie aufgewacht war, hatte sich ihr Benehmen geändert. Sie wurde rege und geschäftsmäßig, zog sich an, knotete die Scharlachschärpe um die Hüften und begann die Einzelheiten der Rückreise zu planen. Es erschien ganz selbstverständlich, ihr das zu überlassen. Sie war offenkundig praktisch veranlagt, etwas, das Winston abging, und schien auch über eine erschöpfende Kenntnis der ländlichen Umgebung Londons zu verfügen, die sie auf zahllosen Volkswanderungen gesammelt hatte. Die Route, die sie ihm nannte, verlief ganz anders als die, auf der er hergekommen war, und brachte ihn zu einem anderen Bahnhof. »Dein Rückweg soll immer anders sein als dein Hinweg«, sagte sie, als verkünde sie ein wichtiges Prinzip. Sie würde zuerst aufbrechen, und Winston sollte eine halbe Stunde warten, bevor er ihr nachkam.

Sie hatte ihm einen Ort genannt, wo sie sich vier Tage später, abends nach Arbeitsschluß, treffen konnten. Es war eine Straße in einem der ärmeren Viertel mit einem offenen Markt, auf dem normalerweise Lärm und Gedränge herrschten. Sie würde zwischen den Ständen herumgehen und so tun, als suche sie nach Schnürsenkeln oder Nähgarn.

Wenn sie glaubte, daß die Luft rein war, würde sie sich bei seinem Auftauchen die Nase putzen; andernfalls sollte er grußlos an ihr vorbeigehen. Doch mit etwas Glück würden sie inmitten der Menschenmenge gefahrlos eine Viertelstunde miteinander reden und ein neues Treffen vereinbaren können.

»Und jetzt muß ich gehen«, sagte sie, sobald er sich alles eingeprägt hatte. »Ich werde um neunzehn Uhr dreißig zurückerwartet. Ich muß zwei Stunden für die Junioren Anti-Sex Liga opfern, Broschüren verteilen und so. Beschissen, was? Bürste mich doch mal ab, ja. Keine Zweige im Haar? Bist du sicher? Also dann, leb wohl, Liebling, leb wohl!«

Sie warf sich in seine Arme, küßte ihn beinahe stürmisch, bahnte sich einen Moment später ihren Weg durch die Schößlinge und verschwand fast lautlos im Wald. Noch immer kannte er weder ihren Nachnamen noch ihre Adresse. Aber das machte nichts, denn es war undenkbar, daß sie sich jemals in einem Raum treffen oder schriftlich miteinander in Verbindung treten würden.

Zu der Lichtung im Wald sollten sie nie zurückkehren. Im Mai fanden sie nur noch einmal Gelegenheit, sich zu lieben. Das war in einem anderen Versteck, das Julia kannte, im Glockenturm einer Kirchenruine in einem fast völlig verlassenen Landstrich, auf den vor dreißig Jahren eine Atombombe gefallen war. Wenn man es einmal erreicht hatte, dann war es ein gutes Versteck, aber der Weg dorthin war sehr gefährlich. Im übrigen konnten sie sich nur auf der Straße treffen, jeden Abend woanders und nie länger als eine halbe Stunde. Auf der Straße konnten sie sich meist recht und schlecht unterhalten. Wenn sie sich die belebten Gehsteige hinuntertreiben ließen, niemals direkt nebeneinander und ohne sich anzusehen, führten sie eine merkwürdige, stockende Unterhaltung, die wie ein Leuchtfeuer aufblitzte und erlosch, beim Auftauchen einer Parteiuniform oder in der Nähe eines Teleschirms verstummte, Minuten später mitten im Satz wiederaufgenommen wurde und erneut abriß, wenn sie sich an der vereinbarten Stelle trennten, um dann am nächsten Tag fast übergangslos fortgesetzt zu werden. Julia schien an diese Art Unterhaltung, die sie »auf Raten reden« nannte, durchaus gewöhnt zu sein. Sie war auch erstaunlich geschickt darin, zu sprechen, ohne die Lippen zu bewegen. Während des nächsten Monats gelang es ihnen bei ihren abendlichen Treffen nur einmal, einen Kuß zu tauschen. Sie liefen gerade schweigend durch eine Seitenstraße (Julia redete nie, wenn sie sich von den Hauptstraßen entfernt hatten), als ein ohrenbetäubendes Getöse losbrach, die Erde sich aufbäumte, die Luft sich verdunkelte und Winston plötzlich auf der Seite lag, zerschunden und zu Tode erschrocken. Eine Raketenbombe mußte in nächster Nähe explodiert sein. Plötzlich sah er nur wenige Zentimeter vor sich Julias Gesicht, leichenblaß, kreidebleich. Sogar ihre Lippen waren weiß. Sie mußte tot sein! Er preßte sie an sich und merkte, daß er ein lebendiges, warmes Gesicht küßte. Doch irgendein pulveriges Zeug war seinen Lippen im Weg. Eine dicke Gipsschicht überzog ihre Gesichter.

Es gab Abende, da kamen sie an ihren Treffpunkt und mußten ohne ein Zeichen aneinander vorbeigehen, weil gerade eine Streife um die Ecke bog oder über ihnen ein Helikopter schwebte. Aber selbst wenn es weniger gefährlich gewesen wäre, hätte es dennoch Schwierigkeiten bereitet, Zeit für ein Treffen zu finden. Winstons Arbeitswoche hatte sechzig Stunden, Julias sogar noch mehr, und ihre freien Tage hingen vom jeweiligen Arbeitsdruck ab und deckten sich selten. Julia jedenfalls hatte kaum einen Abend ganz frei. Sie verbrachte erstaunlich viel Zeit mit dem Besuch von Vorträgen, der Teilnahme an Demonstrationen, dem Verteilen von Schriften der Junioren Anti-Sex Liga, dem Basteln von Transparenten für die Haßwoche, dem Sammeln für die Sparsamkeitskampagne und anderen Aktivitäten. Es zahle sich aus, sagte sie, es diene zur Tarnung. Wenn man die Regeln im kleinen einhalte, könne man sie im großen übertreten. Sie überredete Winston sogar dazu, einen weiteren Abend zu opfern und sich für die Teilzeit-Munitionsfabrikation zu verpflichten, eine Arbeit, die von strebsamen Parteimitgliedern freiwillig geleistet wurde. Also verbrachte Winston einmal pro Woche vier lähmend-langweilige Abendstunden mit dem Zusammenschrauben kleiner Metallteile, die wahrscheinlich zu Bombenzündern gehörten, in einer zugigen, schlechtbeleuchteten Werkstatt, wo sich das Klopfen der Hämmer trostlos mit der Musik von den Teleschirmen mischte.

Wenn sie sich auf dem Kirchturm trafen, holten sie das nach, was sie während ihrer bruchstückhaften Unterhaltung nicht hatten sagen können. Es war ein glühender Nachmittag. Die Luft in dem kleinen viereckigen Raum über den Glocken war heiß und stickig und roch erdrükkend nach Taubenmist. Sie saßen stundenlang auf dem staubigen, mit Zweigen übersäten Boden und redeten; ab und zu stand einer von ihnen auf und warf einen Blick durch die Schießscharten, um sicherzugehen, daß niemand kam.

Julia war sechsundzwanzig. Sie wohnte zusammen mit dreißig anderen Mädchen in einem Heim (»Immer in dem Weibergestank! Ich hasse Frauen!« meinte sie einmal beiläufig) und arbeitete, wie er vermutet hatte, an den Kompositionsmaschinen in der Roman-Abteilung. Die Arbeit machte ihr Spaß; sie bestand hauptsächlich in der Bedienung und Wartung eines starken, aber trickreichen Elektromotors. Sie war »nicht clever«, arbeitete aber gern manuell und verstand es, mit Maschinen umzugehen. Sie konnte den ganzen Ablauf einer Romanherstellung beschreiben, angefangen bei den vom Planungskomitee ausgegebenen Richtlinien bis zum letzten Schliff, den die Umschreibgruppe gab. Doch das Endprodukt interessierte sie nicht. Sie ›mache sich nicht viel aus Lesen‹, erklärte sie. Bücher seien nur eine Ware wie Marmelade oder Schnürsenkel.

Über die frühen 60er Jahre hinaus besaß sie keinerlei Erinnerung, und als einziger Mensch in ihrem Umkreis hatte ein Großvater häufig von der Zeit vor der Revolution gesprochen. Er war verschwunden, als sie acht Jahre alt war. In der Schule war sie Kapitän der Hockeymannschaft gewesen und hatte in zwei aufeinanderfolgenden Jahren den Turnpokal gewonnen. Sie war Zugführerin bei den ›Spitzeln‹ und Zweigstellensekretärin in der Jugendliga gewesen, bevor sie in die Junioren Anti-Sex Liga eintrat. Ihr Führungszeugnis war stets ausgezeichnet gewesen. Man hatte sie sogar dazu ausgewählt (ein untrügliches Zeichen für einen guten Ruf), in Pornosek zu arbeiten, jener Untersektion der Roman-Abteilung, die billige, für den Verkauf an Proles bestimmte Pornographie herstellte. Die Leute, die dort arbeiteten, hätten der Sektion den Spitznamen ›Misthaufen‹ gegeben, erklärte sie. Sie war ein Jahr dort geblieben und hatte bei der Produktion folienverschweißter Büchlein mit Titeln wie *Klatschpopo* oder *Eine Nacht im Mädchenpensionat* geholfen, die von jungen Proles heimlich und mit dem Gefühl, etwas Illegales zu tun, gekauft werden sollten.

»Was sind das für Bücher?« fragte Winston neugierig.

»Ach, grauenhafter Schund. Echt langweilig. Es gibt bloß sechs Standardsituationen, aber die werden eben tüchtig gemixt. Ich hab' natürlich nur an den Kaleidoskopen gearbeitet. In der Umschreibgruppe war ich nie. Ich bin einfach nicht literarisch genug, mein Lieber – nicht einmal dafür.«

Er erfuhr zu seinem Erstaunen, daß in Pornosek, mit Ausnahme des Abteilungsleiters, nur Mädchen arbeiteten. Die Theorie lautete, daß Männer, deren Sexualtriebe weniger kontrollierbar waren als die von Frauen, anfälliger dafür seien, sich von dem Schmutz, mit dem sie sich beschäftigten, korrumpieren zu lassen.

»Sie wollen dort nicht einmal verheiratete Frauen haben«, ergänzte sie. »Von Mädchen glaubt man immer, sie seien so rein. Na, ich gehöre jedenfalls nicht dazu.«

Mit sechzehn hatte sie ihre erste Affäre gehabt, mit einem sechzigjährigen Parteimitglied, das später Selbstmord verübte, um der Verhaftung zu entgehen. »Bloß gut«, sagte Julia, »sonst hätten sie bei seinem Geständnis noch meinen Namen aus ihm rausgequetscht.« Seitdem hatte es zahlreiche andere gegeben. Nach Julias Auffassung war das Leben ganz einfach. Man wollte sich amüsieren; »sie« (das hieß die Partei) wollten einen daran hindern; man brach die Regeln, so gut es eben ging. Es erschien ihr ebenso natürlich, daß »sie« einem das Vergnügen rauben wollten, wie daß man selbst sich nicht erwischen lassen wollte. Sie haßte die Partei und äußerte das auch in den derbsten Worten, doch sie übte keine grundsätzliche Kritik an ihr. Außer dort, wo es ihr eigenes Leben berührte, interessierte sie sich nicht für die Parteidoktrin. Winston fiel auf, daß sie keine Neusprechwörter benutzte außer denen, die in den täglichen Sprachgebrauch übergegangen waren. Sie hatte nie von der Bruderschaft gehört und weigerte sich auch, an ihre Existenz zu glauben. Jede organisierte Art von Revolte gegen die Partei, die sowieso zum Scheitern verurteilt sein mußte, fand sie idiotisch. Der Witz bei der Sache war, die Regeln zu brechen und trotzdem am Leben zu bleiben. Er fragte sich unwillkürlich, wie viele ihres Typs es wohl in der jüngeren Generation gab – Menschen, die in der Welt der Revolution großgeworden waren, nichts anderes kannten, die Partei für so unabänderlich wie den Himmel hielten und nicht gegen ihre Autorität rebellierten, sondern ihr einfach auswichen, wie ein hakenschlagendes Kaninchen einem Hund.

Über die Möglichkeit zu heiraten diskutierten sie nicht.

Sie war zu abwegig, um einen Gedanken daran zu verschwenden. Keine Kommission würde eine solche Ehe jemals genehmigen, nicht einmal dann, wenn man sich Katharine, Winstons Frau, irgendwie hätte vom Hals schaffen können. Sogar als Gedankenspiel war es eine hoffnungslose Sache.

»Wie war sie, deine Frau?« fragte Julia.

»Sie war – kennst du das Neusprechwort *gutdenkvoll*? Es bedeutet: von Natur aus orthodox, unfähig, einen schlechten Gedanken zu haben.«

»Nein, das Wort kannte ich nicht, doch die Sorte Mensch kenne ich zur Genüge.«

Er begann ihr die Geschichte seiner Ehe zu erzählen, aber merkwürdigerweise schien sie das Wesentliche davon bereits zu kennen. Sie beschrieb ihm, beinahe so, als habe sie es gesehen oder gefühlt, wie sich Katharines Körper versteifte, sobald er sie anfaßte, und wie sie ihn sogar dann noch mit aller Kraft von sich zu stoßen schien, wenn sie ihn mit den Armen fest an sich drückte. In Julias Gegenwart machte es ihm nichts aus, über solche Dinge zu reden: Katharine jedenfalls war schon längst keine schmerzliche Erinnerung mehr, nur noch eine lästige.

»Ich hätte es ertragen, wäre da nicht diese eine Sache gewesen«, sagte er. Er erzählte ihr von der frigiden kleinen Prozedur, der er sich auf Katharines Geheiß allwöchentlich am gleichen Abend unterziehen mußte. »Sie haßte es, aber sie ließ sich durch nichts davon abbringen. Sie nannte das immer – da kommst du nie drauf.«

»Unsere Pflicht gegenüber der Partei«, sagte Julia prompt.

»Woher weißt du das?«

»Ich bin schließlich auch zur Schule gegangen, mein Lieber. Einmal pro Monat Aufklärungsunterricht für die Mädchen über sechzehn. Plus Jugendbewegung. Jahrelang bekommt man das eingetrichtert. Und ich wette, es funktioniert. Aber sicher sein kann man da nie; die Leute sind so scheinheilig.«

Sie begann dieses Thema ausführlich zu erörtern. Bei Julia drehte sich im Endeffekt alles um ihre eigene Sexualität. Sobald es sich nur im entferntesten darum handelte, entwickelte sie großen Scharfsinn. Im Gegensatz zu Winston hatte sie den verborgenen Sinn des sexuellen Puritanismus der Partei erkannt. Es ging nicht nur darum, daß sich der Sexualtrieb eine eigene Welt schuf, die der Kontrolle der Partei entzogen blieb und deshalb, wenn möglich, zerstört werden mußte. Entscheidender war, daß der Sexualentzug Hysterie auslöste, ein erstrebenswertes Ziel, denn diese Hysterie konnte in Kriegsfieber und Führerverehrung umgewandelt werden. Julia drückte das folgendermaßen aus:

»Beim Liebesspiel verbrauchst du Energie; und hinterher fühlst du dich glücklich, und alles andere ist dir egal. Das können sie nicht dulden. Sie wollen, daß man ständig vor Energie platzt. Dies ganze Herummarschieren, Jubeln und Fahnenschwenken ist nichts weiter als sexuelle Frustration. Wenn man glücklich ist, warum sollten einen dann der Große Bruder und die Dreijahrespläne und der Zwei-Minuten-Haß und ihr ganzer anderer verdammter Dreck noch groß aufregen?«

Völlig richtig, dachte Winston. Es bestand da ein direkter Zusammenhang zwischen Keuschheit und politischer Orthodoxie. Die Partei brauchte die Angst, den Haß und die wahnsinnige Leichtgläubigkeit ihrer Mitglieder, denn wie sonst ließen sich diese Gefühle in der richtigen Spannung halten als dadurch, daß man einen mächtigen Trieb unterdrückte und ihn dann als Motor benutzte? Der Sexualtrieb gefährdete die Partei, und die Partei hatte ihn sich dienstbar gemacht. Beim Instinkt der Elternliebe hatten sie einen ähnlichen Trick angewandt. Die Familie ließ sich in der Tat nun einmal nicht abschaffen, und man ermunterte die Leute sogar dazu, ihre Kinder auf fast altmodische Weise zu verhätscheln. Die Kinder andererseits wurden systematisch gegen ihre Eltern aufgehetzt, angestiftet, sie zu bespitzeln und ihre Abweichungen von der Parteilinie zu melden. Die Familie war quasi zum verlängerten Arm der Gedankenpolizei geworden, eine Einrichtung, bei der man Tag und Nacht von Informanten umgeben war, die genauestens über einen Bescheid wußten.

Plötzlich mußte er wieder an Katharine denken. Katharine hätte ihn fraglos bei der Gedankenpolizei denunziert, wäre sie nicht zu dumm dazu gewesen, das Unorthodoxe seiner Ansichten zu erkennen. Doch eigentlich war die Erinnerung an sie durch die drückende Nachmittagshitze ausgelöst worden, die ihm den Schweiß auf die Stirn getrieben hatte. Er begann Julia von einem Ereignis, oder vielmehr Nicht-Ereignis, zu erzählen, das sich vor elf Jahren, ebenfalls an einem schwülen Sommertag, zugetragen hatte.

Es geschah drei oder vier Monate nach ihrer Heirat. Sie hatten sich während einer Volkswanderung irgendwo in Kent verlaufen. Sie waren nur ein paar Minuten hinter den anderen zurückgeblieben, nahmen aber eine falsche Abzweigung und standen kurz darauf am Rand eines alten Kreidesteinbruchs. Ein jäher Abgrund, zehn oder zwanzig Meter tief, unten lagen Blöcke. Es gab niemanden, den sie nach dem Weg hätten fragen können. Sobald Katharine merkte, daß sie sich verirrt hatten, wurde sie ganz unruhig. Auch nur einen Augenblick nicht bei der lärmenden Meute der Wanderer zu sein bereitete ihr Schuldgefühle. Sie wollte den Weg, den sie gekommen waren, zurücklaufen und in der anderen Richtung suchen. Doch in diesem Moment entdeckte Winston einige Büschel Johanniskraut, das in den Spalten der Felswand unter ihnen wuchs. Eine Pflanze war zweifarbig und trug anscheinend am selben Stamm purpur- und ziegelsteinrote Blüten. Er hatte so etwas noch nie gesehen und rief nach Katharine:

»Komm mal, Katharine! Schau dir diese Blumen an. Den

Tuff da, fast ganz unten. Der trägt zwei verschiedene Farben, siehst du's?«

Sie hatte schon gehen wollen, kehrte aber ziemlich mürrisch noch einmal kurz um. Sie beugte sich sogar über die Kante vor, um zu sehen, worauf er deutete. Er stand ein wenig hinter Katharine und legte ihr den Arm um die Hüfte, um ihr Halt zu geben. In diesem Moment begriff er plötzlich, daß sie völlig allein waren. Weit und breit kein Mensch; kein Blatt regte sich, nicht einmal ein Vogel. An so einem Ort war die Gefahr, daß ein Mikrofon versteckt war, äußerst gering, und selbst wenn es eins gab, würde es nur Geräusche aufnehmen. Es war die heißeste, schläfrigste Nachmittagsstunde. Die Sonne brannte auf sie herunter, der Schweiß kitzelte sein Gesicht. Und plötzlich dachte er . . .

»Warum hast du ihr nicht einen tüchtigen Schubs gegeben?« fragte Julia. »Ich hätt's getan.«

»Ja, Liebling, du hättest es getan. Und wäre ich damals der gewesen, der ich heute bin, hätte ich es auch getan. Oder vielleicht hätte ich – ich weiß es nicht.«

»Tut's dir leid, daß du's nicht gemacht hast?«

»Ja. Im Grunde bedauere ich es.«

Sie hockten nebeneinander auf dem staubigen Fußboden. Er zog sie an sich. Ihr Kopf lag auf seiner Schulter, der Duft ihres Haars überdeckte den Taubenmistgeruch. Sie ist sehr jung, dachte er, sie erwartet noch etwas vom Leben, sie begreift nicht, daß es keine Lösung ist, einen lästigen Menschen eine Felswand hinunterzustoßen.

»Es hätte auch nichts geändert«, sagte er.

»Warum tut es dir dann leid, daß du's nicht gemacht hast?«

»Nur weil ich lieber aktiv als passiv bin. Das Spiel, das wir spielen, können wir nicht gewinnen. Nur sind manche Fehlschläge eben einfach besser als andere.«

Er spürte, wie sie unwillig mit den Schultern zuckte. Sie

widersprach ihm immer, wenn er so etwas sagte. Sie wollte es nicht als Naturgesetz akzeptieren, daß das Individuum stets unterliegt. Sie wußte einerseits, daß sie dem Untergang geweiht war, daß die Gedankenpolizei sie früher oder später erwischen und töten würde, doch mit einem anderen Teil ihres Verstandes glaubte sie daran, daß es irgendwie möglich war, sich eine geheime Welt aufzubauen, in der man so leben konnte, wie es einem gefiel. Man brauchte nur etwas Dusel, Schläue und Dreistigkeit. Sie begriff nicht, daß so etwas wie Glück nicht existierte, daß der einzige Sieg in der fernen Zukunft lag, lange nachdem man selbst schon gestorben war, daß man sich von dem Moment an, da man der Partei den Krieg erklärte, besser als Leiche betrachtete.

»Wir sind Tote«, sagte er.

»Noch sind wir's nicht«, meinte Julia trocken.

»Körperlich nicht. Sechs Monate, ein Jahr – fünf Jahre vielleicht. Ich habe Angst vor dem Tod. Du bist jung, also hast du vermutlich noch mehr Angst als ich. Wir werden ihn natürlich so lange wie möglich hinauszögern. Aber das macht kaum einen Unterschied. Solange Menschen Menschen bleiben, sind Tod und Leben ein und dasselbe.«

»Ach, Quatsch! Mit wem möchtest du lieber schlafen, mit mir oder mit einem Skelett? Macht es dir keinen Spaß zu leben? Fühlst du das denn nicht gerne: Das bin ich, das ist meine Hand, das ist mein Bein, ich bin wirklich da, man kann mich anfassen, ich lebe! Magst du *das* nicht?«

Sie drehte sich herum und drückte sich an ihn. Durch den Overall konnte er ihre Brüste spüren, reif und doch fest. Ein Teil der Jugend und Lebenskraft ihres Körpers schien auf ihn überzuströmen.

»Doch, das mag ich«, sagte er.

»Dann hör auf, vom Sterben zu reden. Und jetzt paß auf, Liebling, wir müssen unser nächstes Treffen planen. Wir könnten mal wieder die Stelle im Wald nehmen. Wir waren lange genug nicht dort. Aber diesmal mußt du auf einem anderen Weg hinkommen. Ich hab' mir schon alles überlegt. Du nimmst den Zug – aber schau mal her, ich mal's dir am besten auf.«

Und in ihrer praktischen Art scharrte sie den Staub zu einem kleinen Viereck zusammen und begann mit einem Zweig aus einem Taubennest eine Landkarte auf den Boden zu zeichnen.

IV

Winston blickte sich in dem schäbigen kleinen Zimmer über Mr. Charringtons Laden um. Neben dem Fenster stand das riesige Bett, hergerichtet mit zerrissenen Decken und einem nicht bezogenen Polsterkissen. Die altmodische Uhr mit dem Zwölferzifferblatt tickte auf dem Kaminsims. In der Ecke, auf dem Klapptischchen, schimmerte der gläserne Briefbeschwerer, den er bei seinem letzten Besuch gekauft hatte, sanft im Halbdunkel.

Auf dem Kaminvorsatz standen ein zerbeulter Petroleumkocher aus Blech, ein Topf und zwei Tassen, von Mr. Charrington zur Verfügung gestellt. Winston zündete den Kocher an und setzte Wasser auf. Er hatte ein Tütchen Victory Kaffee und ein paar Süßstofftabletten mitgebracht. Die Uhr zeigte zwanzig nach sieben: eigentlich war es 19.20 Uhr. Um 19.30 Uhr kam sie.

Wahnsinn, Wahnsinn, sagte ihm sein Herz immerzu: bewußter, grundloser, selbstmörderischer Wahnsinn. Von allen Verbrechen, die ein Parteimitglied begehen konnte, ließ sich dieses am allerwenigsten verheimlichen. Eigentlich war ihm der Gedanke zum erstenmal als Vision des sich auf der Platte des Klapptischs spiegelnden Glasbriefbeschwerers gekommen. Wie vorausgesehen, hatte Mr. Charrington beim Vermieten des Zimmers keinerlei Schwierigkeiten gemacht. Er war offenbar froh über die paar Dollar, die er dabei verdienen würde. Er schien auch weder schockiert, noch tat er beleidigend verständnisvoll, als sich herausstellte, daß Winston das Zimmer für ein Liebesverhältnis haben wollte. Er übte vielmehr Zurückhaltung und erging sich so taktvoll in allgemeinen Redensarten, daß man das Gefühl bekam, er habe sich teilweise in Luft aufgelöst. Die Privatsphäre, meinte er, sei etwas sehr Kostbares. Alle wollten schließlich ein Plätzchen haben, wo sie gelegentlich allein sein konnten. Und wenn sie dann so ein Plätzchen gefunden hätten, sei es ein selbstverständliches Gebot der Höflichkeit für jeden anderen, sein Wissen darüber für sich zu behalten. Er fügte sogar noch hinzu, und als er das tat, schien er sich vollends in Nichts aufzulösen, daß das Haus zwei Eingänge besitze, von denen einer über den Hinterhof auf eine Gasse führe.

Unter dem Fenster sang jemand. Winston spähte im Schutz des Musselinvorhangs hinaus. Die Junisonne stand noch hoch am Himmel, und unten auf dem sonnigen Hof stapfte ein Monstrum von einer Frau, wuchtig wie eine normannische Säule, mit stämmigen roten Unterarmen und einer Sackleinwandschürze, zwischen einem Zuber und einer Wäscheleine hin und her, an der sie eine Reihe viereckiger Sachen festklammerte, die Winston als Babywindeln erkannte. Immer wenn sie den Mund gerade einmal nicht voller Wäscheklammern hatte, sang sie mit kräftiger Altstimme:

> »Es war nur eine dumme Romanze
> und verging wie die Träne im Meer,
> doch ein Blick und ein Wort weckten Träume sofort
> und machen das Herz mir jetzt schwer.«

Das Lied geisterte seit Wochen durch ganz London. Es war einer von zahllosen ähnlichen Schlagern, die eine Untersektion der Musik-Abteilung für die Proles produzierte.

Die Texte dieser Schlager stellte ohne jedes menschliche Zutun ein Gerät her, der sogenannte Versifikator. Aber die Frau sang so melodisch, daß aus dem entsetzlichen Schwachsinn beinahe ein hübsches Lied wurde. Er konnte die Frau singen hören, das Scharren ihrer Schuhe auf den Steinfliesen, Kindergeschrei auf der Straße und irgendwo in der Ferne gedämpften Verkehrslärm, und doch wirkte das Zimmer dank des fehlenden Teleschirms merkwürdig still.

Wahnsinn, Wahnsinn, Wahnsinn! dachte er wieder. Es war unvorstellbar, daß sie sich hier länger als ein paar Wochen treffen konnten, ohne geschnappt zu werden. Doch die Versuchung, wirklich ein eigenes Versteck zu haben, in einem Raum in der Nähe, war für sie beide zu übermächtig gewesen. Nach ihrem Kirchturmbesuch war es einige Zeit unmöglich gewesen, ein Treffen zu arrangieren. Im Hinblick auf die bevorstehende Haßwoche hatte man die Zahl der Arbeitsstunden drastisch erhöht. Bis dahin dauerte es zwar noch einen Monat, doch die damit verbundenen umfangreichen und komplexen Vorbereitungen bürdeten jedermann Mehrarbeit auf. Endlich schafften es beide, am selben Tag einen freien Nachmittag zu bekommen. Sie hatten vereinbart, wieder zur Waldlichtung zu gehen. Am Abend vorher trafen sie sich kurz auf der Straße. Wie üblich sah Winston Julia kaum an, als sie in der Menge aufeinander zutrieben, doch nach dem kurzen Blick zu urteilen, den er ihr zuwerfen konnte, schien sie ihm blasser als sonst zu sein.

»Alles Essig«, flüsterte sie, als sie glaubte, gefahrlos reden zu können. »Mit morgen, meine ich.«

»Was?«

»Morgen nachmittag. Ich kann nicht.«

»Wieso nicht?«

»Das Übliche. Ich hab's zu früh bekommen.«

Einen Moment war er fürchterlich wütend. Im Laufe das Monats, den er sie jetzt kannte, hatte sich die Art seines Verlangens nach ihr verändert. Anfangs hatte echte Sinnlichkeit kaum eine Rolle gespielt. Ihre erste Vereinigung war lediglich ein Willensakt gewesen. Doch nach dem zweiten Mal hatte sich das geändert. Der Duft ihres Haars, der Geschmack ihres Munds, die Berührung ihrer Haut, alles schien er oder die Luft ringsum in sich aufgenommen zu haben. Sie war für ihn ein körperliches Bedürfnis geworden, etwas, das er nicht nur brauchte, sondern worauf er auch ein Anrecht zu haben glaubte. Als sie ihm sagte, sie könne nicht kommen, fühlte er sich von ihr betrogen. Doch genau in diesem Moment wurden sie im Gewühl aneinandergedrängt, und ihre Hände fanden sich zufällig. Sie gab seinen Fingerspitzen einen raschen Druck, der nicht um Begehren, sondern um Zuneigung zu werben schien. Ihm wurde bewußt, daß beim Zusammenleben mit einer Frau diese spezielle Enttäuschung ein ganz normales, periodisch wiederkehrendes Ereignis sein mußte; und plötzlich empfand er eine so tiefe Zärtlichkeit für sie wie nie zuvor. Er wünschte sich, sie wären ein altes Ehepaar, und er könnte mit ihr so wie jetzt durch die Straßen gehen, aber offen und ohne Angst, über Nebensächlichkeiten sprechen und Krimskrams für den Haushalt kaufen. Er wünschte sich vor allem, sie hätten einen Ort, wo sie miteinander allein sein konnten, ohne die Verpflichtung, bei jedem Treffen miteinander schlafen zu müssen. Nicht in diesem Moment, doch irgendwann am nächsten Tag war ihm die Idee gekommen, Mr. Charringtons Zimmer zu mieten. Als er Julia diesen Vorschlag machte, hatte sie unerwartet prompt eingewilligt. Sie wußten beide, daß es Wahnsinn war – so als machten sie absichtlich einen Schritt auf ihr Grab zu.

Als er wartend auf der Bettkante saß, dachte er wieder an die Keller des Ministeriums für Liebe. Merkwürdig, wie dieses vorbestimmte Grauen im Bewußtsein auf- und untertauchte. Es lag in die Zukunft eingebunden und ging dem Tod so sicher voraus wie die Zahl 99 der 100. Entrinnen konnte man ihm nicht, aber es ließ sich vielleicht hinausschieben – und doch entschloß man sich hin und wieder, die Frist durch eine bewußte, vorsätzliche Tat zu verkürzen.

In diesem Moment kamen rasche Schritte die Treppe herauf. Julia platzte ins Zimmer. Sie schleppte die Werkzeugtasche aus derbem braunem Segeltuch, mit der er sie schon manchmal im Ministerium hatte herumlaufen sehen. Er sprang auf und schloß Julia in die Arme, doch sie machte sich eilig wieder los, wohl auch deshalb, weil sie noch immer die Werkzeugtasche trug.

»Eine Sekunde«, sagte sie. »Ich zeig' dir nur mal eben, was ich mitgebracht habe. Hast du etwas von diesem gräßlichen Victory Kaffee dabei? Das dachte ich mir. Schmeiß ihn weg, wir brauchen ihn nicht. Schau mal.«

Sie kniete sich hin, klappte die Tasche auf und schleuderte etliche Schraubenschlüssel und einen Schraubenzieher heraus, die obenauf lagen. Darunter kam eine Anzahl hübscher Papierpäckchen zum Vorschein. Das erste, das sie Winston reichte, fühlte sich fremd und dennoch irgendwie vertraut an. Es enthielt eine schwere, sandartige Masse, die jedem Druck nachgab.

»Ist das etwa Zucker?« fragte er.

»Echter Zucker. Kein Süßstoff, Zucker. Und hier ist Brot richtiges Weißbrot, nicht unser Scheißzeug – und ein kleines Glas Marmelade. Und hier kommt die Dosenmilch – aber jetzt paß auf! Darauf bin ich nun wirklich stolz. Ich mußte es in Sackleinwand packen wegen –«

Doch sie mußte ihm nicht sagen, warum sie es eingepackt hatte. Der Duft erfüllte bereits das Zimmer, ein voller, scharfer Duft, der aus seiner Kindheit herüberzuwehen schien, der einem aber selbst heute noch ab und zu begegnete, wenn er durch einen Korridor zog, bis eine Tür zuknallte, oder sich geheimnisvoll auf einer belebten Straße verbreitete, einen Augenblick zu riechen war und dann wieder verflog.

»Kaffee«, murmelte er, »echter Kaffee.«

»Kaffee für die Innere Partei. Ich hab' ein ganzes Kilo davon«, sagte sie.

»Wie hast du das Zeug bloß organisiert?«

»Alles Sachen für die Innere Partei. Diese Schweine haben alles, einfach alles. Aber die Kellner und Diener und solche Typen klauen natürlich, und – sieh mal, ein kleines Päckchen Tee hab' ich auch noch.«

Winston hatte sich neben sie gehockt. Er riß das Päckchen an einer Ecke auf.

»Echter Tee. Keine Brombeerblätter.«

»In letzter Zeit gab's haufenweise Tee. Ich glaube, sie haben Indien erobert oder so«, sagte sie unbestimmt. »Liebling, hör mal. Ich möchte, daß du mir für drei Minuten den Rücken kehrst. Setz dich auf die andere Bettseite. Geh nicht zu nah ans Fenster. Und dreh dich erst um, wenn ich dir's sage.«

Winston blickte zerstreut durch den Musselinvorhang. Unten im Hof marschierte die rotarmige Frau noch immer zwischen Zuber und Wäscheleine hin und her. Sie nahm wieder zwei Klammern aus dem Mund und sang voll Inbrunst:

»Man sagt, die Zeit heilt alle Wunden,
man sagt, daß man immer vergißt,
doch liegen auch weit Freude und Leid,
sie stimmen im Herzen mich trist.«

Sie kannte anscheinend die ganze Schnulze auswendig. Ihre Stimme stieg sehr melodisch mit der lauen Sommerluft empor, und in ihr schwang so etwas wie glückliche Melancholie. Man hatte das Gefühl, die Frau würde durchaus damit zufrieden sein, tausend Jahre lang Windeln aufzuhängen und Schnulzen zu singen, wenn der Juniabend endlos und der Wäschevorrat unerschöpflich wäre. Er fand es merkwürdig, daß er kein Parteimitglied jemals allein und spontan hatte singen hören. Das würde sogar unorthodox und gefährlich exzentrisch wirken, so als führe man Selbstgespräche. Vielleicht mußten die Leute erst kurz vorm Verhungern sein, ehe sie Grund zum Singen hatten.

»Du darfst dich umdrehen«, sagte Julia.

Er wandte sich um und hätte sie eine Sekunde lang fast nicht erkannt. Er hatte eigentlich erwartet, sie nackt zu sehen. Aber sie war nicht nackt. Ihre Verwandlung war weitaus überraschender. Sie hatte sich geschminkt.

Sie mußte sich in irgendeinen Laden in den Prolesvierteln geschlichen und dort ein ganzes Schminkset gekauft haben. Ihre Lippen leuchteten dunkelrot, auf ihren Wangen lag Rouge, ihre Nase war gepudert; sogar die Augen hatte sie sich angemalt, um sie strahlender erscheinen zu lassen. Die Ausführung war nicht virtuos, doch Winston stellte in solchen Dingen keine hohen Ansprüche. Er hatte nie zuvor eine Frau aus der Partei geschminkt gesehen und es sich auch nicht vorstellen können. Sie sah verblüffend besser aus. Ein paar Farbtupfer an der richtigen Stelle ließen sie nicht bloß hübscher, sondern vor allem viel weiblicher wirken. Ihr kurzgeschnittenes Haar und ihr jungenhafter Overall erhöhten die Wirkung nur noch. Als er sie in die Arme nahm, stieg ihm eine Wolke künstlichen Veilchendufts in die Nase. Er erinnerte sich an das Halbdunkel einer Tiefparterre-Küche und an die schwarze Mundhöhle einer Frau. Es war genau das gleiche Parfüm, das sie benutzt hatte; aber im Moment schien das keine Rolle zu spielen.

»Parfüm auch!« sagte er.

»Ja, Liebling, Parfüm auch. Und rate mal, was als nächstes kommt: Ich werde mir von irgendwoher ein richtiges Kleid besorgen und es statt dieser verdammten Hosen anziehen. Ich werde Seidenstrümpfe und hochhackige Schuhe tragen! In diesem Zimmer werde ich eine Frau, keine Parteigenossin sein.«

Sie streiften die Kleider ab und kletterten in das riesige Mahagonibett. Er hatte sich zum erstenmal in ihrer Gegenwart ganz ausgezogen. Bisher hatte er sich zu sehr geschämt wegen seines blassen und mageren Körpers mit den an den Waden hervortretenden Krampfadern und der Verfärbung über seinem Knöchel. Laken gab es nicht, doch die Decke, auf der sie lagen, war weich, und die Größe und Federung des Bettes erstaunte sie beide. »Es ist garantiert völlig verwanzt, aber wen juckt das schon?« meinte Julia. Doppelbetten fand man heutzutage nur noch in Proleswohnungen. Winston hatte als Kind manchmal in einem geschlafen: Julia, soweit sie sich erinnern konnte, noch nie.

Schon nach kurzer Zeit waren sie eingeschlafen. Als Winston aufwachte, waren die Zeiger der Uhr beinahe auf neun vorgerückt. Er rührte sich nicht, denn Julia schlief noch und hatte den Kopf in seine Armbeuge gebettet. Der größte Teil der Schminke war auf sein Gesicht und das Kissen abgefärbt, doch ein Hauch von Rouge betonte noch immer die Schönheit ihres Wangenknochens. Ein gelber Strahl der sinkenden Sonne fiel über das Fußende des Betts und beleuchtete den Kamin, wo das Wasser im Topf sprudelnd kochte. Unten im Hof hatte die Frau zu singen aufgehört, aber leises Kindergeschrei drang von der Straße herein. Er fragte sich, ob es in der getilgten Vergangenheit eine normale Erfahrung gewesen war, als Mann und Frau so unbekleidet im Bett zu liegen, sich zu lieben, wenn man Lust dazu verspürte, über das zu reden, was einem gerade einfiel, nicht aufstehen zu müssen, bloß einfach dazuliegen und den friedvollen Geräuschen draußen zu lauschen. Das konnte doch wohl zu keiner Zeit selbstverständlich gewesen sein. Julia wachte auf, rieb sich die Augen und stützte sich auf den Ellbogen, um nach dem Petroleumkocher zu sehen.

»Das Wasser ist schon halb verkocht«, sagte sie. »Ich steh' gleich auf und mache Kaffee. Wir haben noch eine Stunde Zeit. Wann schalten sie bei euch das Licht ab?«

»Um dreiundzwanzig Uhr dreißig.«

»Im Heim um dreiundzwanzig Uhr. Aber man muß schon früher da sein, weil – he! Verschwinde, du Mistvieh!«

Sie drehte sich plötzlich im Bett um, schnappte sich einen Schuh vom Boden und schleuderte ihn mit einer jungenhaften Bewegung in die Ecke, genauso wie sie an jenem Morgen während des Zwei-Minuten-Haß das Wörterbuch nach Goldstein geworfen hatte.

»Was war das?« fragte er überrascht.

»Eine Ratte. Steckte ihre widerwärtige Schnauze durch die Wandtäfelung. Da unten ist ein Loch. Ich hab' ihr jedenfalls einen Mordsschrecken eingejagt.«

»Ratten!« murmelte Winston. »Hier in diesem Zimmer!«

»Die treiben sich doch überall rum«, meinte Julia gleichgültig, als sie sich wieder hinlegte. »Im Heim haben wir sogar in der Küche welche. Manche Gegenden Londons wimmeln nur so davon. Wußtest du eigentlich, daß sie Kinder anfallen? Ja, wirklich. In manchen Straßen trauen sich die Frauen nicht, ihr Baby länger als zwei Minuten allein zu lassen. Die großen braunen machen das. Und das Fiese ist, daß diese Biester immer –«

»Hör sofort auf!« sagte Winston mit zusammengekniffenen Augen.

»Liebster! Du bist ja ganz blaß geworden. Was ist los? Ekelst du dich so sehr vor ihnen?«

»Von allen Scheußlichkeiten der Welt – ausgerechnet eine Ratte!«

Sie preßte sich an ihn und umschlang ihn, als wolle sie ihn durch die Wärme ihres Körpers beruhigen. Er öffnete die Augen nicht gleich. Er fühlte sich einige Augenblicke lang in einen Alptraum zurückversetzt, der ihn sein Leben hindurch immer wieder heimgesucht hatte. Er lief stets auf die gleiche Weise ab. Er stand vor einer Mauer aus Dunkelheit, und dahinter, auf der anderen Seite, war etwas Unerträgliches, etwas zu Schreckliches, um sich ihm zu stellen. Das stärkste Gefühl in seinem Traum war immer das des Selbstbetrugs, weil er eigentlich wußte, was hinter der Mauer aus Dunkelheit war. Mit äußerster Anstrengung, wie wenn er sich ein Stück aus dem eigenen Gehirn reißen wollte, hätte er das Ding ans Licht zerren können. Er erwachte immer, ohne entdeckt zu haben, was es war, doch irgendwie hing es mit dem zusammen, was Julia gesagt hatte, als er sie unterbrach.

»Entschuldige«, meinte er, »ist schon wieder vorbei. Ich mag Ratten nun mal nicht, das ist alles.«

»Keine Sorge, Liebling, hier kommen uns die Mistviecher nicht rein. Bevor wir gehen, verstopfe ich das Loch mit Sackleinen. Und wenn wir das nächste Mal herkommen, bringe ich etwas Gips mit und schmiere es ordentlich zu.«

Der Moment des Schreckens war schon halb vergessen. Ein wenig beschämt setzte er sich auf und lehnte sich an das Kopfende. Julia kletterte aus dem Bett, zog ihren Overall an und machte Kaffee. Der Duft, der dem Topf entstieg, war so stark und erregend, daß sie das Fenster schlossen, damit draußen niemand darauf aufmerksam und neugierig werden konnte. Besser noch als der Geschmack des Kaffees war die seidige Mildheit, die ihm der Zucker verlieh, etwas, das Winston nach zahllosen Süßstoff-Jahren beinahe vergessen hatte. Eine Hand in der Tasche, in der anderen ein Marmeladenbrot, spazierte Julia durchs Zimmer, betrachtete gleichgültig das Bücherregal, erläuterte die beste Methode zur Reparatur des Klapptischchens, ließ sich in den zerschlissenen Lehnstuhl plumpsen, um seine Bequemlichkeit zu erproben, und inspizierte mit nachsichtiger Belustigung die alberne Uhr mit dem Zwölferzifferblatt. Sie brachte den Glasbriefbeschwerer zum Bett herüber, um ihn sich bei besserem Licht anzuschauen. Er nahm ihn ihr aus der Hand, wie immer fasziniert von der weichen, regenwasserähnlichen Beschaffenheit des Glases.

»Wofür hältst du das?« fragte Julia.

»Für gar nichts – ich meine, ich glaube nicht, daß es jemals einen Zweck erfüllt hat. Das gefällt mir ja gerade so daran. Es ist ein Bröckchen Geschichte, das sie zu ändern vergessen haben. Es ist eine Botschaft aus der Zeit vor hundert Jahren, man muß sie nur zu lesen verstehen.«

»Und das Bild da drüben« – sie wies mit dem Kinn auf den Stich an der gegenüberliegenden Wand –, »ist das auch hundert Jahre alt?«

»Älter. Zweihundert, würde ich schätzen. Wissen kann man's nicht. Heutzutage läßt sich das genaue Alter nicht mehr feststellen.«

Sie ging hinüber, um es sich anzusehen. »Hier hat das Biest seine Schnauze rausgesteckt«, sagte sie und trat direkt unter dem Bild gegen die Vertäfelung. »Was für ein Gebäude ist das? Ich hab's schon irgendwo mal gesehen.«

»Es ist eine Kirche, wenigstens war es mal eine. Sie hieß St. Clement's Dane.« Der Abzählreim, den Mr. Charrington ihm beigebracht hatte, fiel ihm wieder ein, und er fügte halb sehnsüchtig hinzu: »Orangen und Limonen, läutet's von St. Clement!«

Zu seinem Erstaunen ergänzte sie den Vers:

»Die kosten drei Farthing,
läutet's von St. Martin,
Wann bezahlst du mir die,
läutet's von Old Bailey –

Wie's dann weitergeht, weiß ich nicht. Aufhören tut's jedenfalls so: ›Und dieses Kerzlein leuchtet dir Tropf, und dieses Hackbeil hackt ab deinen Kopf!‹«

Es war wie die zwei Hälften eines Losungsworts. Aber nach »von Old Bailey« mußte noch ein anderer Vers kommen. Vielleicht konnte man ihn aus Mr. Charringtons Erinnerung hervorholen, wenn man ein wenig nachhalf.

»Wer hat dir das beigebracht?« fragte er.

»Mein Großvater. Er sprach es mir immer vor, als ich ein kleines Mädchen war. Er wurde vaporisiert, als ich acht Jahre alt war – zumindest blieb er spurlos verschwunden. Ich möchte wissen, was eine Limone ist«, setzte sie zusammenhanglos hinzu. »Orangen habe ich mal gesehen. Es sind so runde gelbe Früchte mit einer dicken Schale.«

»An Limonen kann ich mich erinnern«, sagte Winston. »In den fünfziger Jahren waren sie nichts Besonderes. Sie schmeckten so sauer, daß einem schon allein der Geruch den Mund zusammenzog.«

»Ich wette, hinter dem Bild hocken Wanzen«, sagte Julia. »Ich werde es bei Gelegenheit abnehmen und gründlich saubermachen. Ich glaube, jetzt wird's langsam Zeit zum Abmarsch. Ich muß mir noch die Schminke abwaschen. Ausgesprochen lästig! Den Lippenstift auf deinem Gesicht nehme ich mir anschließend vor.«

Winston blieb noch ein paar Minuten länger liegen. Das Zimmer verdunkelte sich. Er drehte sich dem Licht zu und starrte im Liegen in den Briefbeschwerer aus Glas. Das immer wieder Interessante war nicht das Stück Koralle, sondern das Glasinnere selbst. Es besaß eine solche Tiefe und war doch fast so transparent wie Luft. Es schien, als sei die Oberfläche des Glases die Himmelskuppel, die eine winzige Welt mit ihrer Atmosphäre einschloß. Er hatte das Gefühl, hineingehen zu können, ja, sich eigentlich schon darin zu befinden, zusammen mit dem Mahagonibett und dem Klapptischchen, der Uhr und dem Stahlstich und dem Briefbeschwerer selbst. Der Briefbeschwerer war das Zimmer, in dem er sich befand, und die Koralle war Julias Leben und sein eigenes, eingebettet in eine Art Ewigkeit im Herzen des Kristalls.

V

Syme war verschwunden. Eines Morgens erschien er einfach nicht zur Arbeit: ein paar gedankenlose Leute äußerten sich über sein Fehlen. Am nächsten Tag erwähnte ihn niemand. Am dritten Tag ging Winston in die Vorhalle der Dokumentations-Abteilung, um einen Blick aufs Schwarze Brett zu werfen.

Unter den Anschlägen befand sich eine gedruckte Mitgliederliste des Schachkomitees, dem Syme angehört hatte. Sie sah fast genauso aus wie vorher – keine Zeile durchgestrichen –, aber sie war um einen Namen kürzer geworden. Das reichte. Syme hatte aufgehört zu existieren: er hatte nie existiert.

Es herrschte eine Backofenhitze. In dem labyrinthischen Ministerium blieb die Temperatur in den fensterlosen, klimatisierten Räumen konstant, doch draußen versengte einem das Pflaster die Füße, und in den Hauptverkehrszeiten war der Gestank der U-Bahnen unerträglich. Die Vorbereitungen für die Haßwoche liefen auf Hochtouren, und in allen Ministerien machten die Angestellten Überstunden. Umzüge, Versammlungen, Militärparaden, Vorträge, Wachsfigurentableaus, Filmvorführungen, Teleschirm-Programme, das alles wollte organisiert sein; Tribünen mußten errichtet, Popanze gebastelt, Parolen geprägt, Lieder geschrieben, Gerüchte in Umlauf gesetzt und Fotos getürkt werden. Julias Einheit in der Roman-Abteilung war von der Romanherstellung abgezogen worden und produzierte wie rasend eine Reihe Hetzschriften. Winston verbrachte zusätzlich zu seiner normalen Arbeit täglich viele Stunden damit, frühere Jahrgänge der *Times* durchzusehen und Meldungen zu ändern und auszuschmücken, die in Reden zitiert werden sollten. Spät nachts, wenn randalierende Prolesscharen durch die Straßen zogen, herrschte eine eigentümliche fieberhafte Stimmung in der Stadt. Die Raketenbomben schlugen öfter als je zuvor ein, und manchmal donnerten in weiter Ferne gewaltige Explosionen, die sich niemand erklären konnte und über die Gerüchte kursierten.

Der neue Schlager, gewissermaßen die Erkennungsmelodie der Haßwoche (sein Titel lautete ›Haßlied‹), war bereits komponiert und wurde unablässig über die Teleschirme gesendet. Er hatte einen wilden, belfernden Rhythmus, auf den die Bezeichnung Musik nicht so recht zutraf und der eher an Trommelschlag erinnerte. Hunderte von Stimmen brüllten ihn zu stampfenden Marschschritten, und es klang beängstigend. Die Proles hatten einen Narren daran gefressen, und auf den mitternächtlichen Straßen konkurrierte er mit dem noch immer populären ›Es war nur eine dumme Romanze‹. Die Parsons-Kinder töteten die Melodie zu allen Tages- und Nachtzeiten schier unerträglich auf Kamm und Klopapier. Winstons Abende waren ausgebuchter denn je. Scharen von Freiwilligen, die Parsons zusammengetrommelt hatte, bereiteten die Straßen für die Haßwoche vor, nähten Fahnen, malten Plakate, errichteten Fahnenstangen auf den Dächern und spannten waghalsig Drähte zur Befestigung von Wimpeln über die Straße. Parsons prahlte, allein die Victory Mietskaserne würde vierhundert Meter Flaggenschmuck entfalten. Er war ganz in seinem Element und munter wie ein Fisch im Wasser. Die Hitze und die körperliche Arbeit lieferten ihm einen Vorwand, abends wieder die Shorts und ein offenes Hemd zu tragen. Er war überall zugleich, schob, zog, sägte, hämmerte, improvisierte, munterte jeden kameradschaftlich auf und verströmte aus allen Poren seines Körpers einen anscheinend unerschöpflichen, säuerlich riechenden Schweißvorrat.

In ganz London war plötzlich ein neues Plakat aufgetaucht. Es trug keine Textzeile und zeigte nichts weiter als die monströse Gestalt eines eurasischen Soldaten, drei oder vier Meter groß, der mit ausdruckslosem Mongolengesicht, gewaltigen Stiefeln und einer Maschinenpistole im Hüftanschlag vorwärts marschierte. Aus welchem Winkel man das Plakat auch ansah, die durch die perspektivische Verkürzung vergrößerte Mündung schien immer direkt auf den Betrachter zu zielen. Das Plakat war auf jedes freie Stück Mauer geklebt worden und übertraf an Zahl sogar noch die Porträts des Großen Bruders. Die Proles, die den Krieg normalerweise apathisch hinnahmen, wurden zu einem ihrer periodischen Ausbrüche von Vaterlandsliebe aufgepeitscht. Als wollten sie hinter der allgemeinen Stimmung nicht zurückstehen, hatten die Raketenbomben mehr Menschen als sonst getötet. Eine davon traf ein dichtbesetztes Kino in Stepney und begrub mehrere hundert Opfer unter den Trümmern. Die gesamte Nachbarschaft trat zu einer sich über Stunden hinschleppenden Beisetzung an, die eigentlich eine Protestversammlung war. Eine andere Bombe fiel auf ein Stück Ödland, das als Spielplatz diente, und zerfetzte mehrere Dutzend Kinder. Es kam zu neuen wütenden Demonstrationen, Goldstein wurde *in effigie* verbrannt, Aberhunderte von Plakaten mit dem eurasischen Soldaten wurden abgerissen und mit in die Flammen geworfen und im Tumult einige Geschäfte geplündert; dann verbreitete sich das Gerücht, daß Spione die Flugbahn der Raketenbomben per Funkwellen steuerten, worauf das Haus eines alten Ehepaars, das man ausländischer Herkunft verdächtigte, in Brand gesteckt wurde und die beiden in den Flammen erstickten.

Sooft es ihnen möglich war, lagen Julia und Winston in dem Zimmer über Mr. Charringtons Laden nebeneinander auf dem abgezogenen Bett unter dem offenen Fenster und hatten wegen der Hitze nichts an. Die Ratte war nie mehr aufgetaucht, aber die Wanzen hatten sich in der Hitze gräßlich vermehrt. Es schien die beiden nicht zu stören. Verdreckt oder sauber, das Zimmer war das Paradies. Gleich nach ihrem Eintreffen bestreuten sie alles mit Pfeffer, den sie auf dem Schwarzmarkt gekauft hatten, rissen sich die Kleider herunter und liebten sich mit schwitzenden Leibern, schliefen dann ein und stellten beim Erwachen fest, daß sich die Wanzen zusammengerottet und zum Gegenangriff formiert hatten.

Im Juni trafen sie sich vier-, fünf-, sechs-, siebenmal. Winston hatte seine Gewohnheit, zu jeder Tageszeit Gin zu trinken, aufgegeben. Er schien sein Verlangen danach verloren zu haben. Er hatte zugenommen, sein Krampfadergeschwür war bis auf einen kleinen braunen Hautfleck über dem Knöchel zurückgegangen, seine allmorgendlichen Hustenanfälle hatten aufgehört. Das Leben war nicht mehr unerträglich, und er verspürte nicht mehr den Drang, vor dem Teleschirm Grimassen zu schneiden oder lauthals zu fluchen. Jetzt, wo sie ein sicheres Versteck besaßen, beinahe ein Zuhause, war es nicht einmal mehr ein Problem, daß sie sich nur selten und immer nur für ein paar Stunden treffen konnten. Entscheidend war, daß es das Zimmer über dem Ramschladen überhaupt gab. Zu wissen, daß es existierte, unberührt, war beinahe so, als hielte man sich darin auf. Das Zimmer war eine Welt, ein Einschluß der Vergangenheit, wo ausgestorbene Tiere umgehen konnten. Mr. Charrington, dachte Winston, war auch so ein ausgestorbenes Tier. Vor dem Hinaufgehen plauderte er gewöhnlich mit ihm noch ein paar Minuten. Der alte Mann schien das Haus selten oder nie zu verlassen und andererseits so gut wie keine Kunden zu haben. Er führte eine geisterhafte Existenz zwischen dem winzigen, dunklen Laden und der noch winzigeren, nach hinten gelegenen Küche, wo er sich seine Mahlzeiten zubereitete und in der neben anderen Dingen auch ein unglaublich altes Grammophon mit einem riesigen Schalltrichter stand. Er schien sich über die Gelegenheit zu einer Unterhaltung zu freuen. Wenn er mit seiner langen Nase, der dicken Brille und den gebeugten Schultern unter der Samtjacke zwischen seinem wertlosen Trödel herumging, wirkte er eher wie ein Sammler als wie ein Händler. Mit einer Art erloschener Begeisterung spielte er an irgendeinem Stück herum – an einem Flaschenstöpsel aus Porzellan, an dem bemalten Deckel einer kaputten Schnupftabakdose, an einem Talmimedaillon, das die Haarlocke eines schon lange toten Babies barg –, ohne Winston jemals zum Kauf, höchstens zur Begutachtung zu drängen. Eine Unterhaltung mit ihm war, als lausche man dem Klimpern einer ausgeleierten Spieldose. Er hatte aus den Winkeln seiner Erinnerung noch einige Bruchstücke vergessener Reime hervorgekramt. Einer handelte von einem Kuckuck und einem Esel, ein anderer von einer Katze im Schnee, und wieder ein anderer von einem Männlein im Walde. »Ich dachte mir, es würde Sie vielleicht interessieren«, meinte er jedesmal mit einem abschätzigen Lächeln, wenn er ein neues Bruchstück anbrachte. Aber ihm fielen stets nur ein paar Zeilen von jedem Vers ein.

Winston und Julia wußten beide – und in gewisser Weise verließ sie dieses Bewußtsein nie –, daß der jetzige Zustand nicht von Dauer sein konnte. Zu manchen Zeiten schien die über ihnen schwebende Todesdrohung so greifbar wie das Bett, auf dem sie lagen, und dann klammerten sie sich mit verzweifelter Wollust aneinander, wie eine verdammte Seele nach dem letzten bißchen Lust greift, wenn in fünf Minuten ihr letztes Stündlein schlagen wird. Doch es gab auch Zeiten, in denen sie sich nicht nur in der Illusion der

Sicherheit, sondern auch in der der Dauer wiegten. Solange sie sich in diesem Zimmer aufhielten, konnte ihnen – so fühlten beide – nichts passieren. Dorthin zu gelangen war schwierig und gefährlich, aber das Zimmer selbst bildete eine Freistatt. Es war wie damals, als Winston in das Innere des Briefbeschwerers geblickt hatte, mit dem Gefühl, daß es möglich sein müßte, in diese gläserne Welt einzudringen und dort die Zeit zum Stillstand zu bringen. Oft spielten sie mit dem Gedanken an Flucht. Ihr Glück würde ewig währen, und sie könnten ihre heimliche Liebschaft für den Rest ihrer natürlichen Lebensspanne weiterführen wie bisher. Oder Katharine würde sterben, und Winston und Julia gelänge durch geschicktes Taktieren die Heirat. Oder sie würden gemeinsam Selbstmord begehen. Oder sie würden untertauchen, ihr Äußeres bis zur Unkenntlichkeit verändern, den Akzent der Proles erlernen, Jobs in einer Fabrik annehmen und bis an ihr Lebensende unentdeckt in einer Seitengasse leben. Sie wußten beide, daß das alles Unsinn war. In Wirklichkeit gab es kein Entkommen. Sogar den einzig durchführbaren Plan, Selbstmord zu verüben, beabsichtigten sie nicht wirklich auszuführen. Von Tag zu Tag und von Woche zu Woche weiterzumachen, eine Gegenwart auszuleben, die keine Zukunft besaß, schien ein unüberwindlicher Instinkt zu sein, so wie die Lungen immer weiter atmen würden, solange es noch Luft gab.

Manchmal sprachen sie auch von aktiver Rebellion gegen die Partei, ohne jedoch zu wissen, wie der erste Schritt dazu erfolgen sollte. Selbst wenn die legendäre Bruderschaft wirklich existierte, blieb immer noch das Problem, Zugang zu ihr zu finden. Er erzählte ihr von der seltsamen Vertrautheit, die zwischen ihm und O'Brien bestand oder zu bestehen schien, und auch von dem Verlangen, das er manchmal verspürte, sich ganz einfach vor O'Brien hinzustellen, ihm zu enthüllen, daß er ein Feind der Partei sei, und ihn um Hilfe zu bitten. Das hielt Julia merkwürdigerweise für gar keine so große Unbesonnenheit. Sie beurteilte die Menschen immer nach ihrem Gesicht, und es schien ihr nur natürlich, daß Winston O'Brien aufgrund eines einzigen Blickwechsels für vertrauenswürdig hielt. Außerdem galt es ihr als sicher, daß jeder, oder doch fast jeder, die Partei insgeheim haßte und gegen die Regeln verstieß, wenn er glaubte, das gefahrlos tun zu können. Aber sie weigerte sich zu glauben, daß es eine weitverbreitete, organisierte Opposition gab oder geben könnte. Die Geschichten über Goldstein und seine Untergrundarmee, sagte sie, wären einfach Quatsch; das hätte sich die Partei für ihre ureigensten Zwecke ausgedacht, und man müßte nur so tun, als glaubte man es. Ungezählte Male hatte sie bei Parteikundgebungen und Spontandemonstrationen lauthals die Exekution von Leuten gefordert, deren Namen sie nie gehört hatte und an deren angebliche Verbrechen sie nicht im mindesten glaubte. Wenn Schauprozesse stattfanden, hatte sie ihren Platz unter den Abordnungen der Jugendliga eingenommen, die von morgens bis abends die Gerichtsgebäude umringten und hin und wieder leierten: »Tod den Verrätern!« Während des Zwei-Minuten-Haß übertraf sie immer alle anderen, wenn es darum ging, Goldstein zu beschimpfen.

Dennoch besaß sie nur sehr trübe Vorstellungen davon, wer Goldstein eigentlich war und welche Doktrinen er angeblich vertrat. Sie war nach der Revolution groß geworden und zu jung, um sich an die ideologischen Kämpfe der 50er und 60er Jahre zu erinnern. So etwas wie eine unabhängige politische Bewegung überstieg ihr Vorstellungsvermögen: und die Partei war sowieso unbezwingbar. Sie würde immer existieren, und sie würde immer gleich sein. Gegen sie rebellieren konnte man nur durch heimlichen Ungehorsam oder im Höchstfall durch vereinzelte Terrorakte – zum Beispiel, indem man jemanden umbrachte oder etwas in die Luft jagte.

In mancher Hinsicht war sie kritischer als Winston und

weit weniger anfällig für Parteipropaganda. Als er einmal in irgendeinem Zusammenhang zufällig den Krieg gegen Eurasien erwähnte, verblüffte sie ihn mit der beiläufigen Bemerkung, daß dieser Krieg ihrer Ansicht nach überhaupt nicht stattfinde. Die Raketenbomben, die täglich auf London fielen, würden vermutlich von der Regierung von Ozeanien selbst abgefeuert, »bloß um die Leute in Angst und Schrecken zu halten«. Dieser Gedanke war ihm buchstäblich noch nie gekommen. Und es machte ihn noch neidischer, als sie sagte, ihr Hauptproblem während des Zwei-Minuten-Haß bestehe darin, nicht laut loszulachen. Die Lehren der Partei aber zog sie nur dann in Zweifel, wenn ihr eigenes Leben davon beeinträchtigt schien. Oft akzeptierte sie die offizielle Mythologie bereitwillig, ganz einfach deswegen, weil sie den Unterschied zwischen Wahrheit und Unwahrheit für bedeutungslos hielt. Sie glaubte zum Beispiel, weil sie es in der Schule so gelernt hatte, daß die Partei das Flugzeug erfunden habe. (Während seiner eigenen Schulzeit, Ende der 50er Jahre, so erinnerte sich Winston, hatte die Partei nur die Erfindung des Helikopters für sich beansprucht; ein Dutzend Jahre später, als Julia zur Schule ging, beanspruchte sie bereits das Flugzeug für sich; und noch eine Generation, und sie würde die Dampfmaschine beanspruchen.) Und als er ihr erzählte, Flugzeuge habe es schon vor seiner Geburt und lange vor der Revolution gegeben, da fand sie diese Tatsache absolut uninteressant. Was lag denn schon daran, wer das Flugzeug erfunden hatte? Weitaus mehr schockierte es ihn, als er durch eine zufällige Bemerkung von ihr erfuhr, daß sie sich nicht daran erinnerte, daß Ozeanien vor vier Jahren Krieg gegen Ostasien geführt und mit Eurasien im Frieden gelebt hatte. Sie hielt zwar den ganzen Krieg für faulen Zauber, aber offensichtlich hatte sie nicht einmal bemerkt, daß der Name des Feindes inzwischen gewechselt hatte. »Ich dachte, wir hätten schon immer gegen Eurasien Krieg geführt«, sagte sie vage. Es erschreckte ihn ein wenig. Die Erfindung des Flugzeugs datierte lange vor ihrer Geburt, doch der Seitenwechsel im Krieg hatte sich erst vor vier Jahren vollzogen, und da war sie längst erwachsen gewesen. Er diskutierte mit ihr darüber rund eine Viertelstunde. Schließlich gelang es ihm, ihre Erinnerungen so weit zurückzuzwingen, bis sie sich undeutlich entsann, daß irgendwann einmal Ostasien und nicht Eurasien der Feind gewesen war. Aber sie fand diesen Sachverhalt noch immer uninteressant. »Na und?« meinte sie ungeduldig. »Immer folgt ein verdammter Krieg dem anderen, und man weiß doch, daß die Meldungen sowieso alle erlogen sind.«

Manchmal erzählte er ihr von der Dokumentations-Abteilung und den schamlosen Fälschungen, die er dort betrieb. So etwas schien Julia nicht zu entsetzen. Die Vorstellung, daß aus Lügen Wahrheiten wurden, ließ sie nicht den Boden unter den Füßen verlieren. Er erzählte ihr die Geschichte von Jones, Aaronson und Rutherford und dem folgenschweren Zeitungsausschnitt, den er einmal in die Finger bekommen hatte. Julia zeigte sich davon wenig beeindruckt. Zuerst begriff sie nicht einmal, worum es überhaupt ging.

»Waren es Freunde von dir?« fragte sie.

»Nein, ich habe sie nie gekannt. Es waren Mitglieder der Inneren Partei. Und außerdem viel älter als ich. Sie stammten noch aus der alten Zeit vor der Revolution. Ich kannte sie kaum vom Sehen.«

»Warum hast du dich dann darüber aufgeregt? Es werden doch laufend Leute umgebracht, oder etwa nicht?«

Er versuchte es ihr begreiflich zu machen. »Das war ein Ausnahmefall. Es ging nicht bloß darum, daß irgendwer abgemurkst wurde. Ist dir klar, daß die Vergangenheit vom gestrigen Tag an tatsächlich ausgelöscht worden ist? Wenn sie noch irgendwo überdauert, dann in wenigen greifbaren Gegenständen, an denen keine Worte kleben, so wie in diesem Glasklumpen da. Von der Revolution und den Jahren vor der Revolution wissen wir bereits so gut wie nichts mehr. Alle Dokumente sind entweder vernichtet oder gefälscht worden, jedes Buch hat man umgeschrieben, jedes Gemälde neu gemalt, jedes Denkmal, jede Straße und jedes Gebäude umbenannt, jedes Datum geändert. Und dieser Prozeß geht Tag für Tag, Minute für Minute weiter. Die Historie hat aufgehört zu existieren. Es gibt nur eine endlose Gegenwart, in der die Partei immer recht hat. Natürlich weiß ich, daß die Vergangenheit gefälscht ist, aber das könnte ich nie beweisen, nicht einmal, wenn ich die Fälschung selbst ausgeführt hätte. Nach vollbrachter Tat bleibt nie ein Beweis zurück. Der einzige Beweis existiert in meinem Kopf, und ich habe absolut keine Gewißheit, daß irgend jemand anders meine Erinnerungen teilt. Nur dieses eine Mal in meinem Leben habe ich einen tatsächlichen konkreten Beweis *post factum* besessen.«

»Und was hat das genützt?«

»Nichts, weil ich ihn ein paar Minuten später weggeworfen habe. Aber wenn mir dasselbe heute passierte, würde ich ihn behalten.«

»Ich nicht!« sagte Julia. »Ich bin durchaus bereit, Risiken einzugehen, aber nur, wenn es sich lohnt, nicht für alte Zeitungsfetzen. Was hättest du denn schon damit anfangen können, selbst wenn du den Ausschnitt aufgehoben hättest?«

»Vielleicht nicht viel. Eventuell hätte es da und dort einige Zweifel gesät, angenommen, ich hätte mich getraut, ihn jemandem zu zeigen. Ich glaube nicht, daß wir zu unseren Lebzeiten etwas ändern können. Aber man kann sich vorstellen, daß da und dort kleine Widerstandsnester entstehen – kleine Gruppen, die sich zusammenschließen und langsam wachsen und sogar ein paar Aufzeichnungen hinterlassen, damit die nächste Generation da weitermachen kann, wo wir aufhören.«

»Die nächste Generation interessiert mich nicht, Liebling. Ich interessiere mich nur für *uns.*«

»Du bist bloß ein Rebell von der Taille abwärts«, entgegnete Winston.

Sie fand das ungeheuer witzig und umarmte ihn entzückt.

Die Verzweigungen der Parteidoktrin interessierten sie kein bißchen. Jedesmal, wenn er über die Prinzipien des Engsoz, über Doppeldenk, die Wandelbarkeit der Vergangenheit und die Leugnung einer objektiven Realität zu sprechen begann und Neusprechwörter benutzte, langweilte sie sich und verlor den Überblick und sagte, sie kümmere sich nie um solche Dinge. Man wisse doch, daß das alles Quatsch sei, warum solle es einem dann Kopfzerbrechen bereiten? Sie wisse, wann man jubeln und wann man Buh rufen müsse, und das reiche völlig aus. Wenn er auf solchen Themen beharrte, hatte sie die beunruhigende Angewohnheit einzuschlafen. Sie gehörte zu den Menschen, die zu jeder Zeit und in jeder Lage schlafen können. Im Gespräch mit ihr wurde ihm klar, wie leicht es war, sich den Anschein der Strenggläubigkeit zu geben und dabei keinen blassen Schimmer zu haben, was Strenggläubigkeit überhaupt bedeutete. Die Weltanschauung der Partei übertrug sich gewissermaßen am erfolgreichsten auf Leute, die unfähig waren, sie zu begreifen. Diesen Menschen konnte man die offenkundigsten Verdrehungen der Wirklichkeit zumuten, weil sie nie ganz die Ungeheuerlichkeit dessen erfaßten, was man ihnen da abverlangte, und weil sie sich zu wenig für öffentliche Ereignisse interessierten, um zu merken, was gespielt wurde. Durch mangelnde Einsicht blieben sie bei gesundem Verstand. Sie schluckten einfach alles, und was sie schluckten, schadete ihnen nicht, denn es hinterließ keine Rückstände, genauso wie ein Getreidekorn den Magen eines Vogels unverdaut passiert.

VI

Endlich war es soweit. Die ersehnte Botschaft war gekommen. Ihm schien, als habe er sein Leben lang darauf gewartet.

Er ging den langen Korridor im Ministerium entlang und hatte beinahe die Stelle erreicht, wo Julia ihm den Zettel zugesteckt hatte, als er merkte, daß jemand, der größer war als er, direkt hinter ihm ging. Die betreffende Person, wer immer sie sein mochte, räusperte sich, als wollte sie ihn ansprechen. Winston blieb abrupt stehen und drehte sich um. Es war O'Brien.

Endlich standen sie sich gegenüber – und er schien nur einen einzigen Gedanken zu kennen: Flucht. Sein Herz hämmerte. Er hätte kein Wort herausbringen können. O'Brien jedoch war ruhig weitergegangen und hatte für einen Moment freundlich die Hand auf Winstons Arm gelegt, so daß sie nebeneinander hergingen. Er begann mit der eigentümlichen gesetzten Höflichkeit zu sprechen, die ihn von der Mehrzahl der Mitglieder der Inneren Partei unterschied.

»Ich habe schon immer auf eine Möglichkeit gehofft, einmal mit Ihnen reden zu können«, sagte er. »Ich habe neulich einen Ihrer Neusprechartikel in der *Times* gelesen. Ich nehme an, Sie haben ein wissenschaftliches Interesse an Neusprech?«

Winston hatte sich einigermaßen wieder gefangen. »Wissenschaftlich wohl kaum«, sagte er. »Ich bin nur Laie. Das schlägt nicht in mein Fach. Mit dem eigentlichen Aufbau der Sprache hatte ich nie etwas zu tun.«

»Dafür schreiben Sie aber sehr elegant«, sagte O'Brien. »Und ich stehe mit meiner Meinung durchaus nicht allein. Erst neulich sprach ich mit einem Freund von Ihnen, der zweifellos ein Experte auf diesem Gebiet ist. Sein Name ist mir im Moment entfallen.«

Wieder schlug Winston das Herz bis zum Hals. Das konnte doch nur eine Anspielung auf Syme sein. Aber Syme war nicht bloß tot, er war getilgt, eine *Unperson.* Jede erkennbare Anspielung auf ihn wäre lebensgefährlich gewesen. O'Briens Bemerkung mußte als Zeichen, als Kodewort gemeint gewesen sein. Durch ein kleines gemeinsames Gedankendelikt hatte er sie zu Komplizen gemacht. Sie waren weiter den Korridor entlanggeschlendert, doch jetzt blieb O'Brien stehen. Mit der sonderbaren entwaffnenden Freundlichkeit, von der alle seine Gesten begleitet waren, rückte er sich die Brille auf der Nase zurecht. Dann fuhr er fort:

»Was ich eigentlich sagen wollte: Mir ist aufgefallen, daß Sie in Ihrem Artikel zwei Wörter gebraucht haben, die obsolet geworden sind, allerdings erst seit ganz kurzer Zeit. Kennen Sie die zehnte Auflage des Neusprechdiktionärs?«

»Nein«, sagte Winston. »Ich wußte nicht, daß sie schon erschienen ist. In der Dokumentations-Abteilung benutzen wir immer noch die neunte.«

»Die zehnte Auflage soll, glaube ich, auch erst in einigen Monaten erscheinen. Doch es zirkulieren bereits ein paar Vorausexemplare. Ich selbst besitze eines. Möchten Sie es sich einmal anschauen?«

»Sehr gern«, sagte Winston und begriff sofort, worauf alles abzielte.

»Einige der neuen Entwicklungen sind wahrhaft genial.

Die Reduktion der Anzahl der Verben – das wird Ihnen, denke ich, am meisten gefallen. Was meinen Sie, soll ich Ihnen einen Boten mit dem Wörterbuch vorbeischicken? Aber ich fürchte, ich werde auch das wieder vergessen. Vielleicht könnten Sie es sich zu einer Ihnen genehmen Zeit in meiner Wohnung abholen? Warten Sie mal. Ich gebe Ihnen meine Adresse.«

Sie standen vor einem Teleschirm. O'Brien klopfte wie geistesabwesend zwei seiner Taschen ab und zog dann ein kleines ledergebundenes Notizbuch und einen goldenen Tintenstift hervor. Direkt unter dem Teleschirm, so daß jeder Beobachter am anderen Ende lesen konnte, was er schrieb, kritzelte er eine Adresse, riß das Blatt heraus und reichte es Winston.

»Abends bin ich gewöhnlich zu Hause«, sagte er. »Wenn nicht, wird Ihnen mein Diener das Wörterbuch aushändigen.«

Und damit ging er und ließ Winston mit dem Zettel in der Hand stehen, den er diesmal nicht zu verstecken brauchte. Trotzdem prägte er sich sorgfältig ein, was darauf stand, und warf ihn einige Stunden später zusammen mit einem Haufen anderer Papiere in das Gedächtnis-Loch.

Sie hatten allerhöchstens ein paar Minuten miteinander gesprochen. Dieser Dialog ließ nur eine Interpretation zu: Er war inszeniert worden, um Winston O'Briens Adresse zukommen zu lassen. Das war notwendig, denn außer durch eine direkte Anfrage konnte man nie herausbekommen, wo jemand wohnte. Adreßbücher gab es nicht. »Sollten Sie mich irgendwann einmal sprechen wollen, dann finden Sie mich hier«, hatte O'Brien ihm gesagt. Vielleicht war in dem Wörterbuch sogar eine Nachricht versteckt. Eines jedenfalls war sicher: Die Verschwörung, von der er geträumt hatte, gab es wirklich, und er hatte ihre Randbezirke erreicht.

Er wußte, daß er O'Briens Aufforderung früher oder später Folge leisten würde. Vielleicht morgen, vielleicht auch erst nach einer langen Zeitspanne – er war nicht sicher. Was jetzt geschah, war nur die Entwicklung eines Prozesses, der vor Jahren begonnen hatte. Den ersten Schritt hatte er mit einem geheimen, unfreiwilligen Gedanken getan, den zweiten mit dem Beginn des Tagebuchs. Er war von Gedanken zu Worten gelangt, und jetzt folgten den Worten Taten. Der letzte Akt würde im Ministerium für Liebe spielen. Er hatte sich damit abgefunden. Das Ende lag schon im Anfang beschlossen. Doch es erschreckte ihn: oder, genauer gesagt, es war wie eine Vorahnung des Todes, so als wäre man bereits etwas weniger lebendig. Sogar während er mit O'Brien sprach, hatte ihn ein eisiger Schauer gepackt, als ihm der Sinn der Worte aufgegangen war. Er hatte das Gefühl, in die Dumpfigkeit eines Grabes hinabzusteigen, und es wurde auch dadurch nicht leichter, daß er schon immer gewußt hatte, daß das Grab da war und auf ihn wartete.

VII

Winston war mit Tränen in den Augen aufgewacht. Julia kuschelte sich schläfrig an ihn und nuschelte etwas wie: »Was'n los?«

»Ich habe geträumt –« begann er und stockte. Es war zu kompliziert, um es in Worte zu fassen. Da war zum einen der Traum selbst; hinzu kam eine mit ihm verknüpfte Erinnerung, die in den ersten Sekunden nach dem Erwachen in ihm aufgestiegen war.

Er legte sich mit geschlossenen Augen zurück, noch immer in der Traumszenerie verfangen. Es war ein ausgedehnter, leuchtender Traum, in dem sich sein ganzes Leben vor ihm auszubreiten schien wie eine Landschaft an einem Sommerabend nach dem Regen. Alles hatte sich im Innern des gläsernen Briefbeschwerers abgespielt, aber die Glasoberfläche war die Himmelskuppel, und innerhalb der Kuppel wurde alles von einem klaren, weichen Licht durchströmt, in dem man in unendliche Fernen blicken konnte. Dazu war der Traum auch noch von einer Armbewegung umrahmt gewesen – eigentlich hatte er in dieser Armbewegung bestanden –, die seine Mutter gemacht hatte und dreißig Jahre später auch die Jüdin in dem Filmbericht, als sie versuchte, den kleinen Jungen vor den Kugeln zu schützen, ehe die Helikopter die beiden in Stücke sprengten.

»Weißt du«, sagte er, »daß ich bis zu diesem Moment geglaubt habe, ich hätte meine Mutter umgebracht?«

»Warum hast du das getan?« fragte Julia schlaftrunken.

»Ich habe sie nicht umgebracht. Nicht wirklich.«

Im Traum hatte er sich an seine letzte Begegnung mit seiner Mutter erinnert, und in der kurzen Zeitspanne des Erwachens waren ihm alle damit verbundenen Begleitumstände wieder eingefallen. Es war eine Erinnerung, die er viele Jahre lang bewußt verdrängt haben mußte. Er konnte den Zeitpunkt nicht mit Sicherheit bestimmen, doch er mußte damals bereits zehn oder vielleicht zwölf Jahre alt gewesen sein.

Sein Vater war schon einige Zeit früher verschwunden; wieviel früher, daran konnte er sich nicht mehr erinnern. Deutlicher erinnerte er sich an die turbulenten, beunruhigenden Zeitumstände: an die Panik, die regelmäßig bei den Luftangriffen ausbrach, an das Schutzsuchen in den U-Bahnstationen, an die allgegenwärtigen Trümmerhalden, an die an den Straßenecken angeschlagenen unverständlichen Proklamationen, an die Jugendbanden mit den uniformen Hemden, an die riesigen Menschenschlangen vor den Bäckereien, an das sporadische Maschinengewehrfeuer in der Ferne – vor allem aber an den Umstand, daß es nie genug zu essen gab. Er entsann sich langer Nachmittage, an denen er sich mit anderen Jungen um Mülltonnen und Abfallhaufen gedrängelt hatte, um Rippen von Kohlblättern, Kartoffelschalen und manchmal sogar vertrocknete Brotrinden herauszuklauben, von denen sie sorgfältig die Asche abkratzten; und er entsann sich auch des Wartens auf vorbeikommende Lastwagen, die auf bestimmten Routen fuhren und von denen man wußte, daß sie Viehfutter transportierten und manchmal ein paar Ölkuchenbrocken verloren, wenn sie über die vielen Schlaglöcher in der Straße holperten.

Als sein Vater verschwand, reagierte seine Mutter nicht

mit Überraschung oder Trauer, sondern mit einer plötzlichen Veränderung. Sie wirkte völlig antriebslos. Sogar Winston war klar, daß sie auf ein Ereignis wartete, das ihrer Ansicht nach unweigerlich eintreten mußte. Sie tat alles Notwendige – kochte, wusch, flickte, machte das Bett, wischte den Fußboden, staubte das Kaminbord ab –, aber immer auffallend langsam und ohne jede überflüssige Bewegung, wie eine zum Leben erwachte Marionette. Ihr großer, ebenmäßiger Körper schien ganz natürlich in Bewegungslosigkeit zurückzufallen. Manchmal saß sie stundenlang fast reglos auf dem Bett und hätschelte seine kleine Schwester, ein winziges, kränkelndes, sehr stilles Kind von zwei oder drei Jahren, dessen mageres Gesicht äffisch wirkte. Ganz selten nahm sie auch einmal Winston in die Arme und drückte ihn lange und wortlos an sich. Er wußte trotz seiner Jugend und seines Egoismus, daß dies irgendwie mit dem bevorstehenden, nie erwähnten Ereignis zusammenhing.

Er entsann sich des Zimmers, in dem sie lebten: ein dunkler, muffiger Raum, den zur Hälfte ein Bett mit weißer Steppdecke einzunehmen schien. Es gab einen einflammigen Gaskocher beim Kamingitter und ein Regalbrett zur Aufbewahrung von Lebensmitteln und draußen auf dem Flur ein Ausgußbecken aus braunem Steingut, das von mehreren Mietern benutzt wurde. Er erinnerte sich an den statuenhaften Körper seiner Mutter, wenn sie sich über den Kocher beugte, um etwas im Kochtopf umzurühren. Vor allem erinnerte er sich an seinen ständigen Hunger und an die erbitterten, widerlichen Kämpfe bei den Mahlzeiten. Er quengelte unablässig herum, wieso es nicht mehr zu essen gebe, er brüllte und fuhr seine Mutter an (er erinnerte sich sogar noch an seinen Tonfall, denn er kam damals in den Stimmbruch, und seine Stimme dröhnte manchmal eigenartig), oder er versuchte es auf die wehleidig-weinerliche Tour, um mehr als den ihm zustehenden Anteil zu bekommen. Seine Mutter war durchaus bereit, ihm mehr als seinen Anteil zu geben. Sie fand es selbstverständlich, daß er, »der Junge«, die größte Portion bekommen sollte; aber soviel sie ihm auch gab, immer verlangte er mehr. Bei jeder Mahlzeit flehte sie ihn an, nicht egoistisch zu sein und daran zu denken, daß sein Schwesterchen krank sei und auch etwas zu essen brauche, aber es nützte nichts. Er schrie vor Wut, wenn sie ihm nichts mehr auf den Teller tat, er versuchte, ihr den Topf und den Löffel aus den Händen zu reißen, er schnappte sich einzelne Bissen vom Teller seiner Schwester. Er wußte, daß er die beiden verhungern ließ, doch er konnte nichts dagegen tun; er glaubte sogar ein Recht dazu zu haben. Sein knurrender Magen schien ihn zu rechtfertigen. Und wenn seine Mutter nicht aufpaßte, stibitzte er zwischen den Mahlzeiten von den armseligen Lebensmittelvorräten auf dem Regalbrett.

Eines Tages wurde eine Schokoladenration ausgegeben. Seit Wochen oder Monaten hatte es keine Zuteilung mehr gegeben. Er konnte sich noch genau an das kostbare kleine Schokoladenbröckchen erinnern. Sie hatten zu dritt ein Zwei-Unzen-Täfelchen (damals rechnete man noch in Unzen) bekommen. Es war klar, daß es in drei gleiche Teile geteilt werden sollte. Plötzlich hörte sich Winston selbst mit dröhnender Stimme fordern, man solle ihm das ganze Stück geben. Seine Mutter ermahnte ihn, nicht habgierig zu sein. Es gab eine lange Auseinandersetzung mit Geschrei, Gejammer, Tränen, Vorwürfen und Gefeilsche. Seine winzig kleine Schwester, die sich wie ein Babyäffchen mit beiden Händen an ihrer Mutter festklammerte, blickte ihn über die Schulter mit großen traurigen Augen an. Schließlich brach seine Mutter drei Viertel von der Schokolade ab, gab sie Winston und das letzte Viertel seiner Schwester. Das kleine Mädchen nahm es und sah es teilnahmslos an, wußte vielleicht nicht einmal, was es war. Winston beobachtete sie einen Moment lang. Dann, mit einem plötzlichen, raschen Satz, hatte er seiner Schwester das

Stück Schokolade aus der Hand gerissen und war zur Tür geflohen.

»Winston, Winston!« rief ihm seine Mutter hinterher. »Komm zurück! Gib deiner Schwester ihre Schokolade wieder!«

Er blieb stehen, aber er kam nicht zurück. Seine Mutter sah ihn mit besorgtem Blick an. Selbst in diesem Moment dachte er noch an das Ereignis, das bald eintreffen mußte und von dem er nicht wußte, was es war. Seine Schwester, die gemerkt hatte, daß man ihr etwas weggenommen hatte, winselte leise vor sich hin. Seine Mutter schlang den Arm um das Kind und drückte es mit dem Gesicht an ihre Brust. Etwas an dieser Geste sagte Winston, daß seine Schwester bald sterben würde. Er drehte sich um und stürmte mit der klebrig werdenden Schokolade in der Hand die Treppe hinunter.

Er sah seine Mutter nie wieder. Als er die Schokolade hinuntergeschlungen hatte, schämte er sich ein wenig und lungerte mehrere Stunden auf der Straße herum, bis ihn der Hunger nach Hause trieb. Als er zurückkam, war seine Mutter verschwunden. Das war damals schon fast nichts Ungewöhnliches mehr. Bis auf seine Mutter und seine Schwester fehlte nichts im Zimmer. Sie hatten keine Kleider mitgenommen, nicht einmal den Mantel seiner Mutter. Er wußte bis heute nicht mit Sicherheit, ob seine Mutter tot war. Es war durchaus möglich, daß man sie nur in ein Zwangsarbeitslager gesteckt hatte. Und seine Schwester konnte, wie Winston selbst, in eine der Siedlungen für obdachlose Kinder (›Reformzentren‹ genannt) verbracht worden sein, die infolge des Bürgerkriegs entstanden waren; vielleicht hatte man sie aber auch zusammen mit ihrer Mutter ins Arbeitslager geschickt oder einfach irgendwo liegengelassen und dem Tod preisgegeben.

Der Traum war ihm noch ganz gegenwärtig, besonders die einhüllende, schützende Armbewegung, die seine ganze Bedeutung zu beinhalten schien. Seine Gedanken kehrten zu einem anderen, zwei Monate zurückliegenden Traum zurück. Genauso wie sie mit dem an sie geklammerten Kind auf dem schäbigen Bett mit der weißen Steppdekke gesessen hatte, so hatte seine Mutter auch in dem untergegangenen Schiff gesessen, tief unter ihm und mit jedem Augenblick noch tiefer sinkend, und hatte trotzdem unverwandt durch das düsterer werdende Wasser zu ihm hinaufgeblickt.

Er erzählte Julia die Geschichte vom Verschwinden seiner Mutter. Ohne die Augen zu öffnen, rollte sie sich in eine bequemere Lage.

»Vermutlich warst du damals ein gemeines kleines Schwein«, nuschelte sie. »Alle Kinder sind Schweine.«

»Ja. Aber das Entscheidende an dieser Geschichte ist –«

Ihre Atemzüge verrieten ihm, daß sie wieder im Begriff war einzuschlafen. Er hätte gern weiter über seine Mutter geredet. Aus den Erinnerungen, die er an sie besaß, schloß er nicht, daß sie eine ungewöhnliche, geschweige denn eine intelligente Frau gewesen war; und doch hatte sie so etwas wie Würde, eine Art Reinheit besessen, ganz einfach deswegen, weil die Maßstäbe, nach denen sie lebte, ihre eigenen waren. Ihre Gefühle gehörten ihr und konnten von außen nicht verändert werden. Sie wäre nie auf den Gedanken gekommen, daß eine Tat, weil sie wirkungslos bleibt, deswegen auch sinnlos ist. Wenn man jemanden liebte, dann liebte man ihn eben, und wenn man nichts anderes zu geben hatte, dann gab man ihm immer noch Liebe. Als der letzte Rest Schokolade verschwunden war, hatte seine Mutter das Kind in die Arme geschlossen. Es half nichts, es änderte nichts, es zauberte keine Schokolade herbei, es konnte weder den Tod des Kindes noch ihren eigenen verhindern; aber es war für sie eine ganz natürliche Handlung. Die Flüchtlingsfrau in dem Boot hatte den kleinen Jungen auch mit dem Arm beschirmt, und das schützte gegen die

Kugeln nicht mehr als ein Blatt Papier. Das Verbrechen der Partei lag darin, daß sie einem eingeredet hatte, bloße Regungen, bloße Gefühle seien bedeutungslos, während sie einen gleichzeitig aller Macht über die materielle Welt beraubte. War man einmal im Griff der Partei, dann machte es buchstäblich keinen Unterschied mehr, was man fühlte oder nicht fühlte, was man tat oder zu tun unterließ. Was auch geschah, man verschwand, und mit einem verschwanden auch die eigenen Taten, und weder von dem einen noch von dem anderen hörte man jemals wieder etwas. Man wurde einfach aus dem Strom der Geschichte entfernt. Doch nur zwei Generationen zuvor wäre dies den Menschen gar nicht so wichtig erschienen, denn damals versuchten sie nicht, die Geschichte zu verändern. Sie ließen sich von privaten Treuepflichten leiten, die sie nicht in Frage stellten. Was zählte, waren die zwischenmenschlichen Beziehungen, und eine hilflose Geste, eine Umarmung, eine Träne, ein Wort zu einem Sterbenden konnten ihren eigenen Wert besitzen. Die Proles, das begriff er plötzlich, hatten sich in dieser Hinsicht nicht verändert. Sie verhielten sich keiner Partei, keinem Land, keiner Idee gegenüber loyal, sie waren nur untereinander loyal. Zum erstenmal in seinem Leben verachtete er die Proles nicht, noch sah er in ihnen nur eine träge Kraft, die eines Tages zum Leben erwachen und die Welt erneuern würde. Die Proles waren menschlich geblieben. Sie hatten sich innerlich nicht verhärtet. Sie hatten sich die schlichten Gefühle bewahrt, die er erst wieder mühsam und bewußt erlernen mußte. Und er erinnerte sich ohne erkennbaren Zusammenhang daran, wie er vor ein paar Wochen eine abgetrennte Hand auf dem Gehsteig hatte liegen sehen und sie in die Gosse gestoßen hatte wie einen Kohlstrunk.

»Die Proles sind Menschen«, sagte er laut. »Wir nicht.«

»Wieso nicht?« fragte Julia, die wieder aufgewacht war.

Er dachte eine Weile nach. »Hast du dir schon mal überlegt«, sagte er, »daß es für uns das beste wäre, einfach hier aus dem Zimmer zu gehen, bevor es zu spät ist, und uns nie wiederzusehen?«

»Ja, Liebling, das habe ich mir überlegt, sogar mehrmals. Aber ich werde es trotzdem nicht tun.«

»Bisher hatten wir Glück«, sagte er, »aber das wird wohl nicht mehr lange so bleiben. Du bist jung. Du siehst mustergültig und unschuldig aus. Wenn du Leuten wie mir aus dem Weg gehst, könntest du vielleicht noch fünfzig Jahre leben.«

»Nein. Ich hab' alles durchgedacht. Was du tust, das tue ich auch. Und übrigens: Bangemachen gilt nicht. Im Überleben bin ich nämlich ziemlich gut.«

»Wir sind vielleicht noch sechs Monate oder ein Jahr zusammen – das kann man nicht wissen. Aber zum Schluß sind wir mit Sicherheit getrennt. Ist dir klar, *wie* allein wir sein werden? Wenn sie uns erst einmal erwischt haben, dann werden wir nichts, absolut nichts mehr füreinander tun können. Gestehe ich, erschießen sie dich, weigere ich mich zu gestehen, erschießen sie dich genauso. Egal, was ich tue, sage oder nicht sage, nichts davon wird deinen Tod auch nur um fünf Minuten hinausschieben. Wir werden nicht einmal wissen, ob der andere noch lebt oder schon tot ist. Wir werden absolut machtlos sein. Es kommt einzig und allein darauf an, daß wir einander nicht verraten, obwohl auch das nicht den geringsten Unterschied machen dürfte.«

»Wenn du das Geständnis meinst«, sagte sie, »das werden wir sehr wohl ablegen. Sie gestehen alle. Man kann nichts dagegen tun. Sie foltern einen.«

»Ich rede nicht vom Geständnis. Ein Geständnis ist kein Verrat. Was man sagt oder tut, ist egal: nur die Gefühle zählen. Wenn sie mich dazu bringen könnten, dich nicht mehr zu lieben – das wäre wirklicher Verrat.«

Sie dachte darüber nach. »Das können sie nicht«, sagte

sie schließlich. »Das ist das einzige, was sie nicht können. Sie können dich dazu bringen, alles mögliche zu sagen – *alles* –, aber sie können dich nicht zwingen, es zu glauben. Dein Innerstes bekommen sie nicht zu fassen.«

»Nein«, sagte er ein wenig hoffnungsvoller, »nein, du hast völlig recht. Dein Innerstes bekommen sie nicht zu fassen. Wenn du *fühlst,* daß es sich lohnt, Mensch zu bleiben, auch wenn damit absolut nichts zu erreichen ist, dann hast du sie besiegt.«

Er dachte an den Teleschirm mit seinem immer offenen Ohr. Sie konnten einen Tag und Nacht bespitzeln, aber wenn man den Kopf behielt, konnte man sie überlisten. Bei all ihrer Gerissenheit hatten sie doch nie das Problem gelöst, wie man herausfand, was ein anderer dachte. Vielleicht stimmte das nicht mehr so ganz, wenn sie einen tatsächlich in der Gewalt hatten. Man wußte nicht, was im Inneren des Ministeriums für Liebe vorging, aber man konnte es sich durchaus vorstellen: Folterungen, Drogen, hochempfindliche Instrumente, die die Nervenreaktionen registrierten, allmähliche Zermürbung durch Schlafentzug, Isolationshaft und Dauerverhöre. Tatsachen jedenfalls konnte man nicht verheimlichen. Sie konnten durch Befragung ausgeforscht, konnten einem durch Folter abgezwungen werden. Wenn es nun aber nicht darum ging, am Leben, sondern ein Mensch zu bleiben, welchen Unterschied machte das letztlich? Die Gefühle eines Menschen konnten sie nicht ändern: ja, was das anbetraf, so konnte man sie nicht einmal selbst ändern, auch wenn man es wollte. Sie konnten bis ins letzte Detail alles offenlegen, was man je getan, gesagt oder gedacht hatte; doch das Innerste eines Menschen, dessen Regungen sogar für einen selbst geheimnisvoll waren, blieb uneinnehmbar.

VIII

Sie hatten es getan, sie hatten es endlich getan!

Das Zimmer, in dem sie standen, war langgestreckt und gedämpft beleuchtet. Der Teleschirm war leise gedreht, flüsterte nur noch; die Fülle des dunkelblauen Teppichs vermittelte das Gefühl, auf Samt zu gehen. Am anderen Ende des Raums saß O'Brien an einem Tisch unter einer Lampe mit grünem Schirm, zu beiden Seiten von Papierstapeln eingerahmt. Er hatte sich nicht einmal die Mühe gemacht aufzublicken, als der Diener Julia und Winston hereinführte.

Winston hatte solches Herzklopfen, daß er bezweifelte, auch nur einen Ton herausbringen zu können. Sie hatten es getan, sie hatten es endlich getan, das war alles, was er denken konnte. Es war eine Unbesonnenheit gewesen, überhaupt hierherzukommen, und purer Wahnsinn, gemeinsam zu erscheinen; obwohl sie natürlich getrennte Wege eingeschlagen und sich erst vor O'Briens Haustür getroffen hatten. Doch allein schon, sich an einen solchen Ort zu begeben, erforderte höchsten Wagemut. Es kam selten vor, daß man einen Blick in die Wohnungen von Mitgliedern der Inneren Partei werfen oder nur in das Stadtviertel vordringen konnte, in dem sie lebten. Die ganze Atmosphäre des gewaltigen Wohnblocks, all die Pracht und Geräumigkeit, der ungewohnte Geruch von gutem Essen und gutem

Tabak, die geräuschlosen, unglaublich rasch auf und ab gleitenden Lifte, die hin- und hereilenden Diener in weißen Jacken – all das wirkte einschüchternd. Obwohl er einen guten Vorwand für sein Kommen hatte, verfolgte ihn auf Schritt und Tritt die Furcht, es könnte plötzlich ein schwarzuniformierter Wachtposten um die Ecke biegen, seine Papiere verlangen und ihn dann hinausweisen. O'Briens Diener hatte die beiden jedoch eingelassen, ohne eine Miene zu verziehen. Ein kleiner dunkelhaariger Mann in weißer Jacke mit völlig ausdruckslosem Gesicht, das einem Chinesen hätte gehören können. Der Flur, durch den er sie führte, war mit weichen Teppichen ausgelegt, cremefarben tapeziert und weiß getäfelt, alles blitzte vor Sauberkeit. Auch das wirkte einschüchternd. Winston konnte sich nicht erinnern, jemals einen Flur gesehen zu haben, dessen Wände keine Spuren von menschlichen Körpern aufwiesen.

O'Brien hielt einen Zettel in der Hand, den er aufmerksam zu studieren schien. Sein massiges Gesicht, das gesenkt war, so daß man den Nasenrücken sehen konnte, wirkte furchteinflößend und intelligent zugleich. Er saß vielleicht zwanzig Sekunden völlig reglos da. Dann zog er den Sprechschreiber zu sich heran und diktierte in dem hybriden Jargon der Ministerien abgehackt eine Weisung:

»Punkte eins komma fünf komma sieben vollweise gebilligt stop vorschlag in punkt sechs doppelplus lächerlich nähe deldenk streichen stop unverfahren konstruktionsweise vorerhalt plusvoll kalkulation maschinerie pauschal stop ende weisung.«

Er erhob sich bedächtig von seinem Stuhl und kam ihnen über den schallschluckenden Teppich entgegen. Zugleich mit den Neusprechwörtern schien etwas von der amtlichen Atmosphäre von ihm abgefallen zu sein, doch seine Miene war finsterer als gewöhnlich, so als sei er über die Störung nicht erfreut. Zu der Furcht, die Winston bereits verspürte, gesellte sich jetzt noch eine ganz gewöhnliche Verlegenheit. Er hielt es durchaus für möglich, daß er eine Riesendummheit begangen hatte. Welchen Beweis hatte er denn schon, daß O'Brien tatsächlich eine Art politischer Verschwörer war? Nur einen Blickwechsel und eine einzige zweideutige Bemerkung: darüber hinaus lediglich seine eigenen, auf einem Traum basierenden geheimen Einbildungen. Er konnte sich nicht einmal darauf berufen, nur gekommen zu sein, um sich das Wörterbuch auszuleihen, denn damit ließ sich Julias Anwesenheit schwerlich erklären. Als O'Brien am Teleschirm vorbeikam, schien ihm etwas einzufallen. Er blieb stehen, drehte sich zur Seite und drückte auf einen Schalter in der Wand. Man hörte ein scharfes Knacken. Die Stimme verstummte.

Julia gab einen überraschten Quiekser von sich. Trotz seiner Ängste war Winston zu verblüfft, um den Mund halten zu können.

»Was, Sie können ihn abstellen?« stieß er hervor.

»Ja«, meinte O'Brien, »wir können ihn abstellen. Dieses Privileg haben wir.«

Er stand ihnen jetzt gegenüber. Seine mächtige Gestalt überragte sie beide, und sein Gesichtsausdruck war noch immer unerforschlich. Er wartete fast eine Spur unfreundlich darauf, daß Winston etwas sagte. Aber was sollte er sagen? Auch jetzt noch war es durchaus vorstellbar, daß O'Brien einfach ein vielbeschäftigter Mann war, der sich verärgert fragte, warum er gestört worden war. Alle schwiegen. Nach dem Abstellen des Teleschirms wirkte der Raum totenstill. Die Sekunden verstrichen quälend. Mit Mühe hielt Winston O'Briens Blick stand. Dann zeigte das finstere Gesicht plötzlich den Anflug eines Lächelns. Mit seiner charakteristischen Geste rückte sich O'Brien die Brille auf der Nase zurecht.

»Soll ich es sagen, oder wollen Sie es tun?« fragte er.

»Ich werde es sagen«, antwortete Winston prompt. »Das Ding da ist wirklich abgestellt?«

»Ja, alles ist ausgeschaltet. Wir sind unter uns.«

»Wir sind hierhergekommen, weil –«

Er machte eine Pause, zum erstenmal wurde ihm die Verschwommenheit seiner eigenen Motive bewußt. Da er nicht genau wußte, welche Art Hilfe er von O'Brien erwartete, fiel es ihm nicht leicht, zu erklären, weshalb er hierhergekommen war. Er fuhr fort, wohl wissend, daß das, was er sagte, zugleich hilflos und großspurig klingen mußte:

»Wir glauben, daß eine Art Verschwörung, eine Art Geheimorganisation existiert, die gegen die Partei arbeitet, und daß Sie dazugehören. Wir wollen ihr beitreten und für sie arbeiten. Wir sind Feinde der Partei. Wir glauben nicht an die Prinzipien des Engsoz. Wir sind Gedanken-Verbrecher und auch Ehebrecher. Ich erzähle Ihnen das, weil wir uns Ihnen auf Gedeih und Verderb ausliefern wollen. Wenn Sie möchten, daß wir uns auch noch in anderer Weise belasten, sind wir dazu bereit.«

Er hielt inne und warf einen Blick über die Schulter, weil er glaubte, die Tür habe sich geöffnet. Und richtig, der kleine gelbgesichtige Diener war, ohne anzuklopfen, eingetreten. Winston sah, daß er ein Tablett mit einer Karaffe und Gläsern trug.

»Martin gehört zu uns«, sagte O'Brien ungerührt. »Bringen Sie die Drinks hierher, Martin. Stellen Sie sie auf den runden Tisch. Reichen die Stühle? Na, dann setzen wir uns doch und unterhalten uns gemütlich. Holen Sie sich auch einen Stuhl, Martin. Hier geht's ums Geschäft. Für die nächsten zehn Minuten können Sie aus der Dienerrolle schlüpfen.«

Der kleine Mann setzte sich ganz ungeniert, wahrte aber seine Servilität, die Art eines Kammerdieners, der ein Privileg genießt. Winston musterte ihn aus den Augenwinkeln. Er begriff, daß der Mann sein Leben lang Theater spielte und daß er es für gefährlich hielt, seine Rolle auch nur einen Moment fallenzulassen. O'Brien nahm die Karaffe und füllte die Gläser mit einer tiefroten Flüssigkeit. Sie weckte in Winston dunkel die Erinnerung an etwas, das er vor langer Zeit an einer Mauer oder Reklamewand gesehen hatte – eine riesige, aus Glühbirnen zusammengesetzte Flasche, die sich zu neigen und wieder aufzurichten und ihren Inhalt in ein Glas zu schütten schien. Von oben gesehen, wirkte das Zeug beinahe schwarz, doch in der Karaffe schimmerte es wie ein Rubin. Es roch süßsauer. Er sah, wie Julia ihr Glas hob und mit unverhohlener Neugier daran schnupperte.

»Man nennt es Wein«, sagte O'Brien mit dünnem Lächeln. »Sie haben bestimmt schon in Büchern davon gelesen. Leider kommt die Äußere Partei nur selten in diesen Genuß.« Sein Gesicht wurde wieder ernst, und er hob sein Glas: »Ich glaube, es schickt sich, daß wir zuerst auf jemanden trinken. Auf unseren Führer: auf Emmanuel Goldstein.«

Winston hob sein Glas mit einer gewissen Ungeduld. Wein war etwas, von dem er gelesen und geträumt hatte. Er gehörte wie der gläserne Briefbeschwerer oder Mr. Charringtons halberinnerte Reime zu der untergegangenen romantischen Vergangenheit, zur guten alten Zeit, wie er sie insgeheim nannte. Aus irgendeinem Grund hatte er immer angenommen, Wein schmecke sehr süß, ähnlich wie Brombeermarmelade, und zeige eine sofort berauschende Wirkung. Als er das Zeug jetzt schluckte, war er jedoch ausgesprochen enttäuscht. Nach all den Jahren des Gintrinkens schmeckte er kaum etwas davon. Er stellte das leere Glas ab.

»Die Person Goldstein existiert also wirklich?« fragte er.

»Ja, es gibt diese Person, und sie lebt. Wo, weiß ich nicht.«

»Und die Verschwörung – die Organisation? Gibt es die? Oder ist sie bloß eine Erfindung der Gedankenpolizei?«

»Nein, es gibt sie wirklich. Wir nennen sie die Bruderschaft. Sie werden nie viel mehr über die Bruderschaft erfahren, als daß sie existiert und Sie ihr angehören. Ich komme gleich noch einmal darauf zurück.« Er sah auf seine Armbanduhr. »Es ist selbst für Mitglieder der Inneren Partei nicht ratsam, den Teleschirm länger als eine halbe Stunde abzuschalten. Sie hätten nicht zusammen herkommen sollen, auf jeden Fall werden Sie getrennt von hier weggehen. Sie, Genossin« – er nickte Julia zu –, »werden zuerst aufbrechen. Uns bleiben noch rund zwanzig Minuten. Sie werden verstehen, daß ich Ihnen zuerst bestimmte Fragen stellen muß. Ganz allgemein: Wozu sind Sie bereit?«

»Zu allem, was in unserer Macht steht«, sagte Winston.

O'Brien hatte sich auf seinem Stuhl etwas zur Seite gedreht, so daß er Winston jetzt direkt ansah. Julia ignorierte er fast völlig, weil er es für selbstverständlich zu halten schien, daß Winston auch in ihrem Namen sprach. Einen Moment flatterten seine Augenlider. Er begann seine Fragen mit leiser, tonloser Stimme zu stellen, als sei dies für ihn eine Routineangelegenheit, eine Art Katechismus, dessen Antworten er zumeist schon kannte.

»Sie sind bereit, Ihr Leben zu opfern?«

»Ja.«

»Sie sind bereit, Morde zu begehen?«

»Ja.«

»Sabotageakte zu verüben, die vielleicht den Tod von Hunderten unschuldiger Menschen herbeiführen?«

»Ja.«

»Ihr Land an fremde Mächte zu verraten?«

»Ja.«

»Sie sind bereit, zu betrügen, zu fälschen, zu erpressen, Kinder zu korrumpieren, Drogen in Umlauf zu bringen, zur Prostitution zu animieren, Geschlechtskrankheiten zu verbreiten – kurz: alles zu tun, was zur Demoralisierung beiträgt und die Macht der Partei schwächt?«

»Ja.«

»Wenn es beispielsweise unseren Interessen dienlich

wäre, einem Kind Schwefelsäure ins Gesicht zu schütten – wären Sie dazu bereit?«

»Ja.«

»Sie sind bereit, Ihre bisherige Identität aufzugeben und Ihr Leben als Kellner oder Hafenarbeiter zu beschließen?«

»Ja.«

»Sie sind bereit, Selbstmord zu begehen, wann immer wir Ihnen dies befehlen?«

»Ja.«

»Sie beide sind bereit, sich zu trennen und einander nie mehr wiederzusehen?«

»Nein!« protestierte Julia.

Es kam Winston vor, als sei eine lange Zeit verstrichen, ehe er antwortete. Einen Moment schien er sogar die Sprache verloren zu haben. Seine Zunge formte stumme Laute. Die Antwort kannte er erst, nachdem er sie ausgesprochen hatte: »Nein.«

»Gut, daß Sie mir das gesagt haben«, meinte O'Brien. »Wir müssen alles wissen.«

Er wandte sich zu Julia und fügte mit etwas ausdrucksvollerer Stimme hinzu:

»Ist Ihnen klar, daß er, selbst wenn er überlebte, ein völlig anderer Mensch wäre? Wir könnten gezwungen sein, ihm eine neue Identität zu geben. Sein Gesicht, seine Bewegungen, die Form seiner Hände, seine Haarfarbe – sogar seine Stimme wäre anders. Und auch aus Ihnen könnte ein anderer Mensch geworden sein. Unsere Chirurgen sind in der Lage, Menschen bis zur Unkenntlichkeit zu verändern. Manchmal ist das nötig. Manchmal amputieren wir sogar einen Arm oder ein Bein.«

Winston warf noch einmal einen verstohlenen Blick auf Martins Mongolengesicht. Er konnte keine Narben entdecken. Julia war bleich geworden, so daß ihre Sommersprossen deutlich hervortraten, doch sie blickte O'Brien tapfer an. Sie murmelte etwas, das wie Zustimmung klang.

»Gut. Das wäre also erledigt.«

Auf dem Tisch stand eine silberne Zigarettendose. O'Brien schob sie den anderen ziemlich zerstreut hin, bediente sich selbst, erhob sich dann und begann langsam auf und ab zu gehen, so als könne er im Stehen besser denken. Die Zigaretten waren ausgezeichnet, sehr dick und fest gestopft, mit einem ungewohnt seidigen Papier. O'Brien sah erneut auf die Armbanduhr.

»Sie gehen jetzt besser wieder in die Küche, Martin«, sagte er. »In einer Viertelstunde schalte ich den Teleschirm ein. Merken Sie sich die Gesichter dieser Genossen, bevor Sie gehen. Sie werden sie wiedersehen. Ich vielleicht nicht.«

Genau wie vorhin an der Wohnungstür huschten die schwarzen Augen des kleinen Mannes jetzt über ihre Gesichter. In seinem Verhalten war keine Spur von Freundlichkeit. Er prägte sich ihr Äußeres ein, schien sich aber nicht für sie zu interessieren. Winston kam der Gedanke, daß ein künstliches Gesicht seinen Ausdruck vielleicht gar nicht verändern konnte. Wort- und grußlos ging Martin hinaus und zog hinter sich leise die Tür ins Schloß. O'Brien schlenderte hin und her, eine Hand in der Tasche seines schwarzen Overalls, in der anderen die Zigarette.

»Es ist Ihnen klar«, sagte er, »daß Sie im ungewissen kämpfen werden. Sie werden immer im ungewissen sein. Sie werden Befehle erhalten und sie ausführen, ohne zu wissen warum. Später werde ich Ihnen ein Buch zukommen lassen, aus dem Sie die wahre Natur der Gesellschaft, in der wir leben, erfahren werden und auch die Strategie, mit der wir sie zerstören werden. Wenn Sie das Buch gelesen haben, werden Sie vollwertige Mitglieder der Bruderschaft sein. Doch außer den generellen Zielen, für die wir kämpfen, und den jeweiligen augenblicklichen Aufgaben werden Sie nie etwas anderes wissen. Ich sage Ihnen, daß die Bruderschaft existiert, aber ich kann Ihnen nicht sagen, ob sie hundert oder zehn Millionen Mitglieder zählt. Aus eigener Kenntnis heraus werden Sie niemals in der Lage sein, zu sagen, daß sie auch nur ein Dutzend Mitglieder zählt. Sie werden drei oder vier Kontaktpersonen haben, die von Zeit zu Zeit ersetzt werden, weil sie verschwinden. Da ich Ihr erster Kontaktmann bin, bleibt unsere Verbindung bestehen. Wenn Sie Befehle erhalten, dann von mir. Falls wir es für nötig befinden, mit Ihnen in Verbindung zu treten, wird dies durch Martin geschehen. Wenn Sie schließlich geschnappt werden, werden Sie gestehen. Das ist unvermeidlich. Aber außer Ihrem eigenen Tun werden Sie sehr wenig zu gestehen haben. Sie werden nicht mehr als eine Handvoll unwichtiger Leute verraten können. Wahrscheinlich werden Sie nicht einmal mich verraten. Bis dahin bin ich vielleicht schon tot, oder aus mir ist ein anderer Mensch mit einem anderen Gesicht geworden.«

Er schritt weiter den weichen Teppich auf und ab. Trotz der Bulligkeit seines Körpers waren seine Bewegungen auffallend anmutig. Das zeigte sich sogar darin, wie er die Hand in die Tasche schob oder seine Zigarette hielt. Mehr noch als den Eindruck von Stärke vermittelte er den von Zuversicht und ironisch gefärbtem Verständnis. Wie ernst es ihm auch sein mochte, er hatte nichts von der Verbohrtheit des Fanatikers. Wenn er von Mord, Selbstmord, Geschlechtskrankheiten, Amputation und Gesichtschirurgie sprach, so geschah dies mit einem spöttischen Unterton. »Das ist unvermeidlich«, schien seine Stimme zu sagen, »das müssen wir ohne mit der Wimper zu zucken tun. Doch wenn das Leben wieder lebenswert ist, werden wir es nicht mehr tun.« Eine Welle der Bewunderung, ja beinahe der Verehrung für O'Brien durchströmte Winston. Im Moment war die schattenhafte Person Goldsteins für ihn vergessen. Wenn man O'Briens mächtige Schultern und sein derbes Gesicht ansah, das so häßlich und doch so kultiviert war, schien es unvorstellbar, daß er je besiegt werden könnte. Es gab keinen Trick, dem er nicht gewachsen war, keine

Gefahr, die er nicht vorausahnte. Selbst Julia schien beeindruckt. Sie hatte ihre Zigarette ausgehen lassen und lauschte gespannt. O'Brien fuhr fort:

»Sie werden Gerüchte über die Existenz der Bruderschaft gehört haben. Zweifellos haben Sie sich Ihr eigenes Bild davon gemacht. Sie haben sich wahrscheinlich eine gewaltige Unterwelt von Verschwörern vorgestellt, die sich heimlich in Kellern treffen, Mitteilungen an Mauern kritzeln und einander an Kodeworten oder besonderen Handzeichen erkennen. Es gibt nichts dergleichen. Die Mitglieder der Bruderschaft haben keinerlei Möglichkeit, voneinander zu erfahren, und jedes einzelne Mitglied kennt nur die Identität von wenigen anderen. Selbst wenn Goldstein persönlich der Gedankenpolizei in die Hände fiele, könnte er ihr keine vollständige Mitgliederliste oder Informationen geben, die eine komplette Liste ermöglichten. Eine solche Liste existiert nicht. Die Bruderschaft kann nicht ausgelöscht werden, weil sie keine Organisation im herkömmlichen Sinn ist. Sie wird einzig und allein von einer unzerstörbaren Idee zusammengehalten. Sie werden nie einen anderen Rückhalt haben als diese Idee. Sie können weder auf Kameradschaft noch auf Zuspruch rechnen. Wenn Sie dann schließlich geschnappt werden, wird Ihnen niemand helfen. Wir helfen unseren Mitgliedern nie. Wenn jemand unter allen Umständen zum Schweigen gebracht werden soll, gelingt es uns höchstens, eine Rasierklinge in eine Gefängniszelle zu schmuggeln. Sie werden sich daran gewöhnen müssen, ohne Resultate und ohne Hoffnung zu leben. Sie werden eine Zeitlang für uns arbeiten, man wird Sie schnappen, Sie werden gestehen, und dann werden Sie sterben. Dies sind die einzigen Ergebnisse, die Sie jemals sehen werden. Es besteht keinerlei Aussicht, daß zu unseren Lebzeiten eine merkliche Veränderung eintreten wird. Wir sind Tote. Unser einzig wahres Leben liegt in der Zukunft. Wir werden als eine Handvoll Staub und Knochensplitter an ihr teilhaben. Aber wie fern diese Zukunft noch ist, weiß niemand. Es könnten tausend Jahre sein. Im Moment kann man nichts anderes tun, als den Bereich, in dem der gesunde Menschenverstand regiert, Schritt um Schritt auszuweiten. Wir können nicht kollektiv handeln. Wir können unser Wissen nur von Individuum zu Individuum, von Generation zu Generation weitergeben. Die Existenz der Gedankenpolizei läßt nichts anderes zu.«

Er blieb stehen und blickte zum drittenmal auf die Armbanduhr.

»Es wird allmählich Zeit für Sie zu gehen, Genossin«, sagte er zu Julia. »Moment. Die Karaffe ist noch halb voll.«

Er füllte die Gläser und erhob seines.

»Worauf sollen wir diesmal trinken?« fragte er, noch immer mit dem ironischen Unterton. »Auf den Untergang der Gedankenpolizei? Auf den Tod des Großen Bruders? Auf die Menschlichkeit? Auf die Zukunft?«

»Auf die Vergangenheit«, sagte Winston.

»Die Vergangenheit ist wichtiger«, stimmte O'Brien ernst zu. Sie leerten die Gläser, und einen Moment später erhob sich Julia, um zu gehen. O'Brien holte von einem Schränkchen eine kleine Schachtel herunter und gab Julia eine flache weiße Tablette, die sie auf die Zunge legen sollte. Es sei wichtig, sagte er, daß sie beim Hinausgehen nicht nach Wein rieche: die Liftführer seien überaus wachsam.

Sobald sich die Tür hinter ihr geschlossen hatte, schien er Julias Existenz vergessen zu haben. Er ging ein-, zweimal auf und ab und blieb dann stehen.

»Wir müssen noch ein paar Einzelheiten regeln«, sagte er. »Ich vermute, Sie haben irgendeinen Unterschlupf?«

Winston erzählte von dem Zimmer über Mr. Charringtons Laden.

»Das dürfte für den Augenblick genügen. Später werden wir etwas anderes für Sie arrangieren. Es ist wichtig, daß man sein Versteck häufig wechselt. Unterdessen werde ich Ihnen ein Exemplar von *dem Buch* schicken« – selbst O'Brien, bemerkte Winston, sprach das Wort so aus, als stünde es in Anführungszeichen –, »Goldsteins Buch, Sie wissen schon, so bald wie möglich. Es kann ein paar Tage dauern, bis ich mir eins besorgt habe. Wie Sie sich leicht denken können, gibt es nicht viele Exemplare. Die Gedankenpolizei fahndet nach ihnen und vernichtet sie fast ebenso schnell, wie wir sie drucken können. Aber das ändert kaum etwas. Das Buch ist unzerstörbar. Würde auch das letzte Exemplar vernichtet werden, so könnten wir es doch beinahe wörtlich neu schreiben. Übrigens, nehmen Sie eine Aktentasche zur Arbeit mit?«

»Meistens schon.«

»Wie sieht sie aus?«

»Schwarz, sehr abgetragen. Mit zwei Riemen.«

»Schwarz, zwei Riemen, sehr abgetragen – gut. An irgendeinem der nächsten Tage – ein genaues Datum kann ich nicht nennen – wird unter Ihrer Morgenarbeit eine Weisung sein, die ein verdrucktes Wort enthält, und Sie werden um eine neue bitten müssen. Am nächsten Tag werden Sie ohne Ihre Aktentasche zur Arbeit gehen. Irgendwann im Laufe des Tages wird Sie auf der Straße ein Mann am Arm fassen und sagen: ›Ich glaube, Ihnen ist Ihre Aktentasche runtergefallen.‹ Die Mappe, die er Ihnen dann geben wird, enthält ein Exemplar von Goldsteins Buch. Sie können es vierzehn Tage behalten.«

Sie schwiegen einen Moment.

»Es bleiben noch ein paar Minuten, bevor Sie gehen müssen«, sagte O'Brien. »Wir werden uns wiedertreffen – falls wir uns wiedertreffen –«

Winston blickte zu ihm auf. »An dem Ort, wo keine Dunkelheit herrscht?« meinte er zögernd.

O'Brien nickte ohne sichtliche Überraschung. »An dem Ort, wo keine Dunkelheit herrscht«, sagte er, als habe er die Anspielung verstanden. »Möchten Sie noch etwas sagen, bevor Sie gehen? Eine Botschaft? Eine Frage?«

Winston überlegte. Er schien keine Fragen mehr zu haben, und noch weniger verspürte er den Drang, große Worte zu machen. Nichts, was direkt mit O'Brien oder der Bruderschaft zu tun hatte, kam ihm in den Sinn, sondern eine Art Collage von dem dunklen Schlafzimmer, wo seine Mutter ihre letzten Tage zugebracht hatte, und von dem kleinen Raum über Mr. Charringtons Laden mit dem gläsernen Briefbeschwerer und dem Stahlstich im Rosenholzrahmen. Wie aufs Geratewohl sagte er:

»Haben Sie zufällig mal einen alten Abzählreim gehört, der anfängt mit: Orangen und Limonen, läutet's von St. Clement?«

O'Brien nickte erneut. Fast feierlich ergänzte er die Strophe:

»Orangen und Limonen, läutet's von St. Clement,
Die kosten drei Farthing, läutet's von St. Martin,
Wann bezahlst du mir die, läutet's von Old Bailey,
Wenn ich reich bin, läutet's von St. Swithin.«

»Sie kennen die letzte Zeile!« sagte Winston.

»Ja, ich kenne sie. Und jetzt müssen Sie leider gehen. Warten Sie, ich gebe Ihnen besser auch eine von den Tabletten.«

Als Winston aufstand, reichte ihm O'Brien die Hand. Sein Griff war wie ein Schraubstock. An der Tür blickte sich Winston um, aber O'Brien schien bereits im Begriff zu sein, ihn aus seinen Gedanken zu verbannen. Er wartete mit der Hand auf dem Schalter, der den Teleschirm steuerte. Hinter ihm konnte Winston den Schreibtisch mit der grün abgeschirmten Lampe, dem Sprechschreiber und den mit Papieren vollgepackten Drahtablagekörben sehen. Der Fall war abgeschlossen. In dreißig Sekunden, so wurde ihm klar, würde O'Brien wieder an seiner unterbrochenen und wichtigen Arbeit für die Partei sitzen.

IX

Winston verspürte eine gallertartige Müdigkeit. Gallertartig war das richtige Wort. Es war ihm spontan eingefallen. Sein Körper schien nicht nur dic Schlaffheit von Gelee, sondern auch dessen Durchsichtigkeit angenommen zu haben. Er glaubte, er könnte das Licht durch seine Hand scheinen sehen, wenn er sie hochhielte. Eine gewaltige Arbeitsorgie hatte alles Blut und alle Lymphflüssigkeit aus ihm herausgepreßt und nur ein zerbrechliches Gebilde aus Nerven, Haut und Knochen übriggelassen. Alle Empfindungen waren übersteigert. Der Overall scheuerte seine Schultern wund, das Pflaster kitzelte seine Füße, selbst das Öffnen und Schließen der Hand kostete eine Anstrengung, die seine Gelenke knacken ließ.

Er hatte in den letzten fünf Tagen über neunzig Stunden gearbeitet. Alle anderen im Ministerium ebenfalls. Jetzt war es geschafft, und bis morgen früh hatte er buchstäblich nichts zu tun, keinerlei Arbeit mehr für die Partei. Er konnte sechs Stunden im Versteck zubringen und weitere neun zu Hause im eigenen Bett. Im milden Nachmittagssonnenschein ging er langsam durch eine schäbige Straße in Richtung auf Mr. Charringtons Laden; er achtete weniger intensiv als sonst auf Polizeistreifen, war aber irrationalerweise davon überzeugt, daß an diesem Nachmittag keine Gefahr bestand und ihm niemand in die Quere käme. Die schwere Aktenmappe schlug bei jedem Schritt gegen sein Knie und ließ sein Bein prickeln. Die Tasche barg *das Buch*, das seit sechs Tagen in seinem Besitz war und das er noch kein einziges Mal aufgeschlagen, ja noch nicht einmal angesehen hatte.

Am sechsten Tag der Haßwoche, nach den Umzügen, den Reden, dem Geschrei, dem Gesinge, den Transparenten, den Plakaten, den Filmen, den Wachsfigurentableaus, dem Trommelgedröhn und Trompetengeschmetter, dem Stampfen der Marschkolonnen, dem Mahlen der Panzerketten, dem Donner der Flugzeugstaffeln, dem Brüllen der Geschütze – nach sechs solchen Tagen, als der mächtige Orgasmus seinem Höhepunkt entgegenbebte und der allgemeine Haß auf Eurasien sich in ein solches Delirium gesteigert hatte, daß die Massen, wenn ihnen die zweitausend eurasischen Kriegsgefangenen, die am letzten Tag der Prozedur öffentlich gehängt werden sollten, in die Hände gefallen wären, sie fraglos in Stücke gerissen hätten –, genau in diesem Moment also war bekanntgemacht worden, daß sich Ozeanien keineswegs im Krieg mit Eurasien befand. Ozeanien befand sich im Krieg mit Ostasien. Eurasien war ein Verbündeter.

Natürlich hatte man nicht zugegeben, daß eine Veränderung eingetreten war. Es wurde nur urplötzlich und überall zugleich bekannt, daß Ostasien und nicht Eurasien der Feind war. Winston nahm, als dies geschah, gerade an einer Demonstration auf einem der Hauptplätze Londons teil. Es war Nacht, und die weißen Gesichter und scharlachroten Transparente wurden von Scheinwerfern gespenstisch angestrahlt. Auf dem Platz drängten sich mehrere tausend Menschen, darunter ein ganzer Block von etwa tausend Schulkindern in der Uniform der ›Spitzel‹. Auf einem scharlachrot drapierten Podium hielt ein Redner der Inneren Partei, ein kleiner hagerer Mensch mit unverhältnismäßig langen Armen und einem riesigen kahlen Schädel, auf dem ein paar spillerige Haarsträhnen vegetierten, eine bombastische Ansprache an die Menge. Die kleine haßverzerrte Rumpelstilzchengestalt umkrallte mit einer Hand das Mikrofon, während sich die andere, riesenhaft am Ende eines knochigen Arms, drohend wie eine Klaue in die Luft reckte. Seine durch die Verstärker metallisch gefärbte Stimme schmetterte einen endlosen Katalog von Greueltaten, Massakern, Deportationen, Plünderungen, Vergewaltigungen, Gefangenenfolterungen, Lügenpropaganda, ungerechtfertigten Aggressionen, Vertragsbrüchen. Es war fast unmöglich, ihm zuzuhören, ohne zunächst überzeugt zu sein und dann vor Wut zu rasen. Alle paar Augenblicke kochte der Volkszorn über, und die Stimme des Redners ertrank in wildem tierischem Gebrüll, das zügellos aus tausend Kehlen brach. Das wüsteste Geschrei veranstalteten die Schulkinder. Die Rede mochte zwanzig Minuten gedauert haben, als ein Bote auf das Podium hastete und dem Sprecher einen Zettel zusteckte. Er entfaltete ihn und las, ohne seine Rede zu unterbrechen. Weder an seiner Stimme noch an seinem Gebaren, noch am Inhalt seiner Worte änderte sich etwas, doch auf einmal lauteten die Namen anders. Ohne daß auch nur ein Wort gefallen wäre, durchlief die Menge eine Welle des Verstehens. Ozeanien befand sich im Krieg mit Ostasien! Im nächsten Moment brach ein ungeheurer Aufruhr los. Die Transparente und Plakate, mit denen der Platz dekoriert war, stimmten nun nicht mehr! Gut die Hälfte zeigten die falschen Konterfeis. Sabotage! Goldsteins Agenten waren am Werk gewesen! Es gab ein tumultuarisches Intermezzo, bei dem Plakate von den Mauern gerissen, Transparente zerfetzt und zertrampelt wurden. Die ›Spitzel‹ entfalteten ans Wunderbare grenzende Aktivitäten darin, über die Hausdächer zu klettern und die von den Schornsteinen flatternden Spruchbänder zu kappen. In zwei, drei Minuten war alles vorbei. Der Redner hatte, noch immer das Mikrofon umklammernd und die freie Hand in die Luft gereckt, unbeirrt seine Rede fortgesetzt. Noch eine Minute, und die Menge brach wieder in das barbarische Wutgeheul aus. Der Haß tobte genauso weiter wie zuvor, nur die Zielscheibe hatte sich geändert.

Rückblickend beeindruckte es Winston, daß der Sprecher tatsächlich mitten im Satz umgeschaltet hatte, und das nicht nur, ohne zu stocken, sondern auch ohne jeden Verstoß gegen die Syntax. Doch damals hatten ihn andere Dinge mehr beschäftigt. Während des Durcheinanders, in dem die Plakate heruntergerissen wurden, hatte ihm ein Mann, dessen Gesicht er nicht sehen konnte, auf die Schulter geklopft und gesagt: »Verzeihung, aber ich glaube, Sie haben da eben Ihre Aktentasche fallen lassen.« Zerstreut und wortlos griff er nach der Mappe. Er wußte, es würde Tage dauern, bis sich ihm eine Gelegenheit bot, einen Blick hineinzuwerfen. Sobald die Demonstration vorüber war, begab er sich direkt zum Ministerium für Wahrheit, obwohl es mittlerweile fast dreiundzwanzig Uhr war. Die komplette Belegschaft des Ministeriums hatte das gleiche getan. Die Rückrufbefehle, die von den Teleschirmen bereits gesendet wurden, waren beinahe überflüssig.

Ozeanien führte Krieg mit Ostasien: Ozeanien hatte immer Krieg mit Ostasien geführt. Ein Großteil der politischen Literatur der letzten fünf Jahre war jetzt hoffnungslos veraltet. Berichte und Dokumente jeglicher Art, Zeitungen, Bücher, Pamphlete, Filme, Tonaufnahmen, Fotografien – alles mußte in Windeseile richtiggestellt werden. Obwohl keinerlei Direktiven erlassen wurden, war doch bekannt, daß die Abteilungsleiter wünschten, binnen Wochenfrist nirgendwo mehr einen Hinweis auf den Krieg mit Eurasien oder das Bündnis mit Ostasien zu finden. Die Aufgabe war fast nicht zu bewältigen, vor allem, weil die mit ihr verbundenen Arbeitsmethoden nicht beim richtigen Namen genannt werden konnten. Die ganze Dokumentations-Abteilung arbeitete achtzehn von vierundzwanzig Stunden, mit zwei je dreistündigen Schlafpausen. Aus den Kellern wurden Matratzen geholt und überall in den Korridoren ausgelegt; die Mahlzeiten bestanden aus Sandwiches und Victory Kaffee und wurden von Kantinenangestellten auf Rollwagen herumgefahren. Jedesmal wenn Winston seine Tätigkeit für eine seiner Schlafpausen unterbrach, bemühte er sich, alles aufgearbeitet zu haben und den Schreibtisch leer zu hinterlassen; und jedesmal, wenn er mit verklebten Augen und wie zerschlagen zurückgekrochen kam, war ein neuer Hagel von Papierröllchen niedergegangen, hatte seinen Schreibtisch zugeschüttet wie eine Schneewehe, den Sprechschreiber halb begraben und sich auf den Fußboden ergossen, so daß er sie zuallererst zu einem einigermaßen ordentlichen Haufen aufschichten mußte, um überhaupt Platz zum Arbeiten zu haben. Am schlimmsten war, daß sich die Arbeit keineswegs rein mechanisch erledigen ließ. Oft genügte es, einen Namen durch einen anderen zu ersetzen, aber jeder detaillierte Tatsachenbericht erforderte Sorgfalt und Phantasie. Es waren allein beträchtliche geographische Kenntnisse nötig, um den Krieg von einem Teil der Welt in einen anderen zu verlegen.

Am dritten Tag litt er unter unerträglichen Augenschmerzen und mußte alle paar Minuten seine Brille putzen. Es war wie der Kampf mit einer aufreibenden körperlichen Arbeit, etwas, das man mit Recht verweigern konnte und das man doch geradezu neurotisch zu bewältigen bestrebt war. Soweit ihm überhaupt noch Zeit blieb, darüber nachzudenken, störte es ihn nicht, daß jedes Wort, das er in den Sprechschreiber murmelte, jeder Strich seines Tintenstifts eine bewußte Lüge war. Wie jeder andere in der Abteilung war er darauf erpicht, daß die Fälschung perfekt ausfiel. Am Morgen des sechsten Tages ließ der Papierröllchenregen nach. Eine geschlagene halbe Stunde lang fiel nichts aus der Rohrpost; dann folgte noch ein Röllchen und dann nichts mehr. Fast gleichzeitig verringerte sich überall die anfallende Arbeit. Ein tiefer, sozusagen stiller Seufzer ging durch die ganze Abteilung. Eine gewaltige Tat, die nie erwähnt werden durfte, war vollbracht. Es war jetzt unmöglich, anhand von Dokumenten zu beweisen, daß der Krieg mit Eurasien jemals stattgefunden hatte. Um zwölf Uhr kam die unerwartete Durchsage, daß alle Angestellten des Ministeriums bis zum nächsten Morgen frei hätten. Winston, der immer noch die Aktentasche mit *dem Buch* bei sich trug, die er beim Arbeiten zwischen die Füße geklemmt und beim Schlafen unter seinen Körper geschoben hatte, ging nach Hause, rasierte sich und schlief in der Badewanne fast ein, obwohl das Wasser kaum mehr als lauwarm war.

Mit wollüstig knackenden Gelenken stieg Winston die Treppe über Mr. Charringtons Laden hinauf. Er war müde, aber nicht mehr schläfrig. Er öffnete das Fenster, zündete den verschmutzten kleinen Petroleumkocher an und stellte einen Topf Kaffeewasser auf. Julia würde gleich kommen; bis dahin hatte er ja *das Buch*. Er setzte sich in den schmuddeligen Lehnstuhl und löste die Riemen der Aktentasche.

Ein schwerer schwarzer, unfachmännisch gebundener Wälzer ohne Namen oder Titel auf dem Einband. Auch der Druck wirkte etwas unregelmäßig. Die Seiten waren an den Ecken abgegriffen und fielen leicht auseinander, so als sei das Buch durch viele Hände gegangen. Auf der Titelseite stand:

THEORIE UND PRAXIS DES
OLIGARCHISCHEN KOLLEKTIVISMUS
von Emmanuel Goldstein

Winston begann zu lesen:

Kapitel 1
Unwissenheit ist Stärke

Von Anbeginn der geschichtlichen Überlieferung und wahrscheinlich seit dem Ende des Steinzeitalters gab es auf der Welt drei Arten von Menschen: die Oberen, die Mittleren und die Unteren. Sie waren auf vielerlei Weise untergliedert, trugen die verschiedenartigsten Namen, und sowohl ihre Verhältniszahl wie ihre Einstellung zueinander änderten sich von Epoche zu Epoche: doch die Grundstruktur der Gesellschaft hat sich nie gewandelt. Selbst nach ungeheuren Umwälzungen und scheinbar unwiderruflichen Veränderungen stellte sich stets das gleiche Muster wieder her, genauso wie ein Gyroskop sich immer wieder aufrichtet, wie sehr man es auch aus dem Gleichgewicht bringt.

Die Ziele dieser drei Gruppen sind absolut unvereinbar . . .

Winston unterbrach die Lektüre, hauptsächlich um die Tatsache zu genießen, *daß* er las, in Ruhe und Sicherheit. Er war allein: kein Teleschirm, kein Ohr am Schlüsselloch, kein nervöser Zwang, über die Schulter zu blicken oder die Buchseite mit der Hand abzudecken. Die milde Sommerluft streichelte seine Wange. Von irgendwo weit her drang leises Kindergeschrei, im Zimmer selbst war alles still, bis auf das insektenhafte Ticken der Uhr. Er rutschte tiefer in den Lehnstuhl und legte die Beine aufs Kamingitter. Es war der Himmel auf Erden, es war die Seligkeit. Plötzlich, so wie man es manchmal mit einem Buch tut, von dem man weiß, daß man es schließlich Wort für Wort lesen und wiederlesen wird, schlug er es an einer anderen Stelle auf und befand sich in Kapitel 3. Er las weiter:

Kapitel 3
Krieg ist Frieden

Die Aufsplitterung der Welt in drei große Superstaaten war ein Ereignis, das bereits vor der Mitte des zwanzigsten Jahrhunderts vorauszusehen war und auch tatsächlich vorausgesehen wurde. Mit der Einverleibung Europas durch

Rußland und des Britischen Empires durch die Vereinigten Staaten existierten schon zwei der drei heute bestehenden Mächte, nämlich Eurasien und Ozeanien. Die dritte Macht, Ostasien, schälte sich erst nach einem weiteren Jahrzehnt verworrener Kämpfe als deutlicher Verband heraus. Die Grenzen zwischen den drei Superstaaten sind an manchen Stellen willkürlich, an anderen fließend, je nach Kriegsglück, aber im allgemeinen folgen sie geographischen Gegebenheiten. Eurasien umfaßt den gesamten nördlichen Teil der europäischen und asiatischen Landmasse von Portugal bis zur Beringstraße. Ozeanien umfaßt die beiden Amerika, die Atlantischen Inseln einschließlich der Britischen Inseln, Australasien und den südlichen Teil Afrikas. Ostasien, kleiner als die beiden anderen und mit weniger fest umrissener Westgrenze, umfaßt China und die Länder südlich davon, die Japanischen Inseln und große, aber in ihren Grenzen fließende Teile der Mandschurei, der Mongolei und Tibets.

In dieser oder jener Kombination führen die drei Superstaaten ständig Krieg gegeneinander, und das seit fünfundzwanzig Jahren. Der Krieg ist jedoch nicht mehr der verzweifelte Vernichtungskampf wie in den Anfangsjahrzehnten des zwanzigsten Jahrhunderts. Es ist ein Waffengang mit begrenzten Zielen zwischen Kämpfenden, die nicht in der Lage sind, einander zu vernichten, die keinen materiellen Kriegsgrund haben und die kein echter ideologischer Unterschied trennt. Das soll nicht heißen, daß etwa die Kriegführung oder die dominierende Haltung dazu weniger blutrünstig oder gar ritterlicher geworden wäre. Im Gegenteil, Kriegshysterie herrscht ständig und generell in allen Ländern, und Taten wie Notzucht, Plünderung, Kindesmord, Versklavung ganzer Bevölkerungsgruppen und Repressalien gegen Kriegsgefangene, die sogar das Sieden und Verbrennen bei lebendigem Leibe einschließen, gelten als normal und, wenn sie die eigene Seite und nicht der

Feind begeht, als verdienstvoll. Doch in materieller Hinsicht betrifft der Krieg nur eine geringe Zahl von Menschen, meistens hochtrainierte Spezialisten, und fordert überhaupt nur wenig Verluste. Die Kampfhandlungen, falls es überhaupt dazu kommt, finden an den unklaren Grenzen statt, über deren Verlauf der Durchschnittsmensch nur Vermutungen anstellen kann, oder im Bereich rings um die Schwimmenden Festungen, die strategische Punkte auf den Seewegen bewachen. In den Zentren der Zivilisation bedeutet der Krieg bloß ständigen Mangel an Konsumgütern und den gelegentlichen Einschlag einer Raketenbombe, dem vielleicht ein paar Dutzend Menschen zum Opfer fallen. Der Krieg hat tatsächlich seinen Charakter verändert. Genauer gesagt haben sich die Gründe, um derentwillen Krieg geführt wird, in der Reihenfolge ihrer Wichtigkeit verändert. Motive, die in den Großkriegen zu Beginn des zwanzigsten Jahrhunderts eine bescheidene Rolle spielten, sind jetzt dominierend geworden.

Um die Natur des gegenwärtigen Krieges zu verstehen – denn trotz der alle paar Jahre wechselnden Konstellationen handelt es sich immer noch um denselben Krieg –, muß man sich vor allem klarmachen, daß er unmöglich entschieden werden kann. Keiner der drei Superstaaten kann endgültig erobert werden, nicht einmal von den beiden anderen gemeinsam. Ihre Kräfte sind zu sehr im Gleichgewicht, ihre natürlichen Verteidigungsanlagen immens. Eurasien wird durch seine riesige Landmasse geschützt, Ozeanien durch die Weite des Atlantik und Pazifik, Ostasien durch die Fruchtbarkeit und den Fleiß seiner Einwohner. Zweitens gibt es, materiell gesehen, nichts mehr, worum man kämpfen könnte. Mit der Etablierung autarker Ökonomien, in denen Produktion und Konsum miteinander verzahnt sind, hat das Gerangel um Absatzmärkte, in dem eine Hauptursache früherer Kriege lag, ein Ende gefunden, während der Wettlauf um Rohstoffe keine Existenzfrage mehr darstellt. Jedenfalls ist jeder der drei Superstaaten groß genug, um seinen Bedarf an fast allen Materialien innerhalb der eigenen Grenzen zu befriedigen. Sofern der Krieg einen unmittelbar ökonomischen Zweck hat, ist er ein Krieg um Arbeitskräfte. Zwischen den Grenzen der Superstaaten, und nicht ständig einem von ihnen eingegliedert, liegt ein annähernd quadratisches Gebiet mit den Eckpunkten Tanger, Brazzaville, Darwin und Hongkong, das rund ein Fünftel der Erdbevölkerung beherbergt. Um den Besitz dieser dichtbevölkerten Landstriche und den der Nordpolarregion geht der ständige Kampf der drei Mächte. In der Praxis kontrolliert keine Macht jemals das ganze umstrittene Gebiet. Teile davon wechseln laufend den Besitzer, und die Chance, durch einen plötzlichen verräterischen Handstreich diesen oder jenen Gebietsteil zu erobern, führt zu den endlosen Bündniswechseln.

Alle umstrittenen Territorien bergen wertvolle Mineralien, und einige von ihnen erzeugen wichtige Pflanzenprodukte wie Gummi, das in kälteren Klimazonen mit relativ kostspieligen Methoden synthetisch hergestellt werden muß. Doch vor allem enthalten sie ein unerschöpfliches Reservoir billiger Arbeitskräfte. Die Macht, die Äquatorialafrika oder die Länder des Mittleren Ostens oder Südindien oder den Indonesischen Archipel kontrolliert, verfügt damit auch über Hunderte von Millionen schlechtbezahlter und hart arbeitender Kulis. Die mehr oder weniger offen zu Sklaven degradierten Bewohner dieser Gebiete wechseln unter ihren Eroberern laufend den Besitzer und werden ebenso wie Kohle oder Öl in dem Wettlauf ausgebeutet, um mehr Waffen zu produzieren, um mehr Territorium zu besetzen, um mehr Arbeitskräfte zu kontrollieren, um mehr Waffen zu produzieren, um mehr Territorium zu besetzen und so unendlich weiter. Man darf dabei nicht übersehen, daß die Kämpfe eigentlich nie wirklich über die Grenzlinien der umstrittenen Gebiete hinausgehen. Die Grenzen Eurasiens schwanken zwischen dem Kongobecken und der Nordküste des Mittelmeers; die Inseln im Indischen Ozean und im Pazifik werden ständig von Ozeanien oder Ostasien erobert und zurückerobert; in der Mongolei bleibt der Grenzverlauf zwischen Eurasien und Ostasien nie stabil; rund um den Pol beanspruchen alle drei Mächte gewaltige Territorien für sich, die faktisch weitgehend unbewohnt und unerforscht sind: doch das Machtgleichgewicht bleibt in etwa immer erhalten, und das Gebiet, das das Kernland jedes Superstaates bildet, bleibt immer unversehrt. Darüber hinaus ist die Arbeitskraft der ausgebeuteten Menschen in den Äquatorregionen für die Weltwirtschaft nicht wirklich notwendig. Sie tragen zum Wohlstand der Welt nichts bei, denn alles, was sie produzieren, dient Kriegszwecken, und das Ziel einer Kriegführung liegt unabänderlich darin, für den nächsten Krieg besser gerüstet zu sein. Durch ihre Arbeit ermöglichen die versklavten Bevölkerungen die Beschleunigung der dauernden Kriegführung. Doch würde es sie nicht geben, wäre die Struktur der Weltgesellschaftsordnung und der Prozeß, durch den sie sich erhält, nicht grundsätzlich anders.

Das Hauptziel der modernen Kriegführung (in Übereinstimmung mit den Prinzipien des *Doppeldenk* wird dieses Ziel von den leitenden Köpfen der Inneren Partei gleichzeitig erkannt und nicht erkannt) besteht darin, die maschinellen Produkte zu verbrauchen, ohne den allgemeinen Lebensstandard zu heben. Seit dem Ende des neunzehnten Jahrhunderts ist in der Industriegesellschaft die Nutzung des Konsumgüterüberschusses ein latentes Problem gewesen. Gegenwärtig, wo viele Menschen nicht einmal genug zu essen haben, ist dieses Problem offensichtlich nicht vordringlich und wäre es vielleicht auch ohne die Mitwirkung künstlicher Zerstörungsprozesse nicht geworden. Die Welt von heute ist ein karger, ausgehungerter, zugrunde gerichteter Ort, verglichen mit der Welt von 1914, und vergleicht man sie mit der imaginären Zukunft, der die Menschen jener Epoche entgegensahen, wird der Unterschied noch krasser. Zu Beginn des zwanzigsten Jahrhunderts gehörte die Vision einer zukünftigen, unglaublich reichen, mußevollen, geordneten und leistungsfähigen Gesellschaft – eine glitzernde, antiseptische Welt aus Glas, Stahl und schneeweißem Beton – zum Bewußtsein beinahe jedes gebildeten Menschen. Wissenschaft und Technologie entwickelten sich mit atemberaubender Geschwindigkeit, und es schien nichts dagegenzusprechen, daß diese Entwicklung nicht auch weiterhin stattfinden sollte. Das war jedoch nicht der Fall, teils infolge der durch eine lange Reihe von Kriegen und Revolutionen verursachten Verelendung, teils weil wissenschaftlicher und technischer Fortschritt von der empirischen Denkweise abhingen, die in einer strikt reglementierten Gesellschaft nicht überdauern konnte. Im ganzen betrachtet, ist die Welt von heute primitiver, als sie es vor fünfzig Jahren war. Auf gewissen rückständigen Gebieten wurden Fortschritte erzielt, und man hat verschiedene, immer im Zusammenhang mit Kriegführung und Polizeiüberwachung stehende Geräte entwickelt, doch Experiment und Erfindung sind weitgehend zum Stillstand gekommen, und die Verheerungen des Atomkriegs der 50er Jahre wurden nie ganz wettgemacht. Trotzdem sind die Gefahren, die die Maschine mit sich bringt, noch immer akut. Mit dem Auftauchen der ersten Maschine war allen denkenden Menschen klar, daß dadurch die Notwendigkeit menschlicher Mühsal und die aus ihr resultierende Ungleichheit aufgehoben war. Wenn die Maschine bewußt zu diesem Ziel eingesetzt wurde, dann konnten Hunger, Mehrarbeit, Schmutz, Analphabetentum und Krankheit binnen weniger Generationen ausgerottet werden. Und tatsächlich hob die Maschine, ohne zu einem solchen Zweck eingesetzt zu werden, allein durch eine Art automatischen Prozeß – indem sie eine Fülle produzierte, die manchmal unausweichlich verteilt werden mußte – den Lebensstandard des Durchschnittsmenschen ganz beträchtlich, und zwar für die Dauer von rund fünfzig Jahren am Ende des neunzehnten und zu Beginn des zwanzigsten Jahrhunderts.

Aber es war ebenfalls klar, daß ein allgemein wachsender Wohlstand die Fortdauer einer hierarchischen Gesellschaft bedrohte, ja, in gewissem Sinn ihren Untergang bedeutete. In einer Welt, wo jedermann Kurzarbeit leistete, genug zu essen, ein Haus mit Bad und Kühltruhe hatte und ein Auto oder sogar ein Flugzeug besaß, in einer solchen Welt wäre die offenkundigste und vielleicht wichtigste Form der Ungleichheit bereits verschwunden. Wurde Wohlstand erst einmal Allgemeingut, würde er keinen Rang mehr verleihen. Man konnte sich durchaus eine Gesellschaft vorstellen, in der der *Wohlstand*, im Sinne von persönlichem Besitz und Luxus, gleichmäßig verteilt war, während die *Macht* in den Händen einer kleinen privilegierten Kaste blieb. Doch in der Praxis konnte eine solche Gesellschaft nicht lange stabil bleiben. Denn wenn alle in der gleichen Muße und Sicherheit lebten, würde die große Masse der Menschen, die normalerweise durch die Armut verdummt sind, sich weiterbilden und selbständig zu denken lernen; und waren sie erst einmal soweit, würden sie früher oder später dahinterkommen, daß die privilegierte Minderheit keine Funktion besaß, und sie hinwegfegen. Auf lange Sicht war eine hierarchische Gesellschaft nur auf der Basis von Armut und Unwissenheit möglich. Zur Agrarstruktur der Vergangenheit zurückzukehren, wovon einige Denker zu Beginn des zwanzigsten Jahrhunderts träumten, bot keine praktikable Lösung. Sie widersprach der Mechanisierungstendenz, die beinahe auf der ganzen Welt fast instinktiv eingesetzt hatte, und außerdem war jedes industriell rückständige Land in militärischer Hinsicht hilflos und dazu verurteilt, direkt oder indirekt von seinen technisch fortschrittlicheren Rivalen beherrscht zu werden.

Auch die Lösung, die Massen durch eine Drosselung der Warenproduktion in Armut zu halten, war nicht befriedigend. Dies war in großem Umfang während der Endphase des Kapitalismus, etwa zwischen 1920 und 1940, geschehen. In vielen Ländern ließ man die Wirtschaft stagnieren, Ackerland lag brach, Kapitalverschreibungen wurden nicht aufgestockt, große Bevölkerungsteile durften nicht arbeiten und wurden durch die Staatliche Wohlfahrt gerade noch am Leben erhalten. Aber auch das zog militärische Schwäche nach sich, und da die auferlegten Entbehrungen ganz offensichtlich unnötig waren, konnte die Opposition nicht ausbleiben. Das Problem war, wie man die Räder der Industrie in Schwung hielt, ohne den realen Wohlstand in der Welt zu heben. Waren mußten produziert werden, durften aber nicht zur Verteilung gelangen. Und praktisch ließ sich dies nur durch eine dauernde Kriegführung erreichen.

Das Hauptwerk des Krieges ist Zerstörung, nicht notwendigerweise die von Menschenleben, aber die von Produkten menschlicher Arbeit. Der Krieg ist ein Mittel, Materialien zu vernichten, in die Stratosphäre zu jagen oder in den Tiefen des Meeres zu versenken, die sonst dazu benutzt werden könnten, es den Massen zu bequem und sie somit auf lange Sicht zu intelligent zu machen. Selbst wenn Kriegsgerät nicht tatsächlich zerstört wird, bietet seine Herstellung immer noch einen einfachen Weg, Arbeitskraft zu verbrauchen, ohne etwas Konsumierbares zu produzieren. In einer Schwimmenden Festung zum Beispiel steckt eine Arbeitsleistung, mit der man mehrere hundert Frachtschiffe bauen könnte. Schließlich wird sie als überholt abgewrackt, ohne jemals irgendwem materiellen Nutzen gebracht zu haben, und mit einem erneuten ungeheuren Arbeitsaufwand wird die nächste Schwimmende Festung gebaut. Im Prinzip ist die Kriegsleistung immer so berechnet, daß sie jeden Überschuß aufzehrt, der nach der Deckung der allernotwendigsten Lebensbedürfnisse der Bevölkerung verbleiben könnte. In der Praxis werden die Bedürfnisse der Bevölkerung immer unterschätzt, mit dem Ergebnis, daß an der Hälfte aller lebenswichtigen Güter chronische Knappheit herrscht; aber das wird als Vorteil gewertet. Es ist ganz bewußte Politik, sogar die favorisierten Gruppen am Rande des Existenzminimums zu halten, denn ein allgemeiner Mangelzustand steigert die Bedeutung kleiner Privilegien und vergrößert so den Unterschied zwischen den einzelnen Gruppen. Am Lebensstandard des frühen zwanzigsten Jahrhunderts gemessen, fristet sogar ein Mitglied der Inneren Partei ein enthaltsames, arbeitsreiches Dasein. Trotzdem lebt es durch den wenigen Luxus, den es genießt – die große, guteingerichtete Wohnung, den besseren Stoff für seine Kleidung, die bessere Qualität seines Essens, seiner Getränke und seines Tabaks, seine zwei oder drei Dienstboten, seinen Privatwagen oder Helikopter –, in einer völlig anderen Welt als ein Mitglied der Äußeren Partei, und die Mitglieder der Äußeren Partei genießen einen ähnlichen Vorteil im Vergleich zu den unterdrückten Massen, die wir »die Proles« nennen. Die Atmosphäre gleicht der einer belagerten Stadt, wo der Besitz eines Klumpens Pferdefleisch den Unterschied zwischen Reichtum und Armut ausmacht. Gleichzeitig läßt das Bewußtsein, sich im Krieg und somit in Gefahr zu befinden, es als die natürliche, unvermeidbare Überlebensbedingung erscheinen, alle Macht einer kleinen Kaste zu übertragen.

Der Krieg leistet, wie man noch sehen wird, nicht nur die nötige Zerstörung, er tut es überdies auf eine psychologisch akzeptable Weise. Im Prinzip wäre es recht einfach, die überschüssige Arbeitskraft der Welt zu verschwenden, indem man etwa Tempel und Pyramiden baut, Löcher gräbt und sie wieder zuschüttet oder sogar, indem man erst gewaltige Warenmengen produziert und sie dann verbrennt. Doch damit wäre bloß die ökonomische und nicht die emotionale Basis für eine hierarchische Gesellschaft gewonnen. Hier geht es nicht um die Moral der Massen, deren Einstellung gleichgültig ist, solange man sie dauernd beschäftigt, sondern um die Moral der Partei selbst. Auch vom schlichtesten Parteimitglied wird erwartet, daß es kompetent, fleißig und innerhalb enger Grenzen sogar intelligent ist, doch es muß ebenso auch ein leichtgläubiger und unwissender Fanatiker sein, dessen vorherrschende Emotionen Angst, Haß, Speichelleckerei und orgiastischer Triumph sind. Anders gesagt, es sollte notwendigerweise eine dem Kriegszustand angemessene Mentalität besitzen. Es spielt dabei keine Rolle, ob der Krieg tatsächlich stattfindet, und da ein endgültiger Sieg nicht möglich ist, spielt es auch keine Rolle, ob der Krieg günstig oder ungünstig verläuft. Es reicht, daß ein Kriegszustand existiert. Die Bewußtseinsspaltung, die die Partei von ihren Mitgliedern fordert und die sich in einer Atmosphäre von Krieg leichter erreichen läßt, findet man heute fast überall, doch je höher man im Rang aufsteigt, desto ausgeprägter wird sie. Gerade in der Inneren Partei sind Kriegshysterie und Feindhaß am stärksten. In seiner Funktion als Administrator muß ein Mitglied der Inneren Partei wissen, daß dieser oder jener Punkt eines Kriegsberichts unwahr ist, und es mag sich häufig bewußt sein, daß der ganze Krieg nur Augenwischerei ist und entweder gar nicht stattfindet oder aus ganz anderen Motiven als den angegebenen geführt wird: doch dieses Wissen läßt sich leicht durch die Technik von *Doppeldenk* neutralisieren. Mittlerweile wird kein Mitglied der Inneren Partei auch nur für einen Moment in seinem mystischen Glauben wankelmütig, daß der Krieg *echt* ist und daß er siegreich enden wird, mit Ozeanien als dem unbestrittenen Herrscher über die ganze Welt.

Alle Mitglieder der Partei glauben an diesen kommenden

Sieg wie an ein Dogma. Er soll entweder durch einen allmählichen Gebietszuwachs und somit durch die Schaffung eines ungeheuren Machtübergewichts errungen werden oder durch die Entdeckung einer neuen, unschlagbaren Waffe. Die Suche nach neuen Waffensystemen geht ununterbrochen weiter und gehört zu den wenigen spärlichen Restaktivitäten, in denen der Erfinder- oder Forschergeist ein Ventil findet. In Ozeanien hat heute »die Wissenschaft« im althergebrachten Sinn aufgehört zu existieren. In Neusprech gibt es kein Wort für »Wissenschaft«. Das empirische Denkmodell, auf das sich alle wissenschaftlichen Errungenschaften der Vergangenheit gründeten, widerspricht den fundamentalsten Prinzipien des Engsoz. Und selbst technologischer Fortschritt kommt nur dann zustande, wenn seine Erzeugnisse in irgendeiner Weise zur Einschränkung der menschlichen Freiheit verwertet werden können. In allen nutzbringendem Künsten steht die Welt entweder still oder dreht sich zurück. Die Felder werden mit Pferdepflügen bestellt, während man Bücher maschinell schreiben läßt. Doch in lebenswichtigen Bereichen – und das meint Krieg und Polizeiüberwachung – wird die empirische Betrachtungsweise auch heute noch unterstützt oder zumindest toleriert. Die Partei kennt zwei Ziele: die Eroberung des gesamten Erdballs und die endgültige Tilgung jeder Möglichkeit unabhängigen Denkens. Es gilt deshalb für die Partei, zwei große Probleme zu lösen. Erstens, wie lassen sich die Gedanken eines anderen Menschen gegen seinen Willen ausforschen; und zweitens, wie lassen sich mehrere hundert Millionen Menschen in ein paar Sekunden ohne Vorwarnung umbringen. Sofern es noch wissenschaftliche Forschung gibt, ist dies ihr Gegenstand. Der Wissenschaftler von heute ist entweder eine Mischung aus Psychologe und Inquisitor, der mit minuziöser Genauigkeit die Bedeutung des Mienenspiels, der Gesten und des Tonfalls studiert und die wahrheitsfördernden

Wirkungen von Drogen, Elektroschocks, Hypnose und körperlicher Folter testet, oder er ist Chemiker, Physiker oder Biologe, der sich nur mit den Zweigen seines Spezialgebiets befaßt, die für die Vernichtung von Leben relevant sind. In den gewaltigen Laboratorien des Ministeriums für Frieden und in den verborgenen Experimentalstationen im brasilianischen Urwald, in der australischen Wüste oder auf verlorenen Inseln in der Antarktis sind die Expertenteams unermüdlich am Werk. Einige befassen sich ausschließlich mit der logistischen Planung zukünftiger Kriege; andere entwickeln immer größere Raketenbomben, immer verheerendere Explosivstoffe und immer undurchdringlichere Panzerungen; andere suchen nach neuen und tödlicheren Gasen oder löslichen Giftstoffen, die, in großen Mengen produziert, die Vegetation ganzer Kontinente vernichten können, oder nach Bakterienkulturen von Krankheitserregern, die gegen alle bekannten Antikörperchen immun sind; andere bemühen sich, ein Gefährt zu konstruieren, das sich wie ein U-Boot durch die Erde bohren soll, oder ein Flugzeug, das von seinem Stützpunkt so unabhängig ist wie ein Segelschiff, andere erforschen sogar noch entlegenere Möglichkeiten, wie zum Beispiel die Bündelung der Sonnenstrahlen durch Tausende von Kilometern im Raum entfernt schwebende Linsen oder die Erzeugung künstlicher Erdbeben und Flutwellen durch das Anzapfen der Hitze im Erdmittelpunkt.

Doch keines dieser Projekte nähert sich jemals der Realisierung, und keiner der drei Superstaaten erringt jemals einen bedeutenden Vorsprung gegenüber den anderen. Noch bemerkenswerter ist, daß alle drei Mächte in der Atombombe bereits eine Waffe besitzen, die viel gewaltiger ist als jede, die ihre derzeitigen Forschungen wahrscheinlich entdecken werden. Obwohl die Partei naturgemäß diese Erfindung für sich beansprucht, tauchten die ersten Atombomben bereits in den 40er Jahren auf und kamen erstmalig in großem Maßstab etwa zehn Jahre später zum Einsatz. Zu dieser Zeit fielen Hunderte von Bomben auf Industriezentren, hauptsächlich im europäischen Rußland, in Westeuropa und Nordamerika. Die Wirkung sollte die herrschenden Gruppen aller Länder davon überzeugen, daß noch ein paar Atombomben mehr das Ende jeder organisierten Gesellschaft und somit ihrer eigenen Macht bedeuten würden. Danach fielen, obwohl nie ein formelles Abkommen darüber getroffen oder vorgeschlagen wurde, keine Atombomben mehr. Alle drei Mächte produzieren jedoch weiterhin Atombomben und speichern sie für die entscheidende Gelegenheit auf, von der sie alle glauben, daß sie früher oder später einmal kommen wird. Und inzwischen hat die Kriegskunst dreißig oder vierzig Jahre stagniert. Helikopter werden öfter eingesetzt als früher, Bomber wurden größtenteils durch Projektile mit Selbstantrieb ersetzt, und das bewegliche verwundbare Schlachtschiff hat der beinahe unversenkbaren Schwimmenden Festung Platz gemacht, doch sonst hat es kaum eine Entwicklung gegeben. Panzer, U-Boot, Torpedo, Maschinengewehr, sogar Gewehr und Handgranate sind noch in Gebrauch. Und trotz der endlosen Gemetzel, über die Presse und Teleschirm berichten, haben sich die verzweifelten Schlachten früherer Kriege, in denen oft binnen weniger Wochen Hunderttausende oder sogar Millionen Männer getötet wurden, nie wiederholt.

Keiner der drei Superstaaten unternimmt je ein Manöver, das das Risiko einer ernsten Niederlage in sich birgt. Wenn irgendeine große Operation gestartet wird, dann handelt es sich in der Regel um einen Überraschungsangriff auf einen Verbündeten. Die Strategie, die alle drei Mächte verfolgen, oder die zu verfolgen sie sich vorspiegeln, ist die gleiche. Der Plan sieht vor, sich durch eine Kombination von Kampfhandlungen, Übereinkünften und rechtzeitigem Verrat einen Ring von Stützpunkten zu schaffen, der den einen oder anderen der rivalisierenden Staaten einkreist, und dann mit diesem Rivalen einen Freundschaftspakt zu schließen und so viele Jahre friedliche Beziehungen zu ihm zu unterhalten, bis jeder Argwohn geschwunden ist. Während dieser Zeit können an allen strategischen Punkten mit Atombomben bestückte Raketen stationiert werden; sie werden schließlich alle im gleichen Moment abgefeuert und erzielen eine so verheerende Wirkung, daß sie jeden Vergeltungsschlag unmöglich machen. Dann ist es an der Zeit, mit der übriggebliebenen Weltmacht einen Freundschaftspakt zu schließen, um den nächsten Angriff vorzubereiten. Man braucht wohl kaum zu erwähnen, daß dieser Plan eine reine Wunschvorstellung und fern jeder Realisierung ist. Überdies kommt es ausschließlich in den umstrittenen Gebieten rings um den Äquator und den Pol zu Kampfhandlungen: eine Invasion eines feindlichen Territoriums wird nie unternommen. Hieraus erklärt sich die Tatsache, daß die Grenzen zwischen den Superstaaten an manchen Stellen willkürlich sind. Eurasien zum Beispiel könnte mühelos die Britischen Inseln erobern, die geographisch zu Europa gehören, andererseits wäre es Ozeanien möglich, seine Grenzen bis an den Rhein oder sogar bis zur Weichsel vorzuschieben. Doch dies würde gegen das von allen Seiten eingehaltene, wiewohl nie formulierte Prinzip der kulturellen Integrität verstoßen. Würde Ozeanien die ehemals als Frankreich und Deutschland bekannten Gebiete erobern, wäre es notwendig, entweder die Bewohner auszurotten – eine technisch sehr schwer zu bewältigende Aufgabe – oder eine rund hundert Millionen zählende Bevölkerung zu assimilieren, die, was die technische Entwicklung betrifft, ungefähr auf dem Niveau Ozeaniens steht. Das Problem stellt sich für alle drei Superstaaten in gleicher Weise. Es ist für ihre Struktur absolut unabdingbar, daß es zu keinem Kontakt mit Ausländern kommt, außer in beschränktem Maße mit Kriegsgefangenen und farbigen Sklaven. Sogar dem jeweils offiziell Verbündeten begegnet man mit tiefstem Argwohn. Mit Ausnahme von Kriegsgefangenen bekommt der ozeanische Durchschnittsbürger nie einen Bürger Eurasiens oder Ostasiens zu Gesicht, und die Kenntnis fremder Sprachen ist ihm untersagt. Wäre ihm der Kontakt mit Ausländern gestattet, würde er feststellen, daß sie ganz ähnliche Menschen sind wie er und daß das meiste, was er über sie gehört hat, Lügen waren. Die hermetisch abgeriegelte Welt, in der er lebt, würde aufgebrochen, und die Angst, der Haß und die Selbstgerechtigkeit, von denen seine Kampfmoral abhängen, könnten verfliegen. Man hat deshalb auf allen Seiten eingesehen, daß, wie oft auch Persien, Ägypten, Java oder Ceylon den Besitzer wechseln mögen, die Hauptgrenzen doch nur von Bomben und von sonst nichts überquert werden dürfen.

Dem liegt eine nie laut ausgesprochene, aber stillschweigend anerkannte und handlungsbestimmende Tatsache zugrunde: nämlich daß sich die Lebensbedingungen in allen drei Superstaaten in etwa gleichen. In Ozeanien heißt die vorherrschende Philosophie Engsoz, in Eurasien heißt sie Neo-Bolschewismus, und in Ostasien trägt sie einen chinesischen Namen, der gewöhnlich mit Todes-Kult übersetzt wird, sich aber vielleicht treffender als »Auslöschung des Ich« wiedergeben ließe. Der Bürger Ozeaniens darf nichts von den Leitsätzen der beiden anderen Philosophien wissen, sondern man lehrt ihn, sie als barbarischen Frevel an der Moral und dem gesunden Menschenverstand zu verabscheuen. In Wahrheit unterscheiden sich die drei Philosophien kaum, und die Gesellschaftssysteme, die von ihnen gestützt werden, unterscheiden sich überhaupt nicht. Überall herrscht die gleiche pyramidenartige Struktur, die gleiche Verehrung eines halbgottähnlichen Führers, die gleichen Sparmaßnahmen durch und für die permanente Kriegführung. Daraus folgt, daß die drei Superstaaten einander nicht nur nicht erobern können, sondern auch keinen Nutzen davon hätten. Im Gegenteil, solange sie sich im Konflikt miteinander befinden, stützen sie sich gegenseitig wie drei aneinandergelehnte Getreidegarben. Und wie üblich sind sich die herrschenden Gruppen aller drei Mächte dessen, was sie tun, gleichzeitig bewußt und unbewußt. Ihr Leben gehört der Welteroberung, doch sie wissen auch, daß der Krieg notwendigerweise ewig und ohne Endsieg weitergeht. Indessen ermöglicht der Umstand, daß *keine* Eroberungsgefahr besteht, die Leugnung der Realität, die ein besonderes Merkmal des Engsoz und seiner rivalisierenden Denksysteme ist. Hier muß das bereits früher Gesagte wiederholt werden, nämlich daß der Krieg dadurch, daß er zu einem Dauerzustand wurde, sein Wesen radikal verändert hat.

In früherer Zeit war ein Krieg fast per Definition etwas, das irgendwann einmal endete, in der Regel mit einem eindeutigen Sieg oder mit einer ebensolchen Niederlage. In der Vergangenheit war der Krieg auch eines der Hauptinstrumente, durch das die menschlichen Gesellschaften mit der materiellen Realität in Kontakt blieben. Zu allen Zeiten haben Machthaber versucht, ihren Anhängern ein falsches Weltbild zu oktroyieren, doch sie konnten es sich nicht leisten, eine Illusion zu fördern, die dazu angetan war, die militärische Schlagkraft zu beeinträchtigen. Solange eine Niederlage noch den Verlust der Unabhängigkeit oder ein anderes, allgemein als unerwünscht betrachtetes Ereignis bedeutete, so lange mußte man sich gegen eine Niederlage auch ernstlich wappnen. Man konnte naturwissenschaftliche Tatsachen nicht ignorieren. In der Philosophie, Religion, Ethik oder Politik mochte ja 2 x 2 = 5 sein, doch wenn man ein Gewehr oder ein Flugzeug konstruierte, dann mußte 2 x 2 = 4 sein. Nicht leistungsfähige Nationen wurden früher oder später stets erobert, und das Streben nach Leistungsfähigkeit duldete keine Illusionen. Zudem mußte man, um leistungsfähig zu sein, aus der Vergangenheit lernen können, und das hieß, eine ziemlich genaue Vorstellung davon zu haben, was in der Vergangenheit passiert war. Zeitungen und Geschichtsbücher waren natürlich immer gefärbt und tendenziös, aber die heutzutage praktizierten Fälschungen wären damals unmöglich gewesen. Der Krieg war ein Sicherheitsgarant für Vernunft, und was die herrschenden Klassen betraf, war er vermutlich der wichtigste Sicherheitsgarant überhaupt. Solange Kriege noch zu gewinnen oder zu verlieren waren, konnte keine herrschende Klasse völlig verantwortungslos handeln.

Doch wenn der Krieg buchstäblich zum Dauerzustand wird, dann hört er auch auf, gefährlich zu sein. Wenn permanent Krieg herrscht, dann besteht so etwas wie eine militärische Notwendigkeit nicht mehr. Technischer Fortschritt darf zum Stillstand kommen, und die greifbarsten Tatsachen können geleugnet oder außer acht gelassen werden. Wie wir gesehen haben, werden für Kriegszwecke noch Forschungen angestellt, die man wissenschaftlich nennen könnte, aber im wesentlichen handelt es sich dabei um Hirngespinste, und die Tatsache, daß sie keine Resultate zeitigen, ist unerheblich. Leistungsstärke, sogar militärische Leistungsstärke, ist nicht mehr gefragt. Leistungsstark ist in Ozeanien nur die Gedankenpolizei. Da jeder der drei Superstaaten uneinnehmbar ist, bildet jeder von ihnen praktisch ein eigenes Universum, in dem sich beinahe jede Gedankenverdrehung gefahrlos durchführen läßt. Der Druck der Realität äußert sich nur in den alltäglichen Lebensnotwendigkeiten – in der Notwendigkeit zu essen und zu trinken, Kleidung und ein Dach über dem Kopf zu haben, sich möglichst nicht zu vergiften oder aus Dachbodenfenstern zu fallen und dergleichen. Zwischen Leben und Tod, zwischen körperlichem Wohlbehagen und körperlichem Schmerz besteht zwar noch ein Unterschied, aber das ist auch alles. Abgeschnitten vom Kontakt mit der Außenwelt und der Vergangenheit, gleicht der Bürger Ozeaniens einem Menschen im interstellaren Raum, dem jede Möglichkeit fehlt, festzustellen, wo oben und wo unten ist. Die Herrscher eines solchen Staates sind so absolutistisch, wie es die Pharaonen oder Caesaren nicht sein konnten. Sie müssen verhindern, daß ihre Anhänger in unvorteilhaft hoher Zahl verhungern, und dafür sorgen, daß sie das gleiche niedrige Niveau der Militärtechnik halten wie ihre Rivalen; ist dieses Minimum erst einmal erfüllt, dann können sie die Realität nach Gutdünken verdrehen.

Gemessen an früheren Kriegen, ist dieser Krieg deshalb lediglich ein Scheingefecht. Er ähnelt den Kämpfen zwischen einer bestimmten Art von Wiederkäuern, deren Hörner so gewachsen sind, daß sie einander damit nicht verletzen können. Aber obwohl er unecht ist, ist er doch nicht zwecklos. Er verschlingt den Konsumgüterüberschuß, und er hilft, die besondere geistige Atmosphäre zu erhalten, die eine hierarchische Gesellschaft braucht. Der Krieg ist heute, wie man sehen wird, eine rein interne Angelegenheit. In der Vergangenheit bekämpften die herrschenden Gruppen aller Länder einander – auch wenn sie vielleicht ihr gemeinsames Interesse erkannten und deshalb die zerstörerischen Wirkungen des Kriegs einschränkten –, und der Sieger plünderte den Besiegten immer aus. Heutzutage bekämpfen sie einander überhaupt nicht mehr. Jede herrschende Gruppe führt den Krieg gegen ihre eigenen Untertanen, und das Kriegsziel liegt nicht darin, Gebietseroberungen zu machen oder zu verhindern, sondern darin, die Gesellschaftsstruktur intakt zu erhalten. Allein das Wort »Krieg« ist mißverständlich geworden. Wahrscheinlich wäre es richtig, zu sagen, daß der Krieg dadurch, daß er permanent wurde, zu existieren aufgehört hat. Der typische Druck, den er zwischen der Steinzeit und dem frühen zwanzigsten Jahrhundert auf die Menschen ausgeübt hat, ist gewichen und durch etwas völlig anderes ersetzt worden. Der Effekt wäre der gleiche, wenn die drei Superstaaten, statt einander zu bekämpfen, übereinkämen, in dauerhaftem Frieden zu leben, jeder unversehrt innerhalb der eigenen Grenzen. Denn in diesem Fall wäre jeder immer noch ein in sich abgeschlossenes Universum, für immer befreit von dem ernüchternden Einfluß einer äußeren Bedrohung. Ein wirklich dauerhafter Frieden wäre das gleiche wie ein dauerhafter Krieg. Dies ist – obwohl die überwältigende Mehrheit der Parteimitglieder sie nur in einem oberflächlicheren Sinn begreift – die zentrale Bedeutung der Parteiparole: *Krieg ist Frieden.*

Winston hörte für einen Moment zu lesen auf. Irgendwo in weiter Ferne donnerte eine Raketenbombe. Das Glücksgefühl, allein mit dem verbotenen Buch in einem Zimmer zu sein, wo es keinen Teleschirm gab, dauerte an. Einsamkeit und Sicherheit waren körperliche Empfindungen, die sich irgendwie mit der Müdigkeit seines Körpers, der Weichheit des Lehnstuhls und der durchs Fenster wehenden Brise, die seine Wange streifte, vermischten. Das Buch faszinierte ihn, oder, genauer gesagt, es bestärkte ihn. Es sagte ihm eigentlich nichts Neues, doch gerade das machte einen Teil seiner Anziehungskraft aus. Es sprach das aus, was er gesagt haben würde, hätte er Ordnung in seine konfusen Gedanken bringen können. Das Buch stammte von einem ihm verwandten Geist, der aber unendlich viel stärker, systematischer und weniger angstgepeinigt war. Die besten Bücher, stellte er fest, sind die, die einem sagen, was man bereits weiß. Er hatte eben zu Kapitel 1 zurückgeblättert, als er Julias Schritte auf der Treppe hörte und aufsprang, um sie zu begrüßen. Sie ließ ihre braune Werkzeugtasche zu Boden plumpsen und warf sich ihm in die Arme. Es war über eine Woche her, seit sie sich gesehen hatten.

»Ich habe *das Buch*«, sagte er, als sie sich losließen.

»So? Wie schön für dich«, sagte sie ohne großes Interesse und kniete sich fast augenblicklich neben den Petroleumkocher, um Kaffee zu machen.

Erst nachdem sie eine halbe Stunde im Bett gewesen waren, kamen sie auf das Thema zurück. Der Abend war doch so kühl, daß man die Bettdecke gebrauchen konnte. Von unten erklang der vertraute Gesang und das Scharren von Schuhen auf den Steinfliesen. Die stämmige Frau mit den roten Armen, die Winston bei seinem ersten Hiersein gesehen hatte, gehörte beinahe schon zum Inventar des Hofs. Es schien keine Tagesstunde zu geben, an der sie nicht zwischen dem Zuber und der Wäscheleine hin und her marschierte, sich ab und zu Wäscheklammern in den Mund stopfte und munter drauflossang. Julia hatte es sich auf ihrer Seite gemütlich gemacht und schien einschlafen zu wollen. Er griff nach dem Buch, das auf dem Boden lag, und lehnte sich sitzend an das Kopfteil des Betts.

»Wir müssen es lesen«, sagte er. »Du auch. Alle Mitglieder der Bruderschaft müssen es lesen.«

»Lies du es«, sagte sie mit geschlossenen Augen. »Lies es vor. Das ist am besten. Dann kannst du mir auch immer gleich alles erklären.«

Die Uhrzeiger wiesen auf sechs, auf achtzehn Uhr also. Er stützte das Buch gegen die Knie und begann vorzulesen:

Kapitel I
Unwissenheit ist Stärke

Von Anbeginn der geschichtlichen Überlieferung und wahrscheinlich seit dem Ende des Steinzeitalters gab es auf der Welt drei Arten von Menschen: die Oberen, die Mittleren und die Unteren. Sie waren auf vielerlei Weise untergliedert, trugen die verschiedenartigsten Namen, und sowohl ihre Verhältniszahl wie ihre Einstellung zueinander änderten sich von Epoche zu Epoche: doch die Grundstruktur der Gesellschaft hat sich nie gewandelt. Selbst nach ungeheuren Umwälzungen und scheinbar unwiderruflichen Veränderungen stellte sich stets das gleiche Muster wieder her, genauso wie ein Gyroskop sich immer wieder aufrichtet, wie sehr man es auch aus dem Gleichgewicht bringt.

»Julia, bist du noch wach?« fragte Winston.

»Ja, Liebling, ich hör' dir zu. Lies nur weiter. Es ist toll.«

Er las weiter:

Die Ziele dieser drei Gruppen sind absolut unvereinbar. Das Ziel der Oberen ist es, dort zu bleiben, wo sie sind. Das Ziel der Mittleren, mit den Oberen den Platz zu tauschen. Das Ziel der Unteren, sofern sie überhaupt eines haben – denn es ist ein bleibendes Charakteristikum der Unteren, daß sie von der Plackerei zu ausgelaugt sind, um öfter als nur sporadisch etwas Interesse zu zeigen, das außerhalb ihres Alltagslebens liegt –, ist es, alle Unterschiede abzuschaffen und eine Gesellschaft zu errichten, in der alle Menschen gleich sein sollen. Und so wiederholt sich durch die ganze Geschichte ein in seinen Grundzügen immer gleicher Kampf. Über lange Zeiträume scheinen die Oberen ungefährdet an der Macht zu sein, doch früher oder später kommt der Augenblick, in dem sie entweder ihr Selbstvertrauen verlieren oder die Fähigkeit, wirksam zu regieren, oder beides. Sie werden dann von den Mittleren gestürzt, die die Unteren dadurch auf ihre Seite ziehen, daß sie ihnen vorspiegeln, für Freiheit und Gerechtigkeit zu kämpfen. Sobald die Mittleren ihr Ziel erreicht haben, stoßen sie die Unteren wieder in ihre alte Knechtschaft zurück und werden selber zu den Oberen. Schon bald spaltet sich von einer der beiden anderen Gruppen oder von beiden eine neue Mittelgruppe ab, und der Kampf beginnt wieder. Von den drei Gruppen sind es nur die Unteren, die nicht einmal vorübergehend ihre Ziele erreichen. Es wäre übertrieben, zu sagen, es habe im Verlauf der Geschichte keinen materiellen Fortschritt gegeben. Selbst heute, in einer Periode des Niedergangs, ist der Durchschnittsmensch materiell besser gestellt als noch vor ein paar Jahrhunderten. Doch kein

Wohlstandswachstum, keine Lockerung der Sitten, keine Reform oder Revolution hat uns der Gleichheit der Menschen auch nur einen Millimeter näher gebracht. Aus dem Blickwinkel der Unteren hat kein geschichtlicher Wandel jemals mehr bedeutet als eine Änderung der Namen ihrer Herren.

Ende des neunzehnten Jahrhunderts war dieses wiederkehrende Muster vielen Beobachtern klargeworden. Daraufhin entstand eine Schule von Denkern, die die Geschichte als einen zyklischen Prozeß interpretierten und damit zeigen wollten, daß Ungleichheit das unabänderliche Gesetz des menschlichen Lebens sei. Diese Doktrin hatte natürlich schon immer ihre Anhänger gefunden, doch in der Art und Weise, wie sie jetzt vorgebracht wurde, zeichnete sich ein bemerkenswerter Wandel ab. In der Vergangenheit hatten speziell die Oberen die Doktrin von der Notwendigkeit einer hierarchischen Gesellschaftsform vertreten. Könige und Aristokraten hatten sie gepredigt und die Priester und Juristen, die von ihnen lebten, ebenfalls, und gewöhnlich war sie durch das Versprechen auf Entschädigung in einer imaginären jenseitigen Welt versüßt worden. Solange sie um Macht kämpfte, hatte die Mitte immer Begriffe wie Freiheit, Gerechtigkeit und Brüderlichkeit verwandt. Jetzt aber begannen Leute, die noch gar nicht an der Macht waren, sondern nur hofften, es bald zu sein, die Idee der menschlichen Brüderlichkeit anzugreifen. In der Vergangenheit hatte die Mitte unter dem Banner der Gleichheit Revolutionen gemacht und dann, sobald die alte Tyrannei gestürzt war, eine neue errichtet. Die neuen Mittelgruppen proklamierten allerdings ihre Tyrannei schon im voraus. Der Sozialismus, eine Theorie, die im frühen neunzehnten Jahrhundert auftauchte und das letzte Glied in der Gedankenkette bildete, die zu den Sklavenaufständen der Antike zurückreichte, war noch stark infiziert vom Utopismus früherer Epochen. Doch in jeder seiner nach dem Jahr 1900 auftauchenden Varianten ließ der Sozialismus das Ziel, Freiheit und Gleichheit zu schaffen, immer offener fallen. Die neuen Bewegungen, die um die Jahrhundertmitte auftraten – Engsoz in Ozeanien, Neo-Bolschewismus in Eurasien, Todes-Kult in Ostasien –, hatten das erklärte Ziel, Unfreiheit und Ungleichheit fortbestehen zu lassen. Diese neuen Bewegungen erwuchsen natürlich aus den alten und waren bestrebt, deren Namen beizubehalten und ihren Ideologien Lippenbekenntnisse zu zollen. Doch sie alle hatten zum Ziel, den Fortschritt anzuhalten und die Geschichte in einem ganz bestimmten Moment einzufrieren. Das Pendel sollte noch einmal in der gewohnten Weise ausschlagen, und dann stop! Wie gewöhnlich sollten die Oberen von den Mittleren verdrängt werden, die damit die Oberen werden würden; doch diesmal würden die Oberen durch eine gezielte Strategie ihre Position dauerhaft behaupten können.

Die neuen Doktrinen entstanden teilweise infolge der Häufung historischen Wissens und des gewachsenen historischen Verständnisses, was beides vor dem neunzehnten Jahrhundert so gut wie nicht existiert hatte. Die zyklische Bewegung der Geschichte war jetzt faßlich oder schien es zumindest zu sein; und wenn sie faßlich war, dann ließ sie sich auch ändern. Aber der tiefere Grund war der, daß bereits seit Beginn des zwanzigsten Jahrhunderts die Gleichheit der Menschen technisch möglich geworden war. Noch immer galt zwar, daß die Menschen sich in ihren angeborenen Fähigkeiten nicht glichen und daß Tätigkeiten in einer Weise spezialisiert werden mußten, die einzelne begünstigte; eine echte Notwendigkeit für Klassen- oder Besitzunterschiede bestand jedoch nicht mehr. In früheren Zeiten waren Klassenunterschiede nicht nur unvermeidbar, sondern sogar erwünscht gewesen. Ungleichheit war der Preis der Zivilisation. Doch mit der Entwicklung der maschinellen Produktion veränderte sich die Sachlage. Auch wenn die Menschen weiterhin unterschiedliche Arbeit leisten mußten, so brauchten sie doch nicht mehr notwendig auf unterschiedlichem sozialem oder wirtschaftlichem Niveau zu leben. Vom Standpunkt der neuen Gruppen aus, die sich kurz vor der Machtübernahme befanden, war die menschliche Gleichheit deshalb kein erstrebenswertes Ideal mehr, sondern eine Gefahr, die es abzuwenden galt. In primitiveren Zeitaltern, als eine gerechte und friedliche Gesellschaft tatsächlich nicht möglich war, war es ganz leicht gewesen, an sie zu glauben. Die Vorstellung eines irdischen Paradieses, wo die Menschen in Brüderlichkeit, ohne Gesetze und ohne Schwerarbeit leben sollten, hatte die menschliche Phantasie Tausende von Jahren beschäftigt. Und diese Vision hatte sogar noch einen gewissen Einfluß auf jene Gruppen ausgeübt, die eigentlich von jeder geschichtlichen Veränderung profitierten. Die Erben der französischen, englischen und amerikanischen Revolution hatten zum Teil selbst an ihre Phrasen über Menschenrechte, Redefreiheit, Gleichheit vor dem Gesetz und dergleichen geglaubt und zu einem gewissen Grad sogar ihr Verhalten danach ausgerichtet. Doch im vierten Jahrzehnt des zwanzigsten Jahrhunderts waren alle Hauptströmungen politischen Denkens autoritär. Man hatte das irdische Paradies genau in dem Moment diskreditiert, als es zu realisieren gewesen wäre. Jede neue politische Theorie, welchen Namen sie sich auch geben mochte, führte zurück zur Hierarchie und Reglementierung. Und im Zuge der um das Jahr 1930 allgemein einsetzenden politischen Verhärtung wurden lange, in manchen Fällen seit Hunderten von Jahren aufgegebene Praktiken – wie Inhaftierung ohne Prozeß, die Verwendung von Kriegsgefangenen als Arbeitssklaven, öffentliche Hinrichtungen, Folterung zwecks Geständniserpressung, Geiselnahme und Deportation ganzer Bevölkerungen – nicht bloß allgemein wieder eingeführt, sondern auch von Leuten toleriert und sogar verteidigt, die sich für aufgeklärt und fortschrittlich hielten.

Erst nach einem Jahrzehnt nationaler Kriege, Bürgerkriege, Revolutionen und Konterrevolutionen in allen Teilen der Welt traten Engsoz und seine Rivalen als vollausgearbeitete politische Theorien hervor. Aber sie waren durch die verschiedenen, in der Regel als totalitär bezeichneten Systeme, die bereits früher in diesem Jahrhundert aufgetaucht waren, schon angekündigt worden, und die Welt, die aus dem herrschenden Chaos hervorgehen würde, war in großen Umrissen schon lange bekannt gewesen. Ebenso, welche Leute diese Welt kontrollieren würden. Die neue Aristokratie bestand in der Hauptsache aus Bürokraten, Wissenschaftlern, Technikern, Gewerkschaftsfunktionären, Propagandaspezialisten, Soziologen, Lehrern, Journalisten und Berufspolitikern. Diese Leute, deren Ursprünge in dem gehaltsempfangenden Mittelstand und der gehobenen Arbeiterklasse lagen, waren durch die sterile Welt der Monopolindustrie und zentralistischen Regierung geprägt und zusammengeführt worden. Verglichen mit ihren Pendants aus früheren Zeiten waren sie weniger habgierig, weniger luxusversessen, hungriger nach schierer Macht und vor allem in ihren Handlungen bewußter und mehr darauf aus, die Opposition zu vernichten. Dies war ein grundlegender Unterschied. Im Vergleich mit der heute herrschenden Tyrannei waren alle früheren halbherzig und uneffektiv. Die herrschenden Gruppen krankten zu einem gewissen Grad immer an liberalen Ideen und waren bereit, überall Hintertürchen offenzulassen, sich nur um die ersichtliche Tat zu kümmern und nicht darum, was ihre Untertanen dachten. An modernen Maßstäben gemessen, war sogar die katholische Kirche des Mittelalters tolerant. Das lag zum Teil daran, daß in der Vergangenheit keine Regierung die Möglichkeit hatte, ihre Bürger ständig zu überwachen. Die Erfindung der Druckerpresse jedoch erleichterte die Manipulation der öffentlichen Meinung, und Film und Rundfunk trieben den Prozeß noch weiter voran. Mit der

Entwicklung des Fernsehens und durch dessen technische Weiterentwicklung, die es ermöglichte, mit demselben Gerät gleichzeitig zu empfangen und zu senden, war jegliches Privatleben zu Ende. Jeder Bürger, oder zumindest jeder, der wichtig genug war, um beobachtet zu werden, konnte vierundzwanzig Stunden am Tag den Augen der Polizei und den offiziellen Propagandasendungen ausgeliefert werden, wobei ihm alle anderen Kommunikationskanäle versperrt blieben. Damit bestand zum erstenmal die Möglichkeit, allen Untertanen nicht nur den absoluten Gehorsam gegenüber dem Willen des Staates, sondern auch die absolute Einheitsmeinung aufzuzwingen.

Nach der revolutionären Periode der 50er und 60er Jahre gruppierte sich die Gesellschaft neu und wie immer in eine Ober-, eine Mittel- und eine Unterschicht. Doch die neue Oberschicht handelte nicht instinktiv wie alle ihre Vorläufer, sondern sie *wußte,* was zur Sicherung ihrer Position erforderlich war. Man hatte schon lange erkannt, daß es für die Oligarchie nur eine sichere Basis gab: den Kollektivismus. Wohlstand und Privilegien lassen sich am leichtesten verteidigen, wenn sie Gemeinschaftsbesitz sind. Die sogenannte »Abschaffung des Privateigentums«, die um die Jahrhundertmitte erfolgte, bedeutete praktisch die Konzentration des Eigentums in noch weniger Händen als vorher, aber mit dem Unterschied, daß die neuen Besitzer eine Gruppe statt einer Menge einzelner waren. Dem Parteimitglied als Individuum gehört nichts außer seiner unbedeutenden persönlichen Habe. Kollektiv gehört der Partei alles in Ozeanien, denn sie kontrolliert alles und verfügt über die Produkte nach Gutdünken. In den Jahren nach der Revolution gelang es ihr, beinahe widerstandslos diese beherrschende Position einzunehmen, weil das ganze Verfahren als Kollektivierung hingestellt wurde. Man hatte immer angenommen, daß auf die Enteignung der Kapitalistenklasse der Sozialismus folgen müsse: und enteignet waren die Kapitalisten fraglos worden. Fabriken, Bergwerke, Land, Häuser, Transportmittel – alles hatte man ihnen weggenommen, und da diese Dinge nun kein Privateigentum mehr waren, folgte daraus, daß sie öffentliches Eigentum sein mußten. Engsoz, der aus der früheren sozialistischen Bewegung hervorging und deren Phraseologie erbte, hat tatsächlich den Hauptpunkt des sozialistischen Programms realisiert; mit dem vorhergesehenen und vorgeplanten Ergebnis, daß die wirtschaftliche Ungleichheit zum Dauerzustand gemacht worden ist.

Aber die Probleme des Fortbestands einer hierarchischen Gesellschaft liegen tiefer. Es gibt nur vier Möglichkeiten, wie eine herrschende Gruppe ihre Macht einbüßen kann. Entweder sie wird von außen überwunden, oder sie regiert so unfähig, daß die Massen zur Revolte aufgestachelt werden, oder sie duldet das Entstehen einer starken und unzufriedenen Mittelschicht, oder sie verliert das Selbstvertrauen und die Bereitschaft zu regieren. Diese Ursachen werden nicht losgelöst voneinander wirksam. Eine herrschende Klasse, die sich gegen sie alle schützen könnte, bliebe dauerhaft an der Macht. Der entscheidende Faktor ist letztlich die geistige Einstellung der herrschenden Klasse selbst.

Nach der Mitte des jetzigen Jahrhunderts war die erste Gefahr de facto verschwunden. Jede der drei Mächte, die sich heute die Welt teilen, ist praktisch unbesiegbar und könnte nur durch langsame demographische Veränderungen, die eine Regierung mit weitreichender Macht leicht verhindern kann, überwunden werden. Auch die zweite Gefahr besteht nur theoretisch. Die Massen revoltieren nie aus eigenem Antrieb, und sie revoltieren nie, nur weil sie unterdrückt werden. Solange man ihnen die Vergleichsmaßstäbe entzieht, werden sie nicht einmal merken, daß man sie unterdrückt. Die wiederkehrenden Wirtschaftskrisen vergangener Zeiten waren absolut unnötig und dürfen jetzt nicht mehr eintreten, aber andere und ebenso heftige Erschütterungen können und dürfen stattfinden, ohne politische Folgen zu zeitigen, denn es gibt keine Möglichkeit, wie sich die Unzufriedenheit artikulieren kann. Was das Problem der Überproduktion angeht, das in unserer Gesellschaft seit der Entwicklung der Maschinentechnik latent vorhanden war, so ist es durch das Mittel der Dauerkriegführung gelöst worden (siehe Kapitel III), das ebenfalls dazu taugt, die öffentliche Kampfmoral im nötigen Maß zu stimulieren. Vom Standpunkt unserer gegenwärtigen Machthaber aus besteht daher die einzig wirkliche Gefahr in der Abspaltung einer neuen Gruppe fähiger, nicht ausgelasteter, machthungriger Personen und im wachsenden Liberalismus und Skeptizismus in ihren eigenen Reihen. Das Problem ist somit erzieherischer Natur. Es besteht in der dauernden Bewußtseinsformung sowohl der leitenden Gruppe als auch der unmittelbar unter ihr stehenden größeren exekutiven Gruppe. Das Bewußtsein der Massen muß nur in negativer Weise beeinflußt werden.

Weiß man um diese Hintergründe, könnte man, wäre sie einem nicht schon bekannt, die generelle Struktur der ozeanischen Gesellschaft daraus ableiten. An der Spitze der Pyramide steht der Große Bruder. Der Große Bruder ist unfehlbar und allmächtig. Jeder Erfolg, jede Errungenschaft, jeder Sieg, jede wissenschaftliche Entdeckung, alles Wissen, alle Weisheit, alles Glück, alle Tugenden werden unmittelbar seiner Führerschaft und Inspiration zugeschrieben. Niemand hat den Großen Bruder je gesehen. Er ist ein Gesicht auf den Reklamewänden, eine Stimme vom Teleschirm. Wir dürfen leidlich sicher sein, daß er nie sterben wird, und es herrscht bereits beträchtliche Unsicherheit darüber, wann er geboren wurde. Der Große Bruder ist die Gestalt, in der es der Partei beliebt, sich vor der Welt zu präsentieren. Er erfüllt die Funktion einer Sammellinse für Liebe, Furcht und Verehrung, für Gefühle, die man leichter gegenüber einem Einzelmenschen als gegenüber einer Organisation empfindet. Nach dem Großen Bruder kommt die Innere Partei, deren Mitgliederzahl auf sechs Millionen oder etwas weniger als 2 % der Bevölkerung Ozeaniens beschränkt bleibt. Nach der Inneren Partei kommt die Äußere Partei, die, wenn man die Innere Partei als das Gehirn des Staates bezeichnet, billigerweise mit dessen Händen verglichen werden darf. Danach kommt die stumme Masse, die wir gewohnheitsmäßig als »die Proles« bezeichnen; sie machen vielleicht 85 % der Bevölkerung aus. Nach der Terminologie unserer früheren Klassifizierung sind die Proles die Unteren: denn die Sklavenbevölkerung der äquatorialen Länder, die ständig aus den Händen eines Eroberers in die eines anderen gelangt, macht keinen dauerhaften oder notwendigen Teil der Struktur aus.

Im Prinzip ist die Zugehörigkeit zu diesen drei Gruppen nicht erblich. Das Kind von Eltern, die der Inneren Partei angehören, wird theoretisch nicht in die Innere Partei hineingeboren. Die Aufnahme in einen der beiden Zweige der Partei erfolgt durch eine Prüfung, die mit sechzehn Jahren abgelegt wird. Es gibt weder Rassendiskriminierung noch eine spürbare Vorherrschaft einer Provinz über die anderen. Juden, Neger, Südamerikaner mit rein indianischem Blut sind in den obersten Reihen der Partei zu finden, und die Administratoren eines Gebiets rekrutieren sich immer aus den Einwohnern dieses Gebiets. In keinem Teil Ozeaniens haben die Einwohner das Gefühl, eine von einer fernen Hauptstadt aus regierte Kolonialbevölkerung zu sein. Ozeanien hat keine Hauptstadt, und sein nominelles Oberhaupt ist eine Person, deren Aufenthaltsort keiner kennt. Abgesehen davon, daß Englisch die Lingua franca und Neusprech die Amtssprache ist, ist Ozeanien in keiner Weise zentralisiert. Seine Herrscher werden nicht durch Blutsbande zusammengeschweißt, sondern durch das Festhalten an einer gemeinsamen Doktrin. Es stimmt, daß unsere Gesellschaft strukturiert, sogar sehr streng strukturiert ist, und zwar, wie es auf den ersten Blick scheint, nach Erblinien. Zwischen den einzelnen Gruppen gibt es viel weniger Hin und Her als unter dem Kapitalismus oder sogar im vorindustriellen Zeitalter. Zwischen den beiden Zweigen der Partei findet zwar ein gewisser Austausch statt, aber nur in einem Maß, das gewährleistet, daß Schwächlinge aus der Inneren Partei ausgeschlossen und ehrgeizige Mitglieder der Äußeren Partei unschädlich gemacht werden, indem man ihnen den Aufstieg erlaubt. Proletariern wird praktisch nicht gestattet, in die Partei aufzurücken. Die Talentiertesten von ihnen, die sich möglicherweise zu Keimzellen der Unzufriedenheit entwickeln könnten, werden von der Gedankenpolizei aufgespürt und einfach liquidiert. Doch dieser Zustand muß nicht notwendigerweise von Dauer sein und ist auch keine Prinzipienfrage. Die Partei ist keine Klasse im herkömmlichen Sinne. Sie zielt nicht darauf ab, die Macht ihren eigenen Kindern zu übertragen, nur weil es ihre Kinder sind; und bestünde keine andere Möglichkeit, die fähigsten Leute an der Spitze zu halten, so wäre sie durchaus bereit, eine völlig neue Generation aus den Reihen des Proletariats zu rekrutieren. In den kritischen Jahren trug der Umstand, daß die Partei keine Erbkorporation war, erheblich zur Neutralisierung der Opposition bei. Der Sozialist vom alten Schlag, der darauf gedrillt worden war, gegen das sogenannte »Klassenprivileg« zu kämpfen, vermutete, was nicht erblich sei, könne auch keine Dauer haben. Er begriff weder, daß die Kontinuität einer Oligarchie nicht leiblich sein mußte, noch hielt er sich bei der Überlegung auf, daß Erbaristokratien immer kurzlebig waren, wohingegen adoptive Organisationen wie zum Beispiel die katholische Kirche manchmal Hunderte oder Tausende von Jahren Bestand hatten. Das Wesen oligarchischer Herrschaft liegt nicht in der Vater-Sohn-Erbfolge, sondern im Fortbestand einer bestimmten Weltanschauung und Lebensweise, die

die Toten den Lebenden oktroyieren. Eine herrschende Gruppe bleibt so lange eine herrschende Gruppe, wie sie ihre Nachfolger nominieren kann. Der Partei geht es nicht darum, ihr Blut, sondern sich selbst zu erhalten.

Wer die Macht ausübt, ist unwichtig, vorausgesetzt, daß die hierarchische Struktur immer dieselbe bleibt.

Alle für unsere Zeit charakteristischen Ansichten, Gewohnheiten, Moden, Emotionen und geistigen Einstellungen sind in Wirklichkeit dazu ausersehen, das Mystische der Partei zu fördern und zu verhindern, daß die wahre Natur der heutigen Gesellschaft erkannt wird. Physische Rebellion oder vorbereitende Schritte in dieser Richtung sind gegenwärtig nicht möglich. Von den Proletariern steht nichts zu befürchten. Sich selbst überlassen, werden sie von Generation zu Generation und von Jahrhundert zu Jahrhundert weiterhin arbeiten, Kinder zeugen und sterben, und das nicht nur ohne jeden Drang zur Rebellion, sondern ohne sich auch nur vorstellen zu können, daß die Welt ganz anders sein könnte, als sie ist. Gefährlich können sie nur dann werden, wenn die Weiterentwicklung der industriellen Technik es erforderlich machen sollte, sie besser auszubilden; aber da militärische und wirtschaftliche Konkurrenz keine Rolle mehr spielt, sinkt das allgemeine Bildungsniveau. Was die Massen meinen oder nicht meinen, wird als gleichgültig angesehen. Man kann ihnen intellektuelle Freiheit einräumen, weil sie keinen Intellekt besitzen. Bei einem Parteimitglied jedoch kann selbst in der unbedeutendsten Frage auch nicht die geringste Meinungsabweichung geduldet werden.

Ein Parteimitglied lebt von der Geburt bis zum Tod unter den Augen der Gedankenpolizei. Sogar wenn es allein ist, kann es nicht sicher sein, daß es wirklich allein ist. Wo es auch sein mag, ob es schläft oder wacht, arbeitet oder ausruht, im Bad oder im Bett liegt, es kann ohne Vorwarnung und ohne sein Wissen überwacht werden. Nichts, was es tut, ist gleichgültig. Seine Freundschaften, seine Zerstreuungen, sein Verhalten gegenüber Frau und Kindern, sein Gesichtsausdruck, wenn es allein ist, die Worte, die es im Schlaf murmelt, sogar seine typischen Körperbewegungen, alles wird mißtrauisch geprüft. Nicht nur jedes tatsächliche Vergehen, sondern jede noch so kleine Exzentrizität, jede Änderung der Gewohnheiten, jede nervöse Manieriertheit, die möglicherweise das Symptom eines inneren Kampfes sein könnte, wird unweigerlich entdeckt. Das Parteimitglied besitzt keinerlei Entscheidungsfreiheit. Andererseits wird sein Benehmen weder durch Gesetze noch durch einen klar vorgeschriebenen Verhaltenskodex geregelt. In Ozeanien gibt es kein Gesetz. Gedanken und Taten, die bei Entdeckung den sicheren Tod zur Folge haben, sind nicht formell verboten, und die endlosen Säuberungswellen, Verhaftungen, Folterungen, Einkerkerungen und Vaporisationen werden nicht als Strafe für wirklich begangene Delikte verhängt, sondern dienen lediglich zur Auslöschung von Personen, die vielleicht irgendwann in der Zukunft einmal ein Delikt begehen könnten. Von einem Parteimitglied wird nicht nur verlangt, daß es die richtigen Ansichten, sondern auch, daß es die richtigen Instinkte hat. Viele der ihm abgeforderten Überzeugungen und Verhaltensweisen werden nie direkt formuliert und könnten auch nicht formuliert werden, ohne die dem Engsoz innewohnenden Widersprüche aufzudecken. Ist das Parteimitglied von Natur aus orthodox (in Neusprech: ein *Gutdenker),* dann wird es in allen Lebenslagen ohne Nachdenken wissen, was der richtige Glaube oder die erwünschte Emotion ist. Doch auf alle Fälle macht eine in der Kindheit durchlaufene geistige Schulung, die ihr Zentrum in den Neusprechwörtern *Delstop*, *Schwarzweiß* und *Doppeldenk* hat, es unwillig und unfähig, über irgendein Thema zu gründlich nachzudenken.

Von einem Parteimitglied wird erwartet, daß es keine

privaten Gefühle besitzt und sein Enthusiasmus nie erlahmt. Es soll in dauerndem Haß auf ausländische Feinde und innere Verräter, in ständigem Siegestaumel und in unablässiger Selbstdemütigung vor der Macht und Weisheit der Partei leben. Der aus seinem kargen, unbefriedigenden Leben resultierende Mißmut wird gezielt nach außen gelenkt, und die Überlegungen, die eventuell zu einer skeptischen oder rebellischen Haltung führen könnten, werden durch seine früherworbene innere Disziplin von vornherein unterbunden. Die erste und einfachste Stufe dieser Disziplin kann sogar schon kleinen Kindern beigebracht werden und heißt in Neusprech: *Delstop. Delstop* bezeichnet die Fähigkeit, geradezu instinktiv auf der Schwelle jedes riskanten Gedankens haltzumachen. Es schließt die Gabe mit ein, Analogien nicht zu begreifen, logische Fehler zu übersehen, die simpelsten Argumente mißzuverstehen, wenn sie Engsoz-feindlich sind, und von jedem Gedankengang, der in eine ketzerische Richtung führen könnte, gelangweilt und abgestoßen zu werden. Kurz gesagt, *Delstop* bedeutet schützende Dummheit. Aber Dummheit allein reicht nicht. Im Gegenteil, strikte Orthodoxie verlangt eine ebenso vollständige Kontrolle über die eigenen Denkvorgänge, wie sie ein Schlangenmensch über seinen Körper besitzt. Die ozeanische Gesellschaft fußt letztlich auf dem Glauben, daß der Große Bruder allmächtig und die Partei unfehlbar ist. Aber da in Wirklichkeit weder der Große Bruder allmächtig noch die Partei unfehlbar ist, bedarf es einer nicht nachlassenden Flexibilität im Umgang mit Tatsachen. Das Schlüsselwort lautet hier: *Schwarzweiß*. Es besitzt, wie so viele Neusprechwörter, zwei einander widersprechende Bedeutungen. Einem Gegner gegenüber gebraucht, meint es die Angewohnheit, im Widerspruch zu den offenkundigen Tatsachen impertinent zu behaupten, Schwarz sei Weiß. Einem Parteimitglied gegenüber gebraucht, bedeutet es die loyale Bereitschaft zu sagen, Schwarz sei Weiß, wenn die Parteidisziplin dies verlangt. Aber es bedeutet ebenfalls die Fähigkeit zu *glauben*, daß Schwarz Weiß ist, und darüber hinaus zu *wissen*, daß Schwarz Weiß ist, und zu vergessen, daß man jemals das Gegenteil geglaubt hat. Dies erfordert eine ständige Veränderung der Vergangenheit, die durch jenes Denksystem ermöglicht wird, das eigentlich alles übrige in sich schließt und das in Neusprech den Namen *Doppeldenk* trägt.

Die Veränderung der Vergangenheit ist aus zwei Gründen notwendig, von denen der eine nebensächlich und gewissermaßen präventiv ist. Der Nebengrund besteht darin, daß das Parteimitglied, so wie der Proletarier, die gegenwärtigen Zustände zum Teil deshalb duldet, weil ihm die Vergleichsmaßstäbe fehlen. Es muß von der Vergangenheit ebenso abgeschnitten werden wie vom Ausland, weil es unbedingt daran glauben muß, daß es besser gestellt ist als seine Vorfahren und daß das Durchschnittsniveau des materiellen Wohlstands laufend steigt. Doch der weitaus wichtigere Grund für die Angleichung der Vergangenheit besteht in der Notwendigkeit, die Unfehlbarkeit der Partei zu garantieren. Es dreht sich nicht bloß darum, daß alle möglichen Reden, Statistiken und Berichte ständig aktualisiert werden müssen, um zu beweisen, daß die Prognosen der Partei in allen Fällen richtig waren. Es geht auch darum, daß niemals eine Änderung der Doktrin oder ein politischer Kurswechsel zugegeben werden kann. Denn ändert man seine Meinung oder gar seine Politik, dann ist das ein Eingeständnis von Schwäche. Ist zum Beispiel heute Eurasien oder Ostasien (welche der beiden Mächte, ist egal) der Feind, dann muß dieses Land schon immer der Feind gewesen sein. Und wenn die Fakten dagegensprechen, dann müssen sie eben geändert werden. So wird die Geschichte laufend neu geschrieben. Diese tagtägliche Vergangenheitsfälschung, die das Ministerium für Wahrheit besorgt, ist für die Stabilität des Regimes ebenso notwendig wie die

Repressions- und Spionagetätigkeit, die das Ministerium für Liebe erledigt.

Die Veränderbarkeit der Vergangenheit, das ist die zentrale Doktrin des Engsoz. Vergangene Ereignisse, so wird argumentiert, besitzen keine objektive Existenz, sondern überdauern nur in schriftlichen Dokumenten und in der Erinnerung des Menschen. Und da die Partei die absolute Kontrolle über alle Dokumente ausübt und eine ebenso absolute Kontrolle über das Denken ihrer Mitglieder, folgt daraus, daß die Vergangenheit immer so aussieht, wie es die Partei gern haben möchte. Und daraus folgt weiter, daß die Vergangenheit, obwohl sie veränderbar ist, nie in einem speziellen Fall verändert worden ist. Denn wenn sie zu der im Moment gerade benötigten Form umgeschaffen wurde, dann *ist* eben diese neue Version die Vergangenheit, und eine andere Version kann nie existiert haben. Das gilt auch dann, wenn, was häufig vorkommt, ein und dasselbe Ereignis im Laufe eines Jahres mehrmals bis zur Unkenntlichkeit verändert werden muß. Die Partei ist jederzeit im Besitz der absoluten Wahrheit, und das Absolute kann natürlich nie anders gewesen sein als jetzt. Man wird sehen, daß die Kontrolle über die Vergangenheit vor allem von der Gedächtnisschulung abhängt. Sicherzustellen, daß alle schriftlichen Dokumente mit der gerade herrschenden Orthodoxie übereinstimmen, ist eine rein mechanische Sache. Doch man muß sich auch daran *erinnern,* daß Ereignisse sich in der gewünschten Form abspielten. Und wenn es nötig ist, seine Erinnerungen umzugruppieren oder schriftliche Dokumente zu fälschen, dann muß man *vergessen,* daß man das getan hat. Der hierzu erforderliche Trick ist ebenso erlernbar wie jede andere geistige Technik. Die meisten Parteimitglieder erlernen sie und alle, die intelligent und orthodox sind, auch. Diese Technik heißt in Altsprech ganz unverblümt »Realitätskontrolle«. In Neusprech heißt sie *Doppeldenk,* obwohl *Doppeldenk* noch vieles andere mit einschließt.

Doppeldenk bedeutet die Fähigkeit, gleichzeitig zwei einander widersprechende Überzeugungen zu hegen und beide gelten zu lassen. Der Parteiintellektuelle weiß, in welcher Richtung seine Erinnerung geändert werden muß; er weiß deshalb auch, daß er der Wirklichkeit einen Streich spielt; aber durch die Anwendung von *Doppeldenk* versichert er sich auch darüber, daß die Realität nicht angetastet wird. Dieser Prozeß muß bewußt erfolgen, weil er sonst nicht mit genügender Präzision ausgeführt werden würde, doch er muß auch unbewußt erfolgen, weil er sonst von einem Gefühl der Lüge und somit von Schuld begleitet wäre. *Doppeldenk* ist der Kern des Engsoz, denn das Hauptgeschäft der Partei besteht in bewußter Täuschung, bei der sie die Unerschütterlichkeit absoluter Redlichkeit bewahrt. Bewußte Lügen zu erzählen, an die man ehrlich glaubt; jede unbequem gewordene Tatsache zu vergessen, um sich bei Bedarf wieder daran zu erinnern; die Existenz einer objektiven Realität zu leugnen und die ganze Zeit über die von einem geleugnete Realität einzukalkulieren – all das ist unabdingbar. Schon der Gebrauch des Wortes *Doppeldenk* erfordert *Doppeldenk*. Denn indem man das Wort gebraucht, gibt man zu, die Realität zu verfälschen; durch die erneute Anwendung von *Doppeldenk* löscht man dieses Wissen aus: und so unbegrenzt weiter, wobei die Lüge der Wahrheit immer um einen Schritt voraus ist. Letztlich war die Partei durch *Doppeldenk* in der Lage – und wird dies wohl noch Tausende von Jahren sein –, den Gang der Geschichte anzuhalten.

Alle früheren Oligarchien haben ihre Macht eingebüßt, weil sie entweder verknöcherten oder erschlafften. Entweder sie wurden dumm und arrogant, versäumten es, sich den veränderten Umständen anzupassen, und wurden gestürzt, oder sie wurden liberal und feige, machten Konzessionen, wenn sie mit Gewalt hätten reagieren sollen, und wurden wiederum gestürzt. Sie stürzten sozusagen entweder durch Bewußtheit oder durch Unbewußtheit. Es ist das Verdienst der Partei, ein Denksystem erschaffen zu haben, in dem beide Zustände gleichzeitig existieren können. Und ausschließlich auf dieser intellektuellen Basis konnte der Herrschaft der Partei Dauer verliehen werden. Will man herrschen, und dies auch in Zukunft tun, muß man den Realitätssinn verrücken können. Denn das Geheimnis der Herrschaft liegt darin, den Glauben an die eigene Unfehlbarkeit mit der Fähigkeit zu kombinieren, aus den Fehlern der Vergangenheit zu lernen.

Es bedarf wohl kaum der Erwähnung, daß die subtilsten Benutzer von *Doppeldenk* diejenigen sind, die es erfunden haben und wissen, daß es ein gigantisches geistiges Betrugsmanöver ist. In unserer Gesellschaft sind diejenigen, die am besten wissen, was passiert, auch am weitesten davon entfernt, die Welt so zu sehen, wie sie tatsächlich ist. Allgemein gesagt, je größer die Einsicht, desto größer die Selbsttäuschung: je intelligenter, desto weniger vernünftig. Das wird deutlich illustriert durch den Umstand, daß die Kriegshysterie steigt, je höher man auf der sozialen Stufenleiter klettert. Am rationalsten sehen den Krieg noch die unterjochten Bevölkerungen der umstrittenen Gebiete. Für diese Leute ist der Krieg einfach ein dauerndes Unglück, das wie eine Flutwelle über sie hereinbricht. Welche Seite gewinnt, ist ihnen völlig egal. Sie wissen, daß ein Wechsel der Oberherrschaft lediglich bedeutet, daß sie dieselbe Arbeit wie bisher für neue Herren leisten werden, die sie genauso behandeln wie die alten. Die etwas begünstigteren Arbeiter, die wir »die Proles« nennen, werden sich des Kriegs nur hin und wieder bewußt. Wenn nötig, können sie in einen Angst- und Haßtaumel getrieben werden, aber überläßt man sie sich selbst, können sie lange Zeit vergessen, daß Krieg herrscht. In den Reihen der Partei, und vor allem in denen der Inneren Partei, findet sich die wahre Kriegsbegeisterung. Am festesten glauben jene an die Weltherrschaft, die wissen, daß sie unerreichbar ist. Diese eigentümliche Verknüpfung von Gegensätzen – Wissen mit Unwissenheit, Zynismus mit Fanatismus – bildet eines der Hauptkennzeichen der ozeanischen Gesellschaft. Die offizielle Ideologie strotzt selbst dort vor Widersprüchen, wo keine praktische Notwendigkeit dazu besteht. So verwirft und verleumdet die Partei beispielsweise jeden Grundsatz, für den die sozialistische Bewegung ursprünglich eintrat, und zwar im Namen des Sozialismus. Sie predigt eine seit Jahrhunderten beispiellose Verachtung der Arbeiterklasse und kleidet ihre Mitglieder in eine Uniform, die früher einmal für Handwerker charakteristisch war und aus diesem Grunde eingeführt wurde. Sie untergräbt systematisch den Familienzusammenhalt und tauft ihren Führer auf einen Namen, der direkt an den Familiensinn appelliert. Sogar die Namen der vier Ministerien, von denen wir regiert werden, legen mit ihrer bewußten Tatsachenverkehrung eine gewisse Unverschämtheit an den Tag. Das Ministerium für Frieden befaßt sich mit Krieg, das Ministerium für Wahrheit mit Lügen, das Ministerium für Liebe mit Folter, das Ministerium für Überfülle mit Hungertod. Diese Widersprüche sind weder zufällig, noch resultieren sie aus gewöhnlicher Heuchelei: es sind vielmehr gezielte Übungen in *Doppeldenk*. Denn nur durch die Versöhnung von Widersprüchen läßt sich Macht unbegrenzt behaupten. Auf keine andere Weise konnte der uralte Zyklus durchbrochen werden. Soll die Gleichheit der Menschen für immer verhindert werden – sollen die Oberen, wie wir sie genannt haben, ihre Stellung dauerhaft behaupten –, dann muß der vorherrschende Geisteszustand kontrollierter Wahnsinn sein.

Doch es gibt eine Frage, die wir bislang beinahe ignoriert haben. Sie lautet: *Warum* soll die Gleichheit der Menschen verhindert werden? Angenommen, der Mechanismus des Verfahrens wurde richtig beschrieben, wo liegt dann das Motiv für diesen gewaltigen, genau geplanten

Versuch, die Geschichte zu einem bestimmten Zeitpunkt einzufrieren?

Hier stoßen wir auf das zentrale Geheimnis. Wie wir gesehen haben, hängt das Mystische der Partei, und vor allem der Inneren Partei, von *Doppeldenk* ab. Doch das ursprüngliche Motiv liegt noch tiefer, im nie untersuchten Instinkt, der zuerst zur Machtergreifung führte und *Doppeldenk,* die Gedankenpolizei, die permanente Kriegführung und all das andere notwendige Drum und Dran erst danach entstehen ließ. Dieses Motiv besteht in Wahrheit darin ...

Winston wurde sich der Stille bewußt, so wie man sich eines neuen Geräusches bewußt wird. Es kam ihm vor, als sei Julia schon geraume Zeit sehr still. Sie lag auf der Seite, oberhalb der Hüfte nackt, die Wange in die Hand gebettet, und eine schwarze Locke baumelte ihr über den Augen. Ihre Brust hob und senkte sich langsam und regelmäßig.

»Julia.«

Keine Antwort.

»Julia, bist du wach?«

Keine Antwort. Sie schlief. Er klappte das Buch zu, legte es behutsam auf den Boden, streckte sich lang aus und zog die Bettdecke über sie beide.

Noch immer, so überlegte er, hatte er das letzte Geheimnis nicht erfahren. Er begriff das *Wie*; aber er begriff nicht das *Warum.* Kapitel I hatte ihm ebenso wie Kapitel III nichts Neues gesagt, es hatte lediglich das Wissen systematisiert, das er bereits besaß. Doch nachdem er es gelesen hatte, wußte er sicherer als zuvor, daß er nicht verrückt war. Eine Minderheit zu sein, sogar eine Einpersonenminderheit zu sein, stempelte einen nicht zu einem Verrückten. Es gab die Wahrheit, und es gab die Unwahrheit, und wenn man an der Wahrheit festhielt, sei es auch gegen die ganze Welt, dann war man nicht verrückt. Ein gelber Strahl der sinkenden Sonne glitt schräg durchs Fenster und fiel auf das Kissen. Er schloß die Augen. Die Sonne auf seinem Gesicht und der glatte Körper des Mädchens, der seinen berührte, gaben ihm ein beruhigendes, schläfrig machendes, zuversichtliches Gefühl. Er war in Sicherheit, alles war in Ordnung. Beim Einschlafen murmelte er noch: »Geistige Gesundheit ist keine Frage der Statistik« und hatte dabei das Gefühl, daß diese Bemerkung eine profunde Weisheit beinhaltete.

Er erwachte mit dem Eindruck, lange geschlafen zu haben, doch ein Blick auf die altmodische Uhr sagte ihm, daß es erst zwanzig Uhr dreißig war. Er lag eine Weile da und döste; dann klang vom Hof der gewohnte volltönende Gesang herauf:

»Es war nur eine dumme Romanze
und verging wie die Träne im Meer
doch ein Blick und ein Wort weckten Träume sofort
und machen das Herz mir jetzt schwer.

Die Schnulze schien nichts von ihrer Popularität eingebüßt zu haben. Man hörte sie noch überall. Sie hatte das Haßlied überlebt. Julia erwachte davon, rekelte sich genüßlich und stieg aus dem Bett.

»Ich hab' Hunger«, sagte sie. »Komm, wir machen uns noch einen Kaffee. Mist! Der Kocher ist ausgegangen, und das Wasser ist kalt.« Sie hob den Kocher hoch und schüttelte ihn. »Kein Petroleum drin.«

»Der alte Charrington hat bestimmt welches für uns.«

»Komisch, ich hab' noch extra nachgeschaut, ob er voll ist. Ich zieh' mich an«, setzte sie hinzu. »Es scheint kälter geworden zu sein.«

Auch Winston stand auf und zog sich an. Die unermüdliche Stimme sang weiter:

»Man sagt, die Zeit heilt alle Wunden,
man sagt, daß man immer vergißt,
doch liegen auch weit Freude und Leid,
sie stimmen im Herzen mich trist.«

Während er den Gürtel seines Overalls zumachte, schlenderte er zum Fenster. Die Sonne mußte hinter den Häusern untergegangen sein; sie schien nicht mehr in den Hof. Die Steinplatten schimmerten feucht, als seien sie eben geschrubbt worden, und er hatte das Gefühl, als sei auch der Himmel geschrubbt worden, so frisch und blaß war sein Blau zwischen den Schornsteinkappen. Rastlos marschierte die Frau hin und her, stopfte sich ab und zu Wäscheklammern in den Mund, sang und verstummte dann wieder und hängte mehr und mehr und immer noch mehr Windeln auf. Er fragte sich, ob sie sich ihren Lebensunterhalt mit Wäschewaschen verdiente oder ob sie bloß die Sklavin von zwanzig oder dreißig Enkelkindern war. Julia hatte sich neben ihn gestellt; gemeinsam schauten sie mit einer gewissen Faszination auf die robuste Gestalt hinunter. Als er die Frau betrachtete, die in ihrer typischen Haltung dastand, die stämmigen Arme zur Leine hochgereckt, den mächtigen, stutengleichen Hintern vorgewölbt, da fiel ihm zum erstenmal auf, daß sie schön war. Er war vorher nie auf den Gedanken gekommen, der Körper einer fünfzigjährigen Frau, durch Niederkünfte zu monströsen Ausmaßen angeschwollen und durch Arbeit gehärtet, könnte schön sein. Doch es war so, und warum auch nicht? dachte er. Der massive, umrißlose Leib, wie ein Granitblock, und die rauhe rote Haut verhielten sich zu einem Mädchenkörper wie die Hagebutte zur Wildrose. Warum sollte man die Frucht geringer achten als die Blume?

»Sie ist schön«, flüsterte er.

»Um die Hüften mißt sie glatt einen Meter«, meinte Julia.

»Das ist ihre Art, schön zu sein«, sagte Winston.

Sein Arm umschlang mühelos Julias geschmeidige Taille. Sie würden nie Kinder haben. Das war das einzige, was ihnen immer versagt bleiben würde. Nur mündlich konnten sie das Geheimnis weitergeben, es von einem Bewußtsein in ein anderes pflanzen. Die Frau unten im Hof besaß kein Bewußtsein, sie besaß nur starke Arme, ein warmes Herz und einen fruchtbaren Leib. Er fragte sich, wie viele Kinder sie wohl geboren hatte. Es konnten ohne weiteres fünfzehn sein. Sie hatte eine kurze Zeit, vielleicht ein Jahr, schön wie eine Wildrose geblüht, dann war sie plötzlich angeschwollen wie eine reifende Frucht und hart und rot und plump geworden, und dann hatte ihr Leben dreißig Jahre lang aus Wäschewaschen, Schrubben, Stopfen, Kochen, Fegen, Putzen, Flicken, Schrubben, Wäschewaschen bestanden, erst für die Kinder, dann für die Enkelkinder. Und am Ende sang sie noch immer. Die mystische Verehrung, die er für sie empfand, war mit dem Anblick des blassen, wolkenlosen Himmels vermischt, der sich hinter den Kaminkappen in grenzenlose Fernen dehnte. Es war eine sonderbare Vorstellung, daß der Himmel für jedermann gleich war, ob in Eurasien, in Ostasien oder hier. Und die Menschen unter dem Himmel glichen sich ebenfalls – überall auf der Welt gab es Hunderte oder Tausende von Millionen Menschen, die genauso waren; Menschen, die nichts voneinander wußten, Menschen, die von Mauern aus Haß und Lügen getrennt wurden und sich doch beinahe aufs Haar glichen – Menschen, die nie denken gelernt hatten, die aber in ihren Herzen und Leibern und Muskeln die Macht aufspeicherten, die eines Tages die Welt umstürzen würde. Wenn es eine Hoffnung gab, dann lag sie bei den Proles! Ohne *das Buch* zu Ende gelesen zu haben, wußte er, daß dies Goldsteins entscheidende Botschaft sein mußte. Die Zukunft gehörte den Proles. Doch konnte er sicher sein, daß die Welt, die sie aufbauten, wenn ihre Zeit gekommen war, ihm, Winston Smith, nicht ebenso fremd sein würde wie die Welt der Partei? Ja, denn zumindest würde es eine geistig gesunde Welt sein. Wo Gleichheit herrscht, kann Vernunft walten. Früher oder später würde es soweit sein, die Kraft würde sich in Bewußtsein verwandeln. Die Proles waren unsterblich, daran konnte man angesichts der robusten Gestalt unten im Hof nicht zweifeln. Irgendwann würden sie erwachen. Und bis dahin, auch wenn es noch tausend Jahre dauern mochte, würden sie allem zum Trotz am Leben bleiben wie die Vögel und von Körper zu Körper die Vitalität weitergeben, an der die Partei keinen Anteil hatte und die sie nicht brechen konnte.

»Erinnerst du dich an die Drossel, die damals am Waldrand für uns sang?« fragte er.

»Sie sang nicht für uns«, sagte Julia, »sie sang zu ihrem eigenen Vergnügen. Ja, noch nicht einmal das. Sie sang einfach nur.«

Die Vögel sangen, die Proles sangen, die Partei sang nicht. In aller Welt, in London und New York, in Afrika und in Brasilien und in den geheimnisvollen, verbotenen Ländern jenseits der Grenzen, in den Straßen von Paris und Berlin, in den Dörfern der endlos weiten russischen Ebene, auf den Märkten Chinas und Japans – überall stand die gleiche massige, unüberwindliche Gestalt, unförmig geworden durch Arbeit und Niederkünfte, die von der Geburt bis zum Tod schuftete und dabei sogar noch sang. Diesen mächtigen Lenden mußte eines Tages ein Geschlecht denkender Menschen entspringen. Man selbst zählte zu den Toten; ihnen gehörte die Zukunft. Doch man konnte an dieser Zukunft teilhaben, wenn man den Geist am Leben erhielt, so wie sie den Körper am Leben erhielten, und die geheime Lehre weitergab, daß 2 + 2 = 4 ist.

»Wir sind Tote«, sagte er.

»Wir sind Tote«, sprach Julia ihm gehorsam nach.

»Ihr seid Tote«, sagte hinter ihnen eine eiserne Stimme.

Sie fuhren auseinander. Winstons Eingeweide schienen

zu vereisen. Er konnte das Weiße in Julias Augen sehen. Sie war milchig-gelb im Gesicht. Die Rougeflecken auf den Wangenknochen traten deutlich hervor, beinahe so, als gehörten sie nicht zu der darunterliegenden Haut.

»Ihr seid Tote«, wiederholte die eiserne Stimme.

»Da, hinter dem Bild«, hauchte Julia.

»Da, hinter dem Bild«, sagte die Stimme. »Bleibt, wo ihr seid. Keine Bewegung, bis man es euch befiehlt.«

Jetzt war es also soweit! Sie konnten nur dastehen und sich in die Augen schauen. Um ihr Leben zu rennen, aus dem Haus zu fliehen, ehe es zu spät war – ein solcher Gedanke kam ihnen nicht. Es war undenkbar, der eisernen Stimme aus der Wand nicht zu gehorchen. Man hörte ein Schnappen, so als sei eine Arretierung gelöst worden, und das Zerschellen von Glas. Das Bild war zu Boden gefallen, und dahinter wurde der Teleschirm sichtbar.

»Jetzt können sie uns sehen«, sagte Julia.

»Jetzt können wir euch sehen«, sagte die Stimme. »Stellt euch in die Zimmermitte. Rücken an Rücken. Hände hinter den Kopf. Berührt euch nicht.«

Sie berührten sich nicht, doch er glaubte zu spüren, wie Julias Körper zitterte. Aber vielleicht war es auch nur das Zittern seines eigenen Körpers. Er konnte gerade noch verhindern, daß seine Zähne klapperten, doch über seine Knie hatte er keine Gewalt. Unten im Haus trampelten Stiefel. Der Hof schien plötzlich voller Männer. Etwas wurde über die Steinplatten geschleift. Der Gesang der Frau war abrupt verstummt. Man hörte ein langes, dröhnendes Scheppern, so als sei der Waschzuber quer über den Hof geschleudert worden, und dann einen Tumult wütender Stimmen, der mit einem Schmerzensschrei endete.

»Das Haus ist umstellt«, sagte Winston.

»Das Haus ist umstellt«, sagte die Stimme.

Er hörte Julias Zähne aufeinanderschlagen. »Ich glaube, wir sagen einander jetzt besser Lebewohl«, sagte sie.

»Ihr sagt einander jetzt besser Lebewohl«, sagte die Stimme. Und dann mischte sich eine völlig andere Stimme ein, eine leise, kultivierte Stimme, die Winston irgendwie bekannt vorkam: »Und da wir gerade beim Thema sind: Und dieses Kerzlein leuchtet dir Tropf, und dieses Hackbeil hackt ab deinen Kopf!« Etwas krachte hinter Winston aufs Bett. Die Spitze einer Leiter war durchs Fenster gerammt worden und hatte den Rahmen zertrümmert. Jemand kletterte durch das Fenster. Stiefel polterten die Treppe herauf. Das Zimmer war voll stämmiger Männer in schwarzen Uniformen, mit eisenbeschlagenen Stiefeln an den Füßen und Schlagstöcken in den Händen.

Winston zitterte nicht mehr. Sogar seine Augen zuckten kaum. Es kam nur auf eins an: stillzuhalten, stillzuhalten, um ihnen keinen Vorwand zu liefern zuzuschlagen! Ein Mann mit dem glatten Unterkiefer eines Preisboxers und einem Schlitz als Mund blieb vor ihm stehen und balancierte seinen Schlagstock sinnend zwischen Daumen und Zeigefinger. Winston begegnete seinem Blick. Das Gefühl der Wehrlosigkeit, mit hinter dem Kopf verschränkten Händen dazustehen und Gesicht und Körper völlig ungeschützt zu lassen, war schier unerträglich. Der Mann ließ eine weiße Zungenspitze sehen, leckte sich dort, wo seine Lippen hätten sein sollen, und ging dann weiter. Wieder krachte es. Jemand hatte den gläsernen Briefbeschwerer vom Tisch genommen und ihn auf der Kaminplatte zerschmettert.

Das Korallenstückchen, eine winzig kleine rosa Runzel wie eine Zuckerrosenknospe von einer Torte, kullerte über den Vorleger. Wie klein, dachte Winston, wie klein sie doch die ganze Zeit über gewesen ist! Einem Keuchen hinter ihm folgte ein dumpfer Aufprall, und er bekam einen heftigen Tritt gegen den Knöchel, der ihn fast aus dem Gleichgewicht brachte. Einer der Männer hatte Julia die Faust in die Magengrube gerammt, und sie war wie ein Taschenmesser zusammengeklappt. Sie warf sich auf dem Fußboden hin und her und rang nach Luft. Winston wagte nicht, den Kopf auch nur um einen Millimeter zu drehen, aber manchmal geriet ihr bläulich angelaufenes, japsendes Gesicht in sein Blickfeld. Trotz seines Entsetzens schien er den Schmerz am eigenen Leib zu spüren, den mörderischen Schmerz, der doch weniger heftig war als das Ringen nach Luft. Er kannte das: den schrecklichen, quälenden Schmerz, der die ganze Zeit da war, der aber noch nicht durchschlug, weil man zuerst einmal wieder Luft bekommen mußte. Dann hoben zwei Männer sie an Knien und Schultern hoch und schleppten sie wie einen Sack aus dem Zimmer. Winston sah flüchtig ihr Gesicht, gelb und verzerrt, der Kopf in den Nacken gefallen, die Augen geschlossen, auf jeder Wange noch etwas verschmiertes Rouge; das war das letzte, was er von ihr sah.

Er stand unbeweglich da. Noch hatte ihn niemand geschlagen. Scheinbar völlig uninteressante Gedanken schossen ihm durch den Kopf. Er fragte sich, ob sie Mr. Charrington geschnappt hatten. Er fragte sich, was sie mit der Frau im Hof gemacht hatten. Er spürte, daß er dringend urinieren mußte, und wunderte sich darüber, weil er das erst vor zwei oder drei Stunden getan hatte. Er bemerkte, daß die Uhr auf dem Kaminsims neun zeigte, also einundzwanzig Uhr. Aber dafür war es draußen eigentlich noch zu hell. Sollte es an einem Augustabend um einundzwanzig Uhr nicht schon dunkler sein? Er fragte sich, ob Julia und er sich nicht doch in der Zeit geirrt, einmal rund um die Uhr geschlafen und dann gedacht hatten, es sei zwanzig Uhr dreißig, während es in Wirklichkeit genau acht Uhr dreißig am nächsten Morgen war. Doch er verfolgte den Gedanken nicht weiter. Er war uninteressant.

Neue, leichte Schritte näherten sich auf dem Gang. Mr. Charrington kam ins Zimmer. Das Benehmen der Schwarzuniformierten wurde plötzlich unterwürfiger. Auch an Mr.

Charringtons Erscheinung hatte sich etwas geändert. Sein Blick fiel auf die Splitter des gläsernen Briefbeschwerers.

»Splitter aufheben«, sagte er scharf.

Ein Mann bückte sich gehorsam. Der Cockney-Akzent war verschwunden; Winston begriff plötzlich, wessen Stimme er da vor wenigen Augenblicken vom Teleschirm gehört hatte. Mr. Charrington trug noch immer seine alte Samtjacke, doch sein ehemals fast weißes Haar war schwarz geworden. Er trug auch keine Brille mehr. Er warf nur einen einzigen scharfen Blick auf Winston, so als überprüfe er dessen Identität, und beachtete ihn dann nicht weiter. Er war noch zu erkennen, doch er war nicht mehr dieselbe Person. Sein Körper hatte sich gestrafft und schien größer geworden zu sein. Sein Gesicht hatte sich nur in Kleinigkeiten verändert, die aber trotzdem eine völlige Verwandlung bewirkt hatten. Die schwarzen Augenbrauen waren weniger buschig, die Fältchen verschwunden, der ganze Gesichtsschnitt schien sich verändert zu haben; sogar die Nase wirkte kürzer. Es war das wachsame, kalte Gesicht eines etwa Fünfunddreißigjährigen. Winston begriff, daß er zum erstenmal in seinem Leben wissentlich einem Mitglied der Gedankenpolizei gegenüberstand.

Teil 3

I

Er wußte nicht, wo er war. Vermutlich im Ministerium für Liebe; doch es gab keine Möglichkeit, sich Gewißheit zu verschaffen.

Er befand sich in einer hohen, fensterlosen Zelle mit glänzend-weißen Kachelwänden. Verborgene Lampen tauchten sie in kaltes Licht, und man hörte ein leises, gleichförmiges Summen, das, wie er vermutete, etwas mit der Luftversorgung zu tun hatte. Eine Bank oder Pritsche, gerade breit genug zum Sitzen, lief rings um die Wand und wurde nur von der Tür unterbrochen und am gegenüberliegenden Zellenende von einer Kloschüssel ohne Holzbrille. Es gab vier Teleschirme, in jeder Wand einen.

In seinem Magen zerrte ein dumpfer Schmerz. Winston fühlte ihn, seit man ihn in den geschlossenen Kombi verfrachtet und abtransportiert hatte. Aber er war auch hungrig und verspürte einen nagenden, ungesunden Hunger. Es konnte vierundzwanzig Stunden her sein, daß er etwas gegessen hatte, vielleicht auch sechsunddreißig. Er wußte noch immer nicht, und würde es wohl auch nie erfahren, ob es Morgen oder Abend gewesen war, als man ihn festgenommen hatte. Seit seiner Verhaftung hatte er nichts mehr zu essen bekommen.

Er saß so still wie möglich auf der schmalen Bank, die Hände über dem Knie verschränkt. Das Stillsitzen hatte er schon gelernt. Wenn man sich unerlaubterweise bewegte, brüllten sie einen über den Teleschirm an. Doch sein Verlangen nach Essen wuchs. Am meisten sehnte er sich nach einem Stück Brot. Er hatte das Gefühl, daß in der Tasche seines Overalls noch ein paar Krümel lagen. Es war sogar möglich – diese Idee kam ihm, weil ihn ab und zu etwas am Bein zu kitzeln schien –, daß noch ein ansehnliches Stück Rinde darinsteckte. Schließlich siegte die Versuchung, dies herauszufinden, über seine Angst; er schob die Hand in die Tasche.

»Smith!« gellte eine Stimme vom Teleschirm. »6079 Smith W! Hände aus den Taschen in den Zellen!«

Er saß wieder still, die Hände über dem Knie verschränkt. Bevor man ihn hierher geschafft hatte, war er an einen anderen Ort gebracht worden, bei dem es sich um ein gewöhnliches Gefängnis oder um eine von den Polizeistreifen provisorisch benutzte Haftanstalt gehandelt haben mußte. Er wußte nicht, wie lange er dort gewesen war; einige Stunden jedenfalls; ohne Uhren und Tageslicht ließ sich die Zeit schwer abschätzen. Es war ein lauter, stinkender Ort. Sie hatten ihn in eine ähnliche Zelle wie jetzt gesteckt, doch sie war grauenhaft dreckig und ständig mit zehn bis fünfzehn Menschen belegt gewesen. Die meisten waren gewöhnliche Verbrecher, aber es gab auch ein paar politische Gefangene darunter. Er hatte gegen die Wand gelehnt still dagesessen, herumgestoßen von schmutzigen Leibern, zu sehr mit seiner Angst und dem Schmerz in seinem Bauch beschäftigt, um sich für seine Umgebung zu interessieren. Aber trotzdem war ihm der erstaunliche Unterschied zwischen dem Verhalten der Gefangenen der Partei und dem der anderen aufgefallen. Die Gefangenen der Partei waren immer still und verängstigt, die gewöhnlichen Kriminellen aber schienen sich um niemanden und nichts zu scheren. Sie brüllten den Wachen Beleidigungen zu, wehrten sich heftig, wenn ihre Sachen beschlagnahmt wurden, schmierten Obszönitäten auf den Fußboden, aßen eingeschmuggelte Nahrungsmittel, die sie aus geheimnisvollen Verstekken in ihren Kleidern hervorholten, und schrien sogar den Teleschirm nieder, wenn er wieder Ordnung zu schaffen versuchte. Andererseits schienen sich manche von ihnen gut mit den Wachen zu verstehen, nannten sie bei Spitznamen und versuchten ihnen durch den Türspion Zigaretten abzuluchsen. Auch die Wachen behandelten die gewöhnlichen Kriminellen mit einer gewissen Nachsicht, selbst wenn sie sie hart anfassen mußten. Es wurde viel von den Zwangsarbeitslagern geredet, in die geschickt zu werden die meisten Gefangenen erwarteten. Es war »auszuhalten« in den Lagern, vermutete er, solange man gute Kontakte hatte und wußte, wie der Hase lief. Es gab Bestechung, Begünstigung und Erpressertum aller Art, Homosexualität und Prostitution, es gab sogar illegalen, aus Kartoffeln gebrannten Schnaps. Die Vertrauensposten bekamen nur die gewöhnlichen Kriminellen, in erster Linie Gangster und Mörder, die eine Art Aristokratie bildeten. Die ganze Drecksarbeit machten die Politischen.

Es war ein dauerndes Kommen und Gehen von Inhaftierten aller Schattierungen: Dealer, Diebe, Banditen, Schwarzmarkthändler, Betrunkene, Prostituierte. Einige Betrunkene gebärdeten sich so gewalttätig, daß sie von den anderen Gefangenen nur mit vereinten Kräften überwältigt werden konnten. Ein Wrack von einem etwa sechzigjährigen Weib mit großen Hängebrüsten und dicken weißen Haarrollen, die sich bei der Rauferei gelöst hatten, wurde tobend und schreiend von vier Wachen an Händen und Füßen hereingeschleppt. Sie rissen ihr die Stiefel herunter, mit denen sie versucht hatte, sie zu treten, und ließen die Frau Winston so wuchtig auf den Schoß plumpsen, daß ihm davon fast die Oberschenkelknochen brachen. Sie rappelte sich hoch und brüllte ihnen hinterher: »Arschkerle!« Als sie merkte, wo sie saß, rutschte sie von Winstons Knien auf die Bank herunter.

»Mußt schon entschuldigen, Süßer«, sagte sie. »Ich hätt' mich nich auf dich draufgesetzt, aber die Scheißtypen ham mich da einfach abgeladen. Die ham eben keine Ahnung, wie man 'ne Dame behandelt.« Sie unterbrach sich, tätschelte ihre Brust und rülpste. »'tschuldigung«, sagte sie, »bin noch leicht daneben.«

Sie beugte sich vor und übergab sich ausgiebig auf den Fußboden.

»Schon besser«, meinte sie und lehnte sich mit geschlossenen Augen zurück. »Man soll's nie unten lassen, sag' ich immer. Raus damit, solang's noch frisch im Magen is.«

Sie erholte sich, musterte Winston noch einmal und schien gleich Gefallen an ihm zu finden. Sie legte ihm einen mächtigen Arm um die Schulter, zog ihn an sich und atmete ihm den Geruch von Bier und Erbrochenem ins Gesicht.

»Wie heißt'n du, Süßer?« fragte sie.

»Smith«, antwortete Winston.

»Smith?« sagte die Frau. »Das 's ja komisch. Ich heiß' nämlich auch Smith. Mensch«, setzte sie sentimental hinzu, »ich könnt' direkt deine Mutter sein!«

Ja, dachte Winston, sie könnte seine Mutter sein. Sie hatte so ungefähr das Alter und die Figur, und zwanzig Jahre Arbeitslager veränderten einen Menschen wahrscheinlich.

Niemand sonst hatte mit ihm gesprochen. Es war erstaunlich, wie sehr die gewöhnlichen Kriminellen die Gefangenen der Partei ignorierten. »Die Polits« nannten sie sie mit einer gewissen desinteressierten Verächtlichkeit. Die Gefangenen der Partei schienen sich davor zu fürchten, mit jemandem zu sprechen, und vor allem davor, miteinander zu sprechen. Nur einmal, als zwei Parteimitglieder, beides Frauen, auf der Bank zusammengedrängt wurden, hörte er im allgemeinen Stimmengewirr ein paar hastig geflüsterte Worte; darunter eine Anspielung auf ein gewisses »Zimmer 101«, die er nicht verstand.

Es mochte zwei oder drei Stunden zurückliegen, daß

man ihn hierhergebracht hatte. Der dumpfe Schmerz in seinem Bauch verschwand nie, manchmal ließ er nach, manchmal wurde er schlimmer, und je nachdem erweiterte oder verengte sich sein Denkhorizont. Wenn es schlimmer wurde, dachte er nur an den Schmerz und an sein Verlangen nach etwas Eßbarem. Wurde es besser, ergriff ihn Panik. Es gab Augenblicke, da konnte er die Dinge, die ihn erwarteten, so deutlich vorhersehen, daß sein Herz jagte und sein Atem stockte. Er spürte den Gummiknüppel auf seinen Ellbogen und die Tritte der eisenbeschlagenen Stiefel gegen seine Schienbeine; er sah sich auf dem Boden kriechen und mit eingeschlagenen Zähnen um Gnade flehen. An Julia dachte er kaum. Er konnte sich nicht auf sie konzentrieren. Er liebte sie und würde sie nicht verraten; aber das war nur ein Sachverhalt, der ihm bekannt war wie die Rechenregeln. Er empfand keine Liebe für sie, und er fragte sich kaum einmal, was wohl mit ihr passierte. An O'Brien dachte er häufiger, mit flackernder Hoffnung. O'Brien mußte wissen, daß man ihn verhaftet hatte. Die Bruderschaft, hatte er gesagt, versuche nie, ihre Mitglieder zu retten. Aber da war noch die Rasierklinge; wenn es sich machen ließ, würden sie die Rasierklinge schicken. Es blieben ihm vielleicht fünf Sekunden, bevor die Wachen in die Zelle gestürmt kamen. Die Klinge würde mit brennender Kälte in ihn fahren und sogar die Finger, die sie hielten, bis zum Knochen einschneiden. Alles hing von seinem kränkelnden Körper ab, der mit Zittern vor dem kleinsten Schmerz zurückschrak. Er war nicht sicher, daß er die Rasierklinge benutzen würde, selbst wenn sich ihm die Möglichkeit bot. Es war natürlicher, von einem Moment auf den nächsten zu leben, weitere zehn Minuten existieren zu wollen, auch wenn man wußte, daß einen am Ende die Folter erwartete.

Manchmal versuchte er, die Porzellankacheln an den Zellenwänden zu zählen. Es war im Grunde nicht schwierig, doch an irgendeiner Stelle verzählte er sich immer. Öfter beschäftigte ihn die Frage, wo er sich befand und ob es morgens, mittags oder abends war. In einem Moment glaubte er sicher, daß es draußen hell, und im nächsten ebenso sicher, daß es draußen stockdunkel war. Hier, so wußte er instinktiv, würde das Licht nie gelöscht werden. Es war der Ort, wo keine Dunkelheit herrschte: er begriff jetzt, warum O'Brien die Anspielung verstanden zu haben schien. Das Ministerium für Liebe hatte keine Fenster. Seine Zelle konnte genausogut irgendwo im Zentrum des Gebäudes liegen wie an einer seiner Außenmauern; sie konnte sich zehn Stockwerke unter der Erde oder dreißig darüber befinden. Er versetzte sich im Geist von Ort zu Ort und versuchte, mit dem Körper zu erspüren, ob er hoch oben in der Luft hing oder tief in der Erde begraben war.

Draußen marschierten Stiefel. Die Stahltür flog dröhnend auf. Ein junger Offizier kam schneidig herein, eine adrette schwarzuniformierte Gestalt, ganz in glänzendes Leder gekleidet, mit blassen, straffen Zügen, die wie eine Wachsmaske wirkten. Er bedeutete den draußen stehenden Wachen, den von ihnen eskortierten Gefangenen hereinzubringen. Der Dichter Ampleforth torkelte in die Zelle. Die Tür flog dröhnend wieder zu.

Ampleforth drehte sich mit unsicheren Bewegungen nach allen Seiten, als suche er die zweite Tür, die wieder hinausführte, und begann dann, in der Zelle auf und ab zu gehen. Er hatte Winston noch nicht bemerkt. Sein verwirrter Blick starrte etwa einen Meter über Winstons Kopf auf die Wand. Er trug keine Schuhe; große, schmutzige Zehen staken aus den Löchern in seinen Socken. Und seine letzte Rasur lag auch schon einige Tage zurück. Bartstoppeln bedeckten sein Gesicht und verliehen ihm ein verwildertes Aussehen, das so gar nicht zu seiner hochaufgeschossenen, zerbrechlichen Gestalt und seinen fahrigen Bewegungen paßte.

Winston erwachte aus seiner Lethargie. Er mußte mit

Ampleforth reden und das Gebrüll vom Teleschirm riskieren. Es war sogar denkbar, daß Ampleforth der Überbringer der Rasierklinge war.

»Ampleforth«, sagte er.

Kein Gebrüll vom Teleschirm. Ampleforth blieb ein wenig überrascht stehen. Sein Blick richtete sich langsam auf Winston.

»Ach, Smith!« sagte er. »Sie auch!«

»Weshalb sind Sie hier?«

»Um Ihnen die Wahrheit zu sagen –« Er setzte sich linkisch auf die Bank Winston gegenüber. »Es gibt doch nur ein Delikt, oder?« meinte er.

»Und Sie haben es begangen?«

»Offenbar ja.«

Er griff mit der Hand an die Stirn und massierte sich einen Moment lang die Schläfen, als versuche er, sich an etwas zu erinnern.

»So was kann schon mal vorkommen«, begann er unbestimmt. »Eine Sache ist mir eingefallen, die könnte es gewesen sein. Zweifellos eine Unbesonnenheit. Wir erstellten eine definitive Ausgabe von Kiplings Gedichten, und ich ließ das Wort ›Gott‹ am Ende einer Verszeile stehen. Ich konnte doch nicht anders!« setzte er fast indigniert hinzu und hob den Kopf, um Winston ins Gesicht zu sehen. »Man konnte die Zeile unmöglich ändern. Der Reim endete auf ›Komplott‹. Wissen Sie, daß es in unserer Sprache nur ganz wenige Reime auf ›Komplott‹ gibt? Ich habe mir tagelang den Kopf zerbrochen. Es paßte einfach kein anderer Reim.«

Sein Gesichtsausdruck änderte sich. Die Verärgerung wich, und für einen Moment wirkte er beinahe zufrieden. Eine Art intellektueller Begeisterung, die Freude des Pedanten, der eine nutzlose Tatsache herausgefunden hat, überstrahlte den Dreck und das struppige Haar.

»Ist Ihnen schon mal der Gedanke gekommen«, sagte er, »daß die ganze Entwicklung der englischen Dichtkunst dadurch beeinflußt wurde, daß die englische Sprache nicht genug Reime aufweist?«

Nein, dieser Gedanke war Winston wirklich noch nie in den Sinn gekommen. Auch erschien er ihm unter den waltenden Umständen weder sonderlich wichtig noch interessant.

»Wissen Sie, welche Tageszeit wir haben?« fragte er.

Ampleforth wirkte wieder beunruhigt. »Ich habe mir darüber kaum Gedanken gemacht. Ich wurde vor zwei Tagen verhaftet – vielleicht auch vor drei.« Sein Blick huschte über die Wände, so als hoffe er, irgendwo ein Fenster zu entdecken. »Hier gibt es keinen Unterschied zwischen Tag und Nacht. Ich kann mir nicht vorstellen, wie man da die Zeit abschätzen soll.« Sie unterhielten sich ein paar Minuten sprunghaft, und dann befahl ihnen der Teleschirm ohne offensichtlichen Grund zu schweigen. Winston saß still, die Hände übereinandergelegt. Ampleforth, zu groß, um auf der schmalen Bank bequem sitzen zu können, zappelte herum und schlang seine dürren Arme erst um das eine, dann um das andere Knie. Der Teleschirm herrschte ihn an stillzusitzen. Die Zeit verstrich. Zwanzig Minuten, eine Stunde – schwer zu sagen. Draußen hörte man wieder Stiefelknallen. Winstons Eingeweide verkrampften sich. Bald, sehr bald, vielleicht in fünf Minuten, vielleicht jetzt, würde das Stiefelgetrampel bedeuten, daß die Reihe an ihn gekommen war.

Die Tür ging auf. Der junge kaltschnäuzige Offizier trat in die Zelle. Mit einer knappen Handbewegung wies er auf Ampleforth.

»Zimmer 101«, sagte er.

Eingerahmt von den Wachen marschierte Ampleforth unbeholfen hinaus. Sein Gesicht war verstört, zeigte aber keine Spur des Begreifens.

Eine lange Zeit schien zu verstreichen. Der Schmerz in Winstons Bauch war wieder stärker geworden. Sein Denken drehte sich im Kreis. Er kannte überhaupt nur sechs Gedanken: den Schmerz in seinem Bauch; ein Stück Brot; das Blut und die Schreie; O'Brien; Julia; die Rasierklinge. Ein neuer Krampf fuhr ihm in die Eingeweide; die schweren Stiefel näherten sich. Als die Tür aufflog, wehte der Luftzug einen durchdringenden kalten Schweißgeruch herein. Parsons erschien in der Zelle. Er trug Khakishorts und ein Sporthemd.

Diesmal war Winston so verblüfft, daß er alles andere vergaß.

»*Sie* hier!« sagte er.

Parsons bedachte Winston mit einem Blick, aus dem weder Interesse noch Überraschung sprach, sondern nur Jammer. Er begann ruckartig auf und ab zu gehen, offenbar unfähig stillzusitzen. Jedesmal wenn er seine schwammigen Knie durchdrückte, sah man, daß sie schlotterten. Er starrte mit weit aufgerissenen Augen vor sich hin.

»Weshalb sind Sie hier?« fragte Winston.

»Gedankendelikt!« schluchzte Parsons beinahe. Sein Tonfall drückte ein völliges Eingeständnis seiner Schuld und zugleich eine Art ungläubiges Entsetzen darüber aus, daß so ein Wort überhaupt auf ihn angewendet werden konnte. Er blieb vor Winston stehen und begann eifrig auf ihn einzureden. »Sie glauben doch nicht, daß sie mich erschießen werden, alter Junge, oder? Die erschießen einen doch nicht gleich, wenn man eigentlich gar nichts angestellt hat – bloß in Gedanken, und da kann man doch nichts für? Ich weiß, daß man eine faire Verhandlung kriegt. Oh, da hab' ich vollstes Vertrauen zu ihnen! Die kennen doch garantiert meine Personalakte, was? Smith, Sie wissen doch selbst, was ich für ein Kerl gewesen bin. Kein übler Bursche. Nicht gerade schlau, aber eifrig. Ich hab' mich doch immer bemüht, für die Partei mein Bestes zu tun, stimmt's? Ich werde sicher mit fünf Jahren davonkommen, glauben Sie nicht? Oder vielleicht auch mit zehn, ja? Ein Kerl wie ich könnte sich in einem Arbeitslager recht nützlich machen. Die werden mich doch nicht erschießen, bloß weil ich einmal auf die schiefe Bahn geraten bin?«

»Sind Sie schuldig?« fragte Winston.

»Natürlich bin ich schuldig!« schrie Parsons mit einem hündischen Seitenblick zum Teleschirm. »Sie glauben doch nicht etwa, die Partei würde einen Unschuldigen verhaften lassen?« Sein Froschgesicht entspannte sich und bekam sogar einen etwas scheinheiligen Ausdruck. »Gedankendelikt ist eine schreckliche Sache, alter Junge«, sagte er salbungsvoll. »Heimtückisch. Es kann einen sogar erwischen, ohne daß man es merkt. Wissen Sie, wie es mich erwischt hat? Im Schlaf! Ja, Tatsache. Da lebte ich also und schuftete und versuchte, mein Teil zu leisten – und ahnte die ganze Zeit nicht, daß ich schlimme Dinge im Kopf hatte. Und dann begann ich im Schlaf zu reden. Wissen Sie, was ich gesagt haben soll?«

Er senkte seine Stimme wie jemand, der aus medizinischen Gründen gezwungen ist, etwas Unanständiges zu sagen.

»›Nieder mit dem Großen Bruder!‹ Ja, das hab' ich gesagt. Und zwar mehrmals. Unter uns, alter Junge, ich bin froh, daß sie mich geschnappt haben, ehe es noch schlimmer werden konnte. Wissen Sie, was ich ihnen sagen werde, wenn ich vor dem Tribunal stehe? ›Danke‹, werde ich sagen, ›danke, daß ihr mich gerettet habt, bevor es zu spät war.‹«

»Wer hat Sie angezeigt?« fragte Winston.

»Meine kleine Tochter«, sagte Parsons mit einer Art verdrossenem Stolz. »Sie hat am Schlüsselloch gehorcht. Hörte, was ich da sagte, und ist gleich am nächsten Tag zur Polizeistreife marschiert. Ganz schön gerissen für eine siebenjährige Göre, wie? Ich bin ihr deshalb nicht böse. Eigentlich bin ich sogar stolz auf sie. Es zeigt jedenfalls, daß ich sie im richtigen Geist erzogen habe.«

Er lief noch ein paarmal ruckartig hin und her und schielte dabei sehnsüchtig nach der Klosettschüssel. Dann riß er sich plötzlich die Shorts herunter.

»Pardon, alter Junge«, sagte er. »Ich kann's nun mal nicht ändern. Diese Warterei ist schuld.«

Er pflanzte seinen Riesenhintern in die Kloschüssel. Winston legte die Hände vors Gesicht.

»Smith!« gellte die Stimme vom Teleschirm. »6079 Smith W! Hände runter. In den Zellen hält man die Hände nicht vors Gesicht.«

Winston ließ die Hände sinken. Parsons benutzte die Latrine geräuschvoll und ausgiebig. Dann stellte sich heraus, daß die Spülung defekt war, und noch nach Stunden stank die Zelle grauenhaft.

Parsons wurde weggeschafft. Andere Inhaftierte kamen und gingen auf mysteriöse Weise. Eine Gefangene wurde nach »Zimmer 101« beordert und schien bei diesen Worten zusammenzuschrumpfen und zu erbleichen. Es wurde Nachmittag, vorausgesetzt, daß es Morgen gewesen war, als er hierhergebracht wurde; war es aber Nachmittag gewesen, dann mußte es jetzt Abend sein. In der Zelle befanden sich sechs Gefangene, Männer und Frauen. Alle saßen ganz still. Winston gegenüber hockte ein Mann, der durch sein kinnloses Gesicht und mit den vorstehenden Schneidezähnen wie ein großes harmloses Nagetier aussah. Seine fleckigen Hamsterbacken waren so prall, daß man unweigerlich auf den Gedanken kam, er habe sie mit Nahrungsvorräten vollgestopft. Seine hellgrauen Augen huschten furchtsam von Gesicht zu Gesicht und wandten sich rasch wieder ab, wenn er einem Blick begegnete.

Die Tür ging auf, und man brachte einen weiteren Gefangenen herein, bei dessen Anblick Winston fröstelte. Es war ein durchschnittlich aussehender Mann, der Ingenieur oder Techniker hätte sein können. Erschreckend war jedoch sein ausgemergeltes Gesicht. Es glich einem Totenschädel. Durch seine Abgezehrtheit wirkten Mund und

Augen unverhältnismäßig groß, und sein Blick schien von einem mörderischen, unversöhnlichen Haß auf jemanden oder etwas erfüllt zu sein.

Der Mann setzte sich ein wenig von Winston entfernt auf die Bank. Winston schaute ihn nicht mehr an, doch das totenkopfähnliche, geschundene Gesicht blieb so deutlich in seiner Vorstellung, als sähe er es direkt vor sich. Plötzlich begriff er: Der Mann verhungerte. Alle in der Zelle schienen fast gleichzeitig auf diesen Gedanken zu kommen. Auf der Bank wurde es unruhig. Der Blick des kinnlosen Mannes huschte unablässig zu dem Mann mit dem Totenkopfgesicht hinüber, wandte sich schuldbewußt wieder ab und wurde wie von einem unwiderstehlichen Zwang erneut dorthingezogen. Er begann jetzt auf seinem Platz hin und her zu rutschen. Schließlich stand er auf, watschelte unbeholfen durch die Zelle, wühlte in der Tasche seines Overalls und streckte dem Mann mit dem Totenkopfgesicht verlegen ein verdrecktes Stück Brot hin.

Vom Teleschirm kam ein wütendes, ohrenbetäubendes Gebrüll. Der Kinnlose fuhr zurück. Der Mann mit dem Totenkopfgesicht hatte rasch die Hände hinter dem Rücken versteckt, als wolle er aller Welt demonstrieren, daß er die Gabe zurückwies.

»Bumstead!« röhrte die Stimme. »2713 Bumstead J! Lassen Sie das Brot fallen!«

Der Kinnlose ließ das Brot zu Boden fallen.

»Bleiben Sie, wo Sie sind«, sagte die Stimme. »Gesicht zur Tür. Und keine Bewegung.«

Der kinnlose Mann gehorchte. Seine großen Hängebakken bebten unkontrolliert. Die Tür sprang dröhnend auf. Als der junge Offizier hereinkam und beiseite trat, tauchte hinter ihm ein gedrungen-stämmiger Wärter mit gewaltigen Armen und Schultern auf. Er postierte sich vor dem kinnlosen Mann und landete auf ein Zeichen des Offiziers einen furchtbaren Faustschlag, in den er sein ganzes Körpergewicht legte, direkt auf den Mund des Kinnlosen. Die Wucht schien ihn fast vom Fußboden zu heben. Sein Körper wurde durch die Zelle geschleudert und vom Sockel des Klosettbeckens gebremst. Einen Moment lag er wie betäubt, dunkles Blut sickerte ihm aus Mund und Nase. Er gab ein leises Wimmern oder Winseln von sich. Dann rollte er herum und stützte sich wackelig auf Hände und Knie. In einem Schwall von Blut und Speichel fielen ihm die beiden Hälften einer Gebißplatte aus dem Mund.

Die Gefangenen saßen ganz still, die Hände über den Knien verschränkt. Der kinnlose Mann kletterte auf seinen Platz zurück. Die eine Gesichtsseite färbte sich dunkel. Sein Mund war zu einer kirschroten Masse verschwollen. Hin und wieder tropfte Blut auf seinen Overall. Seine grauen Augen huschten schuldbewußter denn je von Gesicht zu Gesicht, als versuche er herauszufinden, wie sehr ihn die anderen wegen seiner Demütigung verachteten.

Die Tür ging auf. Mit einer knappen Bewegung wies der Offizier auf den Mann mit dem Totenkopfgesicht.

»Zimmer 101«, sagte er.

Keuchen und Panik neben Winston. Der Mann hatte sich tatsächlich auf die Knie geworfen und rang die Hände.

»Genosse!« schrie er. »Sie müssen mich nicht dorthin bringen! Ich hab' euch doch schon alles gesagt! Was wollt ihr denn noch wissen? Ich gestehe alles, alles. Ihr braucht mir nur zu sagen was, und ich gestehe es sofort. Schreiben Sie es auf, und ich werd's unterschreiben – alles! Nur nicht Zimmer 101!«

»Zimmer 101«, sagte der Offizier.

Das bereits leichenblasse Gesicht des Mannes nahm eine Färbung an, die Winston nicht für möglich gehalten hätte. Es wurde eindeutig und unverkennbar grün.

»Macht mit mir, was ihr wollt!« gellte er. »Ihr habt mich wochenlang hungern lassen. Macht endlich Schluß und laßt mich sterben. Erschießt mich. Hängt mich. Verurteilt mich zu fünfundzwanzig Jahren. Soll ich noch irgend jemanden verraten? Ihr braucht mir nur zu sagen wen, und ich sage alles, was ihr wollt. Es ist mir egal, wer es ist und was ihr mit ihnen macht. Ich habe eine Frau und drei Kinder. Das älteste ist noch keine sechs Jahre alt. Ihr könnt sie alle holen und ihnen vor meinen Augen die Kehle durchschneiden, und ich werde dabeistehen und zuschauen. Aber nicht Zimmer 101!«

»Zimmer 101«, sagte der Offizier.

Der Mann sah sich wie rasend unter den übrigen Gefangenen um, als sei ihm in den Sinn gekommen, er könne ein anderes Opfer an seine Stelle setzen. Sein Blick blieb auf dem zerschlagenen Gesicht des kinnlosen Mannes haften. Er reckte einen dürren Arm.

»Den da solltet ihr nehmen, nicht mich!« schrie er. »Ihr habt nicht gehört, was er gesagt hat, nachdem man ihm die Fresse eingeschlagen hat. Gebt mir eine Chance, und ich sage es euch Wort für Wort. *Er* ist gegen die Partei, nicht ich.« Die Wachen traten vor. Die Stimme des Mannes steigerte sich zu einem Kreischen. »Ihr habt ihn nicht gehört!« wiederholte er. »Der Teleschirm hat nicht richtig funktioniert. *Den* da wollt ihr. Nehmt ihn, nicht mich!«

Die beiden stämmigen Wachen versuchten, ihn an den Armen zu fassen. Doch in diesem Moment warf er sich auf den Zellenboden und packte eine der eisernen Bankstützen. Er hatte wie ein Tier zu heulen begonnen. Die Wachen griffen zu und versuchten ihn loszureißen, doch er klammerte sich mit erstaunlicher Kraft fest. Sie zerrten vielleicht zwanzig Sekunden an ihm herum. Die Gefangenen saßen still da, die Hände über den Knien verschränkt, und blickten stur geradeaus. Das Geheul brach ab; der Mann hatte keine Luft mehr zum Schreien, er brauchte alle Kraft, um sich festzuhalten. Der dann folgende Schrei klang anders. Der Stiefeltritt einer Wache hatte ihm die Finger der einen Hand gebrochen. Sie rissen ihn hoch.

»Zimmer 101«, sagte der Offizier.

Der Mann wurde hinausgeführt. Er ging mit unsicheren Schritten, sein Kopf war nach vorn gesunken, er hielt sich die zerschmetterte Hand; sein Kampfgeist war restlos erloschen.

Es verging eine lange Zeit. Wenn es Mitternacht gewesen war, als der totenkopfgesichtige Mann abgeführt wurde, dann mußte es jetzt Morgen sein; wenn es Morgen gewesen war, dann mußte es jetzt Nachmittag sein. Winston war allein, schon seit Stunden. Das Sitzen auf der schmalen Bank tat so weh, daß er oft aufstand und herumging, ohne vom Teleschirm dafür gerügt zu werden. Das Stück Brot lag noch dort, wo es der kinnlose Mann fallengelassen hatte. Anfangs kostete es große Mühe, nicht hinzuschauen, aber bald wich der Hunger dem Durst. Sein Mund war pelzig und hatte einen schlechten Geschmack. Das Summen und das gleichbleibend weiße Licht verursachten eine Art Mattheit, eine Leere in seinem Kopf. Er stand auf, weil der Schmerz in seinen Knochen nicht mehr zu ertragen war, und setzte sich fast sofort wieder hin, weil er sich zu schwindelig fühlte, um auf den Beinen zu bleiben. Jedesmal wenn er seine körperlichen Empfindungen etwas unter Kontrolle hatte, kehrte das Entsetzen zurück. Mit sinkender Hoffnung dachte er manchmal an O'Brien und die Rasierklinge. Es war denkbar, daß die Rasierklinge in seinem Essen versteckt eintraf, wenn er überhaupt jemals etwas zu essen bekam. Undeutlicher dachte er an Julia. Irgendwo litt sie, vielleicht noch schlimmer als er. Vielleicht schrie sie in diesem Moment gerade vor Schmerzen. Er dachte: »Wenn ich Julia durch die Verdoppelung meiner Schmerzen retten könnte, würde ich es dann tun? Ja.« Doch das war nur eine intellektuelle Entscheidung, die er traf, weil er wußte, daß er sie treffen sollte. Es war keine Empfindung. Hier, an diesem Ort, konnte man nichts empfinden außer Schmerz und dem Vorgefühl der Schmerzen. Konnte man sich denn überhaupt, aus welchem Grund auch immer, eine Steigerung der eigenen Schmerzen wünschen? Aber diese Frage ließ sich noch nicht beantworten.

Die Stiefelschritte näherten sich wieder. Die Tür ging auf. O'Brien kam herein.

Winston sprang auf. Der Schock hatte ihn alle Vorsicht vergessen lassen. Zum erstenmal seit vielen Jahren dachte er nicht mehr an die Allgegenwart des Teleschirms.

»Sie hat man auch erwischt!« rief er.

»Mich hat man schon lange erwischt«, sagte O'Brien mit sanfter Ironie, in der fast Bedauern mitschwang. Er trat zur Seite. Hinter ihm erschien ein breitschultriger Wachmann mit einem langen schwarzen Gummiknüppel in der Hand.

»Sie wußten es, Winston«, sagte O'Brien. »Machen Sie sich nichts vor. Sie haben es gewußt – schon immer.«

Ja, begriff er jetzt, er hatte es immer gewußt. Aber nun war keine Zeit, um darüber nachzudenken. Er hatte bloß Augen für den Gummiknüppel in der Hand der Wache. Er konnte alles treffen: den Scheitel, das Ohrläppchen, den Oberarm, den Ellbogen –

Den Ellbogen! Er war wie paralysiert auf die Knie gefallen und umklammerte mit der anderen Hand seinen Ellbogen. Alles war in gelbem Licht explodiert. Unfaßbar, unfaßbar, daß ein einziger Hieb solche Schmerzen bereiten konnte! Das Licht verblaßte, und er konnte die beiden anderen wieder erkennen, die zu ihm herabschauten. Die Wache lachte über seine Verrenkungen. Eine Frage jedenfalls war beantwortet. Niemals, um nichts auf der Welt, konnte man sich größere Schmerzen wünschen. Von Schmerzen konnte man sich nur eins wünschen: daß sie aufhörten. Nichts auf der Welt war so schlimm wie körperliche Schmerzen. Im Angesicht von Schmerzen gibt es keine Helden, keine Helden, dachte er immer wieder, als er sich am Boden krümmte und vergeblich seinen gelähmten linken Arm festhielt.

II

Er lag auf etwas, das sich wie ein Feldbett anfühlte, dafür aber eigentlich zu hoch war; man hatte ihn darauf festgeschnallt, so daß er sich nicht rühren konnte. Licht fiel ihm ins Gesicht, es wirkte heller als sonst. O'Brien stand neben ihm und blickte gespannt auf ihn herab. Auf der anderen Seite wartete ein Mann in einem weißen Kittel mit einer Injektionsspritze in der Hand.

Auch nachdem er die Augen geöffnet hatte, nahm er seine Umgebung nur allmählich wahr. Er hatte den Eindruck, aus einer ganz anderen Welt in dieses Zimmer emporzutauchen, aus einer Art Unterwasserwelt, die tief unter ihm lag. Wie lange er dort unten gewesen war, wußte er nicht. Seit dem Augenblick seiner Verhaftung hatte er weder Dunkelheit noch Tageslicht gekannt. Außerdem war seine Erinnerung nicht lückenlos. Es hatte Zeitspannen gegeben, in denen das Bewußtsein, sogar die Art von Bewußtsein, die man im Schlaf besitzt, vollständig ausgesetzt und nach einem inhaltslosen Intervall wieder eingesetzt hatte. Doch ob diese Intervalle Tage oder Wochen oder nur Sekunden dauerten, vermochte er nicht zu sagen.

Mit jenem ersten Hieb auf den Ellbogen hatte der Alptraum begonnen. Später sollte er begreifen, daß alles, was damals geschah, bloß ein Vorspiel, ein Routineverhör war, dem beinahe alle Gefangenen unterzogen wurden. Es gab eine lange Reihe von Delikten – Spionage, Sabotage und dergleichen –, die jeder ganz selbstverständlich gestehen mußte. Das Geständnis war eine Formalität, die Folterung jedoch echt. Wie oft er geschlagen worden war, wie lange es gedauert hatte, wußte er nicht mehr. Immer fielen fünf oder sechs schwarzuniformierte Männer gleichzeitig über ihn her. Manchmal nahmen sie die Fäuste, manchmal Gummiknüppel zu Hilfe, manchmal Stahlruten, manchmal Stiefel. Es gab Zeiten, da wälzte er sich schamlos wie ein Tier auf dem Boden und krümmte seinen Körper in alle Richtungen, in dem endlosen, hoffnungslosen Bemühen, den Fußtritten auszuweichen, und handelte sich damit doch nur mehr und immer mehr Fußtritte ein, in die Rippen, in den Bauch, gegen die Ellbogen, gegen die Schienbeine, in die Leisten, in die Hoden, gegen das Steißbein. Es gab Zeiten, da ging das so lange weiter, bis er nicht mehr grausam, gemein und unverzeihlich fand, daß die Wachen nicht aufhörten, ihn zu schlagen, sondern daß er es nicht schaffte, ohnmächtig zu werden. Es gab Zeiten, da ließen ihn seine Nerven derart im Stich, daß er schon vor dem Geschlagenwerden um Gnade zu schreien begann, da genügte allein der Anblick einer zum Schlag erhobenen Faust, um ihn ein Geständnis wirklicher und erfundener Delikte hervorsprudeln zu lassen. Es gab andere Zeiten, da faßte er den Entschluß, nichts zu gestehen, so daß ihm jedes Wort unter Schmerzensschreien abgezwungen werden mußte, und es gab Zeiten, da versuchte er kraftlos, einen Kompromiß einzugehen, indem er sich sagte: »Ich werde gestehen, aber noch nicht gleich. Ich muß es aushalten, bis der Schmerz unerträglich wird. Noch drei Tritte, noch zwei, und dann erzähle ich ihnen alles, was sie wollen.« Manchmal wurde er geschlagen, bis er kaum noch stehen konnte, dann wie ein Sack Kartoffeln auf den Steinboden einer Zelle geworfen, damit er ein paar Stunden lang neue Kräfte sammelte, und dann herausgeholt und erneut geschlagen. Es gab auch längere Erholungspausen. Er erinnerte sich nur undeutlich an sie, denn er hatte sie zumeist schlafend oder in einem Zustand geistiger und körperlicher Starre verbracht. Er erinnerte sich an eine Zelle mit einer Holzpritsche, mehr eine Art Brett, das von der Wand abstand, an eine Waschschüssel aus Blech und an Mahlzeiten, die aus heißer Suppe, Brot und manchmal Kaffee bestanden. Er erinnerte sich an einen griesgrämigen Friseur, der kam, um ihm Bart und Haare zu scheren, und an sachliche, teilnahmslose Männer in weißen Kitteln, die ihm den Puls fühlten, seine Reflexe überprüften, die Augenlider hochzogen, ihn mit groben Fingern nach gebrochenen Knochen abtasteten und ihm Nadeln in den Arm jagten, damit er schlief.

Man schlug ihn nun seltener, und die Prügel wurden in erster Linie zu einer Drohung, einem Grauen, dem er jederzeit wieder ausgeliefert werden konnte, wenn seine Antworten nicht befriedigend ausfielen. Die Verhörenden waren jetzt keine brutalen Menschen in schwarzen Uniformen, sondern Parteiintellektuelle, kleine rundliche Männer mit flinken Bewegungen und funkelnden Brillen, die ihn umschichtig und pausenlos über Zeiträume hinweg bearbeiteten, die – wie er glaubte, denn wissen konnte er es nicht – zehn bis zwölf Stunden dauerten. Diese anderen Verhörspezialisten sorgten dafür, daß er ständig leichte Schmerzen hatte, doch sie verließen sich nicht hauptsächlich darauf. Sie schlugen ihm ins Gesicht, drehten ihm das Ohr um, rissen ihn an den Haaren, ließen ihn auf einem Bein stehen, erlaubten ihm nicht, die Toilette zu benutzen, und blendeten ihn mit grellem Licht, bis ihm das Wasser in den Augen stand, aber das diente alles nur dazu, ihn zu demütigen und sein Argumentations- und Denkvermögen zu zerstören. Ihre wirkliche Waffe war das erbarmungslose Verhör, das immer weiter ging, Stunde um Stunde, während sie ihm Fangfragen stellten, Fallen auslegten, ihm das

Wort im Mund verdrehten und auf Schritt und Tritt der Lüge und des Widerspruchs überführten, bis er vor Scham und nervlicher Erschöpfung zu weinen begann. Manchmal weinte er in einer einzigen Sitzung ein halbes dutzendmal. Die meiste Zeit beschimpften sie ihn lautstark und drohten bei jedem Zögern, ihn wieder den Wachen zu übergeben; doch manchmal änderten sie plötzlich die Tonart, nannten ihn Genosse, appellierten an ihn im Namen des Engsoz und des Großen Bruders und fragten ihn bekümmert, ob ihm denn nicht einmal jetzt ein letzter Rest von Loyalität gegenüber der Partei geblieben sei, der ihn wünschen ließe, den angerichteten Schaden wiedergutzumachen. Wenn seine Nerven nach stundenlangem Verhör aufgerieben waren, dann genügte schon dieser Appell, um ihn Rotz und Wasser heulen zu lassen. Schließlich zerstörten ihn die bohrenden Stimmen gründlicher als die Stiefel und Fäuste der Wachen. Er war nur noch ein Mund, der aussagte, eine Hand, die unterschrieb, was man verlangte. Seine einzige Sorge war herauszufinden, was sie gestanden haben wollten, um es dann rasch zu gestehen, ehe die Schinderei wieder losging. Er gestand, Attentate auf prominente Parteimitglieder, die Verbreitung aufwieglerischer Flugblätter, die Veruntreuung öffentlicher Gelder, den Verkauf militärischer Geheimnisse und Sabotage aller Art. Er gestand, bereits seit 1968 ein im Dienste der ostasiatischen Regierung tätiger Spion zu sein. Er gestand, ein religiös Gläubiger, ein Anhänger des Kapitalismus und ein sexuell Pervertierter zu sein. Er gestand seine Frau ermordet zu haben, obwohl er und die ihn Verhörenden wußten, daß seine Frau noch lebte. Er bekannte, seit Jahren in persönlicher Verbindung mit Goldstein gestanden zu haben und Mitglied einer Untergrundorganisation gewesen zu sein, der fast alle Menschen, die er kannte, angehört hatten. Es war einfacher, ein umfassendes Geständnis abzulegen und jeden zu belasten. Außerdem stimmte das in gewisser Weise alles. Es stimmte, daß er ein

Feind der Partei gewesen war, und in den Augen der Partei bestand zwischen dem Gedanken und der Tat kein Unterschied.

Es gab auch noch andere Erinnerungen. Sie traten in seinem Bewußtsein losgelöst hervor, wie Bilder, die ringsum von Dunkelheit umgeben sind.

Er befand sich in einer Zelle, von der er nicht wußte, ob sie dunkel oder hell war, denn außer einem Augenpaar hatte er nichts erkennen können. Ganz in der Nähe tickte langsam und regelmäßig irgendeine Apparatur. Die Augen wurden größer und leuchtender. Plötzlich schwebte er von seinem Sitz hoch, tauchte in die Augen ein und wurde geschluckt.

Er war unter blendenden Lampen auf einem von Skalen eingerahmten Stuhl festgeschnallt. Ein Mann in weißem Kittel las die Skalen ab. Draußen hörte man das Geräusch schwerer Stiefel. Die Tür flog dröhnend auf. Der wachsgesichtige Offizier marschierte, von zwei Wachen gefolgt, herein.

»Zimmer 101«, sagte der Offizier.

Der Mann im weißen Kittel drehte sich nicht um. Er sah auch Winston nicht an; er blickte nur auf die Skalen.

Er kullerte durch einen gewaltigen Korridor, der einen Kilometer breit und von strahlend goldenem Licht erfüllt war, brüllte vor Lachen und schrie aus vollem Hals seine Geständnisse heraus. Er gestand alles, sogar die Dinge, die er unter Folter noch verschwiegen hatte. Er erzählte seine ganze Lebensgeschichte einem Publikum, das sie bereits kannte. Bei ihm waren die Wachen, die anderen Verhörspezialisten, die Männer in den weißen Kitteln, O'Brien, Julia, Mr. Charrington, und sie alle kullerten zusammen durch den Korridor und brüllten vor Lachen. Etwas Fürchterliches, das die Zukunft bereitgehalten hatte, war irgendwie übersprungen worden und nicht eingetreten. Alles war in bester Ordnung, es gab keinen Schmerz mehr, die letzte

Einzelheit seines Lebens war bloßgelegt, verstanden und verziehen worden.

Er fuhr mit der halben Gewißheit von der Holzpritsche hoch, O'Briens Stimme gehört zu haben. Während der ganzen Verhörprozedur hatte er, ohne ihn jemals direkt gesehen zu haben, das Gefühl gehabt, daß O'Brien unmittelbar neben ihm stand, gerade außer Sichtweite. Es war O'Brien, der alles dirigierte. Er war es, der die Wachen auf Winston hetzte und der verhinderte, daß sie ihn umbrachten. Er war es, der entschied, wann Winston vor Schmerzen schreien, wann er eine Ruhepause einlegen, wann er etwas zu essen bekommen, wann er schlafen und wann er mit Drogen vollgepumpt werden sollte. Er war es, der die Fragen stellte und die Antworten diktierte. Er war der Peiniger, er war der Beschützer, der Inquisitor, der Freund. Und einmal – Winston konnte sich nicht mehr erinnern, ob im Drogen- oder im Normalschlaf oder sogar in einem momentanen Wachzustand – murmelte ihm eine Stimme ins Ohr: »Keine Angst, Winston; Sie stehen in meiner Obhut. Ich habe Sie sieben Jahre lang beobachtet. Jetzt ist der Wendepunkt gekommen. Ich werde Sie retten, ich werde Sie vollkommen machen.«

Er wußte nicht mit Sicherheit, daß es O'Briens Stimme war; aber es war dieselbe Stimme, die in jenem anderen Traum vor sieben Jahren zu ihm gesagt hatte: »Wir werden uns an dem Ort treffen, wo keine Dunkelheit herrscht.«

Er erinnerte sich nicht an das Ende der Verhöre. Es kam eine Zeitspanne der Schwärze, und dann hatte die Zelle oder das Zimmer, in dem er sich jetzt befand, um ihn herum allmählich Gestalt angenommen. Er lag fast flach auf dem Rücken und konnte sich nicht rühren. Sein Körper war an allen wichtigen Stellen an die Unterlage gefesselt. Sogar sein Hinterkopf wurde irgendwie festgehalten. O'Brien blickte ernst und beinahe traurig auf ihn herab. Von unten gesehen, wirkte sein Gesicht grob und verbraucht, mit Säkken unter den Augen und Erschöpfungsfalten von der Nase zum Kinn. Er war älter, als Winston angenommen hatte, achtundvierzig oder fünfzig vielleicht. Seine Hand lag auf einer Skala mit ringförmiger Zahleneinteilung, an der ein Regler angebracht war.

»Ich sagte Ihnen doch«, meinte O'Brien, »wenn wir uns wieder träfen, würde es hier sein.«

Ohne jede Vorwarnung, bis auf eine kleine Handbewegung von O'Brien, raste eine Welle von Schmerz durch seinen Körper. Es war ein beängstigender Schmerz, denn Winston konnte nicht sehen, was passierte, und er hatte das Gefühl, als würde ihm eine tödliche Verletzung zugefügt. Er wußte nicht, ob es wirklich passierte oder ob die Wirkung elektrisch erzielt wurde, aber sein Körper wurde aus der Form gezogen, die Gelenke langsam auseinandergezerrt. Obwohl ihm der Schmerz den Schweiß auf die Stirn getrieben hatte, war das schlimmste doch die Angst, sein Rückgrat würde gleich durchbrechen. Er biß die Zähne zusammen, atmete heftig durch die Nase und versuchte, so lange wie möglich still zu sein.

»Sie haben Angst«, sagte O'Brien mit einem Blick in Winstons Gesicht, »daß im nächsten Moment irgend etwas bricht. Sie haben ganz besonders davor Angst, daß es Ihr Rückgrat sein wird. Sie sehen im Geist ganz deutlich vor sich, wie die Rückenwirbel auseinanderreißen und die Rükkenmarksflüssigkeit heraustropft. Das denken Sie doch, Winston, nicht wahr?«

Winston antwortete nicht. O'Brien drehte den Regler auf der Skala zurück. Die Schmerzwelle verebbte beinahe so rasch, wie sie gekommen war.

»Das war Stärke vierzig«, sagte O'Brien. »Wie Sie sehen, reichen die Zahlen auf dieser Skala bis hundert. Wollen Sie bitte während unserer Unterhaltung nicht vergessen, daß ich es in der Hand habe, Ihnen in jedem Moment und in jedem von mir gewünschten Grad Schmerzen zuzufügen.

Wenn Sie mir Lügen auftischen oder irgendwelche Ausflüchte versuchen oder sich auch nur dümmer anstellen, als Sie sind, werden Sie sofort vor Schmerzen schreien. Haben Sie das verstanden?«

»Ja«, sagte Winston.

O'Brien gab sich nun weniger ernst. Er rückte sich bedächtig die Brille zurecht und ging ein paar Schritte auf und ab, sprach mit sanfter, geduldiger Stimme. Er hatte etwas von einem Arzt, von einem Lehrer, ja sogar von einem Priester, der lieber erklärt und überzeugt als bestraft.

»Ich gebe mir Mühe mit Ihnen, Winston«, sagte er, »weil Sie die Mühe wert sind. Sie wissen ganz genau, was mit Ihnen los ist. Sie wissen es seit Jahren, auch wenn Sie sich gegen dieses Wissen gesträubt haben. Sie sind geistesgestört. Sie leiden an einem Gedächtnisdefekt. Sie sind außerstande, sich an tatsächliche Ereignisse zu erinnern, und reden sich ein, sich an andere Ereignisse zu erinnern, die jedoch nie stattgefunden haben. Glücklicherweise ist so was heilbar. Sie selbst haben sich nie davon geheilt, weil Sie das nicht wollten. Es erforderte eine kleine Willensanstrengung, zu der Sie nicht bereit waren. Ich weiß sehr wohl, daß Sie sich sogar noch jetzt an Ihre Krankheit in dem Wahn festklammern, sie sei eine Tugend. Nehmen wir mal ein Beispiel. Mit welcher Macht befindet sich Ozeanien augenblicklich im Krieg?«

»Als ich verhaftet wurde, befand sich Ozeanien mit Ostasien im Krieg.«

»Mit Ostasien. Gut. Ozeanien hat sich doch schon immer im Krieg mit Ostasien befunden, oder?«

Winston sog die Luft ein. Er öffnete den Mund, um zu sprechen, und sagte dann nichts. Er konnte den Blick nicht von der Skala wenden.

»Die Wahrheit, bitte, Winston. *Ihre* Wahrheit. Erzählen Sie mir, woran Sie sich zu erinnern glauben.«

»Ich erinnere mich, daß wir uns noch eine Woche vor

meiner Verhaftung keineswegs mit Ostasien im Krieg befanden. Wir waren Verbündete. Der Krieg ging gegen Eurasien. Er hatte vier Jahre gedauert. Davor –«

O'Brien unterbrach ihn mit einer Handbewegung.

»Ein anderes Beispiel«, sagte er. »Vor einigen Jahren hatten Sie eine wirklich ernste Wahnvorstellung. Sie glaubten, daß drei Männer, drei ehemalige Parteimitglieder namens Jones, Aaronson und Rutherford – Männer, die nach einem umfassenden Geständnis wegen Verrat und Sabotage hingerichtet wurden –, der ihnen zur Last gelegten Verbrechen nicht schuldig seien. Sie glaubten, einen eindeutig dokumentarischen Beweis gesehen zu haben, der belegte, daß ihre Geständnisse falsch waren. Es spielte da ein gewisses Foto eine Rolle, das Sie in einer Halluzination sahen. Sie glaubten, es wirklich in derHand gehalten zu haben. Es war ein ähnliches Foto wie dies hier.«

Zwischen O'Briens Fingern war ein länglicher Zeitungsausschnitt erschienen. Er blieb vielleicht fünf Sekunden in Winstons Blickfeld. Es war ein Foto, und an seiner Identität konnte kein Zweifel bestehen. Es war *das* Foto. Ein weiterer Abzug des Fotos von Jones, Aaronson und Rutherford beim Parteitag in New York, auf das er vor elf Jahren zufällig gestoßen war und das er prompt vernichtet hatte. Er hatte es nur für einen Moment gesehen, dann war es wieder verschwunden. Aber er hatte es gesehen, ganz fraglos hatte er es gesehen! Er unternahm eine verzweifelte, qualvolle Anstrengung, seinen Oberkörper freizubekommen. Er konnte sich in keine Richtung auch nur einen Zentimeter bewegen. Im Augenblick hatte er sogar die Skala vergessen. Er wollte nur noch einmal das Foto in Händen halten oder es wenigstens sehen.

»Es existiert!« rief er.

»Nein«, sagte O'Brien.

Er durchquerte das Zimmer. In der gegenüberliegenden Wand befand sich ein Gedächtnis-Loch. O'Brien hob die

Drahtklappe. Das leichte Papierstückchen wirbelte im Warmluftstrom davon und verschwand in einer Lohe. O'Brien kehrte der Wand den Rücken.

»Asche«, sagte er. »Nicht einmal identifizierbare Asche. Staub. Es existiert nicht. Es hat nie existiert.«

»Doch! Es hat existiert. Es existiert! Es existiert in der Erinnerung. Ich erinnere mich daran. Sie erinnern sich daran.«

»Ich erinnere mich nicht daran«, sagte O'Brien.

Winston verzagte. Das war *Doppeldenk*. Er hatte das Gefühl absoluter Hilflosigkeit. Hätte er sicher sein können, daß O'Brien log, wäre es nicht weiter schlimm gewesen. Aber es war durchaus möglich, daß O'Brien das Foto wirklich vergessen hatte. Und wenn ja, dann würde er seine Vergeßlichkeit bereits vergessen und auch dieses Vergessen vergessen haben. Wie konnte man sicher sein, daß es nur Humbug war? Vielleicht konnte diese irrsinnige Verschiebung im Denken tatsächlich möglich sein: das war die Überlegung, die ihn niederschmetterte.

O'Brien sah forschend auf ihn herab. Er wirkte mehr denn je wie ein Lehrer, der sich mit einem widerspenstigen, aber vielversprechenden Kind große Mühe macht.

»Es gibt eine Parteiparole, die von der Kontrolle der Vergangenheit handelt«, sagte er. »Würden Sie sie bitte zitieren?«

»›Wer die Vergangenheit kontrolliert, kontrolliert die Zukunft: wer die Gegenwart kontrolliert, kontrolliert die Vergangenheit‹«, wiederholte Winston folgsam.

»›Wer die Gegenwart kontrolliert, kontrolliert die Vergangenheit‹«, sagte O'Brien und nickte Zustimmung. »Sind Sie der Meinung, Winston, daß die Vergangenheit eine tatsächliche Existenz besitzt?«

Winston übermannte erneut das Gefühl der Hilflosigkeit. Sein Blick flog zur Skala. Er wußte nicht nur nicht, ob »ja« oder »nein« die Antwort war, die ihn vor dem Schmerz bewahren würde, er wußte nicht einmal, welche Antwort er für die richtige hielt.

O'Brien lächelte dünn. »Sie sind kein Metaphysiker, Winston«, sagte er. »Bis zu diesem Augenblick haben Sie sich nie Gedanken darüber gemacht, was mit Existenz gemeint ist. Ich will es präzisieren. Existiert die Vergangenheit konkret – im Raum? Gibt es irgendwo einen Ort, eine Welt greifbarer Gegenstände, wo die Vergangenheit noch stattfindet?«

»Nein.«

»Wo, wenn überhaupt, existiert dann die Vergangenheit?«

»In Dokumenten. Sie ist aufgeschrieben.«

»In Dokumenten. Und –?«

»In der Vorstellung. In der menschlichen Erinnerung.«

»In der Erinnerung. Also schön. Wir, die Partei, kontrollieren alle Dokumente, und wir kontrollieren alle Erinnerungen. Also kontrollieren wir auch die Vergangenheit, oder?«

»Aber wie könnt ihr Menschen daran hindern, sich zu erinnern?« rief Winston, der vorübergehend wieder die Skala vergaß. »Es geschieht ganz unwillkürlich. Man kann es nicht steuern. Wie könnt ihr die Erinnerung kontrollieren? Meine habt ihr nicht kontrolliert!«

O'Brien gab sich wieder strenger. Er legte die Hand auf den Skalenring.

»Im Gegenteil«, sagte er, »*Sie* haben sie nicht kontrolliert. Deshalb sind Sie auch hier. Sie sind hier, weil es Ihnen an Demut, an Selbstdisziplin mangelte. Sie wollten den Akt der Unterwerfung nicht vollziehen, der der Preis für geistige Gesundheit ist. Sie zogen es vor, ein Wahnsinniger, eine Einpersonenminderheit zu sein. Nur der disziplinierte Geist erkennt die Realität, Winston. Sie halten die Realität für etwas Objektives, Äußeres, das seinen eigenen Bestand hat. Sie glauben auch, das Wesen der Realität sei an sich selbstverständlich. Wenn Sie sich der Illusion hingeben, etwas zu sehen, nehmen Sie an, daß alle anderen das gleiche sehen wie Sie. Aber ich sage Ihnen, Winston, daß Realität nichts Äußeres ist. Die Realität existiert im menschlichen Geist und sonst nirgends. Nicht im Geist des einzelnen, der irren kann und ohnehin bald untergeht: nur im Geist der Partei, die kollektiv und unsterblich ist. Was immer die Partei für Wahrheit erachtet, *ist* Wahrheit. Die Realität läßt sich ausschließlich durch die Augen der Partei erkennen. Diese Tatsache müssen Sie wieder neu lernen, Winston. Es erfordert einen Akt der Selbstvernichtung, eine Willensanstrengung. Sie müssen sich erst demütigen, ehe sie geistig gesund werden können.«

Er wartete ein paar Augenblicke, als wollte er seine Worte wirken lassen.

»Erinnern Sie sich«, fuhr er fort, »in Ihr Tagebuch geschrieben zu haben: ›Freiheit bedeutet die Freiheit, zu sagen, daß zwei und zwei vier ist‹?«

»Ja«, sagte Winston.

O'Brien hielt die Linke hoch, mit dem Handrücken zu Winston, den Daumen versteckt und die vier Finger ausgestreckt.

»Wieviel Finger halte ich hoch, Winston?«

»Vier.«

»Und wenn die Partei sagt, es sind nicht vier, sondern fünf – wie viele dann?«

»Vier.«

Das Wort endete in einem Schmerzensschrei. Die Nadel der Skala war auf fünfundfünfzig hochgeschnellt. Winston war schweißgebadet. Luft schoß in seine Lungen und strömte mit einem dumpfen Stöhnen, das er nicht einmal mit zusammengebissenen Zähnen unterdrücken konnte, wieder aus. O'Brien beobachtete ihn und hielt die vier Finger immer noch hoch. Er drehte den Regler zurück. Diesmal ließ der Schmerz nur geringfügig nach.

»Wie viele Finger, Winston?«
»Vier.«
Die Nadel ruckte auf sechzig hoch.
»Wie viele Finger, Winston?«
»Vier! Vier! Was soll ich denn sonst sagen? Vier!«
Die Nadel mußte weiter gestiegen sein, aber er sah nicht hin. Das massige, strenge Gesicht und die vier Finger füllten sein Gesichtsfeld. Die Finger ragten vor seinen Augen auf wie Säulen, gewaltig, verschwommen und scheinbar schwankend, aber es waren unverkennbar vier.
»Wie viele Finger, Winston?«
»Vier! Aufhören, aufhören! Nicht weitermachen! Vier! Vier!«
»Wie viele Finger, Winston?«
»Fünf! Fünf! Fünf!«
»Nein, Winston, das hat keinen Zweck. Sie lügen. Sie glauben noch immer, daß es vier sind. Also wie viele Finger, bitte?«
»Vier! Fünf! Vier! Was Sie wollen! Nur lassen Sie den Schmerz aufhören!«
Plötzlich saß er aufrecht, und O'Brien hatte ihm den Arm um die Schultern gelegt. Er war vielleicht für ein paar Sekunden ohnmächtig gewesen. Die Gurte, die ihn an die Unterlage gefesselt hatten, waren gelöst worden. Er fror heftig, zitterte unkontrolliert, seine Zähne klapperten, Tränen liefen ihm über die Wangen. Einen Moment klammerte er sich an O'Brien wie ein Baby, sonderbar getröstet von dem schweren Arm, der um seine Schultern lag. Er hatte das Gefühl, daß O'Brien sein Beschützer war, daß der Schmerz etwas war, das von außen kam, aus einer anderen Quelle, und daß es O'Brien war, der ihn davor beschützen würde.
»Sie lernen langsam, Winston«, sagte O'Brien sanft.
»Was soll ich denn machen?« schluchzte er. »Was soll ich denn machen, ich sehe doch nur das, was ich sehe. Zwei und zwei ist vier.«

»Manchmal, Winston. Manchmal ist es auch fünf. Manchmal drei. Manchmal alles gleichzeitig. Sie müssen sich mehr anstrengen. Es ist nicht so leicht, normal zu werden.«

Er drückte Winston auf das Bett hinunter. Die Fesseln um seine Glieder strafften sich wieder, doch der Schmerz war verebbt, und das Zittern hatte aufgehört, und jetzt war ihm nur noch kalt und elend. O'Brien nickte dem Mann im weißen Kittel zu, der während der ganzen Prozedur reglos dabeigestanden hatte. Der Mann im weißen Kittel beugte sich über Winston, betrachtete aufmerksam seine Augen, fühlte ihm den Puls, legte ihm das Ohr auf die Brust und klopfte ihn ab, dann nickte er O'Brien zu.

»Noch mal«, sagte O'Brien.

Der Schmerz floß in Winstons Körper. Die Nadel mußte bei siebzig, fünfundsiebzig stehen. Diesmal hatte er die Augen geschlossen. Er wußte, daß die Finger noch da und daß es noch immer vier waren. Es kam jetzt nur darauf an, irgendwie so lange zu überleben, bis der Krampf aufhörte. Er merkte nicht mehr, ob er laut schrie oder nicht. Der Schmerz ließ wieder nach. Er öffnete die Augen. O'Brien hatte den Regler zurückgedreht. »Wie viele Finger, Winston?«

»Vier. Ich vermute, es sind vier. Wenn ich könnte, würde ich fünf sehen. Ich versuche, fünf zu sehen.«

»Was wollen Sie: mir einreden, Sie sähen fünf, oder sie wirklich sehen?«

»Sie wirklich sehen.«

»Noch mal.«

Die Nadel war jetzt vielleicht bei achtzig – neunzig. Winston wußte nur noch mitunter, warum der Schmerz da war. Hinter seinen Augenlidern schien sich ein ganzer Wald von Fingern wie im Tanz zu wiegen, sich zu verflechten und zu entflechten, hintereinander zu verschwinden und wieder aufzutauchen. Er versuchte sie zu zählen, warum, wußte er nicht. Er wußte nur, daß es unmöglich war, sie zu zählen, und daß dies zum Teil mit der mysteriösen Identität von fünf und vier zusammenhing. Der Schmerz ließ wieder nach. Als er die Augen öffnete, sah er noch immer das gleiche. Unzählige Finger glitten wie sich bewegende Bäume nach beiden Seiten vorüber. Er schloß wieder die Augen.

»Wie viele Finger halte ich hoch, Winston?«

»Ich weiß nicht. Ich weiß es nicht. Das nächste Mal werden Sie mich umbringen damit. Vier, fünf, sechs – ich weiß es ehrlich nicht.«

»Schon besser«, sagte O'Brien.

Eine Nadel glitt in Winstons Arm. Fast augenblicklich durchströmte eine selige, heilsame Wärme seinen Körper. Der Schmerz war bereits halb vergessen. Er schlug die Augen auf und sah dankbar zu O'Brien empor. Beim Anblick des breiten, faltigen Gesichts, das so häßlich und so klug war, schien ihm das Herz überzufließen. Hätte er sich bewegen können, er hätte eine Hand ausgestreckt und sie auf O'Briens Arm gelegt. Noch nie hatte er ihn so sehr geliebt wie in diesem Augenblick, und nicht nur, weil er ihm den Schmerz genommen hatte. Das alte Gefühl, daß es im Grunde nicht darauf ankam, ob O'Brien ein Freund oder ein Feind war, hatte sich wieder eingestellt. O'Brien war ein Mensch, mit dem man reden konnte. Vielleicht wollte man weniger geliebt als vielmehr verstanden werden. O'Brien hatte ihn bis an den Rand des Wahnsinns gefoltert, und bald, das war sicher, würde er ihn in den Tod schicken. Es änderte nichts. Sie beide verband etwas Tieferes als Freundschaft, sie waren Vertraute: auch wenn es vielleicht nie wirklich dazu kommen würde, so existierte doch irgendwo ein Ort, an dem sie sich treffen und miteinander reden konnten. O'Brien musterte ihn mit einem Ausdruck, der darauf schließen ließ, daß er möglicherweise dasselbe dachte. Als er dann sprach, geschah es in einem lockeren Gesprächston.

»Wissen Sie, wo Sie sich befinden, Winston?« fragte er.

»Ich weiß es nicht. Aber ich kann es mir denken. Im Ministerium für Liebe.«

»Wissen Sie, wie lange Sie schon hier sind?«

»Ich weiß es nicht. Tage, Wochen, Monate – mir kommt es so vor, als seien es Monate.«

»Und warum, glauben Sie, bringen wir die Leute hierher?«

»Damit sie gestehen.«

»Nein, das ist nicht der Grund. Überlegen Sie noch mal.«

»Um sie zu bestrafen.«

»Nein!« rief O'Brien. Seine Stimme klang jetzt völlig anders, er machte ein strenges Gesicht und wirkte aufgebracht. »Nein! Nicht nur, um Ihr Geständnis zu erpressen, oder bloß, um Sie zu bestrafen. Soll ich Ihnen sagen, warum wir Sie hierhergebracht haben? Um Sie zu heilen! Um Sie geistig gesund zu machen! Wollen Sie sich bitte merken, Winston, daß uns keiner, den wir hierherbringen, jemals wieder verläßt, ohne geheilt worden zu sein. Wir interessieren uns nicht für diese albernen Delikte, die Sie begangen haben. Die Partei interessiert sich nicht für die offene Tat: uns kommt es ausschließlich auf den Gedanken an. Wir vernichten unsere Feinde nicht bloß, wir verändern sie. Verstehen Sie, was ich damit meine?«

Er beugte sich über Winston. Sein Gesicht wirkte aus der Nähe riesengroß und von unten gesehen furchtbar häßlich. Außerdem spiegelte sich darin eine leidenschaftliche Erregung, eine an Wahnsinn grenzende Heftigkeit. Winston erschauerte bis ins Mark. Wäre es möglich gewesen, hätte er sich tiefer ins Bett verkrochen. Er war überzeugt, daß O'Brien aus schierem Mutwillen am Regler drehen würde. Doch in diesem Moment wandte sich O'Brien ab. Er ging ein paar Schritte hin und her. Dann fuhr er weniger vehement fort:

»Als erstes müssen Sie einmal begreifen, daß es hier keinen Märtyrertod gibt. Sie haben von den Religionsverfolgungen der Vergangenheit gelesen. Im Mittelalter gab es die Inquisition. Sie erwies sich als Fehlschlag. Sie wollte die Ketzerei ausrotten und sorgte am Ende für ihren Fortbestand. Für jeden Ketzer, den man auf dem Scheiterhaufen verbrannte, standen tausend neue auf. Warum? Weil die Inquisition ihre Feinde öffentlich umbrachte, und umbrachte, solange sie noch verstockt waren: im Grunde brachte sie sie um, *weil* sie verstockt waren. Menschen starben, weil sie ihren wahren Glauben nicht aufgeben wollten. Selbstverständlich fiel aller Ruhm dem Opfer zu, und die ganze Schande traf den Inquisitor. Später, im zwanzigsten Jahrhundert, kamen dann die sogenannten totalitären Regime. Da gab es die deutschen Nazis und die russischen Kommunisten. Die Russen verfolgten die Ketzerei grausamer, als es die Inquisition getan hatte. Und sie glaubten, aus den Fehlern der Vergangenheit gelernt zu haben, jedenfalls wußten sie, daß es keine Märtyrer geben durfte. Bevor sie ihren Opfern öffentlich den Prozeß machten, gingen sie gezielt daran, deren Würde zu zerstören. Sie zermürbten sie durch Folter und Einzelhaft, bis sie nur noch verachtungswürdige Kreaturen waren, die alles gestanden, was man ihnen in den Mund legte, sich erniedrigten, einander bezichtigten und sich um Gnade winselnd hintereinander verkrochen. Und doch hatte sich nur wenige Jahre später erneut die gleiche Situation ergeben. Die Toten waren zu Märtyrern geworden, ihre Erniedrigung war vergessen. Und wieder lautet die Frage: Warum? Erstens, weil die Geständnisse, die sie abgelegt hatten, eindeutig erpreßt und unecht waren. Uns unterlaufen solche Fehler nicht. Alle hier abgelegten Geständnisse sind echt. Dafür sorgen wir. Und vor allem lassen wir nicht zu, daß sich die Toten gegen uns erheben. Hören Sie endlich auf, sich einzubilden, die Nachwelt werde Sie rechtfertigen, Winston. Die Nachwelt wird nie von Ihnen hören. Sie werden restlos aus dem Strom der Geschichte entfernt. Wir werden Sie vaporisieren und in die Stratosphäre blasen. Es wird nichts von Ihnen übrigbleiben – kein Name in einem Register, nicht die Spur einer Erinnerung. Sie werden sowohl in der Vergangenheit wie für die Zukunft annulliert sein. Sie werden nie existiert haben.«

Warum unterzieht man sich dann noch der Mühe, mich zu foltern? dachte Winston mit einem Anflug von Bitterkeit. O'Brien blieb stehen, so als hätte Winston diese Gedanken laut geäußert. O'Briens großes häßliches Gesicht näherte sich, seine Augen hatten sich verengt.

»Sie denken«, sagte er, »da wir doch ohnehin vorhaben, Sie zu vernichten, und es deshalb völlig egal ist, was Sie sagen oder tun – warum wir uns dann erst noch die Mühe machen, Sie zu verhören? Das haben Sie doch gedacht, stimmt's?«

»Ja«, sagte Winston.

O'Brien lächelte. »Sie stören das Gesamtbild. Sie sind ein Makel, der ausgemerzt werden muß. Habe ich Ihnen nicht eben erst gesagt, daß wir uns von den Inquisitoren der Vergangenheit unterscheiden? Wir geben uns nicht mit unfruchtbarem Gehorsam, ja nicht einmal mit der hündischsten Unterwerfung zufrieden. Wenn Sie sich uns schließlich ergeben, dann muß es freiwillig geschehen. Wir vernichten den Ketzer nicht, weil er uns Widerstand leistet: solange er uns Widerstand leistet, vernichten wir ihn nie. Wir bekehren ihn, wir ergründen sein Innerstes, wir formen ihn um. Wir brennen ihm alles Böse und jede Illusion aus; wir bringen ihn auf unsere Seite, nicht dem Anschein nach, sondern aufrichtig, mit Herz und Seele. Wir machen ihn zu einem von uns, bevor wir ihn töten. Es ist uns unerträglich, daß irgendwo auf der Welt ein irriger Gedanke existiert, wie geheim und kraftlos er auch sein mag. Sogar im Augenblick des Todes dürfen wir keine Abweichung dulden. Früher stieg der Ketzer noch immer als Ketzer auf den Scheiterhaufen, verkündete seine Ketzerei und jauchzte über sie.

Sogar das Opfer der russischen Säuberungswelle konnte auf dem Weg zur Erschießung noch die Rebellion im Schädel tragen. Aber wir machen das Gehirn zuerst vollkommen, bevor wir es ausblasen. Das Gebot der alten Despotien lautete: ›Du sollst nicht.‹ Das Gebot der totalitären Regime lautete: »Du sollst.‹ Unser Gebot lautet: *›Du hast zu sein.‹* Keiner, den wir hierher bringen, widersteht uns. Jeder wird reingewaschen. Selbst diese drei elenden Verräter, an deren Unschuld Sie einmal glaubten – Jones, Aaronson und Rutherford –, haben wir schließlich zerbrochen. Ich war selber bei ihrem Verhör dabei. Ich sah sie langsam mürbe werden, winseln, kriechen, weinen – und am Schluß taten sie das nicht vor Schmerz oder Angst, sondern allein aus Zerknirschung. Als wir mit ihnen fertig waren, waren sie nur noch die leeren Hüllen von Menschen. Es gab in ihnen nur noch Reue über das, was sie getan hatten, und Liebe zum Großen Bruder. Es war ergreifend, wie sehr sie ihn liebten. Sie baten darum, rasch erschossen zu werden, damit sie sterben konnten, solange ihr Geist noch rein war.«

Seine Stimme hatte zuletzt fast träumerisch geklungen. Die leidenschaftliche Erregung, die an Wahnsinn grenzende Verzückung stand noch in seinem Gesicht. Er spielt mir nichts vor, dachte Winston; er ist kein Heuchler; er glaubt jedes Wort, das er sagt. Am meisten bedrückte ihn das Bewußtsein der eigenen intellektuellen Unterlegenheit. Er beobachtete, wie die massige und doch anmutige Gestalt auf und ab ging, in sein Blickfeld kam und wieder daraus verschwand. O'Brien war in jeder Hinsicht größer als er. Es gab keine Idee, die er, Winston, jemals gehabt hatte oder haben konnte, die O'Brien nicht schon längst gekannt, geprüft und verworfen hätte. Sein Geist *enthielt* Winstons Geist. Aber wie konnte O'Brien dann verrückt sein? Er, Winston, mußte es sein, der verrückt war. O'Brien blieb stehen und sah auf ihn herab. Seine Stimme klang wieder streng.

»Glauben Sie ja nicht, daß Sie sich retten können, Winston, wie vollkommen Sie sich uns auch ergeben. Keiner, der einmal auf die schiefe Bahn geraten ist, wird verschont. Und selbst wenn es uns gefiele, Sie Ihre natürliche Lebensspanne zu Ende leben zu lassen, würden Sie uns doch nie entkommen. Was hier mit Ihnen geschieht, ist endgültig. Machen Sie sich das von vornherein klar. Wir werden Sie so niederwerfen, daß Sie nie wieder aufstehen. Sie werden Dinge erleben, von denen Sie sich in tausend Jahren nicht erholen könnten. Sie werden nie mehr normaler menschlicher Empfindungen fähig sein. Alles in Ihnen wird tot sein. Sie werden nie mehr Liebe, Freundschaft, Lebensfreude, Lachen, Neugier, Mut oder Integrität kennen, Sie werden hohl sein. Wir werden Sie ausquetschen und dann mit unserem Denken füllen.«

Er schwieg und gab dem Mann im weißen Kittel ein Zeichen. Winston registrierte, daß eine schwere Apparatur hinter seinem Kopf in Position gebracht wurde. O'Brien hatte sich neben das Bett gesetzt, so daß sich sein Gesicht jetzt fast auf gleicher Höhe mit Winstons befand.

»Dreitausend«, sagte er über Winstons Kopf hinweg zu dem Mann im weißen Kittel.

Zwei weiche, feuchte Polster preßten sich gegen Winstons Schläfen. Er zuckte zusammen. Wieder Schmerzen, eine neue Art von Schmerzen. O'Brien legte beruhigend, beinahe freundlich die Hand auf seine. »Diesmal wird es nicht weh tun«, sagte er. »Sehen Sie mir in die Augen.«

In diesem Moment erfolgte eine verheerende Explosion, zumindest wirkte es so, obwohl nicht feststand, daß es auch gekracht hatte. Jedenfalls gab es einen blendenden Lichtblitz. Winston war nicht verletzt, nur niedergestreckt. Obwohl er bereits vorher auf dem Rücken gelegen hatte, hatte er das sonderbare Gefühl, erst jetzt in diese Position geschmettert worden zu sein. Ein ungeheurer schmerzloser Hieb hatte ihn flachgelegt. Auch in seinem Kopf war etwas passiert. Als er wieder klar sehen konnte, erinnerte er sich, wer er war und wo er war, und erkannte auch das Gesicht, das in seines blickte; doch irgendwo war da eine große Leere, so als hätte man ein Stück aus seinem Gehirn herausgenommen.

»Es geht vorüber«, sagte O'Brien. »Sehen Sie mir in die Augen. Mit welchem Land befindet sich Ozeanien im Krieg?« Winston überlegte. Er wußte, was mit Ozeanien gemeint war und daß er selbst ein Bürger Ozeaniens war. Er erinnerte sich auch an Eurasien und Ostasien; doch wer mit wem im Krieg lag, wußte er nicht. Eigentlich war er sich gar nicht bewußt gewesen, daß überhaupt Krieg herrschte.

»Ich erinnere mich nicht.«

»Ozeanien befindet sich mit Eurasien im Krieg. Erinnern Sie sich jetzt daran?«

»Ja.«

»Ozeanien hat sich immer mit Eurasien im Krieg befunden. Von Anbeginn Ihres Lebens, von Anbeginn der Partei, von Anbeginn der Geschichte hat der Krieg ohne Unterbrechung gedauert, immer derselbe Krieg. Erinnern Sie sich daran?«

»Ja.«

»Vor elf Jahren schufen Sie eine Legende über drei Männer, die wegen Verrat zum Tode verurteilt worden waren. Sie behaupteten, ein Stück Papier gesehen zu haben, das ihre Unschuld bewies. So ein Stück Papier hat nie existiert. Sie haben es erfunden und glaubten später allmählich selbst daran. Sie erinnern sich jetzt genau an den Moment, an dem Sie es zum erstenmal erfanden. Erinnern Sie sich daran?«

»Ja.«

»Ich hielt Ihnen eben die Finger meiner Hand hin. Sie sahen fünf Finger. Erinnern Sie sich?«

»Ja.«

O'Brien hielt die Finger seiner Linken hoch, der Daumen war versteckt.

»Hier sind fünf Finger. Sehen Sie fünf Finger?«

»Ja.«

Und er sah sie wirklich, für einen flüchtigen Moment, bevor sich die Szenerie in seinem Geist wieder verwandelte. Er sah fünf Finger und keine Deformation. Dann war wieder alles normal, und die alte Furcht, der Haß und die Bestürzung stürmten erneut auf ihn ein. Doch es hatte einen Moment strahlender Gewißheit gegeben – er wußte nicht, wie lange er gedauert hatte, dreißig Sekunden vielleicht –, wo jede neue Behauptung O'Briens ein Stück der Leere ausgefüllt hatte und zur absoluten Wahrheit geworden war und wo zwei und zwei ebenso leicht drei oder fünf hätte sein können, wenn das nötig gewesen wäre. Dieser leuchtende Moment war verblaßt, ehe O'Brien die Hand wieder fallengelassen hatte; und wenn er ihn auch nicht zurückzuholen vermochte, konnte er sich doch daran erinnern, so wie man sich an ein eindrückliches Erlebnis aus einer lange zurückliegenden Zeit seines Lebens erinnert, als man eigentlich noch jemand anders war.

»Sie sehen«, sagte O'Brien, »daß es immerhin möglich ist.«

»Ja«, sagte Winston.

O'Brien erhob sich mit zufriedener Miene. Links hinter ihm sah Winston, wie der Mann im weißen Kittel eine Ampulle abbrach und eine Spritze aufzog. O'Brien wandte sich lächelnd zu Winston. Er rückte sich fast in der gewohnten Art die Brille zurecht.

»Erinnern Sie sich, in Ihr Tagebuch geschrieben zu haben«, sagte er, »daß es keine Rolle spiele, ob ich ein Freund oder ein Feind sei, denn zumindest sei ich ein Mensch, der Sie verstünde und mit dem man reden könne? Sie hatten recht. Ich unterhalte mich gern mit Ihnen. Ihr Geist gefällt mir. Er ähnelt meinem, nur mit dem Unterschied, daß Sie eben wahnsinnig sind. Bevor wir die Sitzung beenden, dürfen Sie mich, wenn Sie wollen, noch etwas fragen.«

»Alles, was ich will?«

»Alles.« Er merkte, daß Winstons Blick auf die Skala gerichtet war. »Es ist ausgeschaltet. Wie lautet Ihre erste Frage?«

»Was habt ihr mit Julia gemacht?« fragte Winston.

Wieder lächelte O'Brien. »Sie hat Sie verraten, Winston. Sofort – rückhaltlos. Ich habe selten jemanden erlebt, der so prompt zu uns übergelaufen ist. Sie würden sie kaum wiedererkennen. Ihre Widerspenstigkeit, ihre Tücke, ihre Torheit, ihre Unmoral – alles hat man ihr ausgebrannt. Es war eine vollkommene Bekehrung, wie aus dem Lehrbuch.«

»Ihr habt sie gefoltert?«

O'Brien gab keine Antwort. »Nächste Frage«, sagte er.

»Existiert der Große Bruder?«

»Natürlich existiert er. Die Partei existiert. Der Große Bruder ist die Verkörperung der Partei.«

»Existiert er so, wie ich existiere?«

»Sie existieren nicht«, sagte O'Brien.

Wieder überfiel ihn das Gefühl der Hilflosigkeit. Er kannte die Argumente, oder konnte sie sich zumindest vorstellen, die seine Nicht-Existenz bewiesen; aber sie waren Unsinn, nur ein Spiel mit Worten. Beinhaltete nicht die Behauptung »Sie existieren nicht« einen logischen Widerspruch? Aber was würde es schon nützen, das zu sagen? Sein Geist schrak zurück, als er an die unwiderlegbaren, wahnsinnigen Argumente dachte, mit denen O'Brien ihn niedermachen würde.

»Ich denke, ich existiere«, sagte er matt. »Ich bin mir meiner Identität bewußt. Ich wurde geboren, und ich werde sterben. Ich habe Arme und Beine. Ich nehme einen bestimmten Platz im Raum ein. Kein anderer fester Gegenstand kann gleichzeitig denselben Punkt einnehmen. Existiert der Große Bruder in diesem Sinne?«

»Das ist unwichtig. Er existiert.«

»Wird der Große Bruder jemals sterben?«

»Natürlich nicht. Wie könnte er sterben? Nächste Frage.«

»Existiert die Bruderschaft?«

»Das, Winston, werden Sie nie erfahren. Falls wir beschließen, Sie freizulassen, wenn wir mit Ihnen fertig sind, und Sie leben noch, bis Sie neunzig sind, werden Sie doch nie erfahren, ob die Antwort auf diese Frage ja oder nein lautet. Das wird Ihr Leben lang ein Rätsel für Sie bleiben.«

Winston lag schweigend da. Seine Brust hob und senkte sich ein wenig rascher. Die Frage, die ihm zuerst eingefallen war, hatte er noch immer nicht gestellt. Er mußte sie stellen, und doch schien sie ihm nicht über die Lippen kommen zu wollen. O'Briens Gesicht verriet einen Anflug von Belustigung. Sogar seine Brille schien ironisch zu funkeln. Er weiß es, dachte Winston plötzlich, er weiß, was ich fragen will! Bei diesem Gedanken platzten die Worte aus ihm heraus:

»Was ist in Zimmer 101?«

O'Briens Gesichtsausdruck veränderte sich nicht. Er antwortete sarkastisch:

»Sie wissen doch, was in Zimmer 101 ist, Winston. Jeder weiß, was in Zimmer 101 ist.«

Er winkte dem Mann im weißen Kittel mit dem Finger. Die Sitzung war offensichtlich beendet. Eine Nadel fuhr Winston in den Arm. Er sank fast augenblicklich in tiefen Schlaf.

III

»Ihre Reintegration umfaßt drei Stufen«, sagte O'Brien. »Lernen, Verstehen und Akzeptieren. Es wird Zeit, daß Sie die zweite Stufe erklimmen.«

Winston lag wie immer flach auf dem Rücken. Doch seit kurzem waren seine Fesseln gelockert. Sie hielten ihn zwar noch am Bett fest, aber er konnte seine Knie etwas bewegen, den Kopf hin und her drehen und seine Unterarme heben. Auch die Skala hatte an Schrecken verloren. Er konnte die Qualen vermeiden, wenn er schlagfertig genug war: O'Brien drehte meist nur dann am Regler, wenn er sich dumm anstellte. Manchmal schafften sie eine ganze Sitzung ohne Einsatz der Skala. Er konnte sich nicht erinnern, wie viele Sitzungen es gewesen waren. Der ganze Prozeß schien sich über lange, unbestimmte Zeit zu erstrecken – über Wochen vielleicht –, und die Pausen zwischen den Sitzungen mochten manchmal ganze Tage, manchmal nur ein oder zwei Stunden gedauert haben.

»Während Sie dort lagen«, sagte O'Brien, »haben Sie sich oft überlegt – ja, Sie haben es mich sogar gefragt –, warum das Ministerium für Liebe Ihnen soviel Zeit und Mühe widmet. Und als Sie noch frei waren, zerbrachen Sie sich im Grunde über dieselbe Frage den Kopf. Sie begriffen den Mechanismus der Gesellschaft, in der Sie lebten, aber nicht die tieferliegenden Motive. Erinnern Sie sich, daß Sie in Ihr Tagebuch schrieben: ›Das *Wie* begreife ich: das *Warum* begreife ich nicht‹? Als Sie über das ›Warum‹ nachdachten, kamen Ihnen Zweifel an Ihrer eigenen Normalität. Sie haben *das Buch,* Goldsteins Buch, gelesen, oder wenigstens Teile davon. Hat es Ihnen irgend etwas gesagt, das Sie nicht schon wußten?«

»Sie haben es gelesen?« fragte Winston.

»Ich habe es geschrieben. Das heißt, ich habe mitgeholfen, es zu schreiben. Wie Sie wissen, wird kein Buch von einem einzelnen verfaßt.«

»Stimmt, was darin steht?«

»Als Zustandsbeschreibung, ja. Das Programm, das es darlegt, ist Unfug. Die heimliche Anhäufung von Wissen – allmählich sich ausbreitende Aufklärung – schließlich eine proletarische Rebellion – der Sturz der Partei. Alles Unfug. Die Proletarier werden nie revoltieren, nicht in tausend oder einer Million Jahren. Sie können es nicht. Den Grund brauche ich Ihnen nicht zu nennen: Sie kennen ihn bereits. Sollten Sie jemals von einer gewaltsamen Erhebung geträumt haben, dann müssen Sie das vergessen. Es gibt keine Möglichkeit, die Partei zu stürzen. Die Herrschaft der Partei währt ewig. Machen Sie das zum Ausgangspunkt all Ihrer Überlegungen.«

Er trat näher ans Bett. »Ewig!« wiederholte er. »Und jetzt wollen wir uns wieder der Frage des ›Wie‹ und ›Warum‹ zuwenden. Ihnen ist hinreichend klar, *wie* sich die Partei an der Macht hält. Sagen Sie mir jetzt, *warum* wir uns an die Macht klammern. Was ist unser Motiv? Warum sollten wir uns die Macht wünschen? Los, reden Sie«, setzte er hinzu, als Winston stumm blieb.

Trotzdem schwieg Winston noch einige Augenblicke. Er empfand Überdruß. Der Schimmer irrsinniger Verzükkung lag wieder auf O'Briens Gesicht. Er wußte im voraus, was O'Brien sagen würde. Daß die Partei nicht selbstsüchtig nach der Macht strebte, sondern nur zum

Wohle der Mehrheit. Daß sie nach der Macht griff, weil die Menschen in der Masse schwache, feige Kreaturen waren, die weder die Freiheit ertragen noch der Wahrheit ins Gesicht blicken konnten und deswegen von anderen, die stärker waren als sie, beherrscht und systematisch betrogen werden mußten. Daß die Menschheit die Wahl zwischen Freiheit und Glück hatte und daß, für die Masse der Menschheit, Glück besser sei. Daß die Partei die ewige Beschützerin der Schwachen war, eine aufopfernde Sekte, die Böses tat, um Gutes zu wirken, und die ihr eigenes Glück dem der anderen opferte. Das Schreckliche, dachte Winston, das Schreckliche war, daß O'Brien daran glaubte, wenn er das sagte. Man konnte es an seinem Gesicht ablesen. O'Brien wußte alles. Er wußte tausendmal besser als Winston, wie die Welt wirklich aussah, in welcher Erniedrigung die Masse der Menschen lebte und durch welche Lügen und Barbareien die Partei dafür sorgte, daß es so blieb. Er hatte alles begriffen, alles erwogen, und es änderte nichts: der Endzweck rechtfertigte alles. Was kann man gegen einen Wahnsinnigen unternehmen, dachte Winston, der intelligenter ist als man selbst, der sich die Argumente des anderen in Ruhe anhört und dann ganz einfach weiter auf seinem Wahnsinn besteht?

»Ihr beherrscht uns zu unserem eigenen Besten«, sagte er matt. »Ihr glaubt, daß die Menschen nicht fähig sind, sich selbst zu regieren, und deshalb –«

Er fuhr hoch und hätte beinahe laut aufgeschrien. Heftiger Schmerz war durch seinen Körper gerast. O'Brien hatte den Regler auf fünfunddreißig hochgedreht.

»Das war dumm, Winston, sehr dumm!« sagte er. »Sie sollten es eigentlich besser wissen.«

Er drehte den Regler zurück und fuhr fort:

»Ich werde Ihnen jetzt die Antwort auf meine Frage geben. Sie lautet wie folgt: Die Partei strebt nur aus eigenem Interesse nach der Macht. Das Wohl anderer interessiert uns nicht; uns interessiert einzig die Macht. Weder Reichtum und Luxus noch langes Leben und Glück: nur Macht, reine Macht. Was reine Macht bedeutet, werden Sie gleich verstehen. Wir unterscheiden uns von allen Oligarchien der Vergangenheit dadurch, daß wir wissen, was wir tun. Alle anderen, selbst die, die uns ähnelten, waren Feiglinge und Heuchler. Die deutschen Nazis und die russischen Kommunisten reichten in ihren Methoden nahe an uns heran, aber es fehlte ihnen immer der Mut, ihre eigenen Motive anzuerkennen. Sie gaben vor, sie glaubten es vielleicht sogar, daß sie die Macht widerwillig und nur für begrenzte Zeit ergriffen hatten und daß gleich um die nächste Ecke ein Paradies liege, in dem die Menschen frei und gleich sein würden. Wir sind nicht so. Wir wissen, daß niemand die Macht je in der Absicht ergreift, sie wieder abzugeben. Macht ist kein Mittel, sondern ein Endzweck. Man errichtet keine Diktatur, um eine Revolution zu garantieren; man macht die Revolution, um die Diktatur zu errichten. Das Ziel der Verfolgung ist die Verfolgung. Das Ziel der Folter ist die Folter. Das Ziel der Macht ist die Macht. Begreifen Sie nun allmählich?«

Winston bemerkte, wie früher schon, die Müdigkeit in O'Briens Gesicht. Es wirkte stark und fleischig und brutal, es zeigte Intelligenz und eine Art kontrollierter Leidenschaft, vor der er sich hilflos fühlte; doch es war müde. Unter den Augen hingen Säcke, die Haut lag welk auf den Wangenknochen. O'Brien beugte sich mit seinem abgespannten Gesicht über ihn.

»Sie denken«, sagte er, »daß mein Gesicht alt und müde ist. Sie denken, daß ich von Macht rede und nicht einmal in der Lage bin, den Verfall meines eigenen Körpers zu verhindern. Begreifen Sie denn nicht, Winston, daß das Individuum nur eine Zelle ist? Die Schwäche der Zelle ist die Stärke des Organismus. Sterben Sie etwa, wenn Sie sich die Fingernägel schneiden?«

Er wandte sich vom Bett ab und begann mit einer Hand in der Tasche wieder hin und her zu gehen.

»Wir sind die Priester der Macht«, sagte er. »Gott ist Macht. Doch für Sie ist Macht im Moment noch nicht mehr als ein Wort. Es ist an der Zeit, daß Sie eine Vorstellung davon bekommen, was Macht bedeutet. Als erstes müssen Sie sich klarmachen, daß Macht kollektiv ist. Das Individuum besitzt nur dann Macht, wenn es aufhört, ein Individuum zu sein. Sie kennen die Parteiparole: ›Freiheit ist Sklaverei.‹ Ist Ihnen schon einmal die Idee gekommen, daß man sie auch umkehren kann? Sklaverei ist Freiheit. Allein – frei – geht der Mensch immer zugrunde. Das muß so sein, denn jeder Mensch ist zum Sterben verurteilt, und das ist die größte Schwäche. Doch wenn er sich vollständig, total unterwerfen, seiner Identität entfliehen, in der Partei aufgehen kann, so daß *er* die Partei ist, dann ist er allmächtig und unsterblich. Das zweite, was Sie sich klarmachen müssen, ist, daß Macht meint: Macht über Menschen. Über den Körper – aber vor allem über den Geist. Macht über die Materie – über die äußere Realität, wie Sie sagen würden – ist nicht wichtig. Unsere Kontrolle über die Materie ist bereits absolut.«

Winston ignorierte für einen Moment die Skala. Er unternahm eine heftige Anstrengung, um sich aufzusetzen, und schaffte es nur, sich den Körper schmerzhaft zu verrenken.

»Aber wie könnt ihr denn die Materie kontrollieren?« stieß er hervor. »Ihr kontrolliert ja nicht einmal das Wetter oder die Schwerkraft. Und es gibt Krankheit, Schmerz und Tod –«

O'Brien brachte ihn mit einer Handbewegung zum Schweigen. »Wir kontrollieren die Materie, weil wir den Geist kontrollieren. Realität findet im Schädel statt. Sie werden es schrittweise lernen. Es gibt nichts, das wir nicht könnten. Unsichtbarkeit, Levitation – alles. Wenn ich wollte, könnte ich wie eine Seifenblase über dem Boden schweben. Ich will es nicht, weil die Partei es nicht will. Sie müssen diese ins neunzehnte Jahrhundert gehörenden Vorstellungen über die Naturgesetze über Bord werfen. Die Naturgesetze machen wir.«

»Das tut ihr nicht! Ihr seid nicht einmal die Herren dieses Planeten. Was ist mit Eurasien und Ostasien? Ihr habt sie noch nicht erobert.«

»Unwichtig. Wir erobern sie dann, wenn es uns paßt. Und wenn nicht, was macht das schon für einen Unterschied? Wir können sie aus dem Dasein verbannen. Ozeanien ist die Welt.«

»Aber die Welt ist selbst nur ein Staubkorn. Und der Mensch ist winzig – hilflos! Wie lange gibt es ihn denn schon? Millionen von Jahren war die Erde unbewohnt.«

»Unsinn. Die Erde ist so alt wie wir, nicht älter. Wie könnte sie auch älter sein? Außerhalb des menschlichen Bewußtseins existiert nichts.«

»Aber das Gestein wimmelt von den Knochen ausgestorbener Tiere – Mammuts und Mastodons und gewaltiger Reptilien, die hier lebten, lange bevor es Menschen gab.«

»Haben Sie diese Knochen jemals gesehen, Winston? Natürlich nicht. Die Biologen des neunzehnten Jahrhunderts haben sie erfunden. Vor dem Menschen gab es nichts. Nach dem Menschen, würde er zu existieren aufhören, gäbe es nichts. Außerhalb des Menschen existiert nichts.«

»Aber das ganze Universum ist außerhalb von uns. Nehmen Sie nur einmal die Sterne. Manche sind Millionen Lichtjahre weit weg. Wir werden sie niemals erreichen.«

»Was sind schon die Sterne?« sagte O'Brien ungerührt. »Ein bißchen Feuer, das ein paar Kilometer weit weg ist. Wenn wir wollten, könnten wir sie mühelos erreichen. Wir könnten sie auslöschen. Die Erde ist der Mittelpunkt des Universums. Die Sonne und die Sterne drehen sich um sie.« Winston krümmte sich erneut. Diesmal sagte er nichts. O'Brien redete weiter, als beantworte er einen laut erhobenen Einwand:

»Für bestimmte Situationen gilt das natürlich nicht. Wenn wir zur See fahren, oder wenn wir eine Sonnenfinsternis vorhersagen, kommt uns die Annahme manchmal gelegen, daß sich die Erde um die Sonne dreht und daß die Sterne Abermillionen von Kilometern weit entfernt sind. Na und? Glauben Sie etwa, es würde unsere Kräfte übersteigen, ein duales astronomisches System zu schaffen? Die Sterne können nah und fern sein, je nachdem, wie wir es brauchen. Glauben Sie, das könnten unsere Mathematiker nicht? Haben Sie *Doppeldenk* vergessen?«

Winston sank auf das Bett zurück. Was er auch sagte, die rasche Antwort knüppelte ihn nieder. Und doch wußte er, *wußte*, daß er recht hatte. Die Annahme, daß außerhalb unserer Vorstellung nichts existiert – diese Annahme mußte sich irgendwie widerlegen lassen. War sie nicht schon vor langer Zeit als Trugschluß entlarvt worden? Es gab sogar einen Namen dafür, den er vergessen hatte. Als O'Brien auf ihn herabsah, zuckte ein dünnes Lächeln um seine Mundwinkel.

»Ich sagte Ihnen doch, Winston«, meinte er, »daß Metaphysik nicht Ihre starke Seite ist. Das Wort, das Sie suchen, heißt Solipsismus. Aber Sie irren sich. Das ist kein Solipsismus. Kollektiver Solipsismus, wenn Sie so wollen. Doch das ist etwas anderes: eigentlich das Gegenteil davon. Aber wir schweifen nur vom Thema ab«, sagte er in verändertem Tonfall. »Die wahre Macht, die Macht, um die wir Tag und Nacht kämpfen müssen, ist nicht die Macht über Dinge, sondern über Menschen.« Er hielt inne und war für einen Augenblick wieder der Lehrer, der einen vielversprechenden Schüler prüft: »Wie behauptet ein Mensch seine Macht über einen anderen Menschen, Winston?«

Winston überlegte. »Indem er ihn leiden läßt«, sagte er.

»Genau. Indem er ihn leiden läßt. Gehorsam reicht

nicht. Wenn er nicht leidet, wie kann man da sicher sein, daß er unserem Willen gehorcht und nicht seinem eigenen? Macht bedeutet, Schmerz und Demütigungen zufügen zu können. Macht bedeutet, den menschlichen Geist zerpflücken und dann nach eigenem Gutdünken in neuer Gestalt wieder zusammensetzen zu können. Sehen Sie jetzt allmählich, was für eine Art von Welt wir erschaffen? Sie ist das genaue Gegenteil der törichten, hedonistischen Utopien, die den alten Reformern vorschwebten. Eine Welt der Furcht, des Verrats und der Folter, eine Welt des Tretens und Getretenwerdens, eine Welt, die mit fortschreitender Höherentwicklung nicht weniger gnadenlos, sondern immer *noch* gnadenloser werden wird. Fortschritt in unserer Welt wird ein Fortschritt hin zu mehr Schmerzen sein. Die alten Zivilisationen behaupteten, auf Liebe und Gerechtigkeit gegründet zu sein. Unsere ist auf Haß gegründet. In unserer Welt wird es keine Gefühle geben außer Angst, Wut, Triumph und Selbsterniedrigung. Alles andere werden wir zerstören – alles. Wir rotten bereits die Denkweisen aus, die noch aus der Zeit vor der Revolution überlebt haben. Wir haben die Bande zwischen Kind und Eltern, zwischen Mensch und Mensch, zwischen Mann und Frau durchtrennt. Keiner traut mehr einer Ehefrau, einem Kind oder einem Freund. Doch in Zukunft wird es keine Ehefrauen und Freunde mehr geben. Die Kinder werden ihren Müttern gleich bei der Geburt weggenommen werden, so wie man einer Henne die Eier wegnimmt. Der Sexualtrieb wird ausgerottet. Die Zeugung wird zu einer alljährlichen Formalität werden, wie die Erneuerung einer Lebensmittelkarte. Wir werden den Orgasmus abschaffen. Unsere Neurologen arbeiten gegenwärtig daran. Es wird nur noch die Loyalität gegenüber der Partei geben und sonst keine. Es wird nur noch das Lachen des Triumphs über einen besiegten Feind geben und sonst keines. Es wird keine Kunst, keine Literatur, keine Wissenschaft geben. Wenn wir allmächtig sind, werden wir die Wissenschaft nicht mehr nötig haben. Es wird keinen Unterschied zwischen schön und häßlich geben. Es wird keine Neugier, keinen Lebensgenuß geben. Alle konkurrierenden Freuden werden vernichtet sein. Aber immer – vergessen Sie das nicht, Winston –, immer wird es den Rausch der Macht geben, die ständig wächst und immer subtiler wird. Immer, in jedem Moment, wird es den erregenden Kitzel des Sieges geben, die Empfindung, auf einem wehrlosen Feind herumzutrampeln. Wenn Sie ein Bild von der Zukunft haben wollen, dann stellen Sie sich einen Stiefel vor, der auf ein Gesicht tritt – unaufhörlich.«

Er schwieg, als erwarte er, daß Winston etwas sagte. Winston hatte wieder versucht, sich tiefer in das Bett zu verkriechen. Er konnte nichts sagen. Sein Herz schien erstarrt zu sein. O'Brien fuhr fort:

»Und vergessen Sie nicht, daß es ewig so sein wird. Das Gesicht, auf das man treten kann, wird es immer geben. Den Ketzer, den Feind der Gesellschaft wird es immer geben, damit er immer wieder niedergeworfen und gedemütigt werden kann. Alles, was Sie durchlitten haben, seit Sie uns in die Hände gefallen sind – all das wird weitergehen und noch schlimmer werden. Die Bespitzelung, die Verrätereien, die Verhaftungen, die Folterungen, die Hinrichtungen, die Verschleppungen werden niemals aufhören. Es wird sowohl eine Welt des Schreckens als auch eine Welt des Triumphs sein. Je mächtiger die Partei, desto härter der Despotismus. Goldstein und seine Irrlehren werden ewig existieren. Jeden Tag, jeden Moment werden sie umgestoßen, angezweifelt, verlacht, angespuckt werden – und doch werden sie weiterbestehen. Das Drama, das ich mit Ihnen sieben Jahre durchgespielt habe, wird immer wieder durchgespielt werden, Generation auf Generation und in immer subtileren Formen. Immer wird uns der Ketzer hier auf Gedeih und Verderb ausgeliefert sein, vor Schmerzen schreiend, zerbrochen, verächtlich – und am Schluß reuevoll, vor sich selbst gerettet, uns freiwillig vor die Füße kriechend. Das ist die Welt, die wir vorbereiten, Winston. Eine Welt, in der ein Sieg den anderen, ein Triumph den nächsten jagt: ein Dauerreiz des Machtnervs. Ich sehe, Sie beginnen zu begreifen, wie diese Welt aussehen wird. Aber schließlich werden Sie sie mehr als nur begreifen. Sie werden sie akzeptieren, willkommen heißen, ein Teil von ihr werden.«

Winston hatte sich soweit erholt, um etwas sagen zu können. »Das könnt ihr nicht!« sagte er kraftlos.

»Was meinen Sie damit, Winston?«

»Eine Welt, wie Sie sie eben geschildert haben, könnt ihr nicht schaffen. Das ist ein Wunschtraum. Es ist unmöglich.«

»Warum?«

»Man kann eine Kultur nicht auf Furcht und Haß und Grausamkeit aufbauen. Sie würde nie von Dauer sein.«

»Warum nicht?«

»Sie besäße keine Vitalität. Sie würde zerfallen. Sie würde sich selbst auslöschen.«

»Unsinn. Sie glauben, Haß sei verzehrender als Liebe. Warum sollte er das sein? Und selbst wenn, was würde das ändern? Angenommen, wir beschließen, uns rascher zu verbrauchen. Angenommen, wir steigern das Lebenstempo, bis die Menschen mit dreißig senil sind. Welchen Unterschied würde das schon ausmachen? Verstehen Sie denn nicht, daß der Tod des Individuums nicht der Tod ist? Die Partei ist unsterblich.«

Die Stimme hatte Winston wie gewöhnlich niedergeknüppelt. Außerdem befürchtete er, O'Brien würde wieder am Regler drehen, wenn er ihm weiter widersprach. Und doch konnte er nicht schweigen. Matt, ohne Argumente und allein mit der Unterstützung des unaussprechlichen Grauens vor dem, was O'Brien gesagt hatte, ging er wieder zum Angriff über.

»Ich weiß nicht – es ist mir egal. Ihr werdet irgendwie scheitern. Irgend etwas wird euch besiegen. Das Leben wird euch besiegen.«

»Wir kontrollieren das Leben, Winston, auf allen Ebenen. Sie stellen sich vor, es gäbe so etwas wie die menschliche Natur, die sich durch unser Tun geschändet fühlen und sich gegen uns empören würde. Aber wir erschaffen die menschliche Natur. Die Menschen sind unendlich formbar. Oder liebäugeln Sie vielleicht wieder mit Ihrer alten Idee, daß die Proletarier oder die Sklaven sich erheben und uns stürzen werden? Das schlagen Sie sich besser aus dem Kopf. Sie sind hilflos wie die Tiere. Die Menschheit, das ist die Partei. Die anderen gehören nicht dazu, sind irrelevant.«

»Von mir aus. Zuletzt werden sie euch schlagen. Früher oder später werden sie euch so sehen, wie ihr seid, und dann werden sie euch in Stücke reißen.«

»Sehen Sie irgendein Anzeichen dafür, daß das geschieht? Oder irgendeinen Grund, warum es geschehen sollte?«

»Nein. Ich glaube daran. Ich *weiß*, daß ihr scheitern werdet. Es gibt etwas im Universum – ich weiß nicht was, einen Geist, ein Prinzip –, das ihr niemals besiegen werdet.«

»Glauben Sie an Gott, Winston?«

»Nein.«

»Was ist dann dieses Prinzip, das uns besiegen wird?«

»Ich weiß es nicht. Das Menschsein.«

»Und Sie halten sich für einen Menschen?«

»Ja.«

»Wenn Sie ein Mensch sind, Winston, dann sind Sie der letzte Mensch. Ihre Gattung ist ausgestorben; wir sind die Erben. Verstehen Sie: Sie sind *allein*. Sie stehen außerhalb der Geschichte, Sie sind nichtexistent.« Sein Verhalten änderte sich, und er sagte schärfer: »Und Sie glauben, daß Sie moralisch über uns und unseren Lügen und Grausamkeiten stehen?«

»Allerdings.«

O'Brien sagte nichts. Zwei andere Stimmen sagten etwas. Nach einem Moment erkannte Winston eine davon als seine eigene. Es war eine Tonbandaufzeichnung des Gesprächs, das er am Abend seines Eintritts in die Bruderschaft mit O'Brien geführt hatte. Er hörte sich zu, wie er gelobte, zu lügen, zu stehlen, zu fälschen, zu morden, zum Drogenkonsum und zur Prostitution zu animieren, Geschlechtskrankheiten zu verbreiten, einem Kind Vitriol ins Gesicht zu schütten. O'Brien machte eine knappe, ungeduldige Handbewegung, als wollte er sagen, die Demonstration sei kaum der Mühe wert. Dann betätigte er einen Schalter, und die Stimmen verstummten.

»Stehen Sie auf«, sagte er.

Die Fesseln waren gelöst. Winston ließ sich auf den Boden gleiten und richtete sich schwankend auf.

»Sie sind der letzte Mensch«, sagte O'Brien. »Sie sind der Hüter des Menschseins. Sie sollen sich so sehen, wie Sie sind. Ziehen Sie sich aus.«

Winston knotete die Schnur auf, die seinen Overall zusammenhielt. Der Reißverschluß war schon lange herausgerissen. Er konnte sich nicht mehr erinnern, ob er sich seit seiner Verhaftung irgendwann einmal ganz ausgezogen hatte. Unter dem Overall war sein Körper in schmutziggelbe Fetzen gewickelt, die gerade noch als die Überreste von Unterwäsche zu erkennen waren. Als er sie abstreifte, entdeckte er am anderen Ende des Zimmers einen dreiteiligen Spiegel. Er ging auf ihn zu und blieb ruckartig stehen. Unwillkürlich hatte er aufgeschrien.

»Gehen Sie weiter«, sagte O'Brien. »Stellen Sie sich zwischen die Flügel des Spiegels. Die Seitenansicht sollen Sie auch sehen.«

Er war vor Schreck stehengeblieben. Ein gebeugtes, aschfahles, skelettartiges Etwas kam auf ihn zu. Der Anblick war erschreckend, nicht nur die Tatsache, daß er wußte, daß er sich selbst gegenüberstand. Er trat näher zum Spiegel. Die gebeugte Körperhaltung schien das Gesicht vorspringen zu lassen. Ein unglückliches Knastbruder-Gesicht mit edler Stirn, kahlen Stellen auf dem Schädel, krummer Nase und böse zugerichteten Wangenknochen, darüber wilde, wachsame Augen. Die Wangen waren zerschrammt, der Mund eingefallen. Es bestand kein Zweifel: es war sein Gesicht, aber es schien sich mehr verändert zu haben, als er sich innerlich verändert hatte. Es mußte andere Gefühle ausdrücken, als er sie empfand. Er war teilweise kahl geworden. Im ersten Moment hatte er gedacht, er sei auch ergraut, doch es war nur die Kopfhaut, die diese Farbe hatte. Abgesehen von den Händen und dem Oval seines Gesichts war sein ganzer Körper grau und starrte vor verkrustetem Dreck. Da und dort waren unter dem Schmutz rote Narben zu sehen, und das Krampfadergeschwür beim Knöchel glich einem entzündeten Klumpen, von dem sich die Haut in Fetzen ablöste. Das wirklich Erschreckende jedoch war sein ausgemergelter Körper. Der Brustkorb war so schmal wie der eines Skeletts, die Beine waren so abgemagert, daß die Knie dicker waren als die Oberschenkel. Er sah jetzt, was O'Brien mit der Seitenansicht gemeint hatte. Die Rückgratverkrümmung war unglaublich. Die mageren Schultern waren so weit vorgekrümmt, daß der Brustkasten eine Höhlung bildete, der dürre Hals schien unter der Last des Schädels einzuknicken. Er hätte auf den Körper eines Sechzigjährigen getippt, der an einer bösartigen Krankheit litt.

»Sie haben manchmal gedacht«, sagte O'Brien, »daß mein Gesicht – das Gesicht eines Mitglieds der Inneren Partei – alt und abgewirtschaftet aussieht. Was halten Sie denn von Ihrem eigenen?«

Er packte Winston an der Schulter und wirbelte ihn herum, so daß er ihm direkt gegenüberstand.

»Sehen Sie sich Ihren Zustand an!« sagte er. »Den widerlichen Schmutz auf Ihrem Körper. Den Dreck zwischen Ihren Zehen. Die ekelhafte Eiterwunde an Ihrem Bein. Wissen Sie, daß Sie wie ein Bock stinken? Das merken Sie wahrscheinlich schon gar nicht mehr. Und dann Ihre Auszehrung. Sehen Sie? Ihren Bizeps fasse ich zwischen Daumen und Zeigefinger. Ich könnte Ihren Hals durchknacken wie eine Mohrrübe. Wissen Sie, daß Sie fünfundzwanzig Kilo abgenommen haben, seit Sie hier bei uns sind? Sogar das Haar verlieren Sie haufenweise. Da!« Er riß an Winstons Haaren und hielt ein Büschel in der Hand. »Machen Sie den Mund auf. Neun, zehn, elf Zähne haben Sie noch. Wie viele waren es, als Sie zu uns kamen? Und die paar, die Ihnen noch geblieben sind, fallen auch aus. Schauen Sie!«

Er packte einen von Winstons restlichen Schneidezähnen zwischen Daumen und Zeigefinger. Ein stechender Schmerz jagte durch Winstons Kiefer. O'Brien hatte den Zahn mit der Wurzel herausgedreht. Er schleuderte ihn durch die Zelle.

»Sie verrotten allmählich«, sagte er, »Sie fallen auseinander. Was sind Sie schon? Ein Müllsack. Schauen Sie noch einmal in den Spiegel. Sehen Sie, was Ihnen da gegenübersteht? Das ist der letzte Mensch. Wenn Sie menschlich sind, dann ist das die Menschheit. Und nun ziehen Sie sich wieder an.«

Winston begann sich langsam, mit steifen Bewegungen anzuziehen. Bis jetzt schien ihm nicht aufgefallen zu sein, wie dünn und schwach er war. Er konnte nur eines denken: daß er schon länger hier gewesen sein mußte, als er angenommen hatte. Als er sich in die elenden Lumpen wickelte, überfiel ihn plötzliches Mitleid mit seinem ruinierten Körper. Ehe er noch begriff, was er tat, war er auf einem kleinen Schemel neben dem Bett heulend zusammengebrochen. Er empfand seine Häßlichkeit, seine Ungestalt, ein Häuflein Knochen in dreckiger Unterwäsche, das heulend in dem grell-weißen Licht dahockte: doch er konnte nicht damit aufhören. O'Brien legte ihm beinahe gütig die Hand auf die Schulter.

»Es wird nicht ewig so bleiben«, sagte er. »Sie können dem entkommen, wann immer Sie wollen. Es hängt nur von Ihnen ab.«

»Ihr habt das getan!« schluchzte Winston. »Ihr habt mich so zugerichtet.«

»Nein, Winston, Sie haben es selbst getan. Das haben Sie auf sich genommen, als Sie sich gegen die Partei stellten. Alles lag in diesem ersten Schritt beschlossen. Es ist nichts geschehen, was Sie nicht vorhergesehen haben.«

Er hielt inne und fuhr dann fort:

»Wir haben Sie geschlagen, Winston. Wir haben Sie zerbrochen. Sie haben ja gesehen, wie Ihr Körper aussieht. Ich glaube nicht, daß Ihnen noch viel Stolz geblieben ist. Man hat Sie getreten, geprügelt und beschimpft, Sie haben vor Schmerzen geschrien, Sie haben sich in Ihrem eigenen Blut und Erbrochenen auf dem Boden gewälzt. Sie haben um Gnade gewinselt, Sie haben jeden und alles verraten. Können Sie mir auch nur eine Demütigung nennen, die Sie nicht erlitten haben?«

Winston hatte zu weinen aufgehört, obwohl ihm die Tränen immer noch aus den Augen liefen. Er sah zu O'Brien hoch.

»Ich habe Julia nicht verraten«, sagte er.

O'Brien blickte nachdenklich auf ihn herab. »Nein«, sagte er, »nein; das ist völlig richtig. Sie haben Julia nicht verraten.«

Die eigenartige Verehrung für O'Brien, die nichts zerstören zu können schien, durchströmte wieder Winstons Herz. Wie intelligent, dachte er, wie intelligent er doch ist! O'Brien begriff immer, was man ihm sagte. Jeder andere Mensch auf dieser Erde hätte sofort geantwortet, daß er Julia verraten *habe*. Denn was hatten sie ihm unter der Folter nicht abgepreßt? Er hatte ihnen alles erzählt, was er über sie wußte, ihre Gewohnheiten, ihren Charakter, ihr bisheriges Leben; er hatte bis in die lächerlichste Einzelheit alles bekannt, was sich bei ihren Treffen ereignet hatte, alles, was er zu ihr und sie zu ihm gesagt hatte, ihre Schwarzmarkt-Essen, ihre Bettgeschichten, ihre verschwommen geplanten Intrigen gegen die Partei – alles. Und doch hatte er sie, in dem Sinn, wie er das Wort meinte, nicht verraten. Er hatte nicht aufgehört, sie zu lieben; seine Gefühle für sie waren gleich geblieben. O'Brien hatte ohne Erklärung begriffen, was er meinte.

»Sagen Sie mir«, fragte er O'Brien, »wie bald wird man mich erschießen?«

»Das kann noch lange dauern«, sagte O'Brien. »Sie sind ein schwieriger Fall. Aber geben Sie die Hoffnung nicht auf. Jeder wird früher oder später geheilt. Am Ende werden wir Sie erschießen.«

IV

Es ging ihm bedeutend besser. Er wurde täglich, sofern man von Tagen sprechen konnte, dicker und kräftiger.

Das weiße Licht und das Summgeräusch blieben unverändert, doch seine Zelle war etwas komfortabler als die früheren. Auf der Holzpritsche lagen ein Kissen und eine Matratze, und es gab einen Schemel zum Sitzen. Man hatte ihn baden lassen, und er durfte sich auch häufig in einer Blechschüssel waschen. Er bekam sogar warmes Wasser. Man hatte ihn mit neuer Unterwäsche und einem frischen Overall versehen. Man hatte ihm eine schmerzlindernde Salbe auf sein Krampfadergeschwür gestrichen. Man hatte ihm die letzten Zähne gezogen und ein neues Gebiß eingesetzt.

Wochen oder Monate mußten vergangen sein. Es wäre ihm jetzt möglich gewesen, das Verstreichen der Zeit zu messen, wenn es ihn interessiert hätte, denn er bekam anscheinend regelmäßig zu essen. Nach seiner Rechnung erhielt er drei Mahlzeiten in vierundzwanzig Stunden; manchmal fragte er sich, ob er sie nachts oder tags bekam. Das Essen schmeckte erstaunlich gut, und zu jeder dritten Mahlzeit gab es Fleisch. Einmal lag sogar ein Päckchen Zigaretten dabei. Streichhölzer besaß er nicht, doch die ewig schweigsame Wache, die ihm sein Essen brachte, gab ihm Feuer. Bei seinem ersten Rauchversuch wurde ihm übel, doch er probierte es beharrlich weiter und streckte das Päckchen über eine lange Zeit, indem er nach jeder Mahlzeit eine halbe Zigarette rauchte.

Man hatte ihm eine weiße Schiefertafel mit einem festgebundenen Bleistiftstumpf gegeben. Anfangs gebrauchte er sie nicht. Sogar im Wachzustand war er völlig apathisch. Oft lag er von einer Mahlzeit bis zur nächsten beinahe regungslos da, manchmal schlafend, manchmal zu verschwommenen Tagträumen erwachend, in denen schon das Öffnen der Augen zuviel Mühe bedeutet hätte. Er hatte sich längst daran gewöhnt, bei grellem Licht zu schlafen. Der einzige Unterschied schien darin zu bestehen, daß die Träume mehr Zusammenhang bekamen. Er träumte während dieser Zeit sehr viel, und immer waren es glückliche Träume. Er weilte im Goldenen Land, oder er saß zwischen gewaltigen, herrlichen, sonnenbeschienenen Ruinen mit seiner Mutter, mit Julia, mit O'Brien – ohne etwas zu tun, saß bloß in der Sonne und redete über friedvolle Dinge. Wenn er im Wachzustand überhaupt Gedanken hatte, dann drehten sie sich meist um seine Träume. Jetzt, wo der Ansporn des Schmerzes nicht mehr wirkte, schien er auch die Kraft zu geistiger Anstrengung verloren zu haben. Er langweilte sich nicht, empfand kein Verlangen nach Unterhaltung oder Ablenkung. Es genügte ihm schon, allein zu sein, nicht geschlagen oder verhört zu werden, genug zu essen zu haben und rundum sauber zu sein.

Nach und nach verbrachte er weniger Zeit mit Schlafen, verspürte aber noch immer keinen Drang, das Bett zu verlassen. Er wollte nur ruhig daliegen und fühlen, wie sein Körper sich kräftigte. Er belastete sich, um sich zu vergewissern, daß es keine Einbildung war, daß seine Muskeln wuchsen und seine Haut sich straffte. Schließlich stand ohne jeden Zweifel fest, daß er zunahm; seine Oberschenkel waren jetzt deutlich dicker als seine Knie. Danach begann er, zuerst widerwillig, sich zu trainieren. Nach kurzer

Zeit konnte er drei Kilometer gehen, Schritt um Schritt in seiner Zelle hin und her, und seine krummen Schultern richteten sich auf. Er probierte schwierigere Übungen aus und war erstaunt und beschämt darüber, was er alles nicht konnte. Er konnte nicht schneller als im Schrittempo gehen, er konnte seinen Hocker nicht mit ausgestrecktem Arm halten, er konnte nicht auf einem Bein stehen, ohne umzukippen. Er ging in die Hocke und merkte, daß es ihm unter gräßlichen Schmerzen in Oberschenkeln und Waden gerade noch gelang, sich aufzurichten. Er legte sich flach auf den Bauch und versuchte, einen Liegestütz zu machen. Es war hoffnungslos, er konnte sich keinen Zentimeter hochstemmen. Doch nach noch ein paar Tagen – nach noch ein paar Mahlzeiten – gelang ihm auch dieser Kraftakt. Es kam die Zeit, da schaffte er es sechsmal hintereinander. Er fing an, auf seinen Körper richtig stolz zu sein, und hoffte zwischenzeitlich sogar, daß sich auch sein Gesicht normalisieren würde. Nur wenn er sich zufällig mit der Hand über den kahlen Schädel fuhr, erinnerte er sich an das zerschrammte, zugrunde gerichtete Gesicht, das ihm aus dem Spiegel entgegengeblickt hatte.

Sein Geist wurde aktiver. Er setzte sich auf die Holzpritsche, den Rücken an die Wand gelehnt, die Schiefertafel auf den Knien, und arbeitete zielstrebig an seiner Umschulung.

Er hatte kapituliert, soviel stand fest. Er sah jetzt, daß er in Wahrheit schon lange vor seinem Entschluß zur Kapitulation dazu bereit gewesen war. Seit er sich im Ministerium für Liebe befand – ja sogar schon in jenen Minuten, in denen er und Julia hilflos dagestanden hatten, während ihnen die eiserne Stimme vom Teleschirm Anweisungen gab –, hatte er die Leichtfertigkeit, die Oberflächlichkeit seines Versuchs, sich gegen die Partei aufzulehnen, eingesehen. Er wußte, daß ihn die Gedankenpolizei sieben Jahre lang beobachtet hatte, wie einen Käfer unter einem Vergrößerungsglas. Es gab keinen Handgriff, kein laut gesprochenes

Wort, das sie nicht registriert hatten, keinen Gedankengang, den sie nicht hätten ergründen können. Sogar das weißliche Staubkörnchen auf dem Einband seines Tagebuchs hatten sie sorgfältig wieder dort plaziert. Sie hatten ihm Tonbandaufnahmen vorgespielt, Fotos gezeigt – auch einige von Julia und ihm. Ja sogar, wie sie miteinander ... Er konnte nicht länger gegen die Partei kämpfen. Außerdem war die Partei im Recht. Sie mußte es sein: wie könnte sich das unsterbliche kollektive Gehirn jemals irren? An welchem äußeren Maßstab konnte man ihre Urteile überprüfen? Geistige Gesundheit war eine Frage der Statistik. Das Problem war lediglich, so denken zu lernen, wie sie dachten. Nur –!

Der Bleistift fühlte sich zwischen seinen Fingern dick und ungefüge an. Er begann die Gedanken aufzuschreiben, die ihm in den Kopf kamen. In plumpen Großbuchstaben schrieb er:

FREIHEIT IST SKLAVEREI

Und darunter setzte er dann beinahe sofort:

ZWEI UND ZWEI IST FÜNF

Dann schien sein Geist vor etwas zurückzuscheuen, sich nicht konzentrieren zu können. Er wußte, daß er wußte, was als nächstes kam, doch im Moment fiel es ihm nicht ein. Als es ihm dann einfiel, war er nur durch bewußtes Überlegen darauf gekommen, was es sein mußte: von selber fiel es ihm nicht ein. Er schrieb:

GOTT IST MACHT

Er akzeptierte alles. Die Vergangenheit war veränderbar. Die Vergangenheit war nie geändert worden. Ozeanien befand sich mit Ostasien im Krieg. Ozeanien hatte sich immer mit Ostasien im Krieg befunden. Jones, Aaronson und Rutherford waren der ihnen zur Last gelegten Verbrechen schuldig. Er hatte das Foto nie gesehen, das ihre Schuld widerlegte. Es hatte nie existiert, er hatte es erfunden. Er erinnerte sich, sich gegenteiliger Dinge erinnert zu haben, aber das waren falsche Erinnerungen, Produkte der Selbsttäuschung. Wie einfach alles war! Man brauchte nur überzulaufen, alles andere ergab sich von allein. Es war, wie wenn man gegen einen Strom schwamm, der einen zurückriß, sosehr man auch dagegen ankämpfte, und dann plötzlich beschloß, kehrtzumachen und *mit* dem Strom statt *gegen* ihn zu schwimmen. Es hatte sich nur die eigene Haltung geändert, sonst nichts: das schicksalhaft Vorbestimmte trat in jedem Fall ein. Er wußte kaum noch, warum er überhaupt jemals rebelliert hatte. Alles war einfach, außer –

Alles konnte wahr sein. Die sogenannten Naturgesetze waren Unsinn. Das Gravitationsgesetz war Unsinn. »Wenn ich wollte«, hatte O'Brien gesagt, »könnte ich wie eine Seifenblase über dem Boden schweben.« Er dachte den Gedanken zu Ende. »Wenn er *denkt,* über dem Fußboden zu schweben, und ich gleichzeitig *denke,* daß ich sehe, wie er es tut, dann passiert es wirklich.« Wie ein untergegangenes Wrackteil, das die Wasseroberfläche durchbricht, tauchte plötzlich der Gedanke in seinem Gehirn auf: »Es passiert gar nicht wirklich. Wir bilden es uns ein. Es ist eine Halluzination.« Er unterdrückte den Gedanken sofort. Der Trugschluß war offensichtlich. Er setzte voraus, daß irgendwo, außerhalb des eigenen Selbst, eine ›reale‹ Welt existierte, in der ›reale‹ Dinge passierten. Aber wie konnte eine solche Welt existieren? Alles, was wir wissen, wissen wir doch nur durch unser Bewußtsein. Alles ereignet sich im Bewußtsein. Was sich im Bewußtsein aller ereignet, ereignet sich wirklich.

Es bereitete ihm keine Mühe, den Trugschluß abzutun, und er schwebte nicht in der Gefahr, ihm zu erliegen. Trotzdem war ihm klar, daß er nie darauf hätte kommen dürfen. Das Bewußtsein sollte jedesmal einen blinden Fleck bekommen, wenn ein gefährlicher Gedanke auftauchte. Der Prozeß sollte automatisch, instinktiv ablaufen. *Delstop* lautete das Neusprechwort.

Er begann mit einem *Delstop*-Training. Er legte sich Behauptungen vor – »die Partei sagt, die Erde ist flach«, »die Partei sagt, Eis ist schwerer als Wasser« – und übte sich darin, die widersprechenden Argumente entweder nicht zu sehen oder nicht zu begreifen. Das war nicht einfach. Es erforderte großes Argumentations- und Improvisationstalent. Die arithmetischen Probleme zum Beispiel, die durch solche Behauptungen aufgeworfen wurden wie »zwei und zwei ist fünf«, überstiegen sein intellektuelles Fassungsvermögen. Es verlangte auch eine gewisse Geistesakrobatik, die Fähigkeit, in einem Augenblick die raffinierteste Logik anzuwenden und im nächsten Moment die gröbsten logischen Schnitzer zu übersehen. Dummheit war dazu genauso notwendig wie Intelligenz und auch ebenso schwer zu erlangen.

Die ganze Zeit beschäftigte sich ein Teil seiner Gedanken mit der Frage, wie bald sie ihn erschießen würden. »Es hängt nur von Ihnen ab«, hatte O'Brien gesagt; aber er wußte, daß er diesen Moment durch keine gezielte Handlung vorverlegen konnte. Es konnte in zehn Minuten passieren oder in zehn Jahren. Sie konnten ihn jahrelang in Einzelhaft halten, sie konnten ihn in ein Zwangsarbeitslager stecken, sie konnten ihn auch, wie sie es manchmal taten, für eine Weile freilassen. Es war durchaus denkbar, daß vor seiner Erschießung das ganze Drama seiner Verhaftung und seines Verhörs erneut durchgespielt wurde. Das einzig Sichere war, daß der Tod nie erwartet kam. Es war Brauch – der unausgesprochene Brauch, von dem man irgendwie wußte, obwohl man nie darüber reden hörte –, daß sie einen von hinten erschossen: immer in den Hinterkopf, ohne Warnung, während man von Zelle zu Zelle einen Korridor entlangging.

Eines Tages – aber ›eines Tages‹ war nicht der richtige Ausdruck; es konnte genauso wahrscheinlich mitten in der Nacht gewesen sein –, einmal also versank er in einen seltsamen, glückseligen Tagtraum. Er ging den Korridor entlang und wartete auf die Kugel. Er wußte, daß es gleich soweit sein würde. Alles war geregelt, bereinigt, beigelegt. Es gab keine Zweifel mehr, keine Debatten, keine Schmerzen, keine Angst. Sein Körper war gesund und stark. Er ging unbeschwert, genoß die Bewegung und hatte das Gefühl, im Sonnenschein zu gehen. Er befand sich nicht mehr in den engen weißen Korridoren im Ministerium für Liebe, er befand sich in dem gewaltigen, einen Kilometer breiten, sonnendurchfluteten Gang, durch den er damals im Drogenrausch gekommen zu sein schien. Er war im Goldenen Land und folgte dem Fußweg über die alte, von Kaninchen abgefressene Weide. Er konnte den kurzen, federnden Rasen unter seinen Füßen und den milden Sonnenschein im Gesicht fühlen. Am Feldrand wiegten sich unmerklich die Ulmen, und irgendwo dahinter war der Bach, wo in den grünen Gumpen unter den Weiden die Weißfische standen.

Plötzlich fuhr er in panischem Schrecken hoch. Sein Rücken war schweißnaß. Er hatte sich laut rufen hören:

»Julia! Julia! Julia, Geliebte! Julia!«

Einen Moment lang hatte er die überwältigende Halluzination ihrer Gegenwart erlebt. Sie schien nicht nur bei ihm, sondern in ihm gewesen zu sein. Es war, als sei sie ins Gewebe seiner Haut gedrungen. In diesem Moment hatte er sie mehr geliebt als jemals zuvor während der Zeit, in der sie zusammen und frei gewesen waren. Er wußte auch, daß sie noch lebte und seine Hilfe brauchte.

Er legte sich auf dem Bett zurück und versuchte sich zu fassen. Was hatte er getan? Um wie viele Jahre hatte er seine Unfreiheit durch diesen Moment der Schwäche verlängert?

Gleich würde er draußen das Knallen von Stiefeln hören. Einen solchen Ausbruch konnten sie nicht ungestraft lassen. Sie würden jetzt wissen, wenn sie es nicht schon vorher gewußt hatten, daß er das Abkommen brach, das er mit ihnen getroffen hatte. Er gehorchte der Partei, aber er haßte sie immer noch. Früher hatte er einen ketzerischen Geist hinter dem Anschein der Konformität versteckt. Jetzt war er noch einen Schritt weiter zurückgewichen: mit dem Geist hatte er kapituliert, aber er hatte gehofft, sein Innerstes unversehrt zu bewahren. Er wußte, daß er im Unrecht war, aber er zog es vor, im Unrecht zu sein. Sie würden das verstehen – O'Brien würde es verstehen. Er hatte alles in diesem einen dummen Schrei gestanden.

Er würde noch einmal ganz von vorne anfangen müssen. Es konnte Jahre dauern. Er fuhr sich mit der Hand über das Gesicht und versuchte, sich mit dessen neuer Form vertraut zu machen. Die Wangen hatten tiefe Furchen, die Backenknochen fühlten sich spitz, die Nase platt an. Außerdem hatte er, seitdem er sich das letzte Mal im Spiegel gesehen hatte, ein vollständig neues Gebiß bekommen. Es war nicht leicht, eine undurchdringliche Miene zu wahren, wenn man nicht wußte, wie das eigene Gesicht aussah. Es war auf jeden Fall nicht allein damit getan, sein Mienenspiel zu beherrschen. Er erkannte zum erstenmal, daß man, um ein Geheimnis zu bewahren, es auch vor sich selbst verbergen mußte. Man mußte immer wissen, daß es da war, aber solange es nicht gebraucht wurde, durfte man es in keiner Form in seinem Bewußtsein auftauchen lassen. Von jetzt an mußte er nicht nur richtig denken, er mußte auch richtig fühlen, richtig träumen. Und die ganze Zeit mußte er seinen Haß in sich einkapseln, wie ein Stück Materie, das zu ihm gehörte und doch mit seinem übrigen Ich nicht verbunden, eine Art Zyste war.

Eines Tages würden sie beschließen, ihn zu erschießen. Man konnte nicht wissen, wann es geschehen würde, doch ein paar Sekunden vorher sollte man es eigentlich schon erraten können. Es passierte immer von hinten, während man einen Korridor entlangging. Zehn Sekunden würden genügen. In dieser Zeit konnte sich seine Innenwelt umstülpen. Und ganz plötzlich, wortlos, ohne im Schritt zu stocken, ohne daß sich eine Miene verzog – plötzlich würde die Tarnung fallen, und krach! würden sich die Batterien seines Hasses entladen. Haß würde wie eine ungeheure tosende Flamme in ihm lodern. Und fast im gleichen Moment krach! die Kugel, zu spät oder zu früh. Sie würden ihm das Gehirn in Stücke geschossen haben, bevor sie es sich zurückholen konnten. Der ketzerische Gedanke würde ihnen ungesühnt, unbereut auf ewig entzogen bleiben. Sie hätten ein Loch in ihre eigene Perfektion geschossen. Voller Haß auf sie zu sterben, das bedeutete Freiheit.

Er schloß die Augen. Es war schwieriger, als sich einer geistigen Disziplin zu beugen. Er mußte sich selbst erniedrigen, sich selbst verstümmeln. Er mußte sich in den schlimmsten Kot stürzen. Was war das Grauenvollste, Widerlichste überhaupt? Er dachte an den Großen Bruder. Das riesige Gesicht (weil er es ständig auf Plakaten sah, stellte er es sich immer einen Meter groß vor) mit dem wuchtigen Schnurrbart und den Augen, die einem überallhin folgten, schien ganz von allein in seiner Vorstellung aufzutauchen. Was waren seine wahren Gefühle für den Großen Bruder?

Auf dem Korridor erklangen schwere Stiefeltritte. Die Stahltür schwang dröhnend auf. O'Brien betrat die Zelle. Hinter ihm kamen der wachsgesichtige Offizier und die schwarzuniformierten Wachen.

»Stehen Sie auf«, sagte O'Brien. »Kommen Sie her.«

Winston stand ihm gegenüber. O'Brien faßte mit seinen starken Händen Winstons Schultern und sah ihn streng an.

»Sie haben daran gedacht, mich zu hintergehen«, sagte er. »Das war dumm. Stehen Sie gerader. Sehen Sie mich an.«

Er schwieg und fuhr dann in freundlicherem Ton fort:

»Sie machen Fortschritte. Verstandesmäßig lassen Sie wenig zu wünschen übrig. Nur gefühlsmäßig haben Sie keine Fortschritte gemacht. Sagen Sie mir, Winston – und vergessen Sie nicht: keine Lügen, Sie wissen doch, daß ich immer hinter eine Lüge komme –, sagen Sie mir, was empfinden Sie wirklich für den Großen Bruder?«

»Ich hasse ihn.«

»Sie hassen ihn. Gut. Dann ist die Zeit jetzt reif, daß Sie den letzten Schritt tun. Sie müssen den Großen Bruder lieben. Es genügt nicht, ihm zu gehorchen: Sie müssen ihn lieben.«

Mit einem kleinen Schubs überließ er Winston den Wachen. »Zimmer 101«, sagte er.

V

In jedem Stadium seiner Haft hatte er gewußt, oder zu wissen geglaubt, wo in dem fensterlosen Gebäude er sich befand. Vielleicht lag das an geringfügigen Unterschieden im Luftdruck. Die Zellen, wo die Wachen ihn geschlagen hatten, lagen unter dem Erdgeschoß. Das Zimmer, in dem er von O'Brien verhört worden war, befand sich hoch oben, in Dachnähe. Dieser Raum hier lag viele Meter unter der Erde, im tiefsten Teil des Gebäudes.

Er war größer als die meisten Zellen, die er bisher kennengelernt hatte. Doch er achtete kaum auf seine Umgebung. Er sah nur, daß direkt vor ihm zwei kleine Tische standen, beide mit grünem Tuch bezogen. Der eine stand nur einen oder zwei Meter von ihm entfernt, der andere weiter weg, bei der Tür. Er war aufrecht auf einem Stuhl festgeschnallt, so stramm, daß er sich nicht bewegen konnte, nicht einmal den Kopf. Eine Art Polster umklammerte von hinten seinen Kopf und zwang ihn, geradeaus zu blicken.

Einen Moment war er allein, dann öffnete sich die Tür, und O'Brien kam herein.

»Sie haben mich einmal gefragt«, sagte O'Brien, »was in Zimmer 101 wäre. Ich sagte Ihnen, Sie würden die Antwort bereits kennen. Jeder kennt sie. In Zimmer 101 erwartet einen das Schrecklichste von der Welt.«

Erneut ging die Tür auf. Eine Wache kam herein; sie trug

ein Drahtgestell, eine Art Behälter oder Korb, den sie auf dem weiter entfernten Tisch abstellte. O'Brien stand so, daß Winston nicht sehen konnte, worum es sich handelte.

»Das Schrecklichste von der Welt«, sagte O'Brien, »variiert natürlich von Person zu Person. Es kann das Lebendigbegraben-Werden sein oder der Tod durch Feuer, durch Ertrinken, durch Pfählung oder fünfzig andere Todesarten. Es gibt Fälle, da ist es etwas ganz Triviales, nicht einmal Tödliches.«

Er war ein wenig zur Seite getreten, damit Winston das Ding auf dem Tisch besser sehen konnte. Es war ein länglicher Drahtkäfig mit einem oben angebrachten Tragegriff. An der Vorderseite war so etwas wie eine Fechtmaske befestigt, deren konkave Seite nach außen wies. Obwohl der Käfig drei oder vier Meter von ihm entfernt stand, konnte er sehen, daß er der Länge nach in zwei Fächer eingeteilt war und daß in jedem ein Tier saß. Ratten.

»In Ihrem Fall«, sagte O'Brien, »sind nun einmal Ratten das Schrecklichste von der Welt.«

Beim ersten Anblick des Käfigs war Winston von einer Art warnendem Zittern geschüttelt worden, der Furcht vor – er wußte nicht genau wovor. Doch in diesem Moment begriff er, wozu die vorn angebrachte maskenartige Vorrichtung diente. Seine Eingeweide gurgelten.

»Das können Sie nicht machen«, schrie er mit schriller, sich überschlagender Stimme. »Niemals! Nein!«

»Erinnern Sie sich«, sagte O'Brien, »an den panischen Moment des Schreckens, der in Ihren Träumen auftauchte? Vor Ihnen war eine Mauer aus Dunkelheit, und Ihre Ohren dröhnten. Sie wußten, daß Sie wußten, was es war, aber Sie wagten nicht, es ans Licht zu ziehen. Auf der anderen Seite der Mauer waren die Ratten.«

»O'Brien«, sagte Winston und versuchte seine Stimme zu kontrollieren. »Sie wissen, daß das unnötig ist. Was möchten Sie, daß ich tue?«

O'Brien gab keine direkte Antwort. Und als er dann sprach, tat er es in der schulmeisterlichen Art, die er manchmal an den Tag legte. Er blickte gedankenvoll in die Ferne, als wende er sich an ein Publikum irgendwo hinter Winstons Rücken.

»Schmerz an sich«, sagte er, »genügt nicht immer. Es gibt Situationen, da widersteht ein Mensch dem Schmerz sogar bis zum Tod. Aber für jeden Menschen gibt es etwas Unerträgliches – etwas, dem er sich nicht stellen kann. Mut oder Feigheit spielen dabei keine Rolle. Wenn man von einem Gipfel stürzt, ist es nicht feige, sich an ein Seil zu klammern. Wenn man aus der Wassertiefe auftaucht, ist es nicht feige, sich die Lungen vollzupumpen. Es ist nur ein Instinkt, der sich nicht unterdrücken läßt. Von den Ratten gilt das gleiche. Für Sie sind sie unerträglich. Sie sind eine Form des Drucks, dem Sie nicht standhalten können, selbst wenn Sie wollten. Sie werden tun, was man von Ihnen verlangt.«

»Aber was denn, was? Wie kann ich es tun, wenn ich nicht weiß, was es ist?«

O'Brien hob den Käfig hoch und trug ihn zu dem näher stehenden Tisch. Er stellte ihn behutsam auf das Tuch. Winston konnte das Blut in seinen Ohren rauschen hören. Er hatte das Gefühl, in absoluter Einsamkeit dazusitzen. Er befand sich im Zentrum einer weiten, leeren Ebene, einer flachen, von Sonnenlicht durchtränkten Wüste, über die alle Geräusche wie aus gewaltigen Entfernungen zu ihm drangen. Dabei stand der Käfig mit den Ratten keine zwei Meter von ihm entfernt. Es waren riesige Ratten. Sie befanden sich in dem Alter, wo ihre Schnauzen stumpf und grimmig werden und ihr Fell von Grau nach Braun wechselt.

»Die Ratte«, sagte O'Brien, noch immer an sein unsichtbares Publikum gerichtet, »ist, obwohl ein Nager, doch ein Fleischfresser. Das ist Ihnen bekannt. Sie werden davon gehört haben, was sich in den Armenvierteln dieser Stadt ereignet. In manchen Straßen wagen die Frauen nicht, ihr

Baby auch nur fünf Minuten allein im Haus zu lassen. Die Ratten würden es garantiert anfallen. Binnen kurzer Zeit würden sie es bis auf die Knochen abnagen. Sie greifen auch Kranke und Sterbende an. Sie wissen mit geradezu erstaunlicher Intelligenz, wann ein Mensch hilflos ist.«

Vom Käfig kam lautes Quieksen. Es schien aus weiter Ferne zu Winston zu dringen. Die Ratten kämpften; sie versuchten einander durch das Trenngitter anzufallen. Er hörte ein tiefes, verzweifeltes Stöhnen, das ebenfalls von außerhalb zu kommen schien.

O'Brien hob den Käfig hoch und betätigte dabei etwas. Ein scharfes Klicken ertönte. Winston versuchte wie rasend, sich von dem Stuhl loszureißen. Es war zwecklos, jeder Körperteil, sogar sein Kopf wurde unverrückbar festgehalten. O'Brien näherte den Käfig. Er war kaum noch einen Meter von Winstons Gesicht entfernt.

»Ich habe jetzt den ersten Hebel gedrückt«, sagte O'Brien. »Die Konstruktion des Käfigs ist Ihnen doch klar? Die Maske paßt nahtlos über Ihren Kopf. Wenn ich hier auf diesen anderen Hebel drücke, dann gleitet die Käfigtür hoch. Die halbverhungerten Bestien werden wie Kugeln herausschießen. Haben Sie schon einmal eine Ratte durch die Luft springen sehen? Sie werden Ihnen ins Gesicht springen und sich sofort hineinbohren. Manchmal stürzen sie sich zuerst auf die Augen. Manchmal graben sie sich durch die Wangen und fressen die Zunge.«

Der Käfig rückte auf ihn zu. Winston hörte eine Serie schriller Schreie, die über seinem Kopf in der Luft zu ertönen schienen. Doch er kämpfte verbissen gegen die Panik an. Nachdenken, nachdenken, auch wenn ihm nur noch ein Sekundenbruchteil blieb – nachdenken, das war die einzige Hoffnung. Plötzlich schlug ihm der Modergestank der Bestien ins Gesicht. Ihm war speiübel, und er verlor beinahe das Bewußtsein. Ihm wurde schwarz vor Augen. Einen Moment war er irrsinnig, ein kreischendes Tier. Doch als er aus der Schwärze wieder auftauchte, klammerte er sich an eine Idee. Es gab nur einen einzigen Weg, wie er sich retten konnte. Er mußte einen anderen Menschen, den *Körper* eines anderen Menschen zwischen sich und die Ratten schieben.

Die Öffnung der Maske war jetzt so groß, daß sie ihm die Sicht auf alles andere versperrte. Die Drahttür war noch ein paar Handspannen von seinem Gesicht entfernt. Die Ratten wußten, was jetzt kam. Eine sprang hin und her, die andere, ein alter, schilferiger Ahn aus den Kloaken, richtete sich mit rosa Pfoten an den Gitterstäben auf und witterte erregt. Winston konnte die Barthaare und die gelben Zähne sehen. Erneut übermannte ihn Panik. Er war blind, hilflos, hirnlos.

»Im kaiserlichen China war das eine gebräuchliche Strafe«, sagte O'Brien belehrend wie immer.

Die Maske umschloß sein Gesicht. Der Draht streifte seine Wange. Und dann – nein, es war nicht Erleichterung, nur eine Hoffnung, ein winziger Hoffnungsschimmer. Zu spät, vielleicht zu spät. Doch er hatte plötzlich begriffen, daß es auf der ganzen Welt nur *eine* Person gab, auf die er seine Strafe abwälzen – nur *einen* Körper, den er zwischen sich und die Ratten werfen konnte. Und wie rasend brüllte er immerzu:

»Macht es mit Julia! Macht es mit Julia! Nicht mit mir! Mit Julia. Macht mit ihr, was ihr wollt, es ist mir egal. Zieht ihr die Haut vom Gesicht, schneidet ihr das Fleisch von den Knochen. Macht das nicht mit mir! Mit Julia! Nicht mit mir!«

Er fiel nach hinten, in ungeheure Tiefen, von den Ratten weg. Er saß immer noch auf dem Stuhl festgeschnallt, doch er war durch den Fußboden, durch die Mauern des Gebäudes, durch die Erde, durch die Ozeane, durch die Atmosphäre in den freien Raum, in die Abgründe zwischen den Sternen gestürzt – immer weiter und weiter und weiter weg von den Ratten. Er war Lichtjahre entfernt, doch O'Brien stand noch immer neben ihm. Er spürte die kalte Berührung des Drahtgeflechts noch an seiner Wange. Doch durch die Dunkelheit, die ihn umhüllte, hörte er erneut ein metallisches Klicken und wußte, daß die Käfigtür zu- und nicht aufgeschnappt war.

VI

Der ›Kastanienbaum‹ war fast leer. Ein schräg durch ein Fenster scheinender Sonnenstrahl fiel gelb auf staubige Tischplatten. Es war die ruhige Stunde um fünfzehn Uhr. Schnulzige Blechmusik rieselte aus den Teleschirmen.

Winston saß auf seinem Stammplatz in der Ecke und stierte in ein leeres Glas. Ab und zu blickte er hoch in ein großes Gesicht, das ihn von der gegenüberliegenden Wand ansah.

DER GROSSE BRUDER SIEHT DICH lautete die dazugehörige Textzeile. Unaufgefordert kam ein Kellner und schenkte sein Glas mit Victory Gin voll, in den er noch ein paar Tropfen aus einer anderen Flasche spritzte, durch deren Korken ein Röhrchen gesteckt war. Es war ein Süßstoff mit Gewürznelkenaroma, die Spezialität des Cafés.

Winston lauschte auf den Teleschirm. Im Moment gab es nur Musik, aber es bestand die Möglichkeit, daß jeden Augenblick ein Sonderbulletin vom Ministerium für Frieden durchgegeben wurde. Die Nachrichten von der Afrika-Front waren höchst beunruhigend. Er hatte sich den ganzen Tag immer wieder Sorgen darüber gemacht. Eine eurasische Armee (Ozeanien befand sich im Krieg mit Eurasien: Ozeanien hatte sich immer im Krieg mit Eurasien befunden) rückte mit beängstigender Geschwindigkeit südwärts. Das Mittagsbulletin hatte zwar kein bestimmtes Gebiet genannt, doch wahrscheinlich war die Kongo-Mündung bereits ein Schlachtfeld. Brazzaville und Leopoldville schwebten in Gefahr. Man brauchte nicht erst die Landkarte zu studieren, um zu wissen, was das bedeutete. Es ging nicht nur um den Verlust von Zentralafrika: zum erstenmal während des ganzen Krieges wurde das ozeanische Territorium selbst bedroht.

Eine heftige Emotion, nicht eben Furcht, aber eine undifferenzierte Erregung, flammte in ihm auf und erlosch dann wieder. Er dachte nicht weiter an den Krieg. Zur Zeit konnte er seine Gedanken nicht länger als ein paar Augenblicke auf eine Sache konzentrieren. Er hob sein Glas und leerte es mit einem Schluck. Er mußte sich danach wie immer schütteln und sogar ein leichtes Würgen niederkämpfen. Das Zeug war gräßlich. Die Gewürznelken und der Süßstoff, die an sich schon zum Erbrechen waren, konnten den faden, öligen Geruch nicht überdecken; und das schlimmste war, daß der Gingeruch, der ihn Tag und Nacht umgab, in seiner Vorstellung untrennbar verknüpft war mit dem Geruch jener –

Er nannte sie nie beim Namen, nicht mal in Gedanken, und soweit es möglich war, stellte er sie sich nie bildhaft vor. Sie waren etwas Halbbewußtes für ihn, das dicht vor seinem Gesicht schwebte, ein Geruch, den er in der Nase trug. Als ihm der Gin aufstieß, rülpste er durch purpurne Lippen. Nach seiner Freilassung war er dicker geworden und hatte wieder seine alte Farbe bekommen – eigentlich mehr als das. Seine Züge waren feister, die Haut auf Nase und Wangenknochen derb-rot, und sogar die kahle Kopfhaut zeigte ein dunkles Rosa. Wiederum unaufgefordert brachte ein Kellner das Schachbrett und die *Times* vom Tage, aufgeschlagen auf der Seite mit dem Schachproblem. Als er sah, daß Winstons Glas leer war, holte er die Ginflasche und füllte es. Eine Bestellung erübrigte sich. Man kannte seine Gewohnheiten. Das Schachbrett wartete immer auf ihn, sein

Ecktisch blieb stets reserviert; sogar wenn das Lokal voll war, hatte er ihn für sich allein, denn niemand wollte sich zu sehr in seiner Nähe sitzend sehen lassen. Er machte sich nicht einmal die Mühe, seine Drinks zu zählen. In unregelmäßigen Abständen präsentierten sie ihm einen schmierigen Fetzen Papier, der die Rechnung darstellen sollte, doch er hatte den Eindruck, daß man ihm immer zuwenig berechnete. Wäre das Gegenteil der Fall gewesen, hätte es auch keinen Unterschied gemacht. Er hatte jetzt die Taschen immer voller Geld. Er hatte sogar einen Job, eine Pfründe, die mehr Geld einbrachte als sein alter Job.

Die Musik vom Teleschirm brach ab und wurde von einer Stimme abgelöst. Winston hob lauschend den Kopf. Es war jedoch kein Frontbulletin. Bloß eine knappe Verlautbarung des Ministeriums für Überfülle. Im zurückliegenden Quartal war die Produktionsquote des X. Dreijahresplans für Schnürsenkel um 98 % übererfüllt worden.

Er studierte die Schachaufgabe und stellte die Figuren auf. Es war ein verzwicktes Endspiel mit zwei Springern. »Weiß zieht und setzt in zwei Zügen matt.« Winston blickte zum Porträt des Großen Bruders hoch. Weiß setzt immer matt, dachte er mit einer Art düsterem Mystizismus. Immer, ohne Ausnahme, läuft es so ab. Bei keiner Schachaufgabe seit Anbeginn der Welt hat Schwarz jemals gewonnen. Symbolisierte das nicht den ewigen, unabänderlichen Sieg des Guten über das Böse? Das gewaltige Gesicht erwiderte seinen Blick voll ruhiger Macht. Weiß setzt immer matt.

Die Stimme vom Teleschirm hielt inne und fügte dann in einem anderen und viel ernsteren Ton hinzu: »Wir ersuchen Sie, für eine wichtige Nachricht um fünfzehn Uhr dreißig am Gerät zu bleiben. Fünfzehn Uhr dreißig! Es handelt sich um eine äußerst wichtige Meldung. Versäumen Sie sie nicht. Fünfzehn Uhr dreißig!« Die Musik setzte klimpernd wieder ein.

Winstons Herz pochte. Das war das Frontbulletin; er

spürte instinktiv, daß schlechte Nachrichten kommen würden. Den ganzen Tag war ihm, verbunden mit leichten Erregungszuständen, der Gedanke an eine vernichtende Niederlage in Afrika im Kopf herumgegangen. Er schien die eurasische Armee geradezu zu sehen, wie sie die nie verletzte Grenze überflutete und sich wie eine Ameisenkolonne in die Südspitze Afrikas ergoß. Warum hatte man ihr nicht irgendwie in die Flanke fallen können? Der Umriß der westafrikanischen Küste schwebte ihm deutlich vor Augen. Er nahm den weißen Springer und bewegte ihn über das Brett. *Hier* war das richtige Feld. Noch während er die schwarze Horde südwärts stürmen sah, entdeckte er eine andere, auf geheimnisvolle Weise gesammelte Streitmacht, die plötzlich in deren Rücken auftauchte und alle Land- und Seeverbindungen abschnitt. Er spürte, daß er diese andere Streitmacht durch seinen Willen entstehen ließ. Aber es galt, rasch zu handeln. Wenn sie ganz Afrika unter ihre Kontrolle bringen konnten, wenn sie Flugplätze und U-Boot-Stützpunkte am Kap besaßen, würde Ozeanien in zwei Teile gespalten. Das konnte alles bedeuten: Niederlage, Zusammenbruch, die Neuaufteilung der Welt, die Vernichtung der Partei! Er holte tief Luft. Ein ungewöhnliches Gefühlsgemisch – aber eigentlich war es kein Gemisch; es waren vielmehr übereinanderliegende Gefühlsschichten, bei denen man nicht sagen konnte, welches die unterste Schicht bildete – kämpfte in ihm.

Der Anfall ging vorüber. Er stellte den weißen Springer auf sein Feld zurück, doch im Moment konnte er sich nicht mit der Schachaufgabe befassen. Seine Gedanken schweiften immer wieder. Beinahe unbewußt malte er mit dem Finger in den Staub auf dem Tisch:

$$2 + 2 =$$

»Dein Innerstes bekommen sie nicht zu fassen«, hatte sie gesagt. Aber sie bekamen es zu fassen. »Was hier mit Ihnen geschieht, ist *endgültig*«, hatte O'Brien gesagt. Wie wahr.

Es gab Dinge, die eigenen Taten, von denen man sich nicht erholen konnte. Etwas in einem selbst wurde getötet: ausgebrannt, ausgeätzt.

Er hatte sie gesehen, hatte sogar mit ihr gesprochen. Das war nicht gefährlich. Er wußte instinktiv, daß sie sich jetzt so gut wie nicht für ihn interessierten. Er hätte ein zweites Treffen mit ihr arrangieren können, wenn es einer von ihnen gewollt hätte. Sie waren sich zufällig begegnet. Es war im Park, an einem scheußlichen, schneidend kalten Märztag, als die Erde wie aus Eisen wirkte, alles Gras abgestorben und es nirgends eine Knospe zu geben schien, außer ein paar Krokussen, die sich hochgekämpft hatten, um vom Wind zerpflückt zu werden. Er hastete mit erfrorenen Händen und tränenden Augen den Weg entlang, als er sie keine zehn Meter vor sich sah. Ihm fiel gleich auf, daß sie sich auf eine schwer zu beschreibende Weise verändert hatte. Sie gingen beinahe grußlos aneinander vorbei, und dann drehte er um und ging ihr nicht eben schwungvoll hinterher. Er wußte, daß keinerlei Gefahr bestand, niemand würde sich für sie interessieren. Sie sagte nichts. Sie ging schräg über den Rasen davon, als versuche sie, ihn abzuschütteln, und schien sich dann damit abzufinden, daß er neben ihr herging. Sie liefen bald zwischen einer Gruppe verwilderter, kahler Sträucher, die weder Schutz vor Entdeckung noch vor dem Wind boten. Sie blieben stehen. Es war widerlich kalt. Der Wind pfiff durch die Zweige, zerzauste die vereinzelten, schmutzig wirkenden Krokusse. Er legte ihr den Arm um die Hüfte.

Es gab keinen Teleschirm, doch bestimmt versteckte Mikrofone: außerdem konnte man sie sehen. Das war egal, alles war egal. Sie hätten sich auf die Erde legen und *das* tun können, wenn sie Lust dazu gehabt hätten. Sein Fleisch erstarrte vor Grauen bei dem Gedanken. Sie reagierte überhaupt nicht auf die Berührung seines Arms; sie versuchte nicht einmal, sich loszumachen. Er wußte jetzt, was sich an ihr verändert hatte. Ihr Gesicht wirkte fahler, und über Stirn und Schläfe zog sich eine lange, zum Teil vom Haar verdeckte Narbe; doch darin lag die Veränderung nicht. Sie bestand darin, daß ihre Taille dicker und auf erstaunliche Weise steifer geworden war. Er erinnerte sich, wie er einmal nach der Detonation einer Raketenbombe mitgeholfen hatte, eine Leiche aus den Trümmern zu bergen, und nicht nur über ihr unglaubliches Gewicht, sondern auch über ihre Starre verblüfft gewesen war, durch die sie eher wie aus Stein als aus Fleisch gewirkt hatte. So fühlte sich Julias Körper an. Auch ihre Haut würde jetzt vermutlich ganz anders sein als früher, überlegte Winston.

Er versuchte nicht, sie zu küssen, und sie redeten auch nicht miteinander. Als sie über den Rasen zurückgingen, sah sie ihn zum erstenmal direkt an. Es war ein flüchtiger Blick, voller Verachtung und Abscheu. Er fragte sich, ob diese Abscheu nur aus der Vergangenheit resultierte oder ob sie auch durch sein gedunsenes Gesicht und das Wasser ausgelöst wurde, das ihm der Wind ständig in die Augen trieb. Sie setzten sich auf zwei Eisenstühle, nebeneinander, aber nicht zu dicht. Er merkte, daß sie etwas sagen wollte. Sie schob ihren plumpen Schuh ein paar Zentimeter vor und zertrat bedächtig einen Zweig. Ihre Füße schienen breiter geworden zu sein.

»Ich habe dich verraten«, sagte sie karg.

»Ich habe dich verraten«, sagte er.

Sie blickte ihn erneut voll Abscheu an.

»Manchmal«, sagte sie, »da drohen sie einem mit etwas – mit etwas, dem man sich nicht stellen kann, an das man nicht einmal denken kann. Und dann sagt man: ›Macht das nicht mit mir. Macht es mit jemand anders, macht es mit Soundso.‹ Und dann kann man hinterher vielleicht so tun, als sei es nur ein Trick gewesen und man habe es nur gesagt, damit sie aufhören, man habe es nicht ernst gemeint. Aber das stimmt nicht. In dem Augenblick meint man es ernst.

Man sieht keinen anderen Ausweg, um sich zu retten, und ist durchaus bereit, sich auf diese Art zu retten. Man *will*, daß es der andere durchmacht. Es ist einem scheißegal, wie die anderen leiden müssen. Man denkt bloß an sich selbst.«

»Man denkt bloß an sich selbst«, wiederholte Winston.

»Und danach empfindet man für die andere Person nicht mehr dasselbe.«

»Nein«, sagte er, »man empfindet nicht mehr dasselbe.«

Es schien alles gesagt zu sein. Der Wind klatschte ihnen die dünnen Overalls an den Leib. Auf einmal wurde es peinlich, schweigend so dazusitzen: außerdem war es zu kalt, um sich nicht zu bewegen. Sie sagte, sie müsse ihre U-Bahn erreichen, und stand auf, um zu gehen.

»Wir müssen uns wiedersehen«, sagte er.

»Ja«, sagte sie, »wir müssen uns wiedersehen.«

Er folgte ihr unentschlossen, mit einem halben Schritt Abstand. Sie sprachen nichts mehr. Sie versuchte nicht direkt, ihn abzuschütteln, ging nur gerade so schnell, daß er nicht neben ihr herlaufen konnte. Er hatte sich entschlossen, sie bis zur U-Bahnstation zu begleiten, doch plötzlich erschien ihm dies Hinterhergerenne in der Kälte sinnlos und unerträglich. Es trieb ihn weniger weg von Julia als vielmehr hin zum Café ›Kastanienbaum‹, das auf ihn noch nie so attraktiv wie in diesem Moment gewirkt hatte. Er sah eine nostalgische Vision seines Ecktischs mit der Zeitung, dem Schachbrett und dem nie versiegenden Gin. Vor allem aber würde es dort warm sein. Im nächsten Moment ließ er sich, durchaus nicht zufällig, durch eine kleine Menschengruppe von ihr trennen. Er unternahm einen halbherzigen Versuch, sie einzuholen, verlangsamte dann sein Tempo, machte kehrt und ging in die entgegengesetzte Richtung davon. Als er fünfzig Meter zurückgelegt hatte, drehte er sich um. Die Straße war nicht belebt, doch er konnte sie schon nicht mehr erkennen. Jede von einem Dutzend eiliger Gestalten hätte Julia sein können. Vielleicht war ihr dick und steif gewordener Körper von hinten nicht mehr zu erkennen.

»In dem Augenblick«, hatte sie gesagt, »meint man es ernst.«

Er hatte es ernst gemeint. Er hatte es nicht nur so gesagt, er hatte es gewollt. Er hatte es gewollt, daß sie und nicht er ausgeliefert wurde an die –

Etwas an der Musik, die aus dem Teleschirm rieselte, änderte sich. Ein rauher und höhnischer Klang, ein gelber Klang mischte sich hinein. Und dann – vielleicht geschah es auch gar nicht, vielleicht war es nur eine Erinnerung, die Klanggestalt annahm – sang eine Stimme:

»Unter der Kastanie sicherlich
Verriet ich dich, und du auch mich –«

Tränen stiegen ihm in die Augen. Ein Kellner sah, daß sein Glas leer war, und kehrte mit der Ginflasche zurück.

Er hob sein Glas und schnüffelte daran. Das Zeug schmeckte mit jedem Schluck widerlicher. Aber es war sein Lebenselixier geworden. Es war sein Leben, sein Tod und seine Auferstehung. Der Gin versenkte ihn jeden Abend in den Betäubungsschlaf, und der Gin erweckte ihn jeden Morgen wieder neu zum Leben. Nach dem Aufwachen, was selten vor elf Uhr und stets mit verklebten Wimpern, brennendem Mund und einem wie zerschlagenen Rücken geschah, wäre es ihm sogar unmöglich gewesen, auch nur aus der Horizontalen hochzukommen, hätten nicht neben dem Bett die Flasche und die Teetasse gestanden. Über die Mittagszeit hockte er, die Flasche in Reichweite, mit glasigem Gesicht da und lauschte dem Teleschirm. Von fünfzehn Uhr bis zur Sperrstunde gehörte er zum Inventar des ›Kastanienbaums‹. Niemand kümmerte es mehr, was er tat, kein Pfeifton weckte, kein Teleschirm mahnte ihn. Gelegentlich, vielleicht zweimal die Woche, ging er in ein staubiges, vernachlässigt wirkendes Büro im Ministerium für

Wahrheit und erledigte ein wenig Arbeit oder das, was so genannt wurde. Man hatte ihn in ein Unterkomitee eines Unterkomitees berufen, das einem der zahllosen Komitees entsprossen war, die sich mit den kleinen Problemen befaßten, die bei der Erstellung der elften Auflage des Neusprechwörterbuchs auftauchten. Sie waren mit der Abfassung eines sogenannten Zwischenberichts beschäftigt, doch worüber sie da eigentlich Bericht erstatteten, hatte er nie herausgefunden. Es ging irgendwie um die Frage, ob Kommas innerhalb oder außerhalb der Klammern gesetzt werden sollten. Zum Komitee gehörten noch vier andere Mitglieder, die ihm ähnlich waren. Es gab Tage, da versammelten sie sich und zerstreuten sich dann gleich wieder, weil sie voreinander offen eingestanden, daß für sie eigentlich nichts zu tun war. Es gab jedoch andere Tage, da gingen sie beinahe mit Feuereifer an die Arbeit und machten viel Aufhebens davon, ihre Sitzungsprotokolle zu erstellen und lange Memoranden abzufassen, die sie nie zu Ende brachten – da wurde die Debatte darüber, worüber sie eigentlich debattierten, außerordentlich verwickelt und abstrus, mit subtilen Streitereien über Definitionen, ungeheuren Abschweifungen, Zänkereien, ja sogar mit Drohungen, sich an eine höhere Autorität zu wenden. Und ganz plötzlich wich dann alles Leben aus ihnen, und sie saßen um den Tisch und blickten einander mit erloschenen Augen an, wie Gespenster, die beim ersten Hahnenschrei verblassen.

Der Teleschirm blieb einen Moment stumm. Winston hob wieder den Kopf. Das Bulletin! Aber nein, sie wechselten nur die Musik. Er sah die Karte von Afrika im Geist vor sich. Die Bewegungen der Armeen bildeten ein Diagramm: ein schwarzer Pfeil schoß vertikal nach Süden, und ein weißer Pfeil schoß horizontal nach Osten, durch das Ende des ersten. Wie zur Bestätigung blickte er zu dem unerschütterlichen Gesicht auf dem Plakat hoch. War es denkbar, daß der zweite Pfeil überhaupt nicht existierte?

Sein Interesse erlahmte wieder. Er trank noch einen Schluck Gin, ergriff den weißen Springer und machte einen zögernden Zug. Schach. Doch es war offensichtlich nicht der richtige Zug, denn –

Ungerufen stieg eine Erinnerung in ihm auf. Er sah ein kerzenbeleuchtetes Zimmer mit einem riesigen Bett mit einer weißen Steppdecke und sich selbst als Neun- oder Zehnjährigen, wie er auf dem Fußboden saß, einen Würfelbecher schüttelte und aufgeregt lachte. Seine Mutter saß ihm gegenüber und lachte ebenfalls.

Es mußte etwa einen Monat vor ihrem Verschwinden gewesen sein. Es war ein Versöhnungsaugenblick, in dem der nagende Hunger in seinem Bauch vergessen und seine frühere Zuneigung für sie vorübergehend wiedererwacht war. Er erinnerte sich genau an den Tag, einen Tag, an dem es in Strömen gegossen hatte, an dem das Wasser an den Fensterscheiben herunterlief und das Licht im Zimmer zu matt zum Lesen war. Die Langeweile der beiden Kinder in dem dunklen, vollgestellten Schlafzimmer wurde unerträglich. Winston bettelte und quengelte, forderte vergeblich etwas zu essen, traktierte die Einrichtung, verrückte jedes Stück im Zimmer und trat so lange gegen die Wandtäfelung, bis Nachbarn an die Wand hämmerten, und zwischendurch wimmerte das kleinere Kind. Schließlich sagte seine Mutter: »Sei jetzt lieb, und ich kauf dir ein Spielzeug. Ein tolles Spielzeug – es wird dir gefallen«; und dann war sie hinaus in den Regen gegangen, zu einem kleinen Kaufladen in der Nähe, der noch immer zeitweise geöffnet hatte, und kam mit einer Pappschachtel zurück, die ein Würfelspiel enthielt. Er konnte sich noch an den Geruch der feuchten Pappe erinnern. Die Ausstattung war erbärmlich. Das Spielbrett hatte Risse, und die winzigen Würfel waren so schlecht geschnitten, daß sie kaum liegenbleiben wollten. Winston begutachtete das Ding mürrisch und interesselos. Aber dann zündete seine Mutter einen Kerzenstummel an, und sie setzten sich zum Spielen auf den Boden. Bald geriet er in helle Aufregung und schrie vor Lachen, wenn sich die Spielmarken auf dem Brett dem Zielfeld näherten und dann doch wieder zum Anfang zurück mußten. Sie machten acht Spiele, und jeder gewann vier. Seine Schwester, die noch zu klein war, um das Spiel zu verstehen, hatte, an ein Polsterkissen gelehnt, dabeigesessen und gelacht, weil die anderen lachten. Einen ganzen Nachmittag lang waren sie alle zusammen glücklich gewesen, wie in seiner früheren Kindheit.

Er verdrängte das Bild aus seiner Vorstellung. Es war eine falsche Erinnerung. Er litt ab und zu an falschen Erinnerungen. Das machte nichts, solange man sie als solche erkannte. Manche Dinge waren geschehen und andere nicht. Er wandte sich dem Schachbrett zu und griff wieder nach dem weißen Springer. Fast gleichzeitig klapperte die Figur auf das Brett. Er war wie von einer Nadel gestochen zusammengezuckt.

Ein schrilles Trompetensignal zerriß die Luft. Das Bulletin! Sieg! Ein Trompetensignal vor den Meldungen bedeutete immer Sieg. Das ganze Café wirkte wie elektrisiert. Sogar die Kellner waren hochgeschreckt und spitzten die Ohren.

Das Trompetensignal hatte einen ungeheuren Lärm entfesselt. Eine erregte Stimme plapperte vom Teleschirm, doch kaum hatte sie angefangen, da ging sie auch schon in einem Jubelgeschrei von draußen unter. Die Nachricht hatte sich in Windeseile auf den Straßen verbreitet. Er konnte gerade noch genug vom Teleschirm hören, um sich zu vergewissern, daß alles so gekommen war, wie er es vorhergesehen hatte: eine gewaltige, auf dem Seeweg heimlich herangeführte Streitmacht, ein Überraschungsschlag gegen die Nachhut des Feindes, der weiße Pfeil schnitt durch das Ende des schwarzen. Bruchstücke triumphierender Sätze setzten sich gegen den Lärm durch: »Gewaltiges strategisches Manöver – perfekte Koordination – fluchtartiger Rückzug – eine halbe Million Gefangene – völlige Demoralisierung – Kontrolle über ganz Afrika – rückt das Ende des Kriegs in greifbare Nähe – Sieg – größter Sieg in der menschlichen Geschichte – Sieg, Sieg, Sieg!«

Winstons Füße zuckten konvulsivisch unter dem Tisch. Er hatte sich nicht von seinem Platz gerührt, doch im Geist lief er, lief rasch, war bei den Massen auf der Straße, jubelte sich taub. Er blickte erneut zum Porträt des Großen Bruders hoch. Der Koloß, der die Welt beschirmte! Der Fels, gegen den die Horden Asiens vergeblich anbrandeten! Er dachte, wie noch vor zehn Minuten – ja, nur zehn Minuten war es her – in seinem Herzen Zweideutigkeit geherrscht hatte, als er sich fragte, ob die Nachrichten von der Front Sieg oder Niederlage lauten würden. Oh, es war mehr als nur eine eurasische Armee untergegangen! Seit jenem ersten Tag im Ministerium für Liebe hatte sich vieles in ihm verändert, doch die endgültige, unerläßliche, heilende Wandlung hatte sich erst jetzt, in diesem Moment vollzogen.

Die Stimme vom Teleschirm sprudelte immer noch ihren Bericht über Gefangene, Beute und Gemetzel, doch draußen war das Geschrei etwas abgeflaut. Die Kellner gingen wieder an ihre Arbeit. Einer näherte sich mit der Ginflasche. Winston saß in einen seligen Traum versunken und merkte nicht, daß sein Glas gefüllt wurde. Er lief und jubelte nicht mehr mit. Er war wieder im Ministerium für Liebe, und alles war vergeben, seine Seele weiß wie Schnee. Er saß auf der öffentlichen Anklagebank und gestand alles, bezichtigte jeden. Er lief den weißgekachelten Korridor entlang, mit dem Gefühl, im Sonnenschein zu gehen, und im Rücken eine bewaffnete Wache. Die langersehnte Kugel drang ihm ins Gehirn.

Er blickte zu dem gewaltigen Gesicht empor. Vierzig Jahre hatte er gebraucht, um herauszufinden, was für ein

Lächeln sich unter dem dunklen Schnurrbart verbarg. O grausames, unnötiges Mißverständnis! O störrische, eigensinnige Verbannung von der liebenden Brust! Zwei gingeschwängerte Tränen rollten ihm über die Nasenflügel. Aber jetzt war es gut, es war alles in Ordnung, der Kampf war zu Ende. Er hatte sich selbst überwunden. Er liebte den Großen Bruder.

ENDE

Die Grundlagen des Neusprech

Neusprech war die Amtssprache Ozeaniens und entworfen worden, um die ideologischen Anforderungen des Engsoz, oder englischen Sozialismus, zu erfüllen. Im Jahr 1984 gab es noch niemanden, der Neusprech als ausschließliches Mittel zur mündlichen oder schriftlichen Kommunikation benutzte. Die Leitartikel der *Times* wurden darin abgefaßt, doch war dies eine *tour de force*, die nur ein Spezialist bewältigen konnte. Man erwartete, daß Neusprech etwa bis zum Jahr 2050 Altsprech schließlich verdrängt haben würde. Inzwischen gewann es ständig an Boden, weil alle Parteimitglieder dazu tendierten, im täglichen Sprachgebrauch immer mehr Neusprechwörter und grammatikalische Konstruktionen zu verwenden. Die 1984 gebräuchliche und durch die neunte und zehnte Auflage des Neusprechdiktionärs verkörperte Version war provisorisch und enthielt viele überflüssige Wörter und archaische Strukturen, die später abgeschafft werden sollten. Wir befassen uns hier mit der endgültigen, vervollkommneten Version, wie sie in der elften Auflage des Diktionärs vorliegt.

Neusprech sollte nicht nur ein Ausdrucksmittel für die den Anhängern des Engsoz gemäße Weltanschauung und Geisteshaltung bereitstellen, sondern auch alle anderen Denkweisen unmöglich machen. Es war geplant, daß, wenn Neusprech ein für allemal angenommen und Altsprech vergessen worden war, ein ketzerischer Gedanke – d. h. ein von den Prinzipien des Engsoz abweichender Gedanke – buchstäblich undenkbar sein sollte, insoweit wenigstens, als Denken an Worte gebunden ist. Das Vokabular war so konstruiert, daß jeder schicklichen Meinung, die ein Parteimitglied äußern wollte, ein genauer und oft sehr subtiler Ausdruck gegeben werden konnte, während zugleich alle anderen Inhalte und auch die Möglichkeit, sie indirekt zu vermitteln, ausgeschlossen wurden. Dies erreichte man zum Teil durch die Erfindung neuer, hauptsächlich aber durch die Eliminierung unerwünschter Wörter und indem man die verbleibenden Wörter aller unorthodoxen und soweit wie möglich überhaupt aller Nebenbedeutungen entkleidete. Ein Beispiel mag genügen. Das Wort *frei* existierte zwar in Neusprech noch, konnte aber nur in Aussagen wie »Dieser Hund ist frei von Flöhen« oder »Dieses Feld ist frei von Unkraut« verwandt werden. In seinem alten Sinn von »politisch frei« oder »geistig frei« konnte es nicht mehr gebraucht werden, weil diese politische und geistige Freiheit nicht einmal als Begriff existierte und deswegen notwendigerweise auch namenlos war. Abgesehen von der Abschaffung eindeutig ketzerischer Wörter, betrachtete man die Reduktion des Vokabulars als Selbstzweck, und kein entbehrliches Wort durfte überleben. Neusprech sollte den Gedankenspielraum nicht erweitern, sondern *einengen*, und dieser Zweck wurde dadurch unterstützt, daß man die Auswahl an Wörtern auf ein Minimum zusammenstrich.

Neusprech basierte auf unserer heutigen Sprache, obwohl viele Neusprechsätze, auch ohne Neubildungen zu enthalten, für einen heute Lebenden kaum verständlich wären. Die Neusprechwörter waren in drei deutlich gegeneinander abgegrenzte Klassen eingeteilt, bekannt als das A-Vokabular, das B-Vokabular und das C-Vokabular. Es dürfte einfacher sein, jede Klasse gesondert zu diskutieren, doch die grammatikalischen Besonderheiten der Sprache können in dem dem A-Vokabular gewidmeten Abschnitt behandelt werden, denn für alle drei Kategorien gelten dieselben Regeln.

Das A-Vokabular. Das A-Vokabular bestand aus den Wörtern, die man im täglichen Leben brauchte – für Dinge wie Essen, Trinken, Arbeiten, Anziehen, Treppensteigen, Verkehrsmittelbenutzung, Gartenpflege, Kochen u. ä. Es bestand fast nur aus bereits vorhandenen Wörtern – aus Wörtern wie *schlagen, laufen, Hund, Baum, Zucker, Haus, Feld* –, doch verglichen mit dem heutigen Vokabular, war ihre Anzahl äußerst gering und ihre Bedeutung viel strenger definiert. Sie waren von allen Zweideutigkeiten und Bedeutungsschattierungen gereinigt. Soweit es sich machen ließ, war ein Neusprechwort dieser Klasse bloß ein Staccatogeräusch, das *einen* fest umrissenen Begriff ausdrückte. Es wäre völlig unmöglich gewesen, das A-Vokabular zu literarischen Zwecken oder für eine politische oder philosophische Diskussion zu benutzen. Es war nur dazu bestimmt, einfache, zweckdienliche Gedanken auszudrücken, die sich gewöhnlich um konkrete Dinge oder physische Handlungen drehten.

Die Neusprechgrammatik wies zwei herausragende Merkmale auf. Das erste war die beinahe völlige Austauschbarkeit verschiedener Wortklassen. Jedes Wort in der Sprache (das galt im Prinzip auch für hochabstrakte Wörter wie *wenn* oder *falls*) konnte entweder als Verb, Substantiv, Adjektiv oder Adverb gebraucht werden. Bei gleicher Wurzel gab es zwischen der Verb- und der Substantivform keinen Unterschied, und allein diese Regel führte zur Vernichtung vieler archaischer Formen. Das Wort *Gedanke,* zum Beispiel, existierte in Neusprech nicht. Seine Stelle vertrat *Denk,* das sowohl als Substantiv wie als Verb diente. Man folgte hierin keinem etymologischen Prinzip: in manchen Fällen wurde das ursprüngliche Substantiv bewahrt, in anderen das Verb. Sogar wo bedeutungsverwandte Substantive und Verben nicht etymologisch zusammenhingen, wurde häufig die eine oder andere Form abgeschafft. Es gab zum Beispiel kein Wort für *schneiden,* da seine Bedeutung durch das Substantiv-Verb *Messer* hinreichend abgedeckt war. Adjektive wurden durch Anhängen der Nachsilbe *-voll* ans Substantiv-Verb gebildet und Adverbien durch das Suffix *-weise.* So bedeutete zum Beispiel *raschvoll* »schnell« und *raschweise* »eilends«. Einige unserer heutigen Adjektive, wie *gut, stark, groß, schwarz, weiß* blieben erhalten, doch ihre Gesamtzahl war klein. Man brauchte sie kaum, denn beinahe jede Adjektivbedeutung ließ sich durch das Anhängen von *-voll* an ein Substantiv-Verb erzielen. Keines der heute existierenden Adverbien wurde bewahrt, abgesehen von den wenigen, die bereits auf *-weise* ausgingen: die Endung *-weise* war unveränderlich. Das Wort *wohl,* zum Beispiel, wurde durch *gutweise* ersetzt.

Außerdem konnte ein Wort – auch dies galt im Prinzip für jedes Wort in der Sprache – durch die Vorsilbe *un-* negativiert oder durch die Vorsilbe *plus-* oder *doppelplus-* gesteigert werden. So bedeutete beispielsweise *unkalt* »warm«, während *pluskalt* oder *doppelpluskalt* »sehr kalt« oder »höchst kalt« bedeuteten. Es war ebenfalls möglich, wie heute, die Bedeutung fast jedes Worts durch die präpositionalen Vorsilben *vor-, nach-, ober-, unter-* zu modifizieren. Solche Methoden ermöglichten es, das Vokabular enorm zu verringern. Angenommen, man hatte das Wort *gut,* dann brauchte man das Wort *schlecht* nicht, denn *ungut* drückte die gewünschte Bedeutung genauso gut – eigentlich noch besser – aus. Man mußte nur jeweils entscheiden, welchen Teil eines gegensätzlichen Begriffspaars man abschaffen wollte. *Dunkel,* zum Beispiel, ließ sich durch *unlicht* oder *licht* durch *undunkel* ersetzen, ganz wie man es haben wollte.

Das zweite Unterscheidungsmerkmal der Neusprechgrammatik war ihre Regelmäßigkeit. Abgesehen von einigen nachstehend aufgeführten Ausnahmen, folgten alle Beugungen ein und derselben Regel. So war bei allen Verben das Imperfekt und das Partizipium der Vergangenheit gleich und endete auf *-te.* Das Imperfekt von *stehlen war stehlte,* von *denken denkte* und so durch die ganze Sprache, und alle Formen wie *schwamm, gab, rief, sprach, nahm* usw. waren abgeschafft. Alle Pluralformen wurden durch Anhängen von *-s oder -es* gebildet. Der Plural von *Mensch, Nuß, Leben* lautete *Menschs, Nußes, Lebens.* Die Steigerung von Adjektiven erfolgte stets durch Anhängen von *-er, -est (gut, guter, gutest),* unregelmäßige Formen waren abgeschafft.

Die einzigen Wortarten, die weiterhin und so wie bisher unregelmäßig gebeugt werden durften, waren die Relativ- und die Demonstrativpronomen sowie die Hilfszeitwörter. Gewisse Unregelmäßigkeiten in der Wortbildung rührten auch daher, daß die Worte schnell und leicht zu sprechen sein sollten. Ein Wort, das sich schwer aussprechen ließ oder mißverstanden werden konnte, galt *eo ipso* als schlechtes Wort: deswegen wurden gelegentlich der leichteren Aussprache wegen Buchstaben eingeschoben oder archaische Formen beibehalten. Doch diese Notwendigkeit ergab sich in erster Linie im Zusammenhang mit dem B-Vokabular. Warum auf leichte Sprechbarkeit so großer Wert gelegt wurde, wird später noch erklärt werden.

Das B-Vokabular. Das B-Vokabular bestand aus Wörtern, die ganz bewußt zu politischen Zwecken gebildet worden waren: aus Wörtern also, die nicht nur in jedem Fall eine politische Implikation hatten, sondern auch dazu bestimmt waren, dem Benutzer eine wünschenswerte Geisteshaltung zu oktroyieren.

Ohne umfassende Kenntnis der Prinzipien des Engsoz war es schwierig, diese Wörter korrekt zu gebrauchen. In manchen Fällen ließen sie sich in Altsprech oder sogar in Wörter aus dem A-Vokabular übersetzen, doch das erforderte in der Regel lange Umschreibungen und bedeutete immer den Verlust gewisser Schattierungen. Die B-Wörter bildeten eine Art verbaler Kurzschrift, die oft eine ganze Reihe von Gedanken in ein paar Silben zusammendrängte und gleichzeitig doch genauer und zwingender war als die Normalsprache.

Die B-Wörter waren immer Komposita.* Sie bestanden aus zwei oder mehr Wörtern oder Wortteilen, die zu einer

* Komposita wie z. B. *Sprechschreiber* fanden sich natürlich auch im A-Vokabular, aber dort nur als bequeme Abkürzungen, die nicht speziell ideologisch gefärbt waren.

leicht aussprechbaren Form zusammengezogen waren. Das entstandene Amalgam war immer ein Substantiv-Verb und wurde nach den normalen Regeln flektiert. Um ein Beispiel zu geben: das Wort *Gutdenk* bedeutete, grob gesagt, »Orthodoxie« oder, wenn man es als Verb betrachtete, »in orthodoxer Weise denken«. Die Ableitungen lauteten: Substantiv-Verb *Gutdenk*; Imperfekt und Perfekt *gutdenkte;* Partizip Präsens *gutdenkend;* Adjektiv *gutdenkvoll;* Adverb *gutdenkweise;* Verbalsubstantiv *Gutdenker.*

Die B-Wörter waren nach keinem etymologischen Plan gebildet. Die Einzelwörter, aus denen die Komposita bestanden, konnten allen Wortklassen angehören, in jede Reihenfolge gebracht und beliebig verstümmelt werden, um leicht aussprechbar und zugleich in ihrem Ursprung noch erkennbar zu sein. In dem Wort *Deldenk* (Gedankendelikt) z. B. stand das *Denk* an zweiter Stelle, während es in *Denkpol* (Gedankenpolizei) zuerst kam. Wegen der größeren Schwierigkeit, die leichte Sprechbarkeit zu garantieren, gab es im B-Vokabular häufiger unregelmäßige Bildungen als im A-Vokabular.

Manche B-Wörter besaßen höchst subtile Bedeutungen, die jemandem, der die Sprache nicht aus dem Effeff beherrschte, kaum verständlich waren. Nehmen wir zum Beispiel einen typischen Satz aus einem Leitartikel der *Times: Altdenker unbauchfühl Engsoz.* Die kürzeste in Altsprech mögliche Wiedergabe würde lauten: »Diejenigen, deren Ideen vor der Revolution geformt wurden, können die Prinzipien des englischen Sozialismus gefühlsmäßig nicht voll erfassen.« Doch das ist keine adäquate Übersetzung. Um die volle Bedeutung des oben zitierten Neusprechsatzes zu begreifen, müßte man zuerst einmal eine klare Vorstellung davon besitzen, was mit *Engsoz* gemeint ist. Und weiterhin könnte nur eine Person mit wirklich fundierten Kenntnissen in Engsoz die ganze Wucht würdigen, die in dem Wort *bauchfühl* steckt, das eine blind-begeisterte Billigung implizierte, die heute schwer vorstellbar ist; das gleiche gilt für das Wort *Altdenk,* das untrennbar mit der Vorstellung von Bosheit und Entartung verknüpft war. Doch die besondere Funktion bestimmter Neusprechwörter, zu denen auch *Altdenk* gehörte, lag weniger darin, Bedeutungen auszudrücken, als vielmehr, sie zu zerstören. Diese naturgemäß wenigen Wörter hatten ihre Bedeutung so ausgeweitet, daß sie ganze Batterien von Worten einschlossen, die dann, weil sie von einem übergeordneten Begriff hinreichend abgedeckt wurden, ausrangiert und vergessen werden konnten. Die größte Schwierigkeit für die Kompilatoren des Neusprechdiktionärs bestand nicht darin, neue Wörter zu erfinden, sondern nach deren Erfindung zu prüfen, was sie bedeuteten: und das hieß, zu prüfen, weiche Wortfelder sie durch ihre Existenz auslöschten.

Wie wir bereits an dem Wort *frei* gesehen haben, wurden Wörter, die früher einmal eine ketzerische Bedeutung transportiert hatten, manchmal aus Gründen der Bequemlichkeit beibehalten, aber nur, wenn sie von den unerwünschten Bedeutungen gesäubert worden waren. Unzählige andere Wörter wie *Ehre, Gerechtigkeit, Moral, Internationalismus, Demokratie, Wissenschaft* und *Religion* hatten schlicht aufgehört zu existieren. Ein paar Oberbegriffe deckten sie ab, und dadurch, daß sie sie abdeckten, schafften sie sie auch ab. Alle Wörter, die sich um die Begriffe Freiheit und Gleichheit gruppierten, waren z. B. in dem Wort *Deldenk* enthalten, während alle Wörter, die sich um die Begriffe Objektivität und Rationalismus gruppierten, in dem Wort *Altdenk* enthalten waren. Größere Präzision wäre gefährlich gewesen. Von einem Parteimitglied wurde eine Einstellung gefordert, die der des alten Hebräers glich, der wußte, ohne sonst viel zu wissen, daß alte anderen Völker außer seinem eigenen ›falsche Götter‹ anbeteten. Er brauchte nicht zu wissen, daß diese Götter Baal, Osiris,

Moloch, Ashtaroth und ähnlich hießen: je weniger er über sie wußte, desto besser wahrscheinlich für seine Strenggläubigkeit. Er kannte Jehova und die Gebote Jehovas: er wußte deswegen, daß alle Götter mit anderen Namen oder anderen Attributen falsche Götter waren. Auf etwa ähnliche Weise wußte das Parteimitglied, wie das richtige Betragen aussah, und es besaß nur verschwommene und allgemeine Vorstellungen darüber, welche Abweichungen möglich waren. Sein Geschlechtsleben beispielsweise wurde vollständig durch die beiden Neusprechwörter *Sexdel* (sexuelle Unmoral) und *Gutsex* (Keuschheit) reguliert. *Sexdel* beinhaltete alle möglichen sexuellen Untaten. Es umfaßte Unzucht, Ehebruch, Homosexualität und anderes und dazu auch den um seiner selbst willen ausgeübten normalen Geschlechtsverkehr. Es war nicht notwendig, sie einzeln aufzuzählen, denn sie waren alle gleich sträflich und im Prinzip alle mit dem Tod zu ahnden. Im C-Vokabular, das aus wissenschaftlichen und technischen Wörtern bestand, wäre es vielleicht erforderlich, bestimmten sexuellen Verirrungen spezielle Namen zu geben, doch der Durchschnittsbürger brauchte sie nicht. Er wußte, was mit *Gutsex* gemeint war – nämlich der normale Geschlechtsverkehr zwischen Mann und Frau zu dem ausschließlichen Zweck, Kinder zu zeugen, und ohne körperliches Vergnügen seitens der Frau: alles andere war *Sexdel*. In Neusprech ließ sich ein ketzerischer Gedanke selten weiter als bis zu der Wahrnehmung verfolgen, daß er ketzerisch war: um darüber hinauszugehen, fehlten die notwendigen Wörter.

Kein Wort des B-Vokabulars war ideologisch neutral. Sehr viele waren Euphemismen. Worte wie *Freudelager* (Zwangsarbeitslager) oder *Minipax* (Ministerium für Frieden, d. h. Kriegsministerium) bedeuteten das genaue Gegenteil dessen, was sie zu meinen schienen. Andererseits verrieten einige Wörter eine ganz offene und verächtliche Kenntnis der wahren Natur der ozeanischen Gesellschaft.

Ein Beispiel dafür war *Prolesstoff,* womit die minderwertige Unterhaltung und die Pseudonachrichten gemeint waren, mit denen die Partei die Massen fütterte. Wieder andere Worte waren ambivalent, besaßen die Konnotation »gut«, wenn sie auf die Partei angewandt wurden, und die Konnotation »schlecht«, wenn sie auf deren Feinde angewandt wurden. Doch hinzu trat noch eine große Anzahl von Wörtern, die auf den ersten Blick wie simple Abkürzungen wirkten und ihre ideologische Färbung nicht von ihrer Bedeutung, sondern von ihrer Struktur bekamen.

Soweit es sich einrichten ließ, wurde alles, was irgendeine politische Bedeutung hatte oder haben konnte, in das B-Vokabular eingepaßt. Der Name jeder Organisation oder Gemeinschaft, jeder Doktrin, jedes Landes, jeder Institution, jedes öffentlichen Gebäudes wurde ausnahmslos zur gewohnten Form verkürzt, das heißt in ein einziges, leicht aussprechbares Wort mit möglichst geringer Zahl von Silben, aus denen sich seine ursprüngliche Herkunft noch ablesen ließ. Im Ministerium für Wahrheit, zum Beispiel, hieß die Dokumentations-Abteilung, in der Winston Smith arbeitete, *Dokab,* die Roman-Abteilung hieß *Romab,* die Teleprogramm-Abteilung hieß *Telab* usw. Das geschah nicht ausschließlich, um Zeit zu sparen. Bereits in den ersten Jahrzehnten des zwanzigsten Jahrhunderts waren ineinandergeschobene Wörter und Ausdrücke ein typisches Kennzeichen der Politsprache gewesen; und es hatte sich gezeigt, daß die Tendenz zum Gebrauch solcher Abkürzungen in totalitären Ländern und totalitären Organisationen am ausgeprägtesten war. Beispiele hierfür waren Worte wie *Nazi, Gestapo, Komintern, Agitprop.* Anfangs hatte man das Verfahren gewissermaßen instinktiv angewandt, aber in Neusprech wurde es zu einem bestimmten Zweck eingesetzt. Man hatte erkannt, daß durch solche Abkürzungen die Bedeutung einer Bezeichnung eingeengt und unmerklich verändert wurde, indem man die meisten der ihr sonst anhaftenden Assoziationen ausschloß. Die Worte *Kommunistische Internationale* z. B. beschwören das Bild einer universalen Verbrüderung der Menschheit, von roten Fahnen, Barrikaden, Karl Marx und von der Pariser Kommune herauf. Das Wort *Komintern* hingegen läßt nur an eine festgefügte Organisation und an eine gut definierte Doktrin denken. Es bezieht sich auf etwas, das beinahe so leicht zu erkennen und zweckbeschränkt ist wie ein Stuhl oder ein Tisch. *Komintern* ist ein Wort, das sich fast gedankenlos aussprechen läßt, während *Kommunistische Internationale* ein Ausdruck ist, bei dem man sich zumindest flüchtig aufhalten muß. Ebenso sind die durch ein Wort wie *Miniwahr* ausgelösten Assoziationen zahlenmäßig geringer und auch kontrollierbarer als bei dem Namen *Ministerium für Wahrheit*. Dies erklärt nicht nur die Gewohnheit, bei jeder sich bietenden Möglichkeit Abkürzungen zu bilden, sondern auch die fast übertriebene Sorgfalt, mit der darauf geachtet wurde, jedes Wort in eine leicht sprechbare Form zu bringen.

In Neusprech überwog die Rücksichtnahme auf gute Sprechbarkeit alle anderen Erwägungen, mit Ausnahme der Bedeutungsgenauigkeit. Grammatikregeln wurden diesem Aspekt immer geopfert, wenn dies geboten schien. Und das mit Recht, denn was man brauchte, vor allem zu politischen Zwecken, das waren unmißverständliche Kurzworte, die sich rasch sprechen und ein Minimum an Assoziationen im Kopf des Sprechers anklingen ließen. Die Wörter des B-Vokabulars gewannen sogar noch an Nachdruck durch den Umstand, daß sie fast alle einander sehr ähnelten. Diese Wörter – *Gutdenk, Minipax, Prolesstoff, Sexdel, Schwarzweiß, Engsoz, Bauchfühl, Denkpol* und unzählige andere – waren fast immer zwei- oder dreisilbig und trugen die Betonung gleichmäßig auf der ersten und der letzten Silbe. Ihr Gebrauch begünstigte einen schnatternden Redestil, zugleich staccatohaft und monoton. Und genau das war beabsichtigt. Man wollte das Reden, und vor allem das Reden über jedes ideologisch nicht neutrale Thema, soweit wie möglich vom Bewußtsein abkoppeln. Im täglichen Leben war es zumindest manchmal erforderlich zu überlegen, bevor man sprach, doch ein Parteimitglied, das aufgerufen ist, ein politisches oder ethisches Urteil abzugeben, sollte fähig sein, die richtigen Ansichten so automatisch auszuspucken wie ein Maschinengewehr Kugeln. Es wurde dahingehend geschult, die Sprache gab ihm ein fast narrensicheres Instrument in die Hand, und die Beschaffenheit der Wörter mit ihrem rauhen Klang und einer gewissen absichtlichen Häßlichkeit, die mit dem Geist des Engsoz übereinstimmte, unterstützte den Prozeß noch weiter.

Auch die sehr begrenzte Möglichkeit der Wortwahl trug dazu bei. Im Vergleich zu unserem war das Neusprechvokabular winzig, und ständig erprobte man neue Methoden, es weiter zu reduzieren. Neusprech unterschied sich von fast allen anderen Sprachen dadurch, daß sein Vokabular mit jedem Jahr schrumpfte, statt zu wachsen. Jede Reduktion war ein Gewinn, denn je kleiner die Auswahlmöglichkeit, desto geringer die Versuchung zu überlegen. Letztlich hoffte man so weit zu kommen, daß der Kehlkopf ohne Einschaltung der höheren Gehirnzentren die Sprache artikulierte. Dieses Ziel wurde in dem Neusprechwort *Quaksprech,* d. h. »quaken wie eine Ente«, offen zugegeben. Wie auch verschiedene andere Wörter im B-Vokabular war *Quaksprech* in der Bedeutung ambivalent. Vorausgesetzt, die herausgequakten Ansichten waren orthodox, dann beinhaltete es ausschließlich Lob, und wenn die *Times* einen Parteiredner als einen *doppelplusguten Quaksprecher* bezeichnete, dann zollte sie damit ein herzliches und begehrtes Kompliment.

Das C-Vokabular. Das C-Vokabular ergänzte die beiden anderen und bestand ausschließlich aus wissenschaftlichen und technischen Ausdrücken. Diese ähnelten den heute gebräuchlichen Fachausdrücken, und man konstruierte sie aus den gleichen Wurzeln, achtete aber wie üblich darauf, sie streng zu definieren und von unerwünschten Bedeutungen zu säubern. Sie gehorchten denselben Grammatikregeln wie die Wörter in den beiden anderen Vokabularen. Nur sehr wenige C-Wörter kursierten im täglichen oder im politischen Sprachgebrauch. Jeder Wissenschaftler oder Techniker konnte alle von ihm benötigten Wörter in der für sein Spezialgebiet zusammengestellten Liste finden, doch über die Wörter, die auf den anderen Listen standen, besaß er selten mehr als nur ein Halbwissen. Nur einige wenige Wörter tauchten auf allen Listen auf, und es existierte kein Vokabular, das die Funktion der Wissenschaft, unabhängig von ihren jeweiligen Zweigen, als eine Geistesrichtung oder Denkmethode ausdrückte. Es gab überhaupt kein Wort für »Wissenschaft«, denn jede Bedeutung, die es hätte haben können, wurde von dem Wort *Engsoz* schon hinreichend umschrieben.

Aus der vorangegangenen Darstellung wird man erkennen, daß es in Neusprech nahezu unmöglich war, unorthodoxe Ansichten, die über ein sehr niedriges Niveau hinausgingen, zu äußern. Man konnte natürlich krude Ketzereien, eine Art Blasphemie formulieren. Man hätte zum Beispiel sagen können: *Der Große Bruder ist ungut.* Doch diese Aussage, die für orthodoxe Ohren lediglich eine offenkundige Absurdität bedeutete, hätte nicht mit Vernunftargumenten untermauert werden können, weil die dazu nötigen Worte fehlten. Engsozfeindliche Ideen konnten nur in vager, wortloser Gestalt erwogen und nur mit sehr groben Begriffen benannt werden, die ganze Gruppen von Ketzereien in einen Topf warfen und verurteilten, ohne sie dabei zu definieren. Man konnte Neusprech tatsächlich nur dann zu unorthodoxen Zwecken benutzen, wenn man verbotenerweise einige der Worte in Altsprech rückübersetzte. *Alle Menschs sind gleich* war zum Beispiel ein möglicher Neusprechsatz, doch nur in dem Sinn, wie *Alle Menschen sind rothaarig* ein möglicher Altsprechsatz ist. Er enthielt keinen grammatischen Fehler, sondern drückte eine greifbare Unwahrheit aus – nämlich, daß alle Menschen gleich groß, gleich schwer oder gleich stark sind. Der Begriff der politischen Gleichheit existierte nicht mehr, und demgemäß hatte man diese Nebenbedeutung aus dem Wort *gleich* getilgt. Im Jahr 1984, als Altsprech noch das normale Verständigungsmittel war, bestand bei der Benutzung von Neusprechwörtern theoretisch die Gefahr, daß man sich an ihre ursprünglichen Bedeutungen erinnerte. In der Praxis fiel es jedem im *Doppeldenk* gut bewanderten Menschen nicht schwer, dies zu vermeiden, doch schon nach ein paar Generationen würde sogar die Möglichkeit eines solchen Lapsus untergegangen sein. Jemand, der mit Neusprech als ausschließlicher Sprache aufwuchs, würde genausowenig wissen können, daß *gleich* früher einmal die Nebenbedeutung von »politisch gleichberechtigt« gehabt oder daß *frei* einmal »geistig frei« bedeutet hatte, wie zum Beispiel jemand, der noch nie etwas vom Schachspiel gehört hatte, wissen würde, daß die Wörter *Königin* und *Turm* noch Nebenbedeutungen hatten. Es gäbe viele Verbrechen und Irrtümer, die er nicht mehr begehen könnte, ganz einfach deswegen, weil sie namenlos und deshalb unvorstellbar waren. Und es ließ sich absehen, daß mit der Zeit die charakteristischen Kennzeichen von Neusprech immer ausgeprägter werden würden – seine Wörter würden immer weniger, ihre Bedeutungen immer starrer und die Möglichkeit, Mißbrauch mit ihnen zu treiben, immer geringer werden.

Wenn Altsprech ein für allemal verdrängt worden war, würde das letzte Bindeglied zur Vergangenheit durchtrennt sein. Die Geschichte war bereits umgeschrieben worden, doch hier und dort existierten noch unvollkommen zensierte Bruchstücke der Literatur der Vergangenheit, und solange man sich die Kenntnis des Altsprech bewahrte, konnte man sie lesen. In der Zukunft würden solche Fragmente, auch wenn sie überdauerten, unverständlich und unübersetzbar sein. Es war unmöglich, irgendeinen Altsprechtext in Neusprech zu übersetzen, es sei denn, es handelte sich entweder um ein technisches Verfahren oder um einen ganz alltäglichen Vorgang, oder er war in seiner Tendenz bereits orthodox (*gutdenkvoll* würde der Neusprechausdruck lauten). Das bedeutete praktisch, daß kein vor 1960 geschriebenes Buch komplett übersetzt werden konnte. Vorrevolutionäre Literatur konnte nur einer ideologischen Übersetzung unterworfen werden – das heißt Veränderung sowohl des Sinns wie des Ausdrucks. Nehmen wir zum Beispiel die allgemein bekannte Stelle aus der Unabhängigkeitserklärung:

Folgende Wahrheiten erachten wir als selbstverständlich: daß alle Menschen gleich geschaffen sind; daß sie von ihrem Schöpfer mit gewissen unveräußerlichen Rechten ausgestattet sind; daß dazu Leben, Freiheit und das Streben nach Glück gehören; daß zur Sicherung dieser Rechte Regierungen unter den Menschen eingesetzt werden, die ihre rechtmäßige Macht aus der Zustimmung der Regierten herleiten; daß, wann immer irgendeine Regierungsform sich als diesen Zielen abträglich erweist, es Recht des Volkes ist, sie zu ändern oder abzuschaffen und eine neue Regierung einzusetzen ...

Es wäre absolut unmöglich gewesen, dies in Neusprech zu übersetzen und dabei den Sinn des Originals zu wahren. Die größtmögliche Annäherung bestünde immer noch darin, die ganze Passage von dem einen Wort verschlingen zu lassen: *Deldenk*. Eine vollständige Übersetzung könnte nur eine ideologische sein, wobei dann Jeffersons Worte in eine Lobrede auf die absolutistische Regierungsform umgewandelt werden würden.

Ein Großteil der Literatur der Vergangenheit wurde bereits in dieser Weise umgewandelt. Prestigefragen ließen es wünschenswert erscheinen, das Andenken bestimmter historischer Figuren zu erhalten und gleichzeitig deren Errungenschaften in Einklang mit der Philosophie des Engsoz zu bringen. Verschiedene Autoren wie Shakespeare, Milton, Swift, Byron, Dickens und einige andere befanden sich deswegen im Stadium des Übersetztwerdens: wenn dies geschafft war, würden ihre Originalwerke samt allem anderen, was von der Literatur der Vergangenheit überdauert hatte, vernichtet sein. Diese Übersetzungen waren eine langwierige und komplizierte Angelegenheit, und man rechnete nicht damit, daß sie vor dem ersten oder zweiten Jahrzehnt des einundzwanzigsten Jahrhunderts fertiggestellt sein würden. Es gab auch eine Riesenflut reiner Sachliteratur – unentbehrliche technische Handbücher und ähnliches –, die auf die gleiche Art bearbeitet werden mußte. Hauptsächlich, um für die vorausgehende Übersetzungsarbeit Zeit zu haben, war die endgültige Übernahme des Neusprech auf einen so späten Termin wie 2050 festgesetzt worden.

Nachwort

Jeder hat seine eigene, ganz persönliche Hölle. In Orwells »1984« trägt sie die schlichte Nummer 101: das vermutlich im »Ministerium für Liebe« liegende Folterzimmer. Es ist der Raum, in dem man den Helden der Geschichte, Winston Smith, dazu bringt, 4 = 5 zu setzen und seine Geliebte Julia zu verraten – er bittet darum, sie statt seiner den Ratten auszusetzen.

Der sich diese Szene ausgedacht hat, hieß mit bürgerlichem Namen Eric Arthur Blair, George Orwell ist sein Pseudonym. Er wurde 1903 in Motihari in Bengalen, Indien, geboren. Seine Erziehung erhielt er im Nobelinternat von Eton, doch von einer Karriere, die sich nach der Entlassung aus dieser Schule oft genug automatisch einstellte, konnte bei ihm keine Rede sein. Zwar trat er 1922 in die indische Militärpolizei ein, doch fünf Jahre später kündigte er seinen Dienst aus Protest gegen die Unmenschlichkeit der britischen Kolonialherrschaft. Er betätigte sich als Tellerwäscher, als Buchhandelsgehilfe, als Lehrer und führte in England sogar einige Zeit lang das Leben eines Vagabunden. Nach und nach setzte sich sein schriftstellerisches Talent durch, er wurde Journalist und erhielt unter anderem den Auftrag, eine Reportage über die Arbeit im Bergbau zu schreiben. Sein Engagement für die sozial Unterdrückten führte ihn zum Kommunismus. Als roter Freiheitskämpfer nahm er am spanischen Bürgerkrieg teil, in dem er verwundet wurde. Um so größer war seine Enttäuschung, als er von den Ausschreitungen während der Stalinzeit erfuhr. Er distanzierte sich vom Kommunismus und trat in die englische Labour Party ein. Eine Zeitlang war er Redakteur der englischen Zeitung »Tribune«, später freier Mitarbeiter des »New Statesman«, und während des Zweiten Weltkriegs schrieb er für die BBC.Von Jugend an hatte er Tuberkulose, immer wieder wurde er von Blutstürzen geplagt. Als er drei Jahre vor seinem Tod erkennen mußte, daß er nur unter ständiger ärztlicher Betreuung Chancen zum Weiterleben hatte, reagierte er fast widersinnig: Mit seinem kleinen Adoptivsohn übersiedelte er auf die Hebriden, deren rauhes Klima Gift für ihn war, und auch von ausreichender Betreuung konnte keine Rede sein. Dort schloß er sein Buch »1984« ab. Als hätte ihn nur noch die selbstgestellte Aufgabe aufrechterhalten, verschlechterte sich nun seine Krankheit – bis zu seinem Tod im Jahr 1950. Wahrscheinlich war es sein Leiden, das ihn sein ganzes Leben hindurch nicht zur Ruhe hatte kommen lassen, und schließlich dürfte es der Pessimismus des Todkranken gewesen sein, der sich in der Ausweglosigkeit seiner Zukunftsvision niederschlug.

Orwell hat ein umfangreiches Werk hinterlassen, die bei Diogenes erschienene Werkausgabe umfaßt elf Bände. Wenn auch seine beiden sozialen Themen gewidmeten Romane, »1984« und »Farm der Tiere«, ein weitaus größeres Echo in der Öffentlichkeit fanden, so schätzen Literaturkritiker eher seine essayistischen Texte. Sein Ansehen als Romancier ist umstritten – während »1984« von einigen Kritikern als ein in mancher Hinsicht mittelmäßiger Roman bezeichnet wird, nennen andere, beispielsweise Arthur Koestler, den Autor ein Genie, Swift und Kafka ebenbürtig. Und so eindrucksvoll die Geschichte, die er uns vorlegt, auch ist, so erinnert doch manches an Vorläufer, beispielsweise Aldous Huxleys »Schöne neue Welt« und Jewgenij Samjatins »Wir«. Orwells Biographen halten es durchaus für möglich, daß er mit »1984« auf Huxley reagieren wollte, doch weisen diese beiden Bücher erhebliche Unterschiede auf. Während Orwells Vision eine Kritik des Totalitarismus ist, richtet sich Huxleys Entwurf einer utopischen Welt gegen die Technik und den Kapitalismus. So fordert der erste für die Menschen das Glück, während der zweite für ein »Recht auf Unglück« eintritt. Da ist der Vergleich mit »Wir« schon eher berechtigt. Auch Samjatin war seinerzeit Kommunist, auch er schrieb das Buch aus der Bestürzung über bolschewistische Entartungserscheinungen heraus, und auch die Geschichte weist manche Ähnlichkeiten auf. So schade es aber auch ist, daß Samjatins hervorragendes Werk im Schatten von Orwell in Vergessenheit geriet, so darf man diesen nicht als Epigonen bezeichnen – vielleicht ist Orwells Sprache nicht so poetisch, dafür aber erreicht er eine geradezu photorealistische Wirklichkeitsnähe: der Leser – obwohl deutlich genug darauf hingewiesen, daß es sich um eine Fiktion handelt – verfällt der Suggestion, alles, was da geschrieben wurde, würde zum vorausgesagten Zeitpunkt unausweichlich Wirklichkeit werden. Durch diese Intensität seiner Wirkung wurde »1984« gemeinsam mit »Schöne neue Welt« zur bekanntesten und meistdiskutierten Sozialutopie der Geschichte.

Die Wirkung, die dieses Buch in der Öffentlichkeit gehabt hat, ist tatsächlich immens. Selbst Leute, die »1984« nicht gelesen haben, kennen die Bedeutung des Jahres, das durch Orwell geradezu zum Symbol einer pessimistisch bewerteten Zukunft geworden ist. Harald Kimpel schrieb dazu in einer Studie für eine Ausstellung »Zukunftsräume – Bildwelten und Weltbilder der Science Fiction«: »Als Assoziationskomplex ist die Jahreszahl zum populären Schlagwort geworden, dessen vielfältige Anwendbarkeit auf die Gegenwart eine konkrete Textkenntnis des Romans längst nicht mehr voraussetzt: Inhaltsfragmente wie das Motiv des ›Großen Bruders‹ genügen, um das Schreckensbild eines totalitären Überwachungsstaates entstehen zu lassen.« Gerade an Orwells Beispiel aber wird deutlich, daß – wie Dieter Hasselblatt es ausdrückt – die Zukunft von gestern nicht die Gegenwart von heute ist. Manche Autoren sind sogar der Meinung, Science Fiction teile weitaus mehr über die Gegenwart mit als über die Zukunft. Und insbesondere bei »1984« lassen sich vielfache Hinweise darauf finden, daß Orwell eher das Jahr der Entstehung des Romans, 1948, beschreibt als etwas, das sich in knapp vierzig Jahren verwirklichen würde. So weist Brian W. Aldiss, der den Spuren Orwells in London gefolgt ist, auf verschiedene Punkte hin, die diese These stützen. Es ist nicht nur die Mangelsituation der Nachkriegsjahre mit beengtem Wohnraum und Rationierung, die sich in der Hauptstadt von Ozeanien spiegelt, sondern auch manches aus Orwells persönlichem Milieu, beispielsweise seiner Arbeitsstelle bei der BBC.

Und wenn die beschriebenen Verhältnisse auch als Extrapolation der Zustände in einem kommunistischen Staat gedeutet werden können, so sind es doch auch immer wieder für die damaligen Jahre charakteristische Einschränkungen der Freiheit, die ihm als Beispiele dienen. Das gilt nicht zuletzt auch für jenes von Orwell offenbar so sehr verabscheute nachträgliche Aufbereiten der Geschichte, das nicht nur in sozialistischen Ländern, sondern damals auch bei den Siegermächten üblich war.

Es gab – besonders in den angloamerikanischen Ländern – immer wieder Kritiker, die zur Ehrlichkeit aufriefen und jede Art von Zwang, der auch in der Lüge liegt, bloßzulegen versuchten. Es ist also nicht so sehr das Thema, das Orwell so einzigartig erscheinen läßt, als vielmehr die Art und Weise, wie er es in den Griff bekommen hat. Gemeint ist eine Art schwarzer Humor, der sich schon in früheren Romanen, beispielsweise in »The Road to Wigan Pier« oder »Keep the Apidistra Flying« zeigt, doch in »1984« zweifellos seinen Höhepunkt erreicht. Mittel dazu ist ihm das Paradox, und er wendet es bis zum Exzeß an.

In diesem Zusammenhang muß auch die 1945 erschienene Parabel »Farm der Tiere« erwähnt werden. Die in einer Farm gehaltenen Haustiere schließen sich gegen ihren Unterdrücker, den Farmer, zusammen und proben den Aufstand. Unter dem Motto »Alle Tiere sind gleich« führen sie eine soziale Demokratie ein. Bald allerdings stellen sich Brüche im System ein, und in kürzester Zeit gilt: »Alle Tiere sind gleich, aber manche sind gleicher als die anderen.« Es sind die Schweine, die sich besser vorkommen und sich schließlich sogar mit den Menschen verbünden, um ihre Herrschaft auszuüben. Zuletzt läßt sich nicht mehr unterscheiden, wer Mensch und wer Schwein ist.

Während man das Verhalten der komischen Tiere vielleicht noch heiter finden mag, bleibt einem das Lachen bei der Lektüre von »1984« im Halse stecken. Die einschlägigen Wissenschaftler sind sich noch nicht darüber einig, warum etwas Paradoxes lachhaft erscheint – wahrscheinlich ist es eine Art Reflex, durch die Gegenüberstellung scheinbar unvereinbarer Gegensätze ausgelöst. Genau diesen Effekt aber wendet Orwell an, und vielleicht liegt die Wirkung seines Buchs eben darin, daß man ununterbrochen zwischen dem Komischen und dem Entsetzlichen hin und her pendelt. Schon im ersten Satz des Buches fließt etwas Absurdes – von manchen unbeachtet – ganz nebenbei ein . . . die Uhren, die dreizehn schlagen (was später durch die strenge Einteilung des Arbeitstags in 24 Stunden erklärt wird). Andere Beispiele karikieren die Umstände – wenn beispielsweise von der Produktion riesiger Mengen auf dem Papier hergestellter Stiefel die Rede ist, während die Hälfte der Bevölkerung von Ozeanien bloßfüßig unterwegs ist. Oder wenn sich Ozeanien abwechselnd im Krieg mit der einen oder der anderen der beiden konkurrierenden Supermächte befindet, wobei niemand weiß, mit wem gerade Krieg geführt wird und mit wem man sich verbündet hat. Besonders deutlich wird die Absurdität der Verhältnisse in einem Gespräch, das Smith mit dem

Trotzki nachgezeichneten O'Brien führt. Scheinbar ist dieser bereit, jede erwünschte Auskunft zu geben, doch es bleibt offen, ob die revolutionäre Gruppe, die Bruderschaft, überhaupt existiert, und selbst die Frage nach der Existenz des Großen Bruders bleibt unbestimmt. »Existiert er so, wie ich existiere?« fragt Smith, und O'Brien antwortet: »Sie existieren nicht.« Und tatsächlich lernt auch der Leser den »Großen Bruder« lediglich über Plakate und Teleschirme kennen, ein Gesicht mit einem Schnurrbart nach dem Vorbild von Väterchen Stalin, doch diese so wichtige Gestalt spricht niemals ein Wort, blickt nur vom Monitor herab: Der Große Bruder sieht dich.

Die größte Raffinesse der Darstellung liegt in der Sprache, mit der Orwell seine Vorliebe für Paradoxie auf die Spitze treibt. Das Kriegsministerium heißt »Ministerium für Frieden«, das »Ministerium für Liebe« ist für Folterungen zuständig, das »Ministerium für Wahrheit« verbreitet die Wahlsprüche der Partei:

KRIEG IST FRIEDEN
FREIHEIT IST SKLAVEREI
UNWISSENHEIT IST STÄRKE

Über die Neusprache (»Neusprech«), die sich Orwell für seinen Roman ausgedacht hat, könnten ganze Abhandlungen geschrieben werden. Ansätze dafür entwickelt der Autor in seinen »Grundlagen des Neusprech«, die das Buch als Anhang enthält. Einer der von ihm eingeführten Begriffe ist »Doppeldenk«, ein Verfahren, etwas für genauso wahr zu halten wie das Gegenteil. Auch das hört sich absurd an, doch wie das meiste, was Orwell an Wortspielen, Anagrammen und Widersprüchlichkeiten zu bieten hat, steckt ein Sinn dahinter – oft genug die Tatsache, daß sich Anzeichen für die anvisierten Erscheinungen bereits in der Gegenwart finden. Bedarf es nicht ebenfalls einer Art von »Doppeldenk«, wenn man an die Erschaffung der Erde in sieben Tagen ebenso glaubt wie an ihre Entwicklung über Jahrmillionen hinweg? Und ähnlich steht es mit der Organisation »spontaner« Kundgebungen, wie man sie heute nicht nur in sozialistischen Ländern oft genug feststellen kann. Und schließlich stößt man auf eine der Orwellschen Verdrehungen schon, bevor man das Buch gelesen hat: »1984« ist eine Umkehrung von 1948, das Jahr, in dem das Buch geschrieben wurde.

Wenn Orwell mit seiner Anklage eigentlich das Jahr 1948 meint, dann braucht man 1984 nicht als jenes magische Alptraumdatum zu nehmen, das geradezu zum Symbol von Weltuntergangsstimmung und Katastrophenerwartung geworden ist, und die von vielen versuchte Gegenüberstellung des als Voraussage mißverstandenen Jahres »1984« und der Gegenwart 1984 stellt sich als fragwürdig heraus. Einiges, was das Jahr 1948 düster und sorgenvoll machte, existiert auch heute noch, einiges hat sich tatsächlich im Sinn Orwellscher Übertreibungen entwickelt, im großen und ganzen aber wird uns letztlich doch wieder bestätigt, daß die Welt zwar nicht so gut ist, wie es die Optimisten wünschen, aber auch nicht so schlecht, wie sie die Pessimisten sehen.

Eine der erstaunlichsten Tatsachen – und zugleich ein Beweis dafür, wie wenige doch ein solches Buch lesen, obwohl sie darüber schrieben – ist, daß »1984« als Pamphlet verstanden wird, das sich gegen die Naturwissenschaft, gegen die Technik richtet. Gerade in der Perfektionierung der Kommunikationsmittel, in der Ausbreitung elektronischer Verfahren, insbesondere in der umfassenden Anwendung von Computern, sieht man eine Bestätigung von Orwells »Voraussagen«. Nun gibt es bei ihm tatsächlich Mikrophone, über die eine ständige Verbindung zur Partei besteht, Teleschirme, die man nicht abschalten kann, Videokameras, die die Menschen in ihren Wohnungen beobachten. Damit allerdings sind die technischen Innovationen fast schon erschöpft; bis auf diese spärlichen Requisiten eines fragwürdigen Fortschritts gibt es keinerlei Hilfsmittel, schon gar nicht solche, die allen Menschen uneingeschränkt zur Verfügung stehen. Die Infamie des Systems drückt sich also eher durch die Reduktion der technischen Medien aus als in ihrem Gebrauch, ebenso wie eine – offenbar künstlich permanent gehaltene – Mangelsituation besteht, die die Menschen dazu zwingt, unverhältnismäßig viel Zeit auf die Deckung der notwendigsten Lebensbedürfnisse zu richten – eine Art des Freiheitsentzugs, der umfassender wirksam ist als das in seinem Fassungsraum beschränkte Gefängnis. Ganz im Gegensatz zu Huxley geht es Orwell nicht um eine Kritik des technischen Fortschritts, eher um eine solche menschlicher Fehler und Schwächen. Es geht ihm um jene – von ihm selbst beobachteten – Entartungserscheinungen, die sich scheinbar von selbst immer dann einstellen, wenn einer kleinen Gruppe große Macht überantwortet ist. Macht scheint wie eine Droge zu wirken, von der der Süchtige immer mehr und mehr braucht und die ihn dazu bringt, alle ethischen und moralischen Regeln zu verletzen – oder sich seine eigenen zurechtzubiegen –, nur um die einmal erreichte Position zu halten, zu sichern, auszuweiten. Die Geschichte zeigt, daß es auch in primitiven Kulturen genügend Mittel gibt, um Menschen zu unterdrücken, zu versklaven; für die Ausübung von Zwang und Folter genügen die althergebrachten Methoden, und auch Winston Smith, der gequälte Jedermann aus »1984«, ist zwar imstande, dem Elektroschock zu widerstehen, doch erst die uralte Horrorsituation einer Konfrontation mit Ratten zwingt ihn in die Knie, bringt ihn zur Selbstaufgabe, zur Entpersönlichung – jetzt liebt er den Großen Bruder.

Vielleicht liegt in diesen Vergleichen zwischen Orwells Schrekkenswelt und der Gegenwart letztlich etwas Tröstliches. Man mag sich über Verkabelung, Datenerfassung und Rasterfahndung aufregen – diese Phänomene treffen aber nicht eine gebrochene, unwissende Bevölkerung, sondern Menschen, die sich ihrer Rechte bewußt sind und die Mittel haben, sich zu wehren. Wie es scheint, bedeutet die weite Verbreitung einer komplizierten Technik sogar einen Widerspruch zu totalitaristischen Staatssystemen. Um diese Technik in Funktion zu halten, bedarf es einer größeren Zahl von Menschen, die die Funktion verstehen, die Prozesse überblicken. Wehrlos ist auf die Dauer nur der Unwissende, der wirklichkeitsfremde Phantast. Es hat wohl seinen Grund, daß das von Orwell geschilderte Regime alles tut, um die Macht der Partei auch über Logik und Naturwissenschaft zu demonstrieren. »Unwissenheit ist Stärke« – dabei bezieht sich die Unwissenheit auf die Bevölkerung, die Stärke aber auf die Herrschenden. Kraft ihrer Stellung haben diese die Möglichkeit, Menschen zu jeder beliebigen Aussage, vielleicht sogar zu jedem beliebigen Glauben zu zwingen. »Wir kontrollieren die Materie, weil wir den Geist kontrollieren«, sagt der Verführer O'Brien. ». . . Wenn ich wollte, könnte ich wie eine Seifenblase über dem Boden schweben. Ich will es nicht, weil die Partei es nicht will. Sie müssen diese ins neunzehnte Jahrhundert gehörenden Vorstellungen über die Naturgesetze über Bord werfen. Die Naturgesetze machen wir.« Und er bringt Smith schließlich dazu, die Lüge 2 + 2 = 5 zu glauben. Was Orwell zwar nicht erwähnt, was aber als Wahrheit bestehen bleibt, ist die Tatsache, daß die Partei trotz aller Macht nicht einmal das einfachste naturwissenschaftliche oder mathematische Gesetz ändern kann. Orwell hat es nicht erwähnt – aber daran sollten wir erkennen, wo die Macht ihre Grenzen hat.

Herbert W. Franke

Literatur

Brian W. Aldiss, Die Reise in den Abgrund: Orwells »1984«. In: Dieter Hasselblatt (Hrsg.), Orwells Jahr. Ullstein Verlag, Berlin 1984

Hans Joachim Alpers, Werner Fuchs, Ronald M. Hahn (Hrsg.), Reclams Science-Fiction-Führer. Philipp Reclam jun., Stuttgart 1982

Hans Joachim Alpers, Werner Fuchs, Ronald M. Hahn, Wolfgang Jeschke (Hrsg.), Lexikon der Science-Fiction-Literatur. Wilhelm Heyne Verlag, München 1980

Dieter Hasselblatt, Grüne Männchen vom Mars. Droste Verlag, Düsseldorf 1974

Harald Kimpel, Zukunftsräume – Bildwelten und Weltbilder der Science Fiction. Exposé für ein Ausstellungsprojekt 1984, vorläufige Fassung

Arthur Koestler, George Orwell. In: George Orwell, 1984. Diana Verlag, Konstanz, Stuttgart 1950

Peter Nicholls (Hrsg.), The Encyclopedia of Science Fiction. Granade Publishing, London, Toronto, Sydney, New York 1979